2022
青春文学

岩层书系

人民文学出版社

图书在版编目（CIP）数据

2022 青春文学／人民文学出版社编辑部编．—北京：人民文学出版社，2023

（"岩层"书系）

ISBN 978-7-02-018065-3

Ⅰ．①2… Ⅱ．①人… Ⅲ．①中国文学—当代文学—作品综合集 Ⅳ．① I217.1

中国国家版本馆 CIP 数据核字（2023）第 110678 号

选题策划	付如初
责任编辑	马林霄萝
装帧设计	黄云香
责任印制	张　娜

出版发行	人民文学出版社
社　　址	北京市朝内大街 166 号
邮政编码	100705

印　　刷	三河市鑫金马印装有限公司
经　　销	全国新华书店等

字　　数	309 千字
开　　本	710 毫米 ×1000 毫米　1/16
印　　张	24.75　插页 4
印　　数	1—3000
版　　次	2023 年 7 月北京第 1 版
印　　次	2023 年 7 月第 1 次印刷

书　　号	978-7-02-018065-3
定　　价	65.00 元

如有印装质量问题，请与本社图书销售中心调换。电话：010-65233595

出版说明

我社多年来坚持出版各类年度文学选本，在文学界和读者中具有广泛影响。这些选本，视线多集中于成年作家队伍，在青年作家、青春文学这一领域，一直较少涉及。21世纪以来，"80后""90后""00后"群体的创作渐成一股引人注目的潮流，从中发掘新人力作，为富有潜力和才华的作者搭建展示平台，成为我社亟待完成的工作重点。基于此，我社决定推出"岩层"年选，以便及时总结年度青年文学创作的成绩，向读者集中推荐优秀作品，也为21世纪的文学积累做出贡献。

"岩层"年选拟每年出版一本，以小说为主。所选为年度最具代表性的青年文学作品，力求反映该年度青年作家队伍最主要的创作流派、题材热点、艺术形式上的微妙变化。更多关注成名作者以外的新人，探索青年文学新现象、新发展、新风貌。坚持精品至上原则，不排斥网络作品。

"岩层"年选的编选工作得到许多著名文学评论家和编辑家的支持和帮助，他们应我社之邀，对当年的青年创作状况进行深入、广泛的研讨，提出许多极有价值的选目。我们在广泛阅读的基础上，充分参考专家们的意见，严格进行编选。在此，谨向诸位专家深表谢忱。

人民文学出版社编辑部

抵达森林中央 / 废斯人　003

六脚马 / 焦　典　025

暗楼连夜阁 / 周于旸　047

即兴戏剧 / 三　三　065

她要去阆中 / 修新羽　089

与此同时 / 七堇年　107

有人跳舞 / 辽　京　127

独　居 / 张玲玲　145

BLUES / 东　来　173

如何证明一场不存在的地震 / 杜　峤　191

目 录

目 录

冲浪练习 / 肖星晨　　205

弹性姑娘 / 王莫之　　225

最小的海 / 叶昕昀　　243

记一次对五感论文的编审 / 双翅目　　279

西班牙猎神 / 杜　梨　　311

鹦鹉大仙 / 曹畅洲　　333

红色蜻蜓 / 李世成　　355

绿灯和钱箱子 / 瑞朵·海瑞拉　　369

废斯人

废斯人,九〇后,湖北罗田人。小说作品见《人民文学》《花城》《长江文艺》等刊物。出版小说集《故乡志》《国境线上晴与雨》,系中国作家协会会员、湖北省作家协会签约作家。

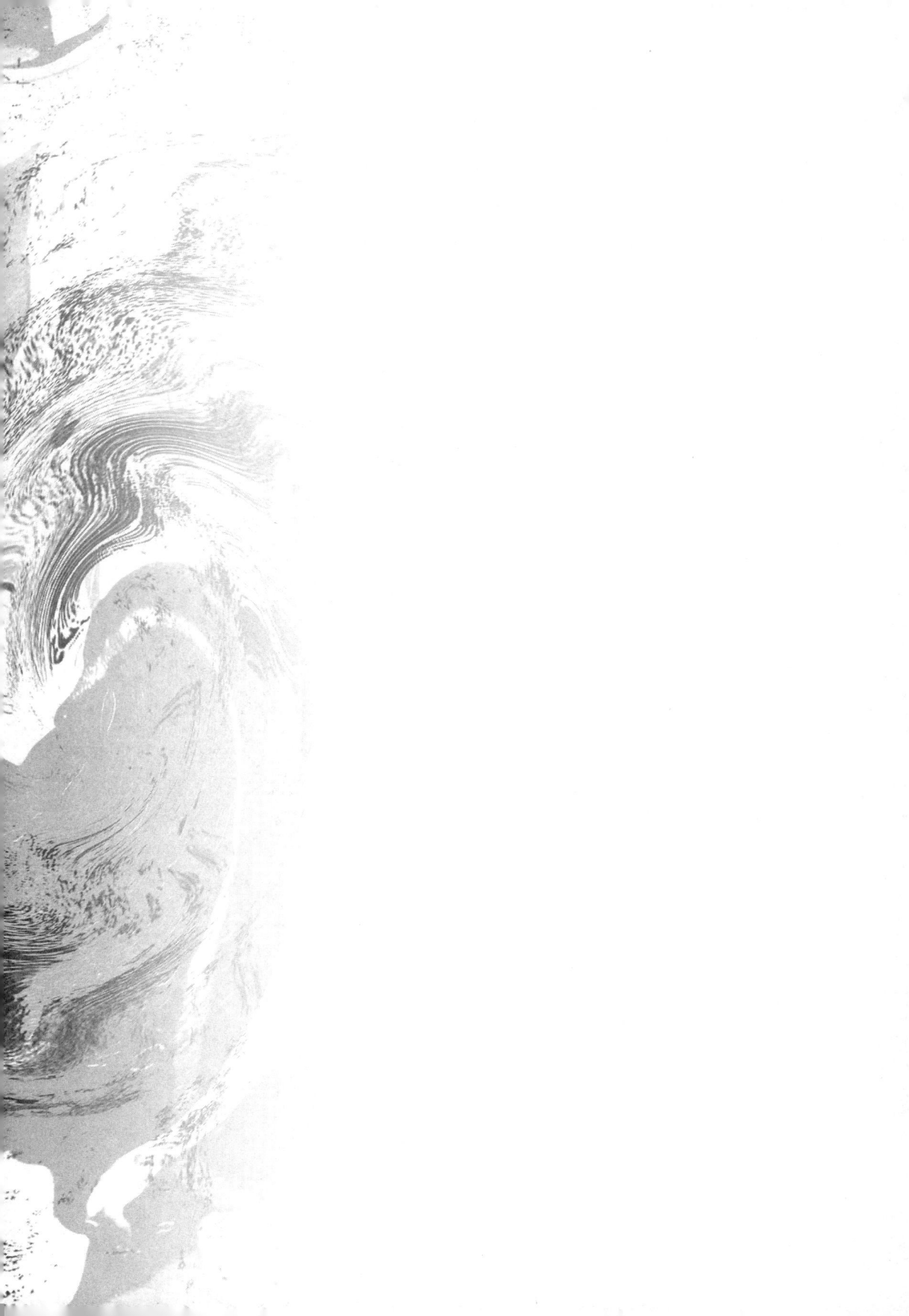

抵达森林中央

一

每逢农历十五，林爷都会下山，到镇上买些米面油盐。这天林爷起得早早的，骑上摩托车赶到集市，果不其然，卖鱼丸子的摊位前围满了人。过了立冬，正是吃鱼丸子的季节。养了一年的草鱼，膘肥肉厚，将鱼肉碾碎，和着面粉、姜、蒜制成鱼丸子，简单的加工保留了鱼的鲜味，山民用来烫火锅，或者煮鱼丸汤。镇上就花婶子一家卖鱼丸子，新出锅的鱼丸子冒着热气，被倒入铝盆中。一阵哄抢，不一会儿一锅鱼丸子就抢完了。见这架势，林爷怕是抢不过。好在他跟花婶子是熟人，于是将半个身子探进人群，大喊了一声"花婶子"。

花婶子忙中应了一声，会意地说："晓得，晓得，你待会儿再来，现在人多。"

林爷得了这话，退出人群，将摩托车停到闲静处，摘掉暖帽，独自在集市上晃悠。他打算买一盒针线，袜子左一只右一只都破了洞，扔了可惜，缝补一番还能再用。还得买一盒万氏筋骨贴，一入冬，腰就疼得厉害。还得买几斤饺子皮，包点饺子留到半夜值班吃。这个季节，只要做点体力事就容易饿，一天得吃四餐。林爷大袋小袋买了一堆，再回到花婶子处，铝盆里鱼丸子已经空了，人群也散了去。

林爷说："丸子容易卖，你为啥不多煮两锅？"

花婶子从躺椅上直起身子，将散落的毛毯捡起来，毛毯的边边都塞进双腿下，压实，这样风就灌不进来。"今儿一开张，卖了八锅了，累得我双脚打绊，站都站不稳，这才躺会儿。"

林爷近了一步，说："身体还好吧？"

花婶子说："年纪大了，身体一年不如一年，还要捏丸子、照看店，这能挣几个钱？我说关门回家养一养，这街坊邻居不让我走，非要吃我捏的鱼丸子。鱼丸子哪有那么好吃，反正我是不爱吃。"

林爷走到灶头，翻开锅盖，里头是花婶子留给他的鱼丸子，他伸手抓了一个塞进嘴里。鱼丸子还是滚烫的，烫得他舌头打转，囫囵地吞了进去，又烫到喉咙和胃，没试着味道。他又拿了一个，认真地吹了吹气，再吃。"鱼丸子还是你做的地道。"林爷说完，找了一个塑料袋开始捞丸子。

花嫂子说："听说你们山上要修防火带。"

林爷说："上面定的任务，不知道资金到位没有，反正没钱的话，山上就动不了。你们就盼着今冬多打霜吧，打了霜，就不用搞森林防火。"

"山要是烧着了，跟我有半毛钱关系？我又不会去打火。"花婶子说，"倒是今年的雨都下到去年了，一场雨下了个把月，连同湖里的鱼都顺走了。今冬吃的鱼是夏天补的青鱼苗子，没养个两三年是长不大的，今年的鱼赶不上以往的肥，都没有鱼油。"

林爷望了一眼花婶子，迟疑地说："可是味道丝毫没变。"

花婶子说："那是我手艺好，要知道我做鱼丸子做了三十一年。等我死了，你就吃不到了。"

林爷将装满鱼丸子的袋子递给花婶子，问她多少钱。

花婶子用手一提，大概知道了重量，说道："你给十块钱，不挣你的钱。"

"我的钱也是人民币。"林爷知道这袋子鱼丸不止这个价，留了二十块钱在桌上。他正准备离开，花婶子喊住了他，小声说："你不晓得吗？"

林爷一头雾水："晓得什么？"

花婶子说："那女人又来了。"花婶子指的是慧芳，她不是本县人，每年冬天都会到镇子上居住两个月，等到来年开春了才离开。这已经是第三个年头了。她是来做门的。关键是冬尾还有春节，她年夜饭竟也是一个人吃，真是一个怪人。

林爷听到是她，不耐烦地说："来了就来了，关我什么事？凭什么非要我晓得？"

花婶子继续说："她住在顺来旅馆，一来就付了三十天的房租，一次性付的。顺来夫妇好不容易在年终盼来一笔大生意，天天服侍她的饮食起居。要吃青菜，就掐最嫩的青菜，要吃肉，就称黑猪肉，用心得很。"

"她就是一个疯子。"林爷听闻，转身就要走。花婶子连忙说："她昨晚来这儿了，这可是她第一次来。她穿着一件红色的呢子，系着黑色的丝巾。我瞧她不过五十出头，说话轻声细语。她说她喜欢吃鱼丸子，特地来看看鱼丸子是怎么做的。我就问她大老远来我们这儿做门，是何缘故？她说想做一扇木门。我说，现在大门都是防盗门、金属门，木门都用在房间里。不要现成的，那就得请木匠师傅打制。老的请不动，镇上年轻的木匠师傅还有好几个，手艺也不错。她听后没理我，在店里转了转就走了。"

"理你才怪。"林爷说，"你一把年纪了，闲得打听这些鸟事，不腰疼才怪。"林爷走出了门。

花婶子追着问："你说怪不怪？"说完发出爽朗的笑声，林爷厌恶地瞪了一眼。

林爷骑上摩托车，不消十分钟就来到了山底。他将摩托车停在一旁，撒个尿，远远地瞅见有三个人在山下的湖里捕鱼。这湖在前年就禁捕了，偷鱼的却没少过。

要是放在以前，他肯定要喊两声，吓吓那贼，现在他管山不管水，懒得去理闲事。何况这个季节不偷鱼，哪有鱼丸子吃。只不过林爷低下头望着这一湖水，心里想着慧芳又来了。他越望心情越烦躁，突然感到呼吸不畅，仿佛地在沉陷，湖水涌了过来，将他淹没，水钻进他耳朵里、嘴里，憋得他喘不上气。他吓得双手划动，人往后一仰，一屁股坐在了地上。果然，记忆开始蠢蠢欲动，稍不注意就会在脑海里翻涌。他想抵住，过了这么多年终究抵不住，于是他使劲掐了掐虎口，一阵酸疼，这才猛然清醒。林爷的动作惊到了偷鱼的人，他们警惕地向四周张望。林爷缓了一会儿，感觉自己的身体大不如前了。他从地上爬了起来，转过头，跨上摩托车，顺着蜿蜒的山路直上。

二

林场的办公点在一棵古银杏树旁边，银杏树的叶子早就掉光了，光秃秃的枝丫上站着一只猫头鹰。它一点都不怕人，直愣愣地盯着林爷。林爷对它吹了一声哨。它抬了抬脚，哼叫了一声，像是认识林爷一般。

"又逗那鸟？"说话的是杨叔，他在灶头，一边烧水一边说，"也就是现在它活得舒悠，搁在以往，早就和着白萝卜一起炖了。"

林爷走进屋子，拍了拍身上的落叶，缩在屋角烤火。

灶上水煮开了，杨叔将鱼丸子下锅，煮到沸腾之后，再搁点青菜稍微烫一下，最后加一勺盐，起锅，先给林爷盛了一碗。

下的鱼料足，这鱼丸又嫩又滑，满口肉香味。林爷端着碗，一口气囫囵地全吃完了，连汤也喝了。

杨叔用小铲子将灶门还未燃尽的炭火铲到了门口，等到炭火熄灭了，剩一些小黑炭留着当引火烧。他慢腾腾地从柜子里拿出一瓶压盖楚乡酒，转过身，见林爷的碗都干了，笑着说："酒还没喝，丸子就吃完了？"

林爷说："我不喝酒。"

杨叔说："放屁，你昨天就喝了，把肠子喝坏了，放了一晚上的臭屁。这两天不给你酒喝了，免得屋子里臭死。"

林爷没作声。

杨叔倒了酒，吱吱地喝了一口，说："那女人又来了！"

林爷摇头说："不晓得！"

杨叔说："你还不晓得？昨天顺来家的托人带信给林场，信上什么内容都没说，就说慧芳来了。"

林爷说："来了就来了呗！"

杨叔嘴里塞进一枚鱼丸，说："对，我也是这个意思。来了就来了呗，干吗专程带信过来，像是有她的熟人一样。"

林爷又不作声。杨叔继续说："她说要做一扇门，镇上的人都好奇。我也好奇，谁会大过年的跑到这个鬼地方来，仅仅是为了做一扇门。"

林爷望着门口还没烧尽的柴火灰，火星被风吹得忽亮忽暗。恍惚中，林爷看到了一片竹林，他家就是在竹林窝里，旁边是一条河。小的时候他经常生病，三天一药剂，十天一药方，路的两边都倒满了药渣子，远远就闻到一股中药味。后来一位游方道士路过竹林，闻到药味，专程来到他家歇脚。母亲央求道士给他算个命。

林爷突然说："你相信命吗？"

杨叔愣愣地看着他。

林爷说："有个道士给我算了一卦，说我命中缺木，气运不佳。"

杨叔说:"缺木呀,怪不得你的名字除了'木',再也没有别的了。"

林爷继续说:"道士说我的'木'不是缺一点两点,缺得很严重,这一生怕都要补'木'。我不信鬼神之说,他的话我自然没听进去,倒是我母亲拿他的话当个宝。刚好我家有一个远房的表叔在福建海边干打鱼的营生,母亲就要送我去海边学船工。"

杨叔又喝了一杯酒,说道:"海边肯定比山窝子好,开阔,看得老远老远。你为什么没去呢?"

林爷用铁钳拨了拨火灰。那一年姐姐出嫁,家里请来木匠打嫁妆。林爷还小,见着新奇,天天围着木匠转。有一天手痒,他趁着师傅吃饭的时间,拿起刨子玩耍,学着师傅有模有样地刨木。不消一会儿,整块木料都被他刨得有棱有角。师傅见着了,大吃一惊,夸他是吃鲁班饭的。林爷兴冲冲地,从那时起,他对干木工活儿有了兴趣,起了当木匠学徒的心思。母亲自然不肯,说他五行缺木是当不了木匠的,反复劝他。他谁的话也听不进去,就是要学木工,偷偷跑到隔壁县拜了木匠师傅。母亲为此置上了气,嫌他没出息,多年不理他。

林爷说:"不知道为什么没去海边,怕是八字不合吧。"林爷从木匠师傅那里学了三年的大工、一年的小工,才在隔壁县的十字街口开了一家铺子。出师前,他跟师傅有约定,为了不抢生意、不伤情谊,他单做木门,别的木工活儿一概不接。他做的门板四方四正,加上自创的雕花样式,结实又好看。

杨叔说:"桌椅床柜都是挣钱的大工,专门做门的师傅非常稀少。我记得当年你在街上还小有名气,这也算一奇谈。"杨叔灵机一动,这才反应过来,"慧芳是来找你的呀。"

林爷从杨叔手上抢下了酒杯,一饮而尽。他说:"我做的门都会做个记号——在门的边边上刻一个'木'字。我就不服命,就不服那个'木'。不吹牛,我的门供不应求。不是主顾来挑门，是我来挑主顾，那些麻烦精我都拒之门外。"

杨叔说："听说你娶过媳妇？"

林爷呵呵地笑了起来，说道："我倒想有媳妇。"

那几年木门生意好，林爷打算攒些钱，在临街的河边买一块地，再盖两间瓦房，娶一房媳妇。然而世事难料，九十年代初，镇上出现了铝材门、铁皮门……各式各样的门，雕花是用机器雕的镂空样式，大伙都觉得金属门防盗又耐用，样子又时髦，争相购买金属门，那一阵子对他的生意打击挺大的。林爷想了一个法子，在木门外面套一层金属皮，比金属门廉价，又比木门时兴，铁定能挣一笔钱。他听说汉口有铁料，就起心去江汉路看一看，于是一九九八年的夏天，他去了一趟武汉。

当天到了汉口汽车站，一下车，天就开始下雨，越下越大，没多久变成了暴雨。他在汽车站旁边找了一个旅店。连下几天的大暴雨让他都出不了门，在旅店一住就是几天。他心疼一天二十块钱的房费，却又无可奈何。很快暴雨将武汉城淹了一大半，洪水的警报拉响了，街上到处都是部队的人。幸好林爷住的旅馆地势高，除了出门的大路被堵，并无大恙。他找了一份报纸，上面报道说：长江洪峰超历史之最，湖北多地险情严重。他转念想，家里怕也是在下暴雨。那竹林窝就在河道的下水口，他开始担心家里，连写了几封信却送不出去，挂电话到镇上也没接通，只得干着急。

杨叔说："那年的雨下得真大，水哗哗地从山上往下流，把下头的镇子也淹了大半。"

林爷吃了一口鱼丸，冷了，他嚼得碎碎的，这才咽下去，说："是好大的雨呀，等雨下尽，处处都是比人还高的黄色的积水，像是大海。我也没见过海，但是那几天我一直做梦，梦见我在海边的沙滩上躺着，然后海浪袭来，将我整个人淹没。

我无法呼吸,等我强烈挣扎到快不行的时候,海水又退去了,如此反复,搅得我整夜睡不着。那黄色的海水,看着就恶心。"

雨一停,林爷就决定要回家。当时到处都受了灾,路又不通。有车坐车,有船乘船,没车没船就只能走路,走也要走回去。就这样折腾,他花了七天时间才回到了镇上。

林爷说:"等我冲回竹林窝的时候,洪水已经退去了,房子塌了,母亲被洪水杀了。我哭都哭不出来,跪在地上干号。"

杨叔从林爷手中拿走了杯子,说道:"怪不得你怕下雨,一下雨你就躺在床上不起来。我还以为你是故意,懒着不做事。"

林爷抢过酒瓶,灌了一大口,说:"怪不了别的,只能怪我的命硬。水生木,如果当时我要听母亲的话,去海边当一名渔夫,说不定还能得个平安。所以我一想起这个事,就恨当时怎么那么犟。后来,我握起刨子,自然而然想到了那摊黄色的海水,它把我的手紧紧吸住,怎么甩都甩不掉。之前以为是幻觉,可是手心手背全都湿漉漉,水珠子不停地往下流。县里的医生说是汗,我不信,那分明就是黄水。"

杨叔怕林爷喝多了,硬是把酒瓶拽了回来。林爷凝视着自己的双手,说道:"反正是做不了木工活儿了。"

杨叔说:"这不关你的事,命不命的也不相干,只是有些事确实连人也没办法。慧芳这下怕是找错人了,但是做门的木匠也不少。"他把酒瓶放回柜子里,收拾好碗筷。

林爷长叹一口气。

杨叔见状,和气地说:"听上头说,明年要做防火带。我这把老骨头折腾不动了,打算不签合同了,明年去广州照顾我孙子。"

林爷有些意外，照看这片山林的就两个人，杨叔走了，就剩他一人了。林爷急促地说："真的要去？不是耍我的？"

杨叔说："我是想得好，儿媳要不要我去还另说。就我这副模样，像个老叫花子，怕是要吓坏孙子。只是不晓得在这林子里还要混多久，真要混到死呀？"

林爷不安地望向窗外。"反正我又没地方去，就待在这儿。"

杨叔说："你命里再缺木，这十几年在山里也攒足了。你得出去，离开山，离开镇子，去外头看看瞅瞅，或者干脆死在外头，别老拽着往事，伤身！"

林爷转头望着窗外，树枝上的猫头鹰突然一个跳跃，振翅飞到了旁边的一棵树上。

三

林爷躺在床上，这几日他常常回想到以前，人老了，管不住记忆了，它们如同散盘的沙，动不动就冒出来。那只猫头鹰站在树上，冷得跺脚。他想到了那年冬天和木匠师傅进山里挑木料。到了年底，山上的木料要么是砍了当柴烧，要么卖给木工。师傅总是挑着腊月最后几日去，可以压压价。一车杉树够一年用，谈好了价钱，不消两日，整棵整棵的树都被送到铺子。林爷得在来年的春天开始刨木。刨料前要选择纹理清晰、无结疤的木块做正面，顺着纹理刨削。刨好的木头要经过整个夏天的风晒，到了秋天才能动手。画线、凿眼、倒棱、裁口、开榫、断肩，这些步骤完成之后，就要磨砂了。磨砂这一道看似简单的工序，却最难，要用十多种刮磨工具进行多次刮磨，才能使木门平整。有时要打磨一整个星期。林爷的手指在墙上游走，仿佛在打磨一副门框，墙上斑驳的油漆在脱落。他想到自己已经许久没有动过刨子了。

外头刮起了风，将枯朽的银杏树的烂枝卷了下来，猫头鹰也倏地一下跳到屋檐上，看样子要下雨了。林爷用被子蒙着头。他等了一刻钟，雨还未下下来。在黑暗中，他似乎闻到了药渣子的味道，循着气味，他回到了竹林下的老家。家里大门敞开，早已空无一人，桌子板凳接满灰尘。他喊了一声，喂！没人回应。他走进杂物棚，找到了一把斧头和一把镰刀。他扛着斧头来到后院，选了一棵板栗树，砍倒了，然后用镰刀剥皮。一棵板栗树显然做不了门，他想不到能做什么，手却不停，一层层地给树剥皮，每剥一层皮，树干就变得光滑一些。耳边一直回荡着道士的声音：命中缺木。他的情绪渐渐激动了起来，剥树的手法越来越快，下手越来越狠，发泄着内心的愤懑。忽然，手一滑，镰刀从手臂上划了过去，留下一道口子，血随之流了出来。他愣愣地看着血缓缓地流动，像是一道道水流，涓涓细流汇成了大海。他表叔在海边的小船上捕鱼。他从未去过海边，从未见过海，但是海的模样在他脑海里如此深刻，如同亲眼看到了一样，那里有沙滩，有贝壳，有海浪，还有几间房子。他走到门口，一眼看出房子的木门是他亲手做的，他摸了摸门，门上繁复的花纹包裹着家族的姓氏，这些都是他设计的，他为此感到骄傲。突然，他听到房子有动静，他细细地听，是切菜的声音。他母亲在做饭，等他回家。他急忙想要推开木门，无论多么用力，门却纹丝不动。他疯狂地敲门，门却发不出一声响，如同一面墙，又如同一片黑暗。他惊吓地坐了起来，原来是梦。

他揉了揉眼睛，外头下着大雨，他望着溅在窗户的雨花。或许他的房子就在某一处海边。这时门被敲响了，他先是一惊，回过神来，赶紧去打开门。来的是花婶子。

花婶子一进门就说："冷死了，这雨冻成雪子，天开始要下雪了。"她走到火盆旁，见火盆里的炭火快熄了，拿了铁锹拨了拨火堆。"本想进来暖暖手，你这老货也太懒了，林子着不了火，就猫在床上不下地。"

林爷见状，从灶门口抱出一把松针，点着了放进火盆里，再放一层细炭。

"进山的路可不好走。"

花婶子说："这路是难走，禁伐之后，连小路上都长满了狗儿刺，本来身体就疼，难走得很。要不是找林场的买些天麻，我八辈子也不走这条路。"

"你打个电话上来，我有空给你带下去。"林爷吹了吹松针，火势起来了。见花婶子冷得发抖，他准备倒杯热水给她。林爷摇一摇开水瓶，没水了。他又用电水壶添一壶水，烧了起来。林爷说："要天麻那玩意干啥？"

"等你有空要等到下个月去了，还不如我来走一趟。我这几天头疼，想弄点天麻来炖肉，镇镇头热，刚好被顺来媳妇晓得了，她托我也帮她带几斤。"

林爷心里咯噔了一下，小声念着："顺来家的？"

花嫂子说："倒不是顺来，是住在他家的慧芳这几日病了，病得有些厉害，在卫生院开了西药。"

林爷说："什么病？"

花嫂子说："不晓得，反正不是感冒之类，听说动不动就晕厥，还咳血，卫生院也没十拿九稳的把握，让她去县里的医院，她死活不去。这倒把顺来家的吓到了，生怕是什么不好的病，再逢着年头出事，那他家的生意就做不了了。顺来家的整日睡不着觉，头疼得厉害，我只好走这一遭，帮她弄些天麻吃。"

林爷说："她人还好吧？"

花嫂子说："那天，顺来媳妇偶然接到中介的电话，问慧芳明年还去不去。原来每年春天，她都会去温州给人当保姆，浆洗衣物、打扫做饭，挣了钱，到了冬天就来这边悠闲一段日子，把钱花光再出去。顺来媳妇说，她哪是来做门的，怕是来找哪个负心汉的。这些日子一直想轰她走，但是人家毕竟给了住宿费。顺来媳妇脸上挂不住，就约定在除夕之前，慧芳必须离开旅馆，到时候慧芳还赖着的话，赶也要把她赶出去。"

　　水开了。林爷从灶门拿了一截生姜，用刀柄拍碎，扔进杯子里，然后倒上开水，递给了花嫂子。

　　花嫂子说："那女人看着挺可怜。如果不是除夕，我就让她来我家住，住多少天都可以，我一分钱不要。偏偏我们山里人就讲究这个，乐年尾、喜年头的，丧气的东西一概不沾。"

　　林爷问："她赖在这儿干啥？干脆回家去！"

　　"顺来家的天天苦口婆心地劝她回家去，过个好年，她就一个劲地哭。"花婶子喝了一口姜汤，瞅了瞅林爷，轻声地说，"你要是能做门，就发发善心帮她做一扇，别人做的门她一概不要！"

　　林爷给自己倒了一杯开水，喝了一口，水烫得他跳了起来。他顺手将茶杯扔在地上，然后气冲冲地跑到柜子前，拉了拉柜门。柜子锁了。他又从桌子下拿出斧头，将柜门的锁砍掉，打开柜门，拿出了杨叔的压盖楚乡酒，一口闷地喝了半瓶。花婶子吓得站在墙角，一脸莫名其妙地望着他。

　　林爷抬起头，说："不好意思，见丑了。"

　　花婶子疑惑地看着林爷，见他平静下来了，才缓缓说道："吓我一跳，你这老货，挺孬种的。"说完喝了两口姜汤，压了压惊，又说道，"我决定了，过了正月就不再做鱼丸了，这倒霉蛋的东西，谁愿意做谁做。"

四

　　杨叔去城里过年，走的前一天才跟林爷说。林爷二话没说，骑摩托将杨叔送

废斯人 | 抵达森林中央

到了镇上坐班车，将杨叔和行李扔下后，又骑车返回林场。杨叔这人嘴紧得很，不到最后一刻不会说真话的。林爷心想，这可能是跟杨叔的最后一面吧。发洪水那年，林爷在村部住了一年，他什么事都没做，也什么都不想做，整天坐在村部门口，痴痴地望着大山。村里的本家亲戚虽然管了他的饭，但是长久这么下去，终究不是那么回事，就联系了杨叔，拜托给林爷介绍一份营生。没过多久，杨叔来到了村里，见到林爷四肢健全，体格还算健壮，心里就有了底，毕竟护林员又不需要什么技术含量。杨叔见林爷始终望着山里的方向，笑着问："什么东西这么好看？"

林爷说："山！"

杨叔说："山好看吗？"

林爷说："山上都长满了树。"

杨叔说："山上肯定都长满了树。"

林爷说："那是木，整山整山的木。你不知道，我就是缺木头的命。"

杨叔说："那你跟我去山上呗。"

林爷问："去做什么？"

杨叔说："去看一看，能找点事做的话更好，不能的话，就当看看风光。"林爷本以为是去看看风光，就跟杨叔上了山。这一上山，就没有再回竹林窝了。

经过一片杉树林时，林爷下了车，拍了拍树干，树已经长得如此挺拔了。以前这儿有三棵檀树。他在山上过的第一个冬天就明白了，林子里只有烈酒才解得了寒。那晚，杨叔去镇上买了鱼丸回来，他们把鱼丸穿起来，淋了油，放在火上烤。烤鱼丸外焦里嫩，配上老谷酒，真是一绝。他们正吃得欢的时候，门外咚的一声。林爷放下酒杯，出门一看，不知道什么时候，树丫上的猫头鹰掉了下来，正站在门口徘徊。就在林爷惊疑的时候，一群鸟扑哧飞了起来，从山的那边落到了山的这边。

林爷问:"这是咋了?"

杨叔说:"别咋呼,恐怕是野兽在巡山。"

林爷望着黑黢黢的林子,仿佛有几双眼睛在盯着他,瘆得慌,就退回到屋里。林爷总觉得不对劲,便问杨叔:"这山林还有野兽?"

杨叔顺手给林爷倒了酒,说道:"有,凶猛着呢。"

林爷说:"要不我们去巡一趟林子,好安个心。"

杨叔说:"巡个毛,你天天巡还不乐意呀?每个月的工资就那么一点,我已经多帮公家巡了百千遍。"林爷正要说话,杨叔打断了他,说,"何况外头有猛物,不要钱,得要命。"

林爷烤着鱼丸,心里始终忐忑不安。他猛地喝了两杯谷酒,抽起桌上的电筒,跑了出去。杨叔跟在后头喊了两句。

在一片黑暗之中,到底往哪个方向走,林爷全凭感觉。这些山路他不晓得走过多少遍,即便在晚上他也能健步如飞。有一次,他站在高处,望着一片山林,一阵风过,山林泛起了波浪,如同一片海。好大一片海!林爷走在林子中,指尖触摸着树皮,仿佛一个个波浪打在手尖上。他深深吸了一口空气,的确是不一样的气息,有一种咸味,怕真的是海。处在森林之中,他难得地舒适、自由,于是每天都起得早早的,在林子里不停地走,累了就大口呼吸,或是站在高处,眺望这片大海。他早跟这片林子产生了一种默契。林爷跑了许多时,前头传来一阵阵砍伐声,黑夜将响声放大。飞禽在跳跃,走兽在奔跑,响声越来越清晰,林爷加快了脚步。

等林爷奋力冲进去,现场空无一人,这片林子的三棵檀树都被伐倒了,其中的两棵早已装车运走,现场还留下一棵没来得及处理。他急忙走到山边,往山下察看，一束束车灯远去，逐渐消失在黑夜之中。

　　定是有人通风报信了。林爷气冲冲地回到场部。这时杨叔已经喝晕了，躺在床上。林爷看了一眼杨叔，气不打一处来，他定是故意喝晕的，于是林爷跳到杨叔身上，劈头盖脸地狠狠打了一顿。杨叔醉得不省人事，只哼哼唧唧的。第二天早上，杨叔一起来，发现鼻青脸肿，疼痛难忍。他找林爷问情况。林爷说他去追偷木头的人，其余不知，怕是偷木贼偷偷潜回到场部实行报复吧，最好去派出所做个笔录。杨叔听了这话，连忙说："哪来的仇，谈何报复？我都不认识那帮臭小子。"林爷说已经打了电话给森林公安。杨叔"哦"了一声，语重心长地说："又惊动了他们。"到了次年的植树节，林爷找林业站要了几棵杉树苗子，在原来檀树的位置上补种了起来。起先，他每天来看一看树苗子；等苗子成活了以后，他半个月来一次；再等杉树枝繁叶茂，他就来得少了；到后来，他几乎忘了这片林子。

　　林爷望着山林，记起这桩盗树的案子一直没有破，但是自那之后，再也没有盗树的事了。从镇上可以灌煤气了，来山上砍柴的就少了，现在封山育林，更没有人上山来。以后这片林子就只有林爷一人看管，这是一件麻烦事，他顺手按了几声摩托车的喇叭表达不满。

　　天上落了几片枯叶下来。这时林爷正准备骑上摩托车，他骤然想起了一个人，慧芳！也是在这片林子里，他遇见了慧芳。那天，他在集市买了鱼丸子正上山，慧芳突然冲了出来，拦着去路。林爷问她有何事。她号啕大哭，央求林爷给她做一扇门，出多少钱她都愿意。林爷犯蒙地回应说，他早已多年不做木工活儿了。女人猛地跪在地上求他。林爷见状，躲到离女人稍远的一棵杉树下。

　　慧芳哭诉，她的声音像枯叶一样被寒风吹散得到处都是。林爷听着听着就走神了，觉得女人说的事如同是自己的经历，虽然他想努力忘掉那些事，却在这一刻突然清晰了起来，像洪水猛兽一样将自己吞灭。他强烈地感受到心在一颤一颤。

慧芳说:"那扇门是你做的吧? 门的边边上有一个'木'字。"

林爷打断了女人,说道:"我早就不做门了。"

慧芳一步步紧逼,她说:"我知道你也在洪水中受了灾,你应该跟我感同身受。医生说我有癌,活不了多久,求求你帮帮我吧,我只想找到家,你就给我做一扇门吧。打开门,我就能回家。"

家? 早就没家了。林爷心想,家都没有,要门何用!

慧芳一把扒拉住林爷的肩膀。林爷吓得把她推开,往后退了好几步。林爷心虚了,这个突然出现的陌生女人打破了他和山林好不容易建立起来的默契,以及那种微妙的心理平衡,又将自己拖回到数不清的梦魇之中。他又得重新跟洪水一遍遍计较。林爷恨极了慧芳,他吼道:"你个疯女人,我说了不做门就坚决不做,不要再来找我了!"

五

林爷走出屋,寒风灌了进来。雪终究是没下成,雪变回了毛毛雨。他伸出手,雨点落在手掌心,他打了一个激灵。几周前,他问了杨叔防火带的位置,那一片林子势必要砍掉一些树,都已经标记好了。林爷戴上斗笠,向森林深处走去。冰冷的雨很快浸透了他的衣服,他感到了阵阵的寒意。他强力压制住脑海里的回忆。忽然,林爷一失神,一望无际的黄水浮现在脑海里。水慢慢地灌进了耳朵、鼻子、口腔。他尝了尝味道,是中药味,苦死了。他奋力挣脱,然而黄水已经淹过他的头颅,他渐渐吸不上气,身体随之沉了下去。他瞪大眼睛,混沌之中,他看到水底伸出一棵棵树,是杉树,成材的树。它们在水下摇曳着枝干。林爷发现有一个身影在森林里穿梭,那人背着一枚斧头,找到一棵粗大的树后,狠狠地砍了下去。

废斯人　|　抵达森林中央

　　他用力地划向大树，那人的相貌也逐渐清晰。林爷定睛一看，居然是母亲。他忽地惊醒了，摊开双手，全都是汗水。
　　这时雨已经停了，林爷的衣服已经湿透了，他右手摘掉斗笠，扔在一旁，左手紧紧握着斧头。"死八婆！"林爷喊了一声，他觉得不痛快，铆着嗓子连喊了几声，声音在林子中回荡。慧芳年年冬天都专程来到小镇求他做门。一股无形的压力折磨着他，让他整个冬天夜不能寐。"那个死八婆，做个狗屁的门。"
　　昨天，花婶子慌慌张张地打电话来说："那个女人死了。"
　　"哪个女人？"
　　"慧芳。"
　　林爷整个人就呆了。
　　花婶子自言自语地说："血直接从那女人的鼻子和耳朵里流了出来，吓得顺来家的连忙把女人拖到屋外，连她的行李也扔到了屋外。我看不过去，雇了车送她去镇上。送到卫生院的时候，卫生院的不敢收，又连忙送到了县里的医院，说是颅内出血，已没多大用了。"
　　想到这儿，林爷拿着斧头，狂砍周边的枝叶。顿时，一阵风刮了起来，树枝摆动，洪水从山路的尽头漫了过来，淹没了沿途一切，向他冲了过来。他吓得躲在了岩石后头。大风哗啦啦地掠过，将他的臆想撕成碎片，扔到了荒山野岭。
　　林爷抹了一把脸，甩掉脸上的水珠。他加快脚步，花了半个小时来到防火林的起点。一个月前，杨叔已经在树上做好了标识，只要上级资金一到，林爷便招呼人砍树。防火林要是建起来了，即便外头起火，中间没有连接物，也烧不到往北的那一片原始林，护林员的工作要轻松一半。林爷沿着标识的记号走了一圈，他摸着树干粗厚的皮，仔细地打量每一棵树。他曾经跟在木匠师傅的屁股后面，到山里挑一年份的木料。木匠师傅说，成材的木头一定要厚要直。林爷选了一棵高大的杉树，对着冰冷的手哈了哈气，然后握紧斧头，用力地从树的底座砍起。杉树太硬，不容易砍倒，他使出全身的劲，举起斧头，落下斧头，如此反复。汗水从他额头上挤了出来，就着雨水和泪水。他似乎听到林中传来声音，是道士说的那句话：你命中缺木。他每砍一下，道士就说一句，如同在阻止他伐木。顿时，他手臂酸痛，脑袋嗡嗡作响。

缺你奶奶的木。林爷全力抵抗着那个声音，他举起斧头砍了下去。在他的眼前，巨大的洪水凝固为冰，他奋力把洪水砍断，砍成一截截，砍成一个个碎片。他看到了，一棵棵竹笋在冰块之下瞬间被唤醒，开始疯狂拔节生长，不一会儿，整片竹林将他包裹，一棵棵竹子都开起白色的小花，随着风在空中飘落。满天的白花有一股中药的味道，这种味道他太熟悉了，他兴奋地跑了过去。果然是他的家，他没看到母亲，但是听到了母亲喊他的声音。母亲让他去找海边的表叔，让表叔给他在海边找个营生。这时，林爷哈哈大笑了起来。笑声穿过竹林，回荡在山谷。笑完之后，林爷静静地听着，笑声依旧回荡在空中，仿佛有另外一个声音对着他哈哈大笑。

砰的一声，树倒了，林爷睁开眼，什么声音都没有了，世界安静了。他抬起头，天空飘起了雪花，原来是雪花呀。林爷摸了摸脸上融化的雪，擦掉了一脸的水渍，却忍不住流下了泪。他越哭越凶，喘息起来，随之拿起斧头，开始熟练地剥树皮。剥完树皮，下一步是刨木。刨子？没有刨子！他环顾四周，好大一片林子，于是抛下斧头，跪在地上，焦急地在枯枝乱叶中翻找刨子。

林爷眯了眼睛，他抬起头，风在林中呼啸，似乎传来了慧芳的声音。他揉了揉眼睛，在一棵杉树下发现了刨子，兴奋地冲了过去。他颤抖的双手捧起了刨子，手越抖越厉害，刨子掉在地上。慧芳吼了一声，他吓了一跳，仔细听去，慧芳在歇斯底里地喊着："是门的问题，没有那扇门，就没有家！打开了那扇门，家就在门后。"林爷打量自己发抖的手,一咬牙,捡起地上的木棍,重重地敲打手背,剧烈的疼痛感让他清醒地知道:要做一扇门,一扇回家的门;既是给那女人做的,也是给自己做的。他重新捡起地上的刨子,只要手一抖,他就拿木棍用力地敲打手背。整个手背已经发紫发红,肿得像馒头那么大,鲜血渗了出来,一点一滴流在了地上。一下,两下,三下……林爷终于拿稳了刨子。

没过多久,木门做好了,按照惯例,他在门的边边上刻了一个"木"字。那扇门就是三根剥了皮的树干简单地绑在一起,静静地伫立在森林中央。林爷站在木门前,驻足凝视。树上的猫头鹰叫了一声,林爷回过神,抬脚穿过木门,头也不回地走出森林,走出小镇。

《人民文学》2022年第7期

焦 典

焦典，1996年生，北京师范大学文学创作博士研究生在读。小说及诗歌发表于《人民文学》《十月》《花城》《文艺报》《雨花》《诗刊》《星星》《青春》《北京文学》《边疆文学》《飞天》《汉诗》等。作品入选《中华文学选刊》、中国作协创研部编选《2022年中国诗歌精选》、人民文学编辑部编选《2020青春文学》等多个选本。获2020年"中国·星星年度大学生诗人奖"；第六届"青春文学奖"中短篇小说奖；首届"京师—牛津青年文学之星奖"金奖等。即将出版个人小说集《孔雀菩提》。

六脚马

哎，我跟你讲，你莫看我是个女的，在这一片，骑摩托没有哪个骑得过我。你们不是都爱去大草原骑马吗？你坐着我的摩托，跟着这路上上下下，起起伏伏呢，不就跟骑在马背上一样吗？

你讲我骑得不快？这你就不懂了。这里的山路这么多弯弯，快一点就翻下去，这么老高，警察来找都找不到尸体。你莫着急嘛，路还远得很，慢慢看风景噻。

对了，你晓得我们这里那场著名的猴子大战，到现在红河人还在津津乐道。有两群猴子，一群从河谷那边游得过来，成群结队龇牙咧嘴的；另外一群就从山上慢慢地下来，一只接一只地倒挂在树上。一边攻一边守，嘴撕手挠，打得满林子的猴毛乱飞。山里面那些鸟啊雀啊的吓得全都飞起，连我也只敢远远地望着。按翻一只就往死里挠，周围那些猴子见了，也就全部围上去，等得打完走开，地上那只猴子往往血肉模糊，整头整脸都被抓烂了。你问为哪样打架？我也不是十分了解，听人说是因为原来的那些香蕉园被整成生态林，林子绿了，猴子的脸也跟着饿绿了，打仗就是自然的嘛。

跟着猴子打仗的消息一起传到我们耳朵里边的，是斗波从山边边上掉下去，摔死了的消息。他是个正经八百的当地人，这个正经也好像让斗波生下来就跟通到外面的东西有点仇，每次不管是坐板车还是面包车，都要出点麻烦，不是摔掉点皮，就是擦掉块肉呢。所以喽，听到斗波在山路上摔死的事情我一点儿也不奇

025

怪，一心只想看猴子打架。看着看着，发现在那乱战的猴群中间，正奔着一匹马，左突右避，艰难向前，四条马腿都直直地绷着。

马腿绷着还怎么跑？

我赶紧大喊："是哪样？"

这一喊，马上的人转过头来，没有提防，竟是斗波的老婆，前面牵绳引缰的人是春水，戴个红头盔——我差点以为她脑袋被猴子给挠得开了花。再仔细往前看呢？哪是什么马，不过是春水那辆吹风吃土了许久的大摩托。两人四条腿，紧紧箍在上面，远远望去，挤出马腿的样子。山路又窄，左跳右跳的猴子碍得她们，骑得越来越慢，摩托汽缸当当地响两声，低头丧气地停了下来。

自然喽，这次又是没有跑脱。

几乎都是这样的，在尿意把人憋醒之前，那辆老摩托扎扎的引擎声就已经把人吵醒。睁开眼睛，又是一天的清早。春水的老公鼾声响得跟什么似的，一双黑脚，一直黑到膝盖，板板地伸在外面。至于春水呢，早已三把并作两把洗了脸，一条腿已经跨到摩托车上去了。

春水是这附近第一个跑摩的的女人，日日年年，在山路和柏油路之间转。车站、路口，摩的一排排地停起，人一走出来就乌泱乌泱地挤上来，拽包的拽包，拉衣服的拉衣服，身材小点的，还不等你说不，就已经被按得摩托上坐着了。然而春水，也不拉人也不吵架，有人来问就轰起油门走，没得人来也就趴在摩托上，手轻轻地拍着摩托，好像在安抚一匹真正的马。家里平素的开支，都在她那汽油马背上。最怕送那种拖家带口去大医院看病的，一家三四个，屁股全部压在摩托上，都要多扭两转油门才跑得动。掏起钱来，像被抽枯了的井水，挤不出多的两块，转两个山弯弯，遇到个交警，反倒可能被罚出去。

为了这一辆车，吃苦不少。大女儿去世的时候，春水还在摩托上。不知道遭了什么虫，大女儿嚷身上痒得很，大个大个的疱，抓得十个指甲里都是血。当爹的耐不住闹，拔开一罐杀虫剂，手指尖上喷喷，慢慢往女儿皮肤上抹。土方法，见效快，抹了立马停了痒。背上腿上还好说，身子前面，自己不能抹，把杀虫剂丢到大女儿手里，自己蹲门外面吸水烟袋。猛地听见摩托的隆隆声，以为春水回来了，站起来一看，是别个。那人嘿嘿笑："等老婆呢？"懒得说话，蹲下继续大口吸水烟，水泡咕噜咕噜响。那人捏一把刹车，扎在门前，"等不着喽，载一个小白脸，故意颠起骑，骑一路，颠一路，早就颠到宾馆里去喽。"说完，拍了拍屁股灰，又扭起走了。水泡是咕噜不起来了，这种话听了没有一千也有八百，满肚子憋火进了屋，大女儿仍旧在那儿号。啐一口，"毛叫了，跟你那个妈一样，天天叫起给老子丢脸！"大女儿渐渐止了哭，待到晚上春水回家，手里拿一条白药膏，地塞米松，大女儿身子已经硬完了。春水咧开嘴想哭，被老公一拳头打在脸上，"跑你妈的车，天天在外面乱搞，这都是报应！"说完却自己哭起来，嗷嗷的，像狗叫。

哎，你也莫骂他，他一辈子没读过几天书，每天在家里帮着看娃娃，在这边男的里面已经算是可以的了。春水，春水读过书，她妈是马帮红颜。你不晓得马帮红颜？这是说了好听，其实就是没了老公的寡妇。说是她爹以前跑马帮，有一些钱，可惜有一次走烟帮就没回来，不知道是死了，还是跟那些没良心的一样在别处找了新的，这种事都是很常见的。

哦，斗波，你是问斗波的老婆为哪样要跑？这种事，我也不好和你直接讲，毕竟人家两个现在还在一起。我这么和你说吧，斗波的老婆是从河那边来的，不是自己来的，是别人带过来的，你明白不？不明白就算了，今天天气好得很，你来的时间还挺合适的。

你看你看，你们大城市读书的人就是不一样，讲哪样一点就通。你晓得就行了，莫到处去讲，小心他们来打你。其实斗波老婆第一天来的时候，我就晓得她待不住。直挺挺一个杵在门口，不讲话，眼睛里黑黑的，像要下大暴雨。我见过的，她这种就是长了马眼睛的女人，别个女的像驴，温顺吃得苦，每晚被老公骑在身上打几个巴掌、踹几脚，第二天还是起大早干活。她这样的不行，哪个都管不住她，只要她那两条腿还长在身上，她就一定会跑。

斗波老婆叫什么？这我还真不知道，她刚来的时候不会讲我们的话，到后面点也不管她叫什么了，这些从河那边过来的女人，名字就是拿来忘记的。这个女人真的是胆子大，第一次是让人从河里给捞回来的，自己拿绳子捆几捆木柴，就敢往河里放，还没到河中央就被水冲得七零八落。河里好危险，面上看着流得不快，其实下面水冲得你游都游不动。第二回更胆大，敢往山里没路的地方跑，那山路，是能随便走的吗？山也是活物，山里的时间会伸长也会缩短，一下雨，就会泡发膨胀，跟干木耳似的。反过来，如果是毒辣的大晴天，就会被晒得起褶皱，走一步其实就迈过了三四步的距离。那几天正是雨季，连下了几天的雨，等人找到时，破衣烂衫，饿得直啃草，然而一双赤脚，还踩在隔壁山头。

你莫笑，她不是当地人，哪里会晓得土山土水的威力。你问后来？后来脑筋就转过来喽，晓得土办法是对付不了土山土水的。能指望着离开这片地界的，除了长翅膀的鸟，就是春水的那辆大摩托了。

一转过山，更多的弯弯绕在眼前。

"走起！"

一声喊，新的屁股又落在摩托车坐垫上，一层假黑皮，磨成个蜘蛛网，时不时吐出点黄黑色的纤维棉。

去哪里还不是几脚就到，天没刮风，但耳边呼呼的，感觉山都在转着跑。上到一个大坡，舍不得给油，干脆两个人跳下来，扶着往坡上爬。

"大姐，坐你的摩的还兴自己推车呢？"

春水撇撇嘴，怪人多话似的："冲到半截上不去，我们一起摔到沟沟里，你的这点儿车钱还不够我买药的！"

"我看是你太抠搜了吧！舍不得磨摩托，留着给你养老呢。"

脸上红红，落得有点儿难堪，转眼看见自己的手指盖里，积了一层泥，赚钱吃饭，还管那许多！"莫讲了，不想坐就算了，这一截路我也不要你的钱了。"

巴巴地望一眼那山，要是自己腿着走，还不软成根面条？只好不说话，跟在后面推摩托，慢慢地过了坡。

这招屡试不爽，又省下几滴油钱，春水喜得按两下喇叭，招呼着又跳上车："走起！"

等到送完客，这时候路上已经没什么人了。这个时候还在路上转，天黑都到不了。天一黑，人的眼睛就蒙上了，山兽精怪，都敢在路上拦着你。然而春水还是一个人，在路上慢慢跑。日头远远地挂在西边了，老摩托红漆银把，肚子里发动机轰轰响，像匹老战马刚下了战场，银枪还支着，喘确实免不了的。遇到大坎子颠一下，嘎吱叫一声，后车架屁股，前转向照灯都擦破点皮，这又是挂了点彩。速度很慢，春水一双腿闲闲散散地，老将军似的，跟着自己的老马前前后后晃。

遇到个电三轮，才从城里回来，按按喇叭："嫂子，还不回去？没得人了。"

"晓得没得人了，我就转着看看。"

"有哪样好看的，除了石头就是车。"

"车子好看噻，有辆车么哪里都可以去。"

"莫看喽，天黑了赶紧回家烧火，你老公娃娃都要饿死了。"

这正是说到春水怕处："白天娃娃吵，晚上男人骂，在我这辆老马上才能有点清静哟。"

这哪里像是一个母亲说的话嘛，斜着眼睛看看她，踩起电三轮又走了。

其实倒是听了话早点儿回去好，不然也不会惹得那么多人笑。

缓缓骑过一个弯，耳边的声音突然之间转换了频道。那些风声鸟声都停了，轰隆隆的响声慢慢地压过来，震得耳膜都在动。莫不是地震？心一下子抖起来，在这山路上遇着地震，那石头下饺子似的滚下来，还能有个活？春水捏起油门想跑，光一下子暗了，太阳哪落得了这老快。这一抬头看，满头顶都是直升机的轰鸣声。因为山高，简直就从头顶上擦过去似的。里面坐着什么人？黑乎乎一团看不清，手里拿着的黑色枪杆倒是泛着光，看得明显。一点圈子不打，刹那间就直直地飞过去，在空中越来越小，最后连个影子也不剩下。

再不敢耽搁，油门拧到最大，也不在乎那点油了，轰轰地往家赶。

一进屋就插上门，卷被子收衣服，双手忙得看不清影，"赶紧走了，刚才我看见部队的飞机都来了，个个拿着枪，肯定是有恐怖分子来我们这边了。"春水老公一把拽回行李，对着春水小腿就是狠狠一脚，拖鞋都踢了飞出去："你这个癫婆娘，去了几趟昆明脑袋都进水了，还恐怖分子，恐怖分子来这里找你这种老婆娘？那是治安巡逻！"

第二天出门就遇着笑："嫂子，昨晚恐怖分子钻你的被窝了？"

说完旁边嗑瓜子的老奶也跟着捂嘴笑，笑完还把几个白头凑到一起，不知道在说什么话。

走两步发现斗波老婆在那里招手，满脸也是笑，春水就皱起脸来瞪她，怎么，不学好光学坏。近了才看见眼里一包泪，心里一下软起来。斗波老婆说："姐，我请你喝酒嘛。"

白喝哪个不愿意，跟着就去了杂货店，前面卖东西，后面喝酒打牌。焖锅酒端上来，喝一口，辣得上不来气，肯定是刚蒸出来的头道酒，度数高得很，呛出

焦 典 | 六脚马

眼泪来。旁边看一眼斗波老婆，倒是喝得香，一碗酒放在中间，自己拿一把小调羹，小口小口地舀起饮。春水觉得好稀奇："你怎么喝酒跟喝汤似的，还拿调羹？"斗波老婆笑笑："我们那里都是这样喝的，喝得慢，不会醉。"说起家，春水也为她感到难过了，转个话尖："昨天你看到飞机没有？""看到了，黑黑几个，一下子就飞过去了。姐，我相信你说的，我们家那里常有坏人，走在路上掏出刀来就砍。这些人什么都没见过，所以哪样都不害怕。姐你见得多，心眼好使，反而会受苦。"这样说着，倒是春水眼里酸起来，人家反过来在同情自己了。自己何曾是瞎说的？那次送姑娘去城里读书，在火车站刚下车，就遇到坏人，半米长的西瓜刀拿出来，白闪闪的。抱着姑娘钻在一小妹开的书报亭，外面的喊声是一样都听不见，眼前模模糊糊地扩开一片景，有一匹矮脚马，好像就是爹没走以前送给自己的那匹。自己跟姑娘跨上去，跟飞似的，一下就高过树，高过山，飞到云里去。云里有雨，湿湿地沾了一脸。伸手往脸上一抹，手里一片红，那个小妹，已经是倒在自己眼前了。

斗波老婆于是说："姐，你带我走嘛。"

你看你看，前面又有个老脓包把别个车子撞下山，现在跪在交警面前哭。你莫看我骑摩托是肉包铁，比那些坐在车里面铁包肉的要安全多了。这种弯弯都是小意思，我骑摩托，可以把弯路拉直，把直路卷得弯起，往上的坡变成水往下淌，向下冲的坡升起来变成个楼梯，走着都可以爬上去。你个见过人家打铁？这些山弯弯就是我骑摩托日日年年捶打出来的。太阳大，我就轻轻地压，给路面磨得又光又滑，像小女娃娃的脸蛋。下起雨来，技术差的么就莫开山路了，但对于我来说正是好天气。路里面吸饱了水，我就屁股压摩托重重地磨，把路压得又紧又踏实。有裂开的口子，压着摩托朝两边甩，几转就合拢了。没得我嘛，每年修路都认不得要修多少回。

你看，那个老脓包打电话喊他老婆，算他聪明，让他老婆跪着哭比他哭值钱多了。哎呀，莫乱来嘛，咋个要往山下跳嘛，这个女人也太憨了，赔钱偿命都轮不到她嘛。好了，我们又得等起了，这下子救护车又得多叫一辆。哎呀，这些医生快点嘛，再晚几分钟么这个女的肯定救不回来了。哪样事都不能拖，一拖准要出事情。就像当时要是不等那个法国人唱歌嘛，斗波老婆也早就跑掉了。

春水给斗波老婆看相片，旧旧的一张，几面墙做背景，自己小小一个拿着个鼓锣。两人默默地看好久，春水说："这是我小时候的家，墙是掺了糯米面粉砌的，多少年都不会坏，我们马帮的房子都是这样子的。"看着听到外面面包车轰轰响，伸出头去望。五颜六色的服装，还有两台大音箱，隐隐约约探个头，在车厢里颠。

斗波老婆觉得稀罕："这么大音箱，不得把人耳朵震聋？"

春水去城里经常见过的，商场门口搭个台子就放起歌，其实什么都抽不到，白白给人凑了人气："没哪样好看的，回你屋头收下重要的东西，我们趁着他们闹赶紧走喽。"

斗波老婆仍旧探着头："姐，我们听完那个法国女的唱完歌再走嘛。我出来一趟，什么世面都没见过。这么老久没回家，让我听听她唱歌，回去我就说去了法国了。"

话筒里"喂喂"两声，大家都聚拢起来了。听着报幕，法国女人走上来，棕头发、红花裙，皮肤却白。听介绍，说是当年跟着滇越铁路来云南的法国人后代，喜欢喝普洱，喝着喝着就留了下来。这也难怪，在法国当药卖的好东西，在这里不过就是一碗水。然而还是新奇，掌声雷动。随即唱一首《马铃儿响来玉鸟儿唱》。每到一处"哥哥"，下面人便"蝈蝈蝈蝈"地叫。一曲唱完，掌声更加响，个个都高兴得很。

斗波老婆说："姐，怎么法国女人也是这个样子呢？"

"不管它是洋猫还是洋狗，到了山里滚一圈泥就是土猫土狗。"

斗波老婆沉思一下："姐，你说的话很有道理。"往屋头赶的脚又加快了些，"这下回家又怎么跟他们讲我去过法国呢？"

水继续淌，鸟只是飞，台上依旧在那里演。

换了一男迓腔，穿一身灰衣，一双大脚故意小小地迈，在那里唱楚剧。行弦过门拉起，哦呵哦呵地，唱的是泼辣农妇焦氏，勤俭持家但又嫌鄙婆婆，为着琐事动手要打老婆婆。老公曹庄见状怒火中烧，举一把砍柴刀就要把老婆砍死。老太太跪地求儿，家中的狗嗷呜一声血溅三尺，一命呜呼。唱到爆彩处，台上曹庄大喝："贱人休走，看刀！"

台下斗波登时站起，两太阳穴青筋暴起："连个戏子都敢拿刀治住婆娘，让她伺候老妈，我真是个憨货！"

喊一圈没找着人，拉都拉不住，就往回跑。等走进屋子头，斗波老婆正在床上，袜子沾着灰，披一件斗波的迷彩外套。不等斗波走上来，自己先迎出去。拿一块毛巾拧拧水："怎么弄得满头汗，我来给你擦擦。"这下弄得斗波倒有些哑口，一手接过毛巾坐在条凳上，一手伸去想去拿水瓶。"我帮你拿嘛，要哪样？"水瓶怀里圈住，送到斗波手里，转身又坐回床上，衣服纽扣闲闲地解散了，将着就要躺下去。此刻也管不得什么男人气概了，两只脚鞋跟一踩，拖着鞋就蹿到床边。斗波老婆手推推："莫着急嘛。"斗波说："我其实爱你爱得很，我要有五十块，我都会给你一百块，另外五十块我去卖血给你。""我晓得的嘛，我也爱你噻，你以后莫那么防得我了，我是你老婆，不是你家的猪嘛，不会跑到别人嘴巴里头。""好的嘛，好的嘛。"说是这么说，眼睛耳朵已经不在脑壳上，早就转到了手心里，手摸到哪里，就跟到哪里，打个战，抖两下，不消说，连自己老娘叫什么都早就忘到沟沟里去了。

　　天黑了，想要扭灯，却看见一个背包鼓鼓地躺起。刚才也是心急眼瞎，这么大个包都没有看到。鞋也顾不上了，蹿过去两手一拽，行李塞得实实的，按都按不动。火气一下又冒到头顶，转过头，一双黑黑的眼睛望着他抖，说不出一句话。终于是几个拳头，肚子软软的，一打就会陷下去，脑壳是脆的，像西瓜，拍起来砰砰响，哭喊声也布满了这一个天空。

　　是呀，不要说你，我们哪个听了不怕嘛。人不是猪狗，哪能那样打的。要不是春水去了么，那天人怕真的要被打死喽。具体的我也没有亲眼见到，所以我也不能跟你乱讲，反正威风得很。那天我刚跟朋友吃菌子回去，对了，你个爱吃菌子？现在七八月，正是菌子旺的时候哩。哎呀，没的事情，哪里会那么容易中毒嘛，那些都是自以为胆大的人吃杂菌才会出事。我们只吃自己认得的，黄牛肝菌拿点干辣子炒炒，金黄黄的，又油又香。

　　反正就是那天我吃完菌子回去，就遇着春水。香味还在嘴巴里头，看见一帮人扛着铁铲、大锄头、斧子镰刀，霸着路走着。虽然认得不是冲着我，也把我吓一跳。春水甩起根鞭子走在最前面，打到地上噼噼啪啪响。我躲得一边问她："去哪点？"她摸摸我的头："去斗波家，斗波那个没娘养的，不把人当人。"我拉得她的衣角，跟她讲："你们吓吓他就行了，别闹出事情。"春水拍拍我的屁股让我赶紧点回家，然后喊一声：

　　"走起！"

　　喝这一声彩，真是让我腿肚子打战。身上的血一下子往双腿灌，挨了电门一样，我要是匹马，当场就得抬蹄子飞跑起来。平常听人这样吆喝，晓得不过就是赶羊吆鸭，究竟不怎么有气势。春水的鞭子一打，嗓子一喊，地上和心上都被卷起旋。我躲在后面看他们，一行人也不多言多语，把家伙都紧紧地握起，跟在春水后面走。好像哪个也拦不住他们,毒蛇猛兽拦不住,恐怖分子拦不住,逢山开路,遇水过河。我想当年迤萨马帮闯天涯,走通东南亚也就是这个样子的。

不过我跟你讲,这世上有些事情真是奇怪得很。小的时候听外公讲,二十世纪里也不知道具体哪年哪月,反正他们一些人驻扎在金沙江旁边的一处小野山。等得月亮把窗户填满的时候,山谷里面哗啦啦作响,风声隆隆的,个个都从梦里面被吓醒。等得提起脚赶到时,一道巨大的切口从小半山处直刺入金沙江,两边的树木都向外边翻起,仿佛有哪样巨大的东西挤压过去。抬起眼一望,只见得一个庞然大物轰然滑入金沙江,一下子就不见了踪影。有一个当地的住民就讲:"是巨蛇。"第二天大家就忙起收拾东西,不敢再待下去了。你说光天化日之下,咋个会有能把山都劈开的蛇嘛。不过想想,现在脑壳顶上就有宇宙飞船在太空里飞,山里有条大一点的蛇也是很自然的了。所以这并不算得奇怪,真正奇怪的是一个人,昨天见到还威风凛凛,眼睛里翻着火,第二天再见到,那个身上的火好像就灭了,这种事,你说怪不怪嘛。

后来我看到,春水的心好像就是这样说麻就麻的。

第二天春水家门口聚了一帮人,都是些白头发、灰头发的男人,间或杂着几个黑头,不停地吸烟,搞得乌烟瘴气。斗波拿绷带缠了手,纱布裹了头,蹲在地上哎呀哎呀地叫。春水拨开这些臭气走出来:"搞哪样嘛?"斗波叫得更凶:"哎呀,我不跟女人讲,喊你家男人出来。"我来到门边,睁大了眼睛看起,很害怕他们会动手打人。这时一阵怪响突然从林子里面传出来,嘶嘶的,像马叫,又像鸟叫,甚至还有点像蛇吐芯子。我看那些人还在吐痰吸烟,我就跟春水悄悄地说:"有奇怪的动物来了。"春水把我拉到旁边:"是六脚马,哪个找着了哪个就可以骑上它飞上天。""飞到天上干什么?现在不是有飞机吗?天天在天上飞。"春水没回我,只是拍拍我,让我去树林子里看六脚马。我走了好久,和我比起来,山太大了，一棵树比我高，一块石头比我重，有时连一棵不知名的野草也比我强韧。绿得很，野得很，转几个弯也不见有什么东西。日头越走越沉，四面冷寂下来，我什么都没看到，只好转头回去。回去就看到春水正在给斗波递烟，左边脸蛋又红又黑的，她跟斗波讲："对不起。"

第二天全个屋子都漫着豆腐香，我闻着味来到厨房，春水在炸石屏豆腐，斗波跟春水自家老公坐在堂屋里，等着吃赔礼。听人平常讲，这个豆腐出了这地方到哪里都做不成。你就把师傅带着，把点豆腐的酸水带着，只要脚迈出这片土地一步，这豆腐做出来不是苦就是涩。香得很，看那些好豆腐，一块的肚子鼓起来，一块的肚子瘪下去，翻一个面，又在锅里弹两下。转头一想又气得很，这样的好豆腐，等会竟要进了坐在堂屋的那些坏嘴的肚里。

春水手里抓了把什么？灰白灰白的粉，哪里有这样子的作料。往豆腐上划几道小口子，蘸着粉往里塞。凑近了一闻，这股子味道再熟悉不过了，这不就是那水烟袋落下的烟灰吗？平日里都是这样的，那些个男人或坐或蹲，挨在墙边，嘴巴对着烟袋嘴猛吸一口，水烟筒就烧开水似的咕咚咕咚响一阵水泡。眯起眼睛，把烟咽进肚子里滚两圈，吼吼哈哈地猛咳两声，拎起烟哨子抖抖烟灰，又传给下一个，那烟味混着汗臭味，熏得人眼睛疼。

把露在外面的烟灰擦掉，抹上一层辣椒面，稳稳当当地挨个放盘子里。春水对着我狡黠地笑笑，眼睛里亮亮的，好像欢喜得很。这样的心思，我自然立刻心领神会，拼命忍住笑，端起盘子就往堂屋里走："豆腐来喽！赶紧吃起！"

我憋笑憋得肚皮又酸又痛，时而眼睛看看盘子，时而又落到窗户外面去。豆腐早已下肚几块了，依旧是在那高声喊："好兄弟！""吃！好哥哥！"焖锅酒一大钵端在桌上，一手是碗，一手是筷，就着一口酒，两块豆腐又烫烫地下肚。夹一筷子就落一点，盘中剩下的豆腐被烟灰落满头满身，像发霉了一样。偏头偷偷

焦 典 | 六脚马

看一眼春水——眼睛紧紧地望豆腐，激动得喘气都快了许多。春水老公看一眼那烟灰豆腐，夹起来往嘴巴里头送，咂摸两下，肥舌头转两圈舔舔嘴唇，依旧是："好弟弟！吃好喝好！"

我看着他们把那些烟灰豆腐都直直地咽了，一下子觉得舌头好麻，用手一擦，竟不知道什么时候咬破了一大块，流出好多血来。我转头看看春水，一张脸呆呆的，好像陷入一片很远很厚的雾气里，咋个都走不出来。春水的心，应该也就是这个时候，和我的舌头一样麻掉的。

我们这里的生活其实平淡乏味得很，但我们这里确实有六脚马。

六脚马比人心善，早晚寺里和尚念经，它就会自己慢慢去听。大殿里不去，自己一个马悄悄地到偏殿。虔诚得很，六条马腿屈着跪地，好像自己就是那个木鱼，僧人敲一下，马蹄子点地一下，照样清脆。长年累月地听，也就真把自己熬成了块木鱼。死了以后寺里办超度，跟木头棍子一样，一点就呼呼地烧，马蹄子烧碎了掰开一看，是一粒已成形的舍利子。所以喽，这就是佛祖给六脚马盖了戳了，从此就不是凡马，超脱俗世。这不是讲来骗小孩的那种故事，我们这里的人都知道的。

那天斗波老婆最后一次来找春水，头发乱蓬蓬的，像鸡窝草。其实走得很慢，手里边拿一根半粗不细的树枝丫丫，当根拐杖使。实在耐不住，话都憋不到进屋就破口说："春水姐，你再最后带我一次嘛。"

其实哪个都晓得是最后一次了，我不好打扰她们，坐在外面抠墙皮。小块小块的，抠了一半天，龇得我指甲都快出血了，才白了一小片墙。看看旁边，都是黑黢黢的，这一小块白反而显得很难看。我又只好看狗，两条土狗屁股挨在一起，八条腿在地上走。实在是见不得，随便捡一根树枝就往屁股中间砍，结果树枝断了也砍不开，气得我狠狠踢了那公狗的屁股一脚。两条狗嗷嗷地跑开了，留下我一个显得更加寂寞。于是我实在等不了了，准备去向春水告别，说我先走了。

　　手慢一点儿，还没来得及敲，听见里面说："我晓得他会跟着我，山路那么抖，推下去摔死了哪个也不会怀疑哪样。""做了心不安的，以后走夜路都会怕。""我倒想走这条黑路，死了就在路上继续走，走到寺里求菩萨把我送回家。""你信我，把你自己搭进去，我吓吓他嘛，保准他颠得屁股跑掉。"我赶紧缩回手，蹲在墙边继续抠墙皮，等到身上的汗像雨一样把一切秘密都冲刷干净后，我才站起来，使劲跺跺酸麻酸麻的脚，对着屋里喊："我走啦！别人还等着我一起搭车呢！"

　　后来的事大家就都晓得了。

　　斗波老婆说要去城里逛步行街，买几件新衣服，从家里带来的那些，脏了脱下来揉搓，穿在身上也被厮打，这破一个口，那刺啦两线，穿着实在有些羞。屁股刚坐上春水的摩托，斗波就也跟着上来了。犹犹豫豫地，想上车又想起自己以前回回坐车出事情，摸摸脑壳，摸摸脸巴，感觉得哪点都好像有点儿疼。

　　春水捏起钥匙要走，斗波又往前挨挨："再加我一个嘛。"春水把头发往头盔里塞塞："我骑得快得很哦，你也晓得，到时候么你莫怕嘎。"一面想得，斗波一面屁股挪到坐垫上——城里边不像这土山土水的，老婆一下子跑掉么，喊多少个人都找不回来。伸手把老婆往前推推，三个人把摩托坐得满满当当的，"哎呀不怕的，过了天生桥我就下来自己走。"斗波老婆轻轻掐一把春水的腰，春水左手收离合，左脚挂一挡，听得发动机速度起来了，高挡一挂，摩托就跑起来了。

　　这一路走起来自然是熟得很，遇到紧缩弯，入弯路长长，出弯路一小截，收油、刹车、降挡，春水屁股往内侧一倾倒，两个车轮子就漂亮地划过去，再错开一点就要冲到路外面。最痛快的还是过大弯，住在这点的人，比喝焖锅酒还喜欢的，就是坐着春水的摩的飙大弯。大弯肚子庞大，跟大象肠子似的，过的时候紧紧挨着内侧，靠看是看不出弯道深浅的。就算是那些骑着川崎、杜卡迪的，在这

焦　典 ｜ 六脚马

种老山路上看不出明显的弯道顶点或临界点，想跑山跑赢春水的老国产顶杆机，还是差点儿意思。春水慢入快出，该放速度的放速度，摩托一点不向外偏，要是只有春水一个人，那膝盖都能碰到地上，擦出煳味来。春水和斗波老婆都快活得很，只有斗波，吓得满头冒汗，抓得摩托的手都捏青掉。

过了就是那条长长的直路，春水最喜欢的，平素里没客人便在这条路上慢慢骑着吹风。刚才过弯冒的那层汗，经风一吹，丝丝孔孔地凉进心里，舒坦得很。张起眼睛看，视线开阔空旷，好像不是山，是在一片青天上。

忽然地一转，云没有了、天没有了，是大块大块的山石，长在薄薄的山坡上，声音喊大点都要掉下来。这段路却没有见过，又小又窄，地上尽是些牲畜的脚印子。"嫂子，走错掉了吧？刚才直直走就对了。"春水油却给得更多："这条路更近。"这些山弯弯一个都没见过，一下子这里有一个拐，一下子那边有一个圈，转来转去，一路给油往上走。

斗波怕得有些遭不住了，说话都抖起来："嫂子，怕是不对吧？我咋个感觉越来越走到山上了呢？"春水接着开，过弯不走漂亮的弧线了，直进直出的，扭头冲着斗波一句："你打你老婆的时候威风得很嘛，现在咋成包一个了？"想想前不久的事，斗波晓得春水啥意思，左望不是，右望也不是，只是干干地咂咂嘴。

春水盛气地啐一口："怎的，你还敢整她，我今天就敢把你整废掉。"老摩托突然地颠起来，油门一紧，手捏刹车前轮哧哧擦地，颠得斗波屁股飞起来。刚落回坐垫上，油门又一松，右脚踏板前一踩，后轮咯吱咯吱地叫，磨得斗波满嘴牙齿酸。

再往前面就是个大急弯，斗波往路外面望望，大片的田小得跟块青苔似的，烂棉絮一样的薄云就飘在路下面，心都要吓得吐出来了，哑着嗓子喊："整慢点！"春水问一句："以后个还敢？"直接方向打死，给高油门，迅速弹开离合，老摩托直接原地转了一圈。

没听到回应，就只有一声怪叫，斗波想自己跳下摩托，一松手，直接就被抡一圈甩了出去。还没来得及伸手去拉，斗波就悠悠地掉下了山。山很高，风也很大，斗波死得又轻又安静。

春水一下子还没反应过来，本来是想吓得斗波回家去，以后不要再找麻烦，哪个想到他竟然有这么大的胆子，敢松手跳摩托。捏起刹车停下来，老摩托哼哧哼哧地喘着，斗波老婆在后面讲："春水姐，各路神仙都看着，他摔死了不是你的事。"春水扭头望一望她，斗波老婆嘿嘿地傻笑，眼珠里黑黑的光一下子就灭了。

再往前走就遇到了那两群猴，龇牙咧嘴，斗得血肉横飞。比往常多走好远路，摩托车胎也烧得严重，渐渐行得慢，汽缸当当地响两声，低头丧气地停了下来。斗波老婆下了摩托，对春水说："姐，连猴子都来拦路，我注定是跑不脱了。"春水拉拉她，意思是不怕的，一起走出去，斗波老婆摇摇手："其实我想做的事也做完了，斗波死了，我不想走了。"

我说过的，我们这里确实有六脚马。

等得大家跑过来找到斗波老婆，春水已经不见了，她那辆老摩托留在原地，发动机都还没熄，沙沙地喘着，单腿撑在地上，窸窸窣窣地抖。像匹老马，跟随主人厮杀了大半辈子，肌肉缩成张老皮，四条腿都发麻，颤颤巍巍地要走了。

大家正手忙脚乱，一阵奇异的味道好像突然从草根里，从树枝子尖上，甚至从猴子的屁股脸里涌了出来。猴子的叫声全变了，疯狂地四散开来，露出惊恐的神色。铺天盖地的气味笼罩了我们，像寺庙里烧得浓浓的香，但又夹杂着雨后树林子的植物骚味。想赶紧跑，鼻子脑袋里都灌满了这味道，腿轻飘飘地，使不上力。

然后就响起了那声熟悉的吆喝：

焦典｜六脚马

"走起！"

好像一把老木桨，深深地往水里一划，脑子里糊涂的一片就清亮起来。水波一层层，连接了过去和未来，荡开那些发腥的水萍和臭鱼一样的腐烂记忆，荡到了猛野井的盐水里，荡到了越南的棉花地里。真是奇怪，不知道是谁的声音，好几个，随着水波一下下地涌到耳朵里。手里拿几团花边丝线，就换了半包白胖棉花，说着这下好了，回家去么，老婆又可以做几件新衣服。可是自己一个十来岁的女娃娃，哪里来的老婆？转身又拍拍身上灰，不知道在外面走了多久，头发里一股酸味，手上却沉甸甸，一箩筐鹿茸、熊胆、麝香，药材的苦味涌到舌尖上，让人尝到瘴气的湿热和山石的冷酷形状。

再往前走么，怕就要穿到水波的背面，走到上辈子的时间里去了。赶紧掉个方向往回跑，撒开了腿跑，扯开领子跑，让风呼呼地往里灌，像很久之前和很久之后的母野马那样，把自己里里外外都吹个干净，吹个透亮。风很大又很软，吹得头皮凉凉的，拿手一摸，头发已经全数脱落了，然后是手和脚，常年被紫外线晒得黄黑黄黑的皮肤渐渐透明，那些支棱着的骨头也渐渐融了形状。不晓得跑了好久，跑得烧豆腐和烧饵块的味道忘了，自家房子的样子忘了，山路哪里有弯也忘了，在跑得连自己的名字都快忘了的时候，又响起一声：

"走起！"

那些丢了的颜色、味道和名字一下子回来了，又把今世的自己全部想了起来，我对着人群大喊："是她！是她！"

空中突然传来湿漉漉的嘶鸣，像猛地剥开一个多汁的桃子，桃汁四溢飞溅出来，落到眼前、落到脑后。春水驾一匹马在空中奔腾而过，六条马腿飞快地交错着，出后蹄，出前蹄，接着是一个潇洒的飞跃，中间的两条马腿始终嗒嗒嗒地敲击，像愉悦的三拍子音乐。像春水的老摩托过弯一样，在人们脑袋顶上划一个精确的弧度，无论是身姿还是速度都震得我们双眼发直。

我们当中有胆小的，不敢看，抱着脑袋蹲在地上发抖，像一只落水的老公鸡。我刚从混沌的幻觉中清醒过来，像一张湿透了又被大太阳晒干的纸，又脆又透明，什么也不怕。春水骑着六脚马在我们头上打转，我就对着天上喊："还有我！还有我！"喊了老半天，嗓子眼里都喊干了，六脚马也没有落下来，也许它根本就不会落下来，如果它落到地上就会变成春水那辆气喘吁吁、半死不活的老摩托。

很快六脚马就飞走了，大家全部浑身大汗，在地面挤成一团，像一个湿淋淋的大拖把头。

你看，我说我骑车厉害得很嘛，这不就到了。像刚才那些抢速度撞山的，水平不够冲到路外面的，在我这点都是不可能存在的。我给你留个电话嘛，你以后要是还需要坐摩的么，随时喊我噻。

哎，这个风吹得真是舒服得很啊。你来的这个时候真是太好了，田里还水汪汪的，你看看这些梯田，这么陡的山，硬是变成一块块田，平平整整的，你看最大的那块，有两三百米长呢，哪个能想到这是我们的老古人做出来的。

你回去么我怕是接不了你了。我家在城边上，现在天也不早了，我差不多就要往家走了。哎呀，这点好是好么，哪个会几辈子住在这里嘛。特别像我们这些读过书的女的，在这点是住不下去的。说了你莫笑，我真呢还是正经读过书的。

对了，刚才挨你吹了这么久的牛，都没跟你讲，春水就是我妈撒。她骑着六脚马飞走的时候，我就在想，其实一直想走的不是斗波老婆，而是我妈。不骗你的讲，看得她走掉的时候我心里还是很难过的，甚至有点恨她，我想大声地喊她，你快点回来！但是她一转过脸来，我看到她的腿已经跟六脚马的腿融在一起了，我一下子哪样都想明白了。春水的腿本来就是马的腿嘛，她两条腿骑到四条腿的马上，不就变成六脚马了？

所以呢，最后我就对着她使力喊："妈！你跑快点！"

好了，不挨你多吹了，我真呢要赶紧回去了。等会儿天黑了，山路上有好多古怪呢。30块钱，现金、微信、支付宝都可以，零头就不要你的了，留个回头客嘛。

《花城》2022年第5期

周于旸

周于旸，1996年生于江苏苏州，小说发表于《十月》《长江文艺》《青年文学》等期刊，有作品被《小说月报》《长江文艺·好小说》转载。小说集《马孔多在下雨》入围第五届宝珀理想国文学奖决选名单。

暗楼连夜阁

没有人比郑广延更关心时间，他每隔两分钟看一次表，一天看三百次手表，目的只有一个，确认那根秒针还在转动。此事起源于六十九岁生日的晚上，郑广延做了一个梦，梦里有个人告诉他，日子不长了，手表停下转动的时候，他的生命会随之结束。醒来之后，他的背心湿透，天花板上的吊灯在摇晃，好像什么人刚离开一样，但妻子明明还在熟睡。妻子比他小八岁，还没到老眼昏花的年纪。他向她讲述了昨晚的梦，梦中人手持镰刀，手指细长如树枝，穿的却是古代帝王的服饰，头上戴着乌纱帽。他无法笃定那人是死神还是阎王，但肯定是个不祥之人。妻子说，没头没尾，就是个梦而已。

昨晚的蛋糕还没吃完，上面全是蜡烛，像扎满细针的毛线球，这是外孙捣的鬼，他说六十九岁，就要插六十九根蜡烛，插到第二十三根时已经没了地儿。外孙很抱怨，说，原来人过了二十岁，就没法好好过生日了。除了蛋糕外，红酒也剩了一大半，郑广延有高血压，喝不了酒，只能象征性地抿一口。生日还能再过一遍，但时间已经对不上。他慌慌忙忙去找手表，它正躺在茶几上，双臂展开，像一只金色的海鸥。他拿起表，拧上三十圈，把发条加满。十多年前，他得到了这块表，是一位学生送给他的，当时他还在大学的天文研究所工作，学生写博士论文，讲的是双缝干涉，他提了几点至关重要的意见。论文发表后，这位学生声名鹊起，他没有忘记郑广延。一次学术会议后的晚宴上，他从怀里掏出一块金色的手帕，手帕里包裹的是一块金色手表，他亲手帮郑广延戴上。当时他比现在胖一些，表带扣在第九格，如今已经减到了第七格。郑广延起初不愿收，觉得过于贵重。学生说，表贵不贵重，在于您看表的次数，看一眼就算用一次表，用得多了，表就不贵重了。

十多年过去，表带的光泽早已不如当年，铜锈斑驳，划痕累累。每道划痕都有来头，表盘正上方，罗马数字十二的上头，是骑自行车摔跤时留下的。多年以前，他接外孙放学，外孙七岁，身体还小，他把外孙放在坐垫前的横杆上。外孙要他跟同学家长比骑行速度，郑广延踩急了，硌到一个石子，车就翻了。情急之下，他用左手护住外孙的脖子，手表上磕了一道。有了第一条划痕之后，第二条也随之而来。有一次他在银行取完钱，被歹人盯上，一路尾随，转进弄堂时，歹人下手，抢他的包。郑广延反应迅速，两人扭打起来，歹人不知从腰间掏出个什么硬物，对着他的脑袋砸去，郑广延下意识抬起左臂，手表正好挡了一下，凶器也从歹人手里滑落。郑广延定睛一看，是串钥匙。歹人见情况不妙，捡了钥匙便跑。郑广延每每想起此事，后怕不已，如果不是那块表，这串钥匙就插进了他的脑门。梦中人提醒他，手表的生命连接着他的生命，他现在觉得，这一说法不是毫无来由。

那天早上，郑广延悄悄出了趟门，没敢跟妻子说，怕她嘲笑。他去的是家修表店，这家店开在学校对面，步行过去十分钟，现在他老了，患了腿疾，要走十五分钟。这腿疾始于一次意外事故，他有一次下楼梯，左脚绊右脚，摔了一跤，磕到了膝盖，疼得在地上打滚，因为是自己绊倒的，怨不了人，气撒不出来，他绝望地想，人生很多事也是这样。后来去医院检查，磕的地方没事，倒是查出了骨关节炎，从那以后，脚就不好了。修表店他经常路过，直到今天，他才看清了它，店面很小，一个柜台，一张躺椅，墙上挂钟和海报，标语是用喷漆写的，六个大字，董松专业修表，还算端正，董松应该是老板的名字，下面还有行小字，立等可取。柜台里整齐地摆了一排表，一块贴着一块，好像一卷摊开的竹简，一些是拿来卖的，还有一些是修好了，等客人来取。老板是个中年男人，个子不高，微胖，镜片很厚，见郑广延来了，他从躺椅上站起，问，修表？郑广延说，不修，但有点问题。老板问，什么问题？郑广延吞吞吐吐，说，一块表，能活几年？老板说，你这人讲话有意思，活几年我不知道，得看是什么表。郑广延撩起袖子，把表从手腕上摘下来，递给老板，老板双手接过，这时郑广延注意到，老板的左右手都戴着表，有些好玩。郑广延说，你看看，这什么表？老板接过，扫了一眼，说，机械表，能活十年上下。郑广延一听，脑门就出汗了，嗫嚅着问，我已经用了十年，是不是要到时候了？老板说，好一点的表，转十五年也没问题，能转几十年的表，现在也有了，不过你这个牌子，我没见过，这串洋文什么意思？郑广延说，TRUTH，就是真理。老板问，真理是什么？郑广延说，问得有点深。老板说，我帮你打开看下，清理下污垢，换点零件，能多转几年。说完，老板把手伸到桌角拿工具，郑广延立刻拉住他，问，换零件的时候，表会停吗？老板说，当然会停，回头校一下就好了。郑广延忙从他手里抢过表，说，会停，那就不换了。

　　郑广延重新戴上手表，不停地用袖口擦拭表盘，从那天起，他的目光就没有离开过它。往前数三十年，郑广延并不怕死，他在大学做老师那会儿，也当过救生员，其他老师没人愿意干，只有他不好面儿。学校的湖很大，一到夏季，全是看荷花的游客。郑广延不会游泳，当救生员，为的是多赚点钱，只要没人落水，这活就能一直干下去。干了三个月，遇上了第一个落水的人，是个女孩，他没有多想，抱起救生圈跳了下去，这是职责所在，不能含糊。这一跳，险些让他丧命，救上来时，胸腔全是水，女孩倒是没事。当年在学校里，算是一桩笑话，别人说起郑广延，都要感叹一句，这是个不要命的人。一直到两年前，他才变得要命起来，他的朋友去世了，以前是同事，退休后成了牌友。前一天晚上，他们还在一张桌上打牌，第二天他就收到了讣告，朋友半夜突发脑梗，再没醒来。他出门参加葬礼，在卧室换好衣服，经过客厅时，有些恍惚，在那一小片方桌上，昨晚打完的牌还没收拾，人走了，菜还热乎着，这是他的感受。他走到桌前，想理牌，但最后没有理。

年轻时烟酒沾得多，郑广延患上了支气管炎，有时半夜惊醒，喘不上气，药在床头柜上备着，伸手就能摸到。但他还是怕，因为妻子说，他打呼时声若洪钟，以前是水面冒泡，现在像山风过岗，总而言之，和平常不一样。后来他开始坐着睡觉，是从一个医生那听来的偏方，坐了几天，患上了失眠症。一个人在黑暗中沉思，眼睛看不见，大脑却格外透亮，仿佛在山洞里打坐，背对着洞口。他想起不少遗忘的记忆，三十年前，他在街边给人算命，戴着毡绒帽，贴着假胡子，往衣服里塞了不少棉花，还是被一个女学生认了出来。女学生要郑广延教她算命，否则就向领导举报他。郑广延没有办法，教了些入门的东西，排盘，看八字，手相也教了一点。几年前，他跟妻子上街，路过一个算命摊子，招牌上写，欲问前程，请君止步。他被摆摊的女人拉住，她说了两句话，暗楼连夜阁，机芯拟人心。这事他当年没在意，现在才发觉，那个算卦女人，长得颇像他学生。想到这里，他吓出了冷汗。一激动，还把妻子摇醒，为的是求证那段记忆的真实性。妻子睡意蒙眬，嗔怒地骂道，得了吧，你十几年没陪我上过街了。

郑广延做了那个梦后，不再坐着睡了，他的命不在睡姿上，他的命在那块表上。每天晚上，他都要对着电视机校对时间，这块表，一天的误差在三十秒左右。他戴了这么多年，头一回发现此事，之前都被骗了。他以前当老师，当过不算称职的丈夫，当过还算体面的父亲，现在还要当一会儿外公。就在他每天校准手表的那几分钟里，他跟这些身份无关，他是个风烛残年的老人，他不是其他任何人。

周于旸 | 暗楼连夜阁

刚校完表的几小时里,是他一天中最安稳的时光,即使睡不着觉,也不会慌乱,黑暗的房间里,书本、茶杯、台灯和拖鞋,每件物体都死气沉沉,唯有这块表,如同活物,生机焕发,但也不免有些孤独。失眠期间,他经常走上阁楼,打开天窗,爬到屋顶上去,像年轻时一样,那会儿他有一架天文望远镜,是实验室淘汰下来的,他带回了家,架在屋顶上,每晚上来看几眼。那是他一生中最光辉的时刻,有野心,有创造力,人也不会累,不像现在,只剩下一副衰败的皮囊。但无论事故沧桑如何变幻,星星还是他的老朋友,一颗颗闪亮的螺丝钉,将夜幕牢牢钉在头顶。

人一旦怕死,孤独也就不当回事了。从阁楼上下来后,他又把自己关进了书房,他患有颈椎病,低头是一次奢侈的消耗,往往要把手臂抬起来,抬到跟眼睛一样高,动作有些夸张,仿佛在擦面前的玻璃。他没法在妻子面前做这件事,只好钻进书房。他有借口,他要写一部书,家族史,这个计划一早就有,中途搁置几年,现在重新开始。起因是搬家前,他在旧仓库里翻出一本册子,曾祖父写的回忆录,古文笔法,不长,一万多字,少细节,多概括。他觉得很妙,想写成书,他没有写过论文以外的东西,动笔以后,格外顺畅,脑海里不断有细节涌出。他有些惊奇,不知道它们从何而来,又如何注射进他的大脑,并从他的指尖流出。他从两百年前写起,两百年,好长的时间,他一人占了七十年,想到这件事时,他感到自己有些壮观。但他时常无法集中精神,眼睛忍不住去看表,有一回,明明过了三秒的时间,秒针却只动了一格,这一幕被他抓到了,心脏也跟着骤停一下。这块表越来越难以信任,他决定再去一次修表店。

那是八月末的时候,天上下着暴雨,街道格外空旷,只剩下雨声,每一滴雨水都不含糊,着实地落在地上,万箭齐发,像是要把柏油马路凿穿。郑广延撑着一把大黑伞,佝偻着身子朝店走去。老板正站在柜台后面,面对着雨景发呆,似乎没有睡醒。郑广延出现时，把他吓了一跳，他没想到这种天还有顾客，心里想，什么事值得冒这么大雨？老板递给郑广延一条手帕，让他擦擦身上的雨水。郑广延把伞收起来，挡雨板不够宽，他又往里站了站。他说，我要换零件。他把表从手腕上摘下，放到柜台上。老板看了一眼表，想起来这是上次那位顾客，他修表数十年，人脸记不住，但只要一看表，就能对应上。老板说，想明白了？郑广延说，我提个要求，修表，但表不能停下来。老板说，我修了这么多年表，没人提过这种要求。郑广延说，我可以多给你点钱，多少钱我都付得起。老板说，老先生，不是钱的问题，你换个灯泡，总得暗一下吧？修表也一样。郑广延说，这镇上就你一家修表店，你是老师傅，帮我想想办法，付两倍的钱。老板苦笑，摇摇头，认真想了一会儿，说，螺丝一拧，齿轮一摘，表肯定停，除非一直用手拨转。郑广延听完后，面色有些紧张，随即开始点头，像是在鼓舞自己一样，战战兢兢地说，行，就这样。

老板从箱子里掏出几个小零件，摆到柜台上，光线有些暗，面前是郑广延黑压压的人影。老板端了张小木凳，让郑广延到店里来坐。他手上一边弄活，一边问郑广延，这表有什么特别，一秒都不能停？郑广延说，师傅，你今年多大岁数？老板说，虚岁五十八。郑广延说，你比我年轻，等你到了我这个年纪，就容易信神信鬼了。老板说，鬼神都揽手表生意了？郑广延有些难为情，但是他还是老实交代了，他找不到好的借口，他说，人总是要死的，就是死法不一样，有一晚我做了个梦，梦见了阎王，他说这表一停，我人就走。老板停下手里的活，看了一眼郑广延，打趣说道，那我让表反着走，你还能返老还童哩？郑广延说，你老老实实修就好，不用搞创新。

过了十分钟，老板做好了工具，然后戴上寸镜，开始拆卸，先把表壳和表耳拆下，放进肥皂水里清洗，污垢死死贴在表层，需要刷子用力摩擦，老板咬着牙，从牙缝里蹦出一句话，手表记录时间，污垢记录手表。刷去污垢后，再把零件扔进酒精里浸泡。郑广延说，这话讲得好。老板说，是吗？做了几十年了，有点小心得，你是做什么的？郑广延说，以前是大学老师，现在退休了。郑广延在镇上名气不小，是这里唯一的大学教授，名气有时候很好用，去菜市场买菜，人家把最好的肉留给他。修表店老板不认得，他有点失落。老板说，我们家没人上过大学，我儿子是第一个，小学毕业我就跟着我爹干活了，但我认的字可不少，你是教什么的？郑广延说，我教天体物理。老板说，听不懂，什么是天体物理？在郑广延漫长的职业生涯中，他无数次被人问起这样的问题，对此他有个简单的回答，他说，就是研究星星月亮的。

　　老板让郑广延凑过来，把刚做好的工具交给他，那是一个连接秒轮的杠杆，外形像个挖耳勺，他让郑广延捏住铁棒的一端，用手指拨着它转，表反扣在支架上，郑广延看不到表盘，只好在心里读秒，他年纪大了，手容易抖，总是快一秒慢一秒的。老板说，你可得仔细了，命就握在你自己手里。说完，老板将表里的零件逐个摘下来，摆到柜台上，透明的玻璃像一片湖，扇状的零件像鱼鳞一样。就在老板拆卸的过程中，郑广延感到身体有些异样，骨头灼烫得厉害，说不上哪里不舒服，就是感觉有什么东西要破土而出。他摁住老板的手，说，停一下。老板注意到郑广延脸色苍白，也跟着紧张了起来，说，你放轻松，都是心理作用。为了尽快让手表回到郑广延手上，老板替换了所有能换的零件，省去了清理的时间。其间他被郑广延催了两次，八月了，虽然下雨，天气还是闷，心里憋着股劲出不来，脑门上全是汗。在郑广延眼中，虽然老板看上去有些糙，手指也粗，但干起活来有条不紊，手上有谱，一板一眼，像斧头上的花纹，给人一种不期而遇的细腻。老板装完后，这块表变了个样，换了皮质表带，浅棕色带花纹，表壳的色泽比原先亮了不少，戴在手上十分打眼，像小年轻喜欢的潮流玩意儿。郑广延这才缓过神来，身上的不适一下好了。

　　修完表后，郑广延想起要去接外孙黄集叶，看了一眼焕新的表盘，时间刚好，不早不迟。黄集叶今年十三岁，身体发育了一半，但看上去还是个小孩子模样。小升初的暑假，因为没有作业，被母亲送来念补习班，学写议论文。母亲在企业里上班，平时没有时间管他，交给郑广延来带。家里人觉得他是老师，大学生能教，小学生一样能教。黄集叶正处叛逆期，看到外公就触霉头，让他不要来接，同学见了闹笑话。郑广延说，我也不想接你，你妈交代的任务，你把书包给我，你走前头。黄集叶一路跟同学嬉闹，一会儿来回跑，一会儿蹿马路中间，郑广延走后边，一步一个脚印，像放鸭子一样把他赶到家里。黄集叶说，外公，你换新手表了？郑广延说，还是原来那块。黄集叶说，我什么时候能有自己的手表？郑广延说，怎么对手表感兴趣了？黄集叶说，班上同学都有。郑广延说，你也有别人没有的东西。黄集叶说，是什么？郑广延说，上次作文拿了多少分？黄集叶说，九十三。郑广延说，多少名？黄集叶说，第一名。郑广延说，这就是了。黄集叶说，我不想上作文课了，讲的都是一样的东西，三段论，我想跟你学物理。郑广延说，你倘若真想学，跟你妈商量去。黄集叶说，我妈肯定同意，她就指着我跟你多学点东西。

　　黄集叶念一年级时，父母离了婚，母亲怕单亲家庭给他带来影响，让郑广延多陪他，教他点东西，不用出人头地，但要做个好人。几年前，郑广延腿脚还利索的时候，教黄集叶踢球，组了一个七人足球队，他当教练。黄集叶踢球时，眼里只有球门，不爱传球，被逼到边线了，就朝天空起一脚。郑广延说，你学会传球，就多了一项进攻手段，机会更多。黄集叶说，我是脚法最好的那个，为什么要给别人传球？郑广延说，不相信队友，比赛是没法赢的。黄集叶没有听进去，他心中有个执念，人是活的，会犯错误，球门是死的，不会骗他。看着外孙一次次地冲击球门，郑广延心有些紧，害怕他一辈子都像这样，孤僻又固执，永远没法把球传出去。

　　周末的时候，郑广延泡好茶，继续写家族史，他一开始用铅笔写，有次用力过猛，笔尖折断，弹进了眼睛里，半天没有取出来。后来他用圆珠笔写，不顺手，又换回铅笔，戴了副眼镜以防万一。他在书房里奋笔疾书时，没有料到黄集叶的到来。外孙闯进书房时，他看了一眼手表，中午十二点三十七分。外孙爬上他的书桌，把玩他的天体模型。郑广延说，你真想学物理？黄集叶说，真想。郑广延说，你想学什么？黄集叶说，人能不能穿越时空，回到过去？郑广延说，不能。黄集叶说，为什么？郑广延说，要是可以，我们就能见到很多未来回来的人。黄集叶反应了一会儿，说，外公，你真是神了。郑广延说，你今天来找外公，不是为了学东西吧？黄集叶看着书桌上一堆钝头铅笔，问，外公，你在写什么？郑广延说，写故事。黄集叶说，什么故事？郑广延说，祖宗们的故事，从两百年前写起，到我结尾，现在想了想，可以到你结尾。黄集叶说，给我看看。郑广延说，别急，现在还不能给你看。黄集叶说，为什么？郑广延说，我年轻的时候做一篇论文，刚发表，和人撞了，那人跟我同一时间上刊，这事给我带来了坏名声，就是因为我写到一半，忍不住跟人炫耀，叫那人剽窃了去，那以后，我东西写完了才给人看。黄集叶说，你不是研究物理的？怎么开始搞写作了？郑广延说，有些话我现在跟你讲，你也听不明白，时空是有维度的，你可以想象成不同的岔路口，其中有一个维度里，也有一个我，他是做文章的，我正在跟他慢慢融合。黄集叶说，不是一个时空的事，你怎么知道？郑广延说，我以前是不会写东西的，现在突然会写了，不仅能写，而且写得漂亮，有人不停地在我脑袋里塞东西进来。黄集叶说，家里人都说你古怪，脑子跟别人不一样，我觉得你是学识高，所以不一样。郑广延说，谁说我古怪？黄集叶说，姨妈姨父他们，我妈并不觉得，她就想我将来跟你一样,当爱因斯坦。郑广延说,他们说我哪些地方古怪了? 黄集叶说,没有,外公,你为什么老是看表? 郑广延说,马上到我的午休时间了。黄集叶像没听到一样,继续问,外公,你为什么老是看表? 郑广延说,我在比你大一点时候,听说一个理论,时间是个黑洞。黄集叶说,什么意思? 郑广延说,黑洞在吞噬时间,所以时间会流逝,这只是个假说,到了外公现在这个年纪,再想这句话,味道有点不一样。黄集叶说,哪不一样? 郑广延说,研究物理,就是研究时空,外公研究了一辈子时空,啥也没研究出来,最后还是让时间给收走。黄集叶说,外公,你要不要先睡觉。郑广延说,刚有兴致和你说两句,又嫌啰唆了? 你自个先玩会,饿了去问你外婆要吃的。

  黄集叶跟外公聊了半天,外公终于躺在摇椅上睡着了。实际上,他来找郑广延不是为别的,是想借他的手表一用。就在今天下午,他跟同学约了野营,里面有他喜欢的女孩,也有他讨厌的男孩。城里的孩子,比他会玩,穿名牌衣服,聊明星偶像,他在里面显得有些土气。小学毕业前的最后一节课,黄集叶是穿背心来上的,遭到了老师同学的嘲笑。更要命的是,毕业照也是那天拍的,他站最后一排,露出两个大肩膀,这是糟糕的夏天,这一幕被永久定格到了照片上,多年之后,小学同学指认他,会拿起相片,称呼他为穿背心的那个家伙。他在学校里拿的奖状,足球场上的风头,都将被这件背心掩盖抹去。他年纪还小,并非生性敏感多疑,总是擅长想象自己的不幸。外公来接他的时候,他一眼相中了外公的新手表,像外公这样的老人,也知道如何追赶潮流,装点门面。他想把它戴到自己手上,这块表是年轻人的东西,跟他更般配一些,更重要的是,不会再让两条手臂看起来光秃秃的。但是外公看起来非常宝贝它,眼神中多了一些东西,看表不只是看时间。他由此断定,外公不会把表借给他。他决定等到外公睡着,偷偷把它摘走,用完以后再还回来。

外公睡得很沉，伴随有间歇的呼噜声。节奏很重要，只要掌握了打鼾的频率，他就能掌握下手的时机。表戴在左手上，左手搭在椅子的扶手上，外公头靠右边，按照球场上的说法，此时左半侧是弱侧，易得手。唯一的障碍是，外公的手腕正好卡在扶手最前端，表带卡在当中。他一手点着手表，另一只手托住外公的手肘，慢慢地朝前挪动了两厘米。午后的阳光正好打在外公的手臂上，经由表盘反射，刺到了他的眼睛。他的左眼开始流泪，照例是不该流的，有些平白无故。外公已经老了，手上有许多红色斑块，一条条经脉从手臂沿至手背，像逐渐干枯的河流，手表是一座大桥，气派威严，横亘其上。现在他要摘下这座大桥，好在他手指够细，外公也睡得够沉。尽管如此，他还是出了一身汗。浩大的工程结束后，他发现大桥下的平原比别处的更加白皙，没有红斑，皱纹也轻。

黄集叶一度无法戴上这块手表，如同他无法叫醒沉睡中的外公。公交车快到站的时候，他才扣到手上，它比想象中要沉，坚硬无比。野营的地点在静河公园，那里刚完成新一轮招商，多了不少时髦小店，还有出租的透明大帐篷，半球状，一个个地置在草坪上，远远望去像一张绿色的气泡纸。他的同学已经在等他，他们在咖啡店买了冰激凌蛋糕，留给他的那个已经快化了。黄集叶进了帐篷后，玩了一会儿棋盘游戏，一共六个人，两个女孩，四个男孩，这样的活动他兴趣不大，只是为了合群而做出的让步。其中有个叫贺萱的女孩，他觉得他俩很般配，家住得近，上下学经常碰到，有几次聊得很热络。女孩的父亲跟他母亲是同事，彼此也熟。唯一不称心的地方是，贺萱年龄比他大一岁，虽然按月份算，也就大四个月，但还是让他少了些男子气概。玩游戏的时候，他总是想引起她的注意，他说不出漂亮的话，只好以持久的沉默来引人注目。

太阳快落山的时候，草坪上的帐篷一个个撤走了，黄集叶这时才说了一句完整的话，他从书包里拿出一个足球，说，现在不热了，大家来踢会儿球吧。这里面话最多的男孩，是一个瘦高个，人姓朱，大家都叫他竹竿，竹竿和黄集叶不对付，知道踢球是黄集叶的绝活，不愿让他出风头，说，没有人想踢球。黄集叶球拿在手里，有些尴尬，这时贺萱说，坐了半天了，正好起来动一动，不过我们女生不太会踢。竹竿说，踢不了，哪来的球门？黄集叶说，这好办。他拎起两个书包，放在两侧，隔开四米左右的距离，说，这两个书包之间的距离就算球门。摆好两个球门的位置后，女孩们也跃跃欲试，提出要守门。六个人分成两队，黄昏夕阳下，他们草坪上踢起了球。

　　黄集叶看了一眼进攻路线，贺萱正站在两个书包之间，摆出守门的姿势。黄集叶想炫耀自己的脚法，但竹竿拼命地给他制造身体接触。黄集叶毫不慌乱，他先一个后撤，再一个大跨步变向，把竹竿晃了个趔趄，失去重心，摔出很远。黄集叶有些得意，瞥了一眼自己的影子。这时另一个人防守位补上来，黄集叶起脚朝球门射过去，一道低空弧线迅速划过，贺萱惨叫一声，倒在地上，球正好击中了她的面部。黄集叶感觉不妙，赶忙跑过去。贺萱被踢中了鼻子，眼泪不停地流，其他人也都聚了过来，一个接一个影子压到她身上。黄集叶正想上前安慰，突然被人一把抱住，转了半圈，狠狠地被摔在地上。他脑袋一嗡，回过神来，看见面目狰狞的竹竿，竹竿又朝他扑了过来，把他摁在地上，架住他的双手，嘴里反复叫嚷，去给贺萱道歉！

　　天逐渐黑了，这场聚会终于不欢而散。竹竿嚷嚷着要送贺萱去医院，黄集叶很清楚，没到那个程度，他这么说是为了让自己心里愧疚。他把足球塞进书包，离开了静河公园，一个人坐上了回家的公交，投币的时候心里一阵酸楚，这样的聚会，他不会再来了。车上人很多，他靠着车门站着，车驶了没多久，路灯亮起来了。他对着窗户里的自己发呆，汗水还挂在脸上，头发黏在一起。他看了一眼手表，四点四十三分，看完时间后，他迟迟没能抬起头来，因为他同时看到了镜面上的四道划痕，两道分开在上，两道交叉在下。他的脑袋卡壳了，后背开始冒汗，不停地用拇指摩擦镜面，怎么也擦不掉。他回想了一遍下午的行迹，一定是和竹竿扭打时磕到的。他摘下手表，用指甲刮了刮，是实实在在的划痕，外伤，有凹槽。今天是糟糕的一天，天暗得也比往常要早，暴雨要来了。他心里有股气，但不知道该怨谁，竹竿是可恨的，自己也并非无辜。他开始琢磨如何向外公道歉，想了一会儿，发现另有件事不对劲，他记得路灯是五点钟亮起的，可现在明明是四点四十三分。他又看了一眼，这时才发现一条裂缝挡住了秒针，而秒针已经不动了。手表坏了。

那天晚上，修表店迎来了一位新客人。黄集叶到店的时候，老板董松正在小桌前吃盒饭，外面正下着夏末的最后一场雨。他原以为，这样的天气不会再有客人，做好了提前打烊的准备，雨具放到了门口。饭吃到一半，店门外来了个小男孩，已经被雨淋了个狼狈。他赶忙擦了擦嘴，站到柜台前。黄集叶是下车后才想起这家店的，印象中学校对面是有家店，修钟表的。一开始他有些犹豫，不知道身上带的钱够不够，最后被大雨赶到了店里。老板说，修表？黄集叶说，换个壳多少钱？老板说，表拿我看看。黄集叶把表递过去，老板看了一眼，问，这是你的表吗？黄集叶打了个激灵，说，是，是的。老板说，小孩，你跟我说实话，这表从哪来的？黄集叶不说话。老板说，做人要诚实，小小年纪，别学人偷鸡摸狗。老板还想说两句，发现小男孩眼神不对劲。没等他说完，已经沉不住气，涨红了脸，撒腿跑了。老板大喊一声，准备追上去，但刚出门就迎上暴雨，他犹豫了一下，就这半秒钟的时间，男孩淹没在了雨中，消失不见。

董松回到店里，拿起那块表，仔细端详一阵，没认错，是前两天那个教授的，表盘中心的 TRUTH 字样还在，表带和零件也是他亲手换的，气息对得上。现在它又回到了自己手里，只不过换了个样，表也不走了，时间停在傍晚四点四十三分。他收拾了一下吃剩的晚饭，开始修表。修的时候想起了郑广延，郑广延来这里的时候，话说得很明白，这块表一停，人会没命。那天修完表后，郑广延给了他两千块钱。当晚他提早关店，买了一瓶酒，几盘好菜，回家吃晚饭，他把这个故事讲给他儿子听。儿子听完后，也给他讲了个故事，具体他记不清了，是一个外国人写的，说有个病人，望着窗外的枯树，心中有个执念，最后一片树叶落下时，她会死去。一个画家知道后，画了片假树叶上去，树叶一直未落，女孩因此得救。儿子说，他在这个事情里，扮演的就是画家的角色。董松听完后，心里很欣慰，修了几十年表，能靠手艺救人一命，是桩美事。不过现在他又迷茫了，手表坏了是其一，那男孩也不知道哪来的，中间发生了多少事，他也一概不知道。拆开表盘后，他摸清了故障的原因，镜面损坏，碎片卡停了指针。他仔细清理了内部的碎片，换上一块新的镜面，这块表再次变得完好如初。

　　雨停之后，董松拉上卷帘门，小镇不大，教授只有一个，不会难找。那天郑广延是走路来的，他腿脚不方便，说明家离这儿不远，董松朝最近的住宅区寻去。雨后的夜晚，灯光格外敞亮，偶尔一阵夜风吹过，熬了一夏天的身子骨，终于凉爽起来。如他所料的那样，教授不难找，或者说，死人比活人好找。董松再次见到郑广延时，他已经躺在棺木里，家人正在筹备丧事，披麻戴孝，宅院里聚满了人，街坊邻居赶来见教授的最后一面，面色凝重，哭声激昂。董松站在人群中，远远地望了一眼，他并不觉得惊讶，而是反复提醒自己，我本就该料到的。

　　郑广延入土为安后，变成了一块墓碑，葬在一片环山公墓里，位置在接近山顶的地方。妻子买墓地时，就提了一个要求，地方越高越好。因为丈夫是研究天文物理的，抬头要见星和月。九月的一个午后，秋意渐浓，一个男孩爬上山顶，来到墓前。这是他第二次来这里，第一次是郑广延火化那天，作为家属来给他下葬。男孩在墓碑前伫立良久，不顾别人会听见，高声讲述自己的罪责，乞求郑广延的原谅。准备告别的时候，他跪下身，对着墓碑磕了三下。这时他发现墓碑左侧有块石头，石头下好像压着什么东西，他挪开一看，下面是块棕色的方布，布里包着一块表，表面上写有TRUTH字样，像新的一样，但时间定格在了四点四十三分。男孩张望四周，随后开始号啕大哭，眼泪像伤口里流出的鲜血，撕心裂肺。

在黄集叶的成长过程中，他总是被问及一个问题，为什么总是戴着一块不会动的手表。他编造过不同的理由，真正的原因，没有人知道。他曾找过修表店的老板，发现就在外公下葬那天，老板卖掉了店铺，不知去向。他曾把手表拆开，试图从中找寻线索，同样一无所获。唯一可以确定的是，黄集叶并未继承外公的傲人天赋，他的理科造诣平庸，高考后去了一所师范学校，念新闻专业。二十八岁那年，外婆把郑广延的生前手稿交到他手上，让他把有用的东西公之于世。黄集叶翻了一遍，没看懂多少内容。其中有一个皮质笔记本，里面没有公式，全是密密麻麻的文字。看了几页后，他想起来，这是当年外公未完成的家族史。

那天下午，他坐在外公生前的书房里，细心研读了每一个字，到结尾的时候，才有一个叫郑广延的人出场。黄集叶兴奋地翻开下一页，泛黄的纸张页上只留了个题目，暗楼连夜阁，机芯拟人心。字体比平常要大，苍劲有力，鸾翔凤翥，每一画都朝更深处勾勒，仿佛落笔不久。黄集叶用手指轻抚过外公的笔迹，就在他认清这十个字的瞬间，他感到一阵延宕了十五年的飓风向他袭来。黄集叶下意识地看了一眼手表，不知道是不是自己的错觉，那根十五年没有动过的秒针，好像往前挪了一格。

《长江文艺》2022年第11期

三 三

三三，1991年出生，知识产权律师，毕业于中国人民大学创造性写作专业。作品发表于多家刊物，曾获2020年"钟山之星"年度青年佳作奖，2021年度青花郎·人民文学奖新人奖，郁达夫小说奖短篇小说奖等。著有短篇小说集《离魂记》《俄罗斯套娃》，新作《山顶上是海》即将上市。

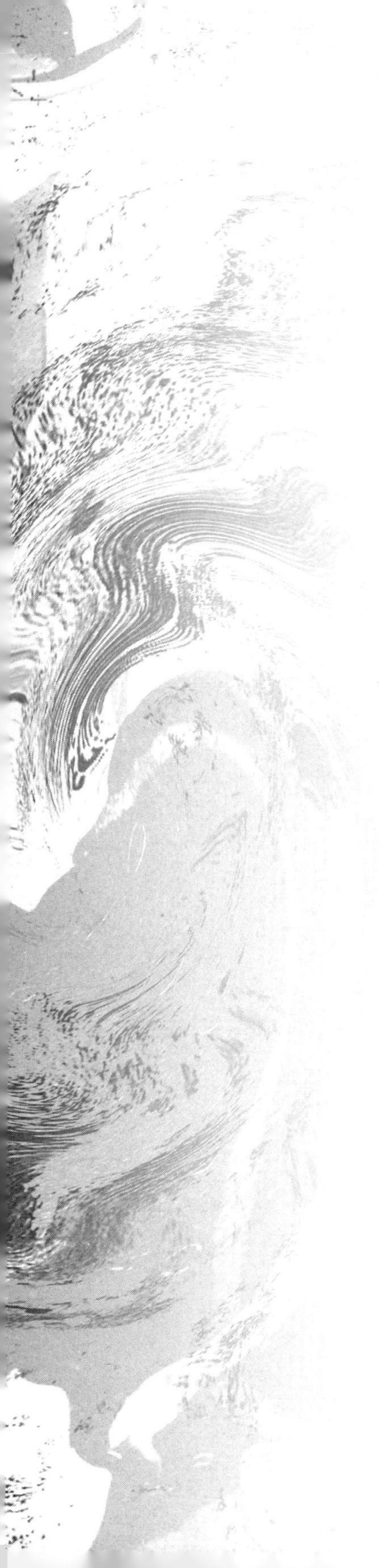

即兴戏剧

　　四月尽头的一个早晨，我从床上跳起来。手机还在响，像一阵雷雨，一只没喂饱因而充满攻击性的动物。我接通，传来小万急躁的声音，到哪儿了？我说，还有五分钟。我挂了电话，刷牙、洗脸、穿背心，外面套一件红白格子衬衫，像蛇蜕皮逆向播放似的提上运动裤。天气略凉，晚上会更冷，但太阳掌权的时间内，高温仍将猖狂。我在学校门口打上车，匆匆钻进后座。摘下口罩，迫不及待地大口呼吸，木乃伊除味剂般的香薰混淆着淡淡烟味，从鼻腔滑入喉咙。我交叉双手，对着街景沉思，可它们变得太快了，我只好把目光移向云。

　　一个小时后，我到达约定的车公庄地铁站。小万、陈舸、三明正等在那里，气息奄奄，一地烟蒂。小万上来兴师问罪，你这人怎么这样。我说，对不起大哥，天有不测风云，车有撞摔碰堵。小万说，"五分钟"的意思是"最多还半小时"，你看看我们都等多久了。我虚心求教，那大概一个小时应该怎么表达？小万说，就说"快到了"。我说，学习了，下次我就这么说。小万不屑地瞥我一眼说，你还想有下次？

　　我们又一次叫来车，往京西郊野驶去，日光和万物的影子交替流过我们的肢体。他们聒噪不断，使我无法再看云，只好把注意力收回到车里。这是一个极为乏味的组合：四个文学从业者，乌合之众——我和陈舸就读于一所高校的写作专业，小万常年为书店配货。三明比我们稍大几岁，中学毕业就不曾工作过。他凭最小成本插附在北京城的缝隙里，以一种对小说的狂热代替了物质需求。尽管如此，你不能说他是个"苦行僧"，他的生活只是遭到一种超现实力量的稀释，以致在迭起的低谷面前，他始终保持着非凡的钝感。

这个周末，我们拣了一条野外徒步路线。起点位于门头沟的王平村，沿京西古道一路南下，预计下午稍晚能抵达潭柘寺。汽车停在一道拱桥前，对岸立着一座文化馆，老人们露天下棋，俨然听见花生壳徐徐落往泥土的声音。我们所在的一岸则异常清静，山榆、垂柳皆不喜惹是生非，任由嫩绿在它们体态中自由分布。树种间杂，尽情向远处延伸，似一种空寂的阵法。桥下的池水总体清澈，但为荫蔽一些绿藻，折射间已失去通透。我们打开百度地图，把自己的位置不断放大，可知周围一切尽属王平村境内——五百米内有一条公路，沿它前行则可见瓜草地景区。

我们依照地图走，烈日开道，由不得人滞留。小万有过徒步经验，次数不多，但足够编成历险奇遇。没走多远，他就已经讲了好几遍，以至于只要他开个头，"当年我爬箭扣长城的时候……"，我们便能越过细枝末节，直接报出结论："差点摔死！"小万愤愤扭过头，把好逸恶劳的我们甩在身后。果然，我们没有让小万失望。接连爬过几段15度的斜坡，我们累得气喘吁吁，还不如路边散养的公鸡精神抖擞。

陈舸面色苍白，虚汗浸湿他撞款无数人的优衣库衬衫。陈舸问，我们是不是走五公里了？小万一惊，你做梦呢，这才二十分钟。三明说，要不……我们还是打车吧。小万朝我一指，啐他们说，你们体力还不如一个女孩子。我连忙表态，其实，我也想打车。小万连骂几句，整个人逐渐松弛下来，叹气说，别这样嘛，来都来了，我们聊点有意思的。于是，我们一边走，一边从如何快速发家致富聊到疫情后的世界格局。话题转来转去，如同赶羊，很快掉入新一轮的疲倦。

为了填补沉默，我对他们讲了近来遇见的一件难事。为此事，我坐卧不安，

三 三 ｜ 即兴戏剧

大脑某处像绷了一根铁丝，但又说不准它究竟在哪里，所以每一刻都吊着一种警惕。大半年来，事态持续恶化，弄不好我还有性命之虞……

我有个校友叫吴猛，连云港人，身高一米九，虎背熊腰，相比之下头有点小。有时他把头发剃光，扬短避长，这就使头显得更小。吴猛比我小三届，就读于国学院，具体专业不明，只知道国学院很有钱，建了全校唯一一栋带下沉式庭院的楼，我经常去楼里办公区偷用微波炉。

认识吴猛，源于一场即兴戏剧。这种戏剧形式可追溯到十五世纪的意大利，鼎盛时期，热度能与黑死病一决高下。到现代，被包装成具有"解压、唤醒灵感"的功能，流通起来愈发理直气壮。每年逢心理健康月，学校都会组织几次，我和吴猛参加的是同一场。

在即兴戏剧的第五个环节，主持人将每四人分为一组。根据观众提议，演员获得各自角色，四人方阵的每条棱边轮流表演。吴猛扮演的是"死神"，与他左右搭戏的分别是"白娘子"与"Siri"。死神和白娘子演了一段职场戏，大致是见白娘子堂堂一介名妖，被埋没在雷峰塔下，就想挖她去西方当天使。戏里的死神巧舌如簧，一则台词极富逻辑，向白娘子陈清利弊，指出她的能力、职业操守，以及被职场PUA的现状；二则声情并茂，法海听了都动容，绛珠草听了哭到淹死。然而，死神的戏力似乎在下一场里耗干了。当他面对Siri时，竟久久吐不出词。Siri本就是个需要对方推动的角色，见此情境，亦不知所措。双双发愣片刻，死神忽然走到舞台中央，念起一段莫名其妙的独白：

这两三年里，我经常梦见一列火车。绿皮的，很长，有些窗户开着。火车停在一条铁轨上，旁边是麦田，好像还有一些枯掉的花，天太黑了看不清

067

楚。火车一直停着,没乘客来,也没发动过。但昨天晚上,火车居然向前动了。非常缓慢,是蚂蚁都能逃开的速度。它像在思考着什么……

台下的观众都看呆了。这没什么问题,假如对艺术存点敬畏之心,看呆就是一种狂喜状态。但死神似乎有点不适,他期待着台下的回应。于是,他补充说,我说的都是真的,这不是戏剧。台下掌声热烈起来。在戏剧中高呼"这不是戏剧",他简直像贝克特剧作里的人物。一个以为自己将死的人,一个没料到自己会在荒诞中永生的人。

我以为活动就此结束,正准备走出阶梯教室,吴猛忽然追了出来。他眉毛拧成一团,满头汗涔涔。很明显,随着观众离席,颁发给他的死神身份已经失效了。吴猛说,师姐你好,我也很喜欢写小说,可以加个好友吗?我说,你好,我并不喜欢写小说,但我确实在写。我扫你吧,别人扫我的话,我经常点开的是付款码。吴猛随我走上林荫道,一路不说话。为了不重蹈 Siri 的覆辙,我只好主动引导话题。我问他,你写什么类型?他说,什么都写,包罗万象,宇宙洪荒。我问,喜欢哪些作家?他说,没有,我觉得都不如我。我又问,一天写多少?他说,精力好的时候,一天写过十二万,但不是每天都写。我倒吸一口凉气,你是天才,中国版芭芭拉·卡特兰。他说,不认识这人。我笔名叫吴猴儿,用来平衡我的真名,人不能太猛,这是中庸之道。我说,真厉害。我宿舍就在前面,再见。

当天夜晚,吴猛给我发了一篇 280 万字的小说《1999》。我往下划几章,手机屏幕频繁卡顿。我故意拖延许久,半夜待他入梦,才字斟句酌给他留言。我说,小吴,光阴似箭,这样的篇幅恐怕会射死读者。能否先给我看一些中短篇?此前你提到投稿,以我的经验,从短篇开始发表更容易。如有合适的,我也会推荐给编辑。第二天,吴猛又发来一组由《聊斋志异》改编的小说。我读完《叶生》,困

三 三 | 即兴戏剧

意汹涌，睡醒又打开《小棺》，读不到几行室友回来了。室友说，今晚6点寝室楼停电，你有备用手电筒吗？ 我说，我找找看。我一边在书桌上摸索，一边琢磨吴猛小说的问题。第一，他改编的幅度太小，像个拿一把指甲剪去修园艺的失败园丁，说他纯粹做了古文翻译也不冤枉。第二，他语言很糟糕，用词粗糙不谈，他最致命的毛病是缺乏和语言的固定距离。他仿佛一台输入许多烂句子的电脑，凭惯性将文字凑在一起，不时出现"她哭得上气不接下气""把匕首送入胸口"之类的摘取式语句。第三……室友问，你找到了吗？ 我反问，找什么？ 室友加快语速说，可以照明的器具啊，蜡烛也行。我说，我有个前男友总送我香薰蜡烛，各个味道都集齐了，无花果最好闻，像白垩纪时代被割开的树皮流下的奶油味。室友说，后来怎么分手的？ 我思考了五分钟，通往回忆的街道正因早高峰而堵车，于是我只好承认忘了。我说，不过我记得分手闹得很难看，他砸了一个热水瓶，内胆银片碎了遍地。我捡起最大的一片，形状如海豚，映出我哭泣过量引起的黑眼圈。室友说，好可惜。我点头，把吴猛和他的小说忘得一干二净。

口袋里的手机振动起来，一边伴随着鞭炮响——我设置的铃声。我瞥一眼号码，示意小万他们别说话，才接了起来。电话里传出一个很熟悉的男声，很好听，普通话也标准，一个不沙哑版本的张学友。他劈头盖脸地问我，你在哪里？ 我说，在教室自习，你有什么事？ 他一停顿说，不对，你在外面，到处都是风的声音。不管你在哪儿，我要来找你。我说，我们不是已经说清楚了吗？ 他说，不是一回事。你最近命犯小人，重则有血光之灾，我不放心。我说，你还懂这一手，我什么命来着？ 他说，说了你也不懂：是剑斧凶器，也是霜天明月。我说，听起来好冷，难怪我从小怕冷，穿多少都不够。沉寂突然降临，在五到十秒之间，很快又被同一种声音打破。他似乎端正了腔调，像一个陷在沙发里的人猛地站直。他说，再给我一次机会，以后我照顾你。你不信也没关系，我很爱你，我把最珍贵的东西都给你了。我脑筋一转，你是说那三颗智齿吗？他说，这是其中之一。我说，我在一个群里看到有人卖这玩意儿，三百块可以买五颗，你这点也就一百八。他嘴里发出轻微响动，大约多少有些生气。他说，你什么都不信。为什么你永远、永远这么平静？

我刚要回话，电话已被挂断，四面焦头烂额的浓绿围拢过来。我从前很喜欢一句诗，无头无尾：山是山的影子，狗懒得进化。后一句讲，夏天，人的酶很固执。不过现在夏天尚未到来，只露了一两丝烫意，试探人们是否还记得它。他们都笑起来，好像空气里藏着一种逗人发痒的絮状物。陈舸问，你男朋友啊？我说，早分手了。他继续问，怎么分的？我想了想说，有意思，人们都想知道造成结局的原因——不是真实的原因，而是那个被提炼出来的替罪羊。真实的原因是一串连贯、不可叙述的过程，你只能凝视它，感受它如何无奈又决绝地指向某个尽头。

鹰嘴峰到了，遥远的象形曲线延展着，天光从岩石与新叶的裂缝间落下来。我们说不出话来，三明手机的摄像头摔坏许久，让我拍几张山峰的照片发给他。在相册里，山被无限放大，模糊的像素毫不费力地把它解构了。

一开始只是为寻刺激，小万带我们离开公路，抄丛林中的近道。遍地杂枝之中，我们捡起一些适合当拐杖的，拄着爬坡。陈舸很快迷上野路，领头往低矮的灌木坡里钻。折腾几回，发现虽缩短了步行距离，但攀爬所费的精力远高于走一条平平淡淡的柏油路。我们饥肠辘辘，从包里拿出薯片、小熊饼干、甜筒状巧克力，还有花高价在景区入口买的玉米和茶叶蛋。一顿狼吞虎咽之后，身边只剩下水。缓缓喝一口，液体通过喉道，唯觉一片空荡荡的阴凉。

不知走了多远，我们全然受制于荒郊野岭，丢水漂似的推远了那些城市图景。到岔路时，突然看见一捆草扎的帐篷。对面坐一个男人，穿黑色制服，浑身各处绣着"保安"的拼音。此人眉目浓密，黑脸短下巴，凶悍相随中年降临愈发得到发挥，像个流落现代的尉迟敬德。小万从口袋里掏出一盒"华子"，故作镇定地套近乎，老师，请问这条路到潭柘寺吗？保安一犹豫，接过烟叹气，远着呢，今天下午还有阵雨。见他有放行之意，我壮胆走上去。保安脚踩一双大红的运动鞋，旁边摆着后跟踏烂的黑皮鞋。他生活的碎片明晃晃地摊开在水泥地上：一只染黑的手套，蓝皮文件夹，牙膏、塑料杯、铜盆，一个崭新鲜亮的 Gucci 钱包——真假不用说。

我们正打算从横栏底下钻过去，保安喝止说，手机来登记一下。小万蹲地上填表，保安饶有兴致地和我们攀谈，你们还是学生吧？我一口应承，没错，活到老学到老。保安问，在哪儿上学？陈舸突然来了胡扯的兴致，接着说，北京法制大学，读的新丝绸之路海外贸易法。保安险些竖起拇指，一副敬仰的模样。他说，好学校啊，我以前在那儿附近当过保安。我问，为什么不干了？他摇头说，工资太低，养的两条狗整天饿得犯浑，后来全放走了。不过这里工资也低，我做完这个月就回去了。小万已经完成手续，甚至顺便重新系好鞋带。他站起来，回归我们这支即将移动的队伍。我最后环扫一圈四周的远景，深浅不一的植物驻扎在视野里，如此茂密，仿佛光区分它们就能花掉一辈子时间。我们不再与保安交谈，但他意犹未尽，冲着我们正游离的后脑勺说，我来这里已经十七天了，人影都瞧不见，很是寂寥。他用以收尾的言辞过于漂亮，听上去不太真实。我本欲再回头看他一眼，但我想不出这一眼可能引发的任何意义，因此很快打消了念头。

吴猛确实有些做间谍的技巧，不出几日，把我的课表摸得一清二楚。我采用"间谍"而非"侦探"，说明我对这件事大体上并不认可——尤其当我上完"法国美学与文论",满脑一堆消化无能的名词时,看见他正等在教室门口。他满脸迫切,目光越过人群攥向我。

我走到他面前,就像走往一堵墙。吴猛比我高许多,说话时微微佝偻背脊,词语像花洒淋到我身上。吴猛开门见山,师姐,小说看完了吗? 你准备投给哪家杂志? 这些年来,我见过不少自恃怀才不遇的作者,功利已不足以激引我任何情绪。我慢条斯理地说,小吴,小说我大概看了,总体比较稚嫩;但没关系,写作者都要经历一个"抽屉文学"的阶段,坚持下去,就会有人来把你拉开。吴猛一愣,双唇无声嗫嚅,嘴上死皮像细小的绒毛随之飘动。他问,什么意思? 下课已是五点半,我们又在门口站了十五分钟,我饿得不耐烦,就随便敷衍说,你得知道自己创作的意图,写什么,如何写,以及为什么写。你回去想一想,为什么要改编《聊斋志异》,依我看,这是个很平常的题材。我正要走,吴猛一皱眉说,我小时候,我妈一直给我讲里面的故事,至今印象很深。我说,写作源于生活,你这些二手材料……他打断我,既像反驳,又像还停留在上一个问题的尾音。他说,那时我五六岁。夏天夜晚,我经常看见不同的鬼在房间里走动,满身白色的火焰。我连夜大哭,吵醒了我妈,她就给我讲聊斋故事。说来奇怪,听了鬼故事,我反而心安,再也不怕了。我问,那你爸呢? 他摇头说,我出生不久,他就死了,留下一屁股赌债。我忽然明白过来,不顾失态地拍吴猛肩膀。我说,小吴,我懂了,你应该从你和你妈的生活写起。

往后的一周里,我和吴猛在图书馆见过两次。当你在校园里记熟一张脸,你会发现它不时出现。吴猛和我远远相望,并没上前打招呼。我以为事情就此过去,谁知有一日,他又给我发了消息。他说,我写不出来,我不会写小说了。我立刻回他道,太好了,你现在弃暗投明,搞好专业课,毕业还来得及当国家栋梁。他说,那不可能。你伤害了我的写作能力,但别想我放弃。我顿时语塞,假如我是个稻草人，此刻恐怕已自燃起来。"伤害"——像一种咒语，试图撕裂边界，将人死死捆绑在一段关系之中。它说明了一种缺失被恒久地标注，而你所需要付的代价始终悬而未决。

学校的咖啡馆叫"水穿石"，因人对时间幻想而溅起的一种立场。我约吴猛在此见面，我先到一会儿，在镜子里看见红绒面沙发椅垒出我体形的轮廓。当时我已不再生气，但我必须对他解释清楚两点，一来我的建议无可指摘，无论如何，我比他更懂得文学；二来，我对他毫无企图，根本谈不上"伤害"（包括嫉妒、欺骗、打压），就像我对任何人一样。我从未预想到，那天竟成了我们古怪联结的起点。

吴猛来时，带了他勉强写成的一篇小说《小翠》。小说不长，第一人称叙事，由两个片段搭成。上篇写他童年时，母亲忙于工作，他寄居于外祖父家。当时有一个钟点工叫小翠，从农村来，爱逞强，自诩乐于助人；外祖母利用这一点，凭夸奖让小翠下不了台，不得不多干大量活。小翠自身没文化，但儿子高考考上了清华大学。下篇写母亲某一次重症住院，每日由他陪伴挂水。医院走廊一长条，摆满床铺，多是些短期无法出院的患者。有个老头，年过七十，整天在一张床铺前喊"小翠"。小翠是他妻子，成天昏迷不醒。老头不断重复小翠的往事，母亲也是流水听众之一。小翠年轻时任乡村教师，后来进城依旧教小学语文。老头说，小翠以前逢农忙，夜夜劳作，一天只得两个小时空闲，如今总算把睡眠全补回来了。临结尾，他问母亲，是否记得从前外祖父家有个钟点工，也叫小翠。母亲既不信，又不屑，说你外祖父这么节俭的人，怎么可能请过钟点工呢？

我当场浏览起小说来。吴猛在旁反复强调，小说内容皆属真实，如有虚假天打雷劈。我读完许久无言，与此前所写的相比，这篇无疑更趋近小说的核心。只是他走向的是一团雾，并不真正明白那背后是什么。我想了想说，小吴，根据我的经验，真实可以分为两种（二是个好数字，象征无尽开衩的树枝）。一种是普鲁斯特的真实，通过个体无限延伸乃至霸权式的感受，使诸多往事拓片构成一个清晰的空间。其中，人是经验的载体，同时也是反哺机制的构建者。另一种真实则更宏阔，来源于历史、现代、人类进化相关的一切综合知识。它永远无法以精确的形式呈现，只能表现为流动的趋势，但"流动"本身是可靠的。这两种真实没有优劣之分，可是全然相悖，一个人不可能鱼和熊掌兼得。现在我们刺破文本的壁垒，直接就真实而非其存在范畴进行探讨。你想写的，是哪一种真实呢？吴猛有些发愣，至此，我意识到此行的第一个目的已然达成，但仍需加固。我说，小吴，如果你不能立刻回答这个问题，那么你已经选了第一种。

吴猛显得更为恍惚，像要睡着似的，勉强开口道，你直说吧，我现在要干吗？我盯着他看了一会儿问，你最近为什么焦虑？你想一想再回答。吴猛说，我突然对小说产生了怀疑，这从没发生过。窗外下起雨来，水粒攀在玻璃上，粘连出无数散点透视的新角度。几栋教学楼巍巍立在远处，仿佛被银杏树与水幕隔离在另一维度。北方少雨，见水倒是一件令人轻松的事。我等吴猛回过神，缓慢地问，你还记得吗？在即兴戏剧里，你说起过一些关于火车的梦。某一日起，火车开始徐徐发动。在潜意识层面，这说明某种被冻结之物松动、苏醒了，一旦开动，火车便更容易造成故事。假设你小说依照现实而写，你母亲是近期才生病的吗？吴猛说，就上个暑假，我当时在家，但这和小说有什么关系？于是我告诉他，有关系，我在帮你找小说里缺失的东西。

山路深处藏一片杉树林，当我们路过被细木环抱的三亿年沉积岩时，电话铃又一次响起。铃声像刚摩擦过磷面的火柴，四周寂静刹那间遭到化合。我正在辨认岩石中风化的碎屑，猛地一惊。拿起手机，正是那个熟悉的号码。我按下接听键，他稍一停顿，大约惊讶也通过电话信号传染到他那边。接着，他自顾自地说，有一件事，我很生气，恋爱时你老以为我在骗你。我说，想不到你这么小肚鸡肠，我都忘了，我们向前看行吗？他笑笑说，你听起来像个交警。我说，你现在应该多和朋友出去玩，看看展览，买点当季的衣服。剩下的钱存到基金里，三年后再去看，所有烦恼都会消失。他说，你真有意思，让我更爱你了。我差点起鸡皮疙瘩，我说，哎，你能不能别老提"爱"，我不太适应。他说，怎么了，爱是最伟大的力量，一部电影里说的。我说，对，但不是你这种爱。你根本不了解我，你把那些爱的动力叫作"激情"，可我觉得称为"幻觉"更贴切。他急躁起来，不由分说地打断我，你总想那么多干吗？你想要什么样的生活，我就为此努力，如果有任何方面拖累你，我自己会放弃的。我说，在柏拉图看来，你此刻的决绝相当危险，你将永远服役于当前的爱，并可以为这份爱背叛任何过去的承诺。他笑起来，像对一个真正的笑话那样。当他再开口时，却莫名间杂了一种严肃。他说，你不要以为只有柏拉图才懂爱，普通人也有普通人的爱。你说的可能对，但它太纯粹了。你知道普通人是什么样的吗，因为无知，总是过着浑浑噩噩、矛盾重重的生活，没有标准能衡量我们。

  我放下手机，一个更切身的世界笼罩下来：白日移至中庭，植物的密度消退，为瓦砾与土房腾让空间——可惜屋已废弃许久，半座屋顶不翼而飞。我走进去，小万捡了一根树枝，正捅向房梁。三人一同仰头，背脊微微后缩，就像在观望他们协力发送的一颗卫星。听见动静，三明招呼我说，你快看，以前这里是矿场的办公室。我丝毫没收集到与矿相关的线索，但既然他如此说，必是率先找到了凭据。往里另有一室，保护得更周道一些，除了脏别无破损。划成九格的窗置在南墙，日光毫不矜持地斜跨入地。其中一面墙糊着报纸，纸面颜色已焦黑，但勉强还可以阅读。右侧写了一行黑体大字"蔬菜生产步入完善成熟新时期"，左侧有一首诗引起小万的注意,他念了几句:院里翠竹青青,篱笆上开满了鲜花。几只山羊悠闲地吃草,葡萄架下卧着一群白鸭……诗题为《土家族人》,作者贾永龄。我有些游移,好像在日常坐标轴里,这间房子是诸多虚数之一。我打开手机浏览器,网络不稳定,只能断断续续地搜索信息。我试着从同名者里认出这位"贾永龄",但信息很少。可以确认的只有一篇友人的悼词,写在大约十年前。报纸的中缝窄窄一条,在文艺版面与民生版面之间架起一座怪诞的桥。有一行写着:北京电视台 20:20 23集连续剧:第二条战线(16)。当时有线电视普及了吗?北京有多少台电视机? 有多少人在看《第二条战线》? 一个寻常的夜晚,紧接着又一个,人们瘫散在每一个20:20里就像牌面上的一粒黑桃、草花,随着扑克被循环地打出去。在这过程中,一种重复却又难以把控的元素隐藏起来,而那正是当下相对匮乏的 —— 时间。负载我们的这一刻被多重时空穿透,悻悻向感官的边界逃逸而去。

  出于恶作剧,陈舸把我的名字写在墙上。我捡起一块石片,毫不留情地在下方补了陈舸的手机号码。小万用树枝敲着门槛说,少磨蹭,日落前得到潭柘寺。潭柘寺你们听说过吧,千年古寺,武则天时期是幽州第一华严宗寺庙。据说里面有块砖,印着忽必烈女儿跪拜的两个脚印。陈舸不满地说,这种瞎话太多了,还有说马克思在大英图书馆留脚印的呢。小万说,那就对了,人类文明史不都是一步一个脚印走出来的吗? 赶紧,到那里我再带你们长见识。

  我们也不是非要长见识,但仔细想来,见多识广总没什么坏处。于是,在无邪地映衬着日影的山石间,我们变换着位置,向遥远的潭柘寺缓缓出发。

  有一阵,我和吴猛成了水穿石的常客。位子固定在一个半封闭的隔间里,天越来越热,吴猛来时总是一身汗。他打印出来的小说稿上布满水迹,翻得皱烂。

我们不断谈论他的小说，吴猛虽对小说一知半解，但他通晓自己，所以对话多少能进行下去。

比起此前写的聊斋题材，吴猛的语言已柔顺许多。矫正语言并非捉虱子，而是唤醒一种与小说相契合的表达方式。因此，我们试图往小说世界的更深处跋涉。有一次，我们说到"小翠"还算不得贯穿上下篇的暗扣。我说，至少我读来不是。上下篇里对照暗藏的，是一种对母亲缺席、消失的恐惧。尤其在下篇里，小翠变成了一个趋近死亡的角色，她丈夫的陈述就像一场梦境——而母亲躲在这些情节背后，观看一切。吴猛说，其实她也没想很多，只是行动艰难，夜夜失眠。我说，对，但你总是搞混。我说的是小说世界，现实不过作为一种参照物。在这里，所有真实都由你分配。所以你来看，母亲此时的感受是什么。吴猛看起来还有些热，两腮渗出微弱的汗。他说话很慢，好像一边在回忆。他说，她躺在那里，对周围失去了掌控。她的话越来越少，一旦开口又容易喋喋不休，通常是说一些非常琐碎的事，比如小翠的丈夫如何拿手表压泡面。吴猛的叙述似有所流露，我连忙指出说，她的外界可能正在破碎，而她失去了整合的能力。"沉默"像是一种概念化外界的技巧，她会越来越安静，直到彻底从外界脱落。吴猛的面部肌肉变得僵硬，某种思虑拖着他下陷。不多时，他猛地抬起眼，仿佛那个答案令他震惊似的。他说，我知道了……她的感受是，她被抛弃了。我说，这样来看，一是小翠和丈夫让她看见自己失去的东西；二是死亡，小翠较之她离死亡更近，对小翠的观看，也足以让母亲受到死亡的威胁——在这两个层面上，她都被抛弃了。吴猛点头。我说，现在，我们来解决"小翠"这个符号过于缥缈的问题。根据我的经验，你应该再加一章，虚构一段父亲为一个"小翠"而背叛母亲的情节，把握好"抛弃"的尺度。"小翠"、你、母亲构成一个等腰三角形，作为底边，你和母亲各行其是，但相互通感。记住这一点。

不久后的雨夜，吴猛翻过女生宿舍的栅栏，飞溅的泥点像一身虱子。趁宿管换班，我把他领到一楼的自习室。当时我已睡下，忽然收到吴猛消息，被迫起来为这不请自来善后。我拿积灰的纸杯给他倒了水，不耐烦地说，小吴，大半夜进来有什么事，你的身手倒是比你的小说好多了。吴猛不理会我，拉开防水外套的拉链，从里面翻出一沓手稿。我一摸，A4纸透着热气，层层交错像一块酥油烧饼。吴猛满面兴奋说，你快看看。我勉力克制怒意，但它还是从字句中渗出来。我说，小吴，首先你得明白，地球是围绕太阳转的，不是围绕你转的。其次，我也没收过你钱，你也没救过我命，无论从哪个层面看都是你欠我多一点，我没有义务听你差遣。现在，我要去睡了。吴猛连忙站起来，把稿子往我手边递。吴猛说，师姐，我人生最后一点意义都在这里了，请你务必看一下。

在最新修改的小说里，吴猛将章节重新分为上、中、下三篇。下篇新增一则父母逸事，母亲听到父亲与一个叫"小翠"的女人打电话，言辞暧昧，费许多泼辣劲终于与父亲离婚——他甚至尝试去刻画母亲因此遭受的痛苦。我放下稿子，雨早就停了，夜色中展露一种不知名的清空。我有些沮丧，对吴猛说，小吴，且不论你写得怎样，这一章里，小说的感觉完全错了。在我读小说时，吴猛因沉浸于期待之中而焦虑难耐。听闻此言，顿时阴沉下来，好像身上有一道光的屏障随之破裂。或许我那天情绪稍重了一些，对牛弹琴而无所得，总是烦闷。我说，小吴，你根本不适合写小说，年轻人都想延伸自己，获得认可，但小说不是你的正确之路。吴猛沉寂片刻，把双手从桌上收了回来，师姐，你弄错了。我是单纯喜欢小说，控制不住地想写，在这过程里我像一个逐渐得到复明的瞎子。即使你没明白，我也能感受到自己的才华。不知为何，吴猛当下表现出的专注令我毛骨悚然。我们没有再说下去，我不忍心告诉他，我们反复摸索寻找的只是让小说更完整的一些碎片，假如非要指出吴猛小说真正缺乏的东西，那恰恰是才华——在我看来，才华应当是一种能持久启发他人的能力。

下一个版本遵照了我的建议，吴猛重新设置了最后一章的视角：母亲常年在郊外工作，有一日"我"放学回来，无意听见父亲与一个叫"小翠"的女人打电话。父亲言辞隐晦，却浑身散发着一种经道德秩序折射过的、怪诞的喜悦。"我"躲在暗处偷听，直到父亲以"希望你今晚做一个和某人在一起的梦"结束对话。电话终了的瞬间，浓烈的现实扑面而来，索求一种超越"我"能力的解决方法。在失序的现实之中，"我"仿佛失去了一切，与此同时，"我"也感受到母亲失去了一切，而"我"和母亲在这段突然被揭露的不稳定关系中互相失去。

那段时间，吴猛迅速消瘦下去，像一块被含在嘴里的冰。他的情绪不迭起着波浪，大幅涨落之际，把他拉扯得神志恍惚。我把《小翠》投给了三四家杂志社，均无佳音。出于某种毫无必要的责任，我私下替他润色一番，转而又投递出去。长久的等待如锯，吴猛时常坐立不安。有一次闲谈时，他忽然脸色一变，问我稿子的进展。我说，小吴，你问过很多遍了，我要说的还是那一句：不要着急。吴猛冷笑说，我知道你根本没把稿子拿出去，你骗不了我。尽管他对现实的恍惚感在近期愈发加重，但我大体上摸索出了与他相处之道。我平静地说，小吴，我可以向你证明，但我不想这么做。他站起来，手掌不自觉地攥紧发抖，腕上青筋微微突起。吴猛说，你拿我当消遣，看我的笑话，枉我跟你讲了许多事。他从前的健硕已然化尽，呆立着宛如一根毫无生气的硬木。我望着他，语气如常。小吴，你知道我不是看你笑话，但你的自尊心太强了。你把我预设为一个恶毒的人，好像你先看明白了这一点，即便我真的来伤害你，也在你的把掌控之中，不会伤及你自尊。我有时在想，我们的联系过于密切了，难免有很多歪曲的地方。

小万打断我时，我们已从山岭的清寂之间脱身，直切入京西古道的中段。路上遍布坑洞，据称是古代行军留下的马蹄窝。气象预报中的雨并未如约而至，但坑里却积着灰色的悬浊液。小万把视线转向我，说，你这故事不对劲。我听到现在，完全没听出你开头说的"性命之虞"，反倒像个作者成长的励志鸡汤……手机铃声又响起来，我按下静音键，任屏幕闪烁不止。一边回敬小万道，这不正说到关键部分吗？我后来才意识到，有时我自以为说服了吴猛，引导他坦诚，但他实际上从未真的信任我。他向我隐瞒了一些重要的事。小万问，比如呢？我说，接下去的寒假，吴猛没回家——这就很古怪，他没什么论文要赶，母亲还生着病，而他过年却滞留学校。有一天，一个令人惊恐的念头蓦地浮上来：他的母亲已经死了。

三明与陈舸走在我们身后，途经村落，鸡、狗，动物形形色色，使郊野溢流生机。他们讲了一个去海拉尔的笑话，又讲了一个关于耶稣和抹大拉的玛丽亚的笑话，而死亡的话题将他们从泥泞的窃笑中拉出来。陈舸装模作样地阻止我说，哎，你怎么咒别人。我说，你们不知道，吴猛是一个保护机制极其复杂的人。陈舸说，哦，那得好好保护。我推了他一把，你别捣乱。防卫意识过剩，结果就是放大、扭曲外界的攻击细节。吴猛并不具备对真实的辨别能力，在他看来，真实之间彼此嵌套，一层叠加一层。一个人可以穿梭其中，像选择立场一样选择对自己有利的真实。三明哈哈一笑，这不是精神分裂吗？挺好，适合写小说。

到某个关口，古道收束成一条狭细的上升之路。我们列成纵队，相互间保持一两米的距离，慢慢抬腿往上蹬。杂枝从两侧填伸而来，稍不留意就擦到身体，如同横向洒来使人发痒的密雨。在无尽灌木之中，野花是一种色谱的调味剂。三明擅长识花，但我们相距太远，他的声音传到我耳中已然模糊。我从相熟的寥寥花种中采了一枝溲疏，白花纤细，被孕中的暑气蒸得瓣片卷曲。我捏着它走了一段，不时用食指轻轻蹭拭叶片边缘的锯齿，但美与累赘往往界限暧昧，便在心境

三 三 ｜ 即兴戏剧

转变时将它丢回野路。

再次回到开阔的路上，我们终于放松下来，均衡的力量驭制了我们的呼吸。小万开玩笑说，一会儿到潭柘寺，你多拜菩萨，求个金钟罩，叫那个吴猛怎么都砍不死你。陈舸笑出来，你能不能别说得那么有画面感。小万说，才华横溢，没办法。陈舸问，你有什么想求的？小万一咧嘴，那可太多了，先暴富吧。不是我吹，要是兄弟真发了财，这会儿咱们都躺迪拜帆船酒店了，哪能还在门头沟累死累活。陈舸说，多叫几个女明星。小万说，你的愿望呢？陈舸露出讲"去海拉尔"笑话时的神情，他说，差不多，男人活到老，不就这么点事儿。他突然想起什么似的，转头问我，为什么你觉得吴猛想杀你，他看上你了？我说，看上不是该求我吗，杀我算什么事。陈舸说，不一定，难保有些人癖好古怪。我说，肤浅，跟你们说不清。

为了把注意力从酸胀的腿部移开，我们拆开最后一包薯片。超大份西班牙火腿味，很咸，舌头有轻微的烧伤感。即便如此，我又抓了一大把。想起很多年前，我穿着7cm高跟的拖鞋，和当时的一些朋友登顶汉拿山。路上嵌满火山岩，每一步踩落都被迫扭着脚踝。勉强忍痛下山，到平地几乎无法站立。山脚有一家部队锅，门面简陋，供应一种畅吃的美味萝卜。我们在店里歇坐许久，夜里还跋涉去看了海。而此时此刻，没有热食充饥，与海也相去甚远，更有一些无形的时间蒸汽将我烫得走样。与过去相比，我更迷惑，在双腿的疼痛之外别无所感。晕眩之际，我听从了一个模糊的指引：只要到了潭柘寺，什么都会好的。

大约早春时，我向吴猛指出他嗜睡日益严重的问题。当时我与吴猛的交往抵达一种新的状态，但总体上仍旧紧绷着。他不是过度依赖我，就是充满了攻击性，而他自身也在极致的清醒与混沌间不断跳跃。我们进行如下对话之际，他恰好是清醒的。对于我注意到这一点，吴猛有些吃惊。他最早以为嗜睡症状与季节有关，北京的春天很干燥，杨絮、灰尘当空弥漫，过敏也不足为奇。然而，他逐渐察觉，当他昏昏欲睡时，他会为此生气。他停下来，似乎在搜索更精准的用语来表达。他说，不顾一切地想睡觉，那种感受非常不好，好像我已经彻底枯竭了，倒在一片空白之中。我问，你能描述大概什么样的时刻让你犯困吗？他抿嘴想了一会儿，很多，比如我听不懂你说什么的时候，比如我完全无法按照你的意见改小说的时候……不等他罗列完，我插话问，都和我有关吗？吴猛说，绝大多数吧。因为你总在劈开我的生活，否定我，逼我另找出路。我连忙说，我没否定你，只是提供一些更好的可能性。你这么一说，好像我从你这里夺走了什么，而睡意则为了应付恨、恐惧，以及回避已被遗弃的无能的自己。吴猛缓慢地说，不是的。长久以来我都很迷糊，但今天好像豁然开朗了：我期待被人支配，唯有如此，我才能脱离原本的道路，避开惩罚，避开应由我忍受的局面——我拦腰截断他，接着说，这正是我们需要保持距离的原因。我根本没想过支配你，既无精力，也无意愿。我们以后别见面了，小说有消息我会通知你。

我们在主干道上延伸着脚步，与即兴戏剧结束的那晚一样。只不过时节已然变尽，如今银杏一身新绿，月季顺着深漆过的铁栅栏咬上去。我们沿着花墙走一段路，半响，吴猛说，我不明白。便于他理解，我不得不从头说起。小吴，我们最早联系是为交流小说，我通过种种方式告诉你，你要先学会观察、辨认、搭建真实，才能在小说领域入门，这几乎是一条近乎真理的规律。在这个过程中，我过度卷入了你的判断，你的自我同我产生一种难以描述的、非线性逻辑的碰撞。你依赖我的存在，但你所汲取的力量，只是短暂的幻觉。唯有我撤离你的生活，你才能明白这一点。我想告诉你的是，你不要以为断联就意味着无处可去、无人依靠，即便我们保持现状，对你改善和世界的关系也无益处。此刻你仿佛正躲宿于一间昏暗的小屋中,和被你摧毁的我的那部分在一起,对自己的内在充满焦虑。

我本想与吴猛谈谈他的母亲,但他忽然变得寡言少语。待我回到寝室,天空因积雨云而暗淡,湿意在空气中涨溢起来。我在写字台前稍立,感到心跳如擂鼓,怦怦不止。好像我刚背过重物,此刻虽已卸下,但尚需一段漫长的恢复期方能还原。

自此以后,有好几回,我似在学校里遥遥望见吴猛,一定睛又由他消失。他仿佛已成为鬼魅的一员,不留空隙地注视我,却从不采取任何行动——在某个令人窒息的时刻真正来临之前,这种注视无异于漫长的审判过程。

我们将潭王路走到穷尽之处,潭柘寺如卵石从流溪中浮出。最后三公里坡路密集,从下到上,自上而下,覆灰的广角镜隐隐勾出我们疲沓的身影。我实在不能再走,略迈几步,便似牵动了小腿内部的蒺藜丛。我们嬉笑着相互埋怨,靠口头宣泄来消减肢体的疼痛,但效果并不明显。小万骂了一句,说回城要好好吃一顿火锅。另外两人说不出话,不时去望那座从万叶间竖起的塔尖——它越来越近,由单个变为一组,然后又集体失形,隐退为诸多庙塔的一部分。

五点过半,我们终于将潭柘寺移至眼前。然而,即使按夏季开放时间(比冬季晚一个小时),潭柘寺也已关门。我们凝视着晚寺,如此切近,却不可进入。便茫然失措,久久无言。

于是,我们只好悻悻绕寺外的塔林走,一条小径将其划为两岸。路边尚有零星的摊贩,一边收摊,一边抱着侥幸心理兜售货品。夕阳从后方平扫而来,当日天气阴沉居多,光线黯淡乏力。塔林以红墙护围,金朝以来,此处陆续收纳了历代高僧的死亡。三十余座墓塔,到黄昏,拓满外物的线影。

小万突然伸出手,腾空圈出一座覆钵式塔。他说,这塔与众不同,据说里面葬着一只老虎。过去老虎下山伤人，后来跟了潭柘寺的师傅，总算改邪归正。有一天它师傅圆寂了，老虎痛哭五天，泣血而亡。三明听了，不甚明白。就问，佛教看淡生死无常，老虎为什么要殉葬？陈舸不屑，哪有跟景区逸闻较真的。三明问，那这么多法师的墓塔也是假的吗？三明往后一指，黑压压一片，灵塔在晚日衬饰下更显诡怪。陈舸说，有真有假吧。真会变假，假会变真，谁知道。

　　我摸出手机，想把这象征性的终点拍下来。只见屏幕一亮，十几个未接来电显示在中央，都是同一个号码。再往下是一些短信，让我看到回电，另一些则不知所云。最近的一条短信是：今天不要回校，向西北多山之地去。如果看见一个戴黑帽子的人，问他要那顶帽子。三天以后，早晨九到十一点间回来，可保无事。短信在四点左右发送，此后再无音讯。我点开摄像功能，将群塔置入取景框。潭柘寺的正殿亦在远处，门庭深锁；沿廊高悬着红灯笼，流苏随风势幽幽晃动。天空垫在万物身后，蓝得失神，早些时候的云也不知所踪。我不由得一愣。

　　他们三人仍在争论，有关历史、真实、虚构，以及顿悟如何让口舌短暂地浸淫于沉默。我们打了一辆黑车，坐到最近的市集，再换车赶往市中心。夜色霰弹似的四散，路灯依次亮起来。汽车一路颠簸，三人竟也纷纷入睡。他们的呼吸轻盈，好像很小心地置换着体内的某些东西。我没睡着，反复想着三明刚讲的《五灯会元》里一则公案，关于文喜和尚与文殊菩萨之间的一段旧事。这段公案出过一句偈语，千古难辨其意，但我想的与此无关。我想的是，文喜反问文殊，你们如何修行；文殊答：龙蛇混杂，凡圣同居——不知为何，我被此中蕴含的气象深深打动。当我想到，它正何其真实地描绘着眼前的人间，便在这嘈杂幽暗的夜晚，险些落下眼泪。

三三 | 即兴戏剧

诀窍在于长久的凝视
——小说《即兴戏剧》创作谈
吴猴儿

感谢《春风》杂志编辑部,感谢我的责编周杨老师一年多以来的指导和修改。

《即兴戏剧》是我正式刊发的第一篇小说。在此之前,我虽尝试写过很多作品,但投稿无门,踽踽独行。师姐确实给了我很大帮助。写这篇小说的初衷,也是为了纪念去世的师姐。两年前的春天,她去北京郊区徒步,不慎从山上坠落而亡。同行有她的三位好友,但没人看见她如何失足,实在是一件咄咄怪事。据说那三人当天在公安局做完笔录,已是深夜,饥饿难耐,就一起吃了顿潮汕火锅。

调查取证的过程中,公安机关也找过我,因为师姐生前曾频繁向她的朋友们提到我。她究竟说了什么,谁都不告诉我。她说的是真是假,也无人能证实。当然,警察们全然不能将我和师姐的死关联起来,不久便将我释放,震惊与悲伤却是更长久的刑罚。

在此,我想再次感谢周杨老师提出的许多意见,尽管有些地方我仍然不能处理得很好。例如,周老师指出,这篇小说是女性第一人称叙述的作品,但我对描写女性思维无甚经验,这是我一时也无法改正的。再如,小说中有一些虚实交杂的地方,因为我还没能完全在小说中面对、处理自己的生活经验,多少有逃避之处。

最后,我想再多说几句闲言。周杨老师读罢初稿,曾问我这篇小说的主题是什么。我并不知道何谓"主题",思索半天,只是说我想写的是真实。

我不相信世上有绝对的真实，但选择兼容一些真假并不分明的"真实"并对其作出选择，并非一种放弃的状态，而是为了更进一步去观看它们。陀思妥耶夫斯基在《卡拉马佐夫兄弟》里讲到忏悔，他解答了一个我困惑多年的疑问：忏悔就可以抵消罪恶吗？陀氏的答案是：是的，只要悔过之意在一个人的心中不淡泊下去，上帝一切都能宽恕——忏悔是要持续的，一个与罪恶相关的砝码始终将压在罪人的灵魂上。换个角度来看，如果一个人内心存在着罪恶的想法，那么仅仅注意到这一点，一定程度上已然开始了净化。这就是凝视和真实之间的关系，而我所做的正是凝视。

阅读过程中，如有什么问题，欢迎各位读者随时与我联系。

我的邮箱是：octopus.garden@163.com

《十月》2022年第5期

修新羽

修新羽，1993年生于山东青岛，清华大学哲学硕士。中国作家协会会员，作品散见于《十月》《青年文学》《花城》《上海文学》《天涯》《芙蓉》等刊。曾获《解放军文艺》优秀作品奖、第四届老舍青年戏剧文学奖等奖项。

她要去阆中

　　北风来的时候，整个城北都被清扫干净。他低头寻了很久，仅在垃圾桶下面看到点儿碎叶。寻找不过是一时兴起，但碎叶枯黄的颜色打动了他，让他蹲下身子，将它们拾进口袋。在匆忙行走的人群中，唯有他口袋里盛着落叶，像某种意义不明的信物。

　　该回家了，他想。等林琳回来收拾东西的时候，可以和她再谈谈那件事。

　　事情在周五下午砸到他脸上。之所以说砸，是因为它坚硬沉重，磐石般不可改变。甚至没有通过面对面交谈，而是隔着一段距离，顺着手机信号狠狠砸过来。摁断电话，不够，把手机调成飞行模式，关机。像是上了三重保险，用三重铅门将灾难关在那边。尽管他心里有着模糊预感，知道自己最终只会妥协。

　　这不公平。或者说，这不善良。林琳不该选择这样的时机，因为前几天他们还亲密无间手拉手去参加她同学的婚礼。她穿了最贵那双银色高跟鞋，为了看着匹配，还往他鞋里塞了五厘米增高鞋垫。走起路来，他踩实了才敢迈下一步，时时担心自己会崴脚。其实她之前也提到过这件事，在他们祝贺过新人，回到同居住所，轮流洗过澡，拥抱，肩膀贴肩膀躺在床上的时候。林琳说，我要去阆中。他随口应和，可以去，今年春节假期就可以去。他没听说过这个地名，甚至不知道这两个字怎么写，但林琳肯定看过小红书上或微博上的游记。她说想自己去，他笑着答应了。现在的女孩子就这样，时不时抓住时机宣告独立，这独立就像高奢皮包一样，装点着她们，让她们的脸色更好看，目光更明亮。

林琳没有笑。她有些诧异地转过脸来，完全没发现这事有任何好笑的地方。"我认真的，你搞明白我的意思了吗？"

　　明白了，孟远说。为了表现出自己的明白，还简明扼要地重复了刚才的话。"你说，你想在年底前一个人去阆中。"林琳凑过来用嘴巴堵住了他，用舌头舔舐他，用牙齿让他发出痛呼。这是近乎异常的热情，事后回想起来，也是一种对迟钝的怜悯。

　　在任何正常人的词典里，"去阆中"都意味着一场短途旅行，有去有回。三天，五天，最多半个月。住旅馆或者民宿，吃当地特色美食，跟着导航或导游。但林琳已经上交了辞职信，开始收拾行李。她收拾得不紧不慢，甚至把每支口红都拿起来检查一遍，对着手机里的购买记录推算保质期，把过期的都扔掉。由于细致，这一工程进展得非常慢，更像是岁末大扫除。直到周五下午，直到孟远发现客厅中央摆着几只庞大的透明收纳箱。里面装着的衣服基本是白灰驼黑，层层叠叠，仿佛地理课本里的沉积岩。这是冬天的衣服，他意识到林琳只在冬天才会喜欢这些黯淡又柔软的颜色。为什么要把当季的衣服收起来？

　　衣柜空了大半，鞋柜里的鞋子全都不见了。他犹豫片刻，给林琳打了电话。正是这电话让他们澄清了误会（很难说有没有造成更深的误会）。大吵一架后，林琳再也没回过家。直到他主动认错，邀请她拿走剩下的行李，保证自己绝不纠缠。

　　他以为这会是场鏖战。否则呢，难道一段牢固的亲密关系就静悄悄完结吗？一颗心就毫无反抗地碎掉？他又犯了错误，他总是把一切想象得太庄重、严重、沉重。林琳拎着行李箱走进来，没化妆，连唇彩也没有涂，表情有些不耐烦。

　　或者不耐烦只是他想象出来的。他已经无法判断林琳的情绪，甚至对林琳的外表也感到陌生：林琳一直很白，怎么会这么白，白到发着光，让鼻梁上零星的雀斑像未愈合的伤痕，让他产生了报复的冲动，想把口袋里的枯叶撒到桌子上，让林琳也如他般茫然，不明白究竟哪步出现了错误，不明白树叶为什么会干枯、坠落、破碎，被他装进口袋里。

他们没聊这些，没提到碎叶或斑点。林琳把剩下的护肤品用泡沫纸包好；两个搬家工人上来抬走了客厅里的收纳箱；他坐在客厅，总觉得林琳把他的什么东西也偷偷搬走了，否则房间不可能这么空荡。

"别这样，"林琳用胶带封好纸箱，低着头对他说，"你可千万别哭。"

他帮林琳把长靴塞进鞋盒，把鞋盒放到门口。再聊一聊？故意蹭过林琳手指时，他几乎要这么说，像孤独可怜的老年人，无父无母无妻无子，被困在养老院里，只能泪光闪闪地向陌生义工求助。再多待一小会儿？

"再讲一遍。"他说。于是林琳重复着那些话，那些她在电话里讲过的观点和名词。多数人的生命轨迹都是树状图，靠惯性走下去，到城北念书，在城北工作，买房，结婚，生育。借用佛教的观点，这是轮回，轮回皆苦。而她想把人生过成散点图，也不是散点，就像布朗运动。知道什么是布朗运动吧？大学物理课上应该都学过，几何上的美感……

吸引他的不是话的内容，而是林琳说话的语气，词与词之间停顿的节奏，以及这段话的长度——像扯也扯不断的线，绵延不绝，抽丝剥茧。他早就忘掉大学物理了，隐约记得布朗运动难以预测，粒子与粒子不断游动，互相碰撞，改变彼此的方向。从电视柜的抽屉里，他拿出文件夹，递给林琳，里面装着两张去拉萨的机票，旅游攻略，还有民宿订单。

别开玩笑了，林琳说。

他又拿出另外两张机票，是去巴中的，离阆中最近的机场。

林琳接过机票，看了几眼，再次推回他面前。她的神情变得更职业化，更疏远，让人想起值机窗口的服务人员。如果你也想去阆中的话，我没权利反对，因为你也是自由的。但那是新的地方了，会有新的开始，你明白吗？还是把话说得更清楚点儿吧——可能在阆中我就不想谈恋爱了。

城北挺好的，他说，我家已经凑够了首付，打算下半年跟你一起看房的。

不是在谈城北，是在说我自己。林琳打开门，朝房间里环视了一圈。说话时，她的嘴唇几乎没怎么动过，声音轻而含糊，仿佛怕别人听见。现在你总该明白我的意思了。

他怎么能明白呢？他觉得总归要有铺垫，就像她平时做的那样，同学聚会、单位加班之前，总会发微信告诉他。就像新店开业会提前一个月宣传，停电断水和道路维修会提前两周发布通知，有任何突发情况，相关部门都会在三小时之内给出通报，把来龙去脉交代分明。这才是城北的风格，从芜杂生活里握住小小的笃定。如果地球能够被撬起来，这笃定就是支点。

再见了，林琳说。再见。

由于工作调动，他独自搬过几次家。当他从旧房间离开时，那地方总是狼藉一片，到处是旧杂志、包装袋、过期食品和灰尘，离开的时候人们往往毫不顾忌。

但林琳收拾得很慢，这种搬离就没那么有破坏性，甚至连空掉的衣柜都被仔细擦过，泛着淡淡的樟脑味。他在房间里四处转了转，听窸窣的响声，就把那些碎叶从口袋里拣出来，扔进玻璃杯。在热水的浸泡中，碎叶不再像碎叶，成了异域风情的饮料，慢慢褪出黄绿。他尝了尝，又腥又苦，犹如母亲生病时喝的草药。

这不是突然袭击，他想，林琳早就下单了那些搬家要用的收纳箱，还找到了新住处。这是处心积虑的抛弃，母亲抛弃了他，再之后是林琳，而父亲更是没有站在过他的阵营。从小他就是孩子群里最不招人喜欢的,在别人踢足球时只能当替补。后来他把更多时间放在课业上,考到城北。小学同学聚会,是他坐在了班主任旁边。

以全系第一的身份毕业,他在城北找了份满意的工作,和林琳在太古里的万圣节活动中认识,恋爱两年并同居。考虑到通勤,他们租在了市中心的老小区,三楼,窗户很窄,却有足够宽敞的阳台。盛夏时节站在窗前,能看见远处平房上的青灰色砖瓦,以及砖瓦间郁郁葱葱的植物。这些植物生长得很有耐心,仿佛能把一切东西视为土壤。无事可做的夜晚,他们会坐在阳台,听楼下传来的交谈声,孩子们奔跑大笑,树叶在风中轻轻闪动。林琳从夜市淘来几盆多肉,每周只需要浇很少的水就长得旺盛。他们挤在床上看电影,逛动物园,买五元一盒的胡萝卜条喂山羊。

回想起来,这些事情都是很浪漫的,但在当时他暗暗觉得狼狈。林琳是城北本地人,从小跟着外教学英语,念书时就修过 gap year,毕业后三年辞掉五份工作。而他性格谨慎,甚至会把产品说明从头读到尾。和林琳相处起来开心是开心,偶尔也焦虑到喘不动气。他会找借口溜到楼下,深呼吸,一步一步踩住那些深灰色、紧密嵌合的砖块儿。

前几周连续的加班早已让他精疲力竭。躺在沙发上,他打开电子地图,再次确认城北与阆中的距离,一千六百四十一公里。需要在西安北换乘,总计九个多小时。坐飞机的话,要先飞到巴中再改乘火车,近七小时。车次少,年底车票更难买,他在内心深处保存着一丝侥幸:人的想法总会受外物影响,是不是?新闻里的人会因为一份送错了口味的外卖而痛哭,那么林琳也有可能因为售空的车票而改变去向。

他甚至给林琳发了消息,关心她的行李多不多,主动提出可以送她去机场。

上次他们去机场还是在半年前，晚春时节，能闻到车载香水的水蜜桃味。对他而言味道过甜了，但林琳很喜欢。车窗开着，微风让人昏昏欲睡。他们没怎么交谈，但他感觉林琳一定会先开口。那时一切还很好预测，林琳没办法沉默那么久。

香水好像变质了。离机场还有五百米的时候，林琳说。发酸。她伸手卸下半满的香水瓶，拧紧瓶盖，扔进车载垃圾箱。阳光从前车窗户上反射过来，他微笑着戴上墨镜。后备厢里装着厚实挡风的外套和登山杖，他们准备利用周末去长白山看天池。走到楼下才想起好像没关窗，就站到小区中央的空地，仰头点数那些一模一样的空调外机和阳台，试图分辨出自家窗户。偶尔有路过的人停下跟他们一起看，满脸困惑。"你看，人们根本不知道自己在做什么，"林琳说，"大多数人只是从众。"

林琳说，行李不多，没事，谢谢。

林琳回复得越来越慢。刚开始只需等待半个下午，后来是一整天。而林琳的朋友们用含糊且礼貌的方式回应他的问询，"林琳是个很有想法的女生"，"你们以后都会幸福的"，"有些事情就是这样"。似乎在他们看来，在城北生活着生活着突然搬去外地，完全算不上心血来潮，而是再正常不过的决定。

近些天气温骤降，老小区里经常有水管冻裂，地面很容易结冰，必须小心翼翼地绕开。在地铁口附近，好几次他看见有人跌倒，却从没上前施以援助。这是变量，他赌气般地相信，这些跌倒也是冥冥无常的一部分，不该由他干扰。但他后来接到了父亲的电话，说在逛早市时踩到菜叶，摔断了胳膊。就像是命运的报复。

他没有回家，而是请了附近的亲戚帮忙照顾。"年底公司太忙了，你多吃点儿钙片和排骨，"他说，盯着通话时间上面跳动的数字，"已经把护理费和伙食费打过去了。"

"我要死了，"父亲说，"你为什么不回来看我一眼？"

父亲的语气很真实，但他看过体检报告，知道父亲的身体一直都很好，直到母亲去世前，还每年冬天都去海边游泳。他目睹过几次，那群老人站在岸边久久凝望，然后毫不犹豫地跳进冷水，身上的皮肤冻成粉色。

现在父亲不再游泳了，像是永远在怨恨，把一整片冬天的海洋摁在自己脑海里。过年回家时他们基本没聊过天儿，只有在大年初三，给母亲烧完纸钱的晚上，喝了酒，父亲才会在房间里大声吆喝，什么壶配什么盖，什么马配什么鞍，人心不足蛇吞象，事到头来螂捕蝉。他把林琳带回家之后，父亲和母亲都很喜欢她，不同之处在于父亲认为林琳迟早会把他甩了。这倒也早在人的意料之中，毕竟他身高随母亲，比父亲矮了半个头，每每仰脸看向父亲，总能看见毫不遮掩的厌嫌。

"死了算了，活着没有盼头儿。"父亲说，"我们难逃此劫。"

"对，"他赞同着父亲的话，"这倒是注定的，但你还是要多吃点儿钙片和排骨。"

最好让林琳自己来解释这整件事。他想，让林琳自己告诉他父亲，他们分手的原因不是他矮，他工作忙，他比她大五岁，他不是城北本地人并且年薪不到七位数，甚至也不是因为他过强的占有欲。他们为此吵过很多架，他提醒林琳别和男同事走得太近，林琳应答着，把沾满油污的碗碟塞进洗碗机。他说，你根本不明白。林琳弄翻托槽，瓷器碎片溅到他脚下，零零星星的白色。

我不放心你。

你觉得我没有分寸感。林琳说，我宁可你没有心，也别每天把心放在我身上。

他走过去，抱住林琳，闻到一股潮湿的气息。林琳紧扣住他脖子，把泪水擦在他耳后的皮肤上。所以他妥协了，哪怕住到一起后，林琳半夜回来时他只会侧身静躺，绵长平静地呼吸，不让她发现自己还没睡着。他主动加班，熬夜修改方案，故意展现出自己在事业方面的野心，尽管他至今没能习惯拥挤的开放式办公室，以及公司里人手一杯的冰咖啡。

在林琳面前，他经常会过分紧张。万圣节舞会那次，他用绷带和红颜料把自己伪装成木乃伊，老套而保守。林琳是哥谭市的小丑女，粉蓝两色双马尾，拎着棒球棍跳来跳去，终于蹭伤了腿。医院急诊室里，林琳说，谢谢你，什么时候请你一起吃饭？

下次吧，他毫不犹豫地回答。林琳点点头，帮他把身上乱七八糟的绷带解开。他低头看向林琳的双马尾，像真正的木乃伊那样动弹不得。"擦粉进棺材，"父亲批评过他，"死要面子。"只有母亲能看穿一切，知道他并非妄自尊大，而是在紧张时不由自主地畏惧。

或者，明天晚上你有空吗？他说，下次就是明天。这句话是从父亲那里学来的，七岁的他坐在自行车后座上，求父亲带他去动物园。下次吧，父亲说。他不甘心地继续问，下次是什么时候？父亲把自行车停在路边，告诉他，下次就是明天。

林琳微微挑起眉毛，似乎有些好奇，仿佛她从没想过人们能以自己的方式定义时间。无论如何，他们在第二天见面了，随后是第三天。他怀着极大的勇气与林琳相爱，然而在长白山那家酒店，他看着头发湿润、半眯着眼睛泡在温泉池中的林琳，看着她白嫩光洁到仿佛属于另一个物种的皮肤，还是没把行李箱夹层里的戒指拿出来。

按林琳的说法，地点是她闭着眼睛在地图上选的。

地图被仔细卷好，留在书柜顶层。他把它铺平，调亮台灯，仔细研究着那枚图钉孔。若把经纬度测定得精确些，它会正好扎在嘉陵江里的一群小岛上，小到在省份地图上都无影无踪。当地旅游开发，取陆游《阆中作》的字句，分别取名为"濯尘""旧识""邀乐""寻梅"。把经纬度定得再精确些，离洞最近的是濯尘岛。百度图片显示，入岛石门上刻了诗句："挽住征衣为濯尘，阆州斋酿绝芳醇。"

　　他宁愿林琳选择了什么更难捉摸的地方，比如印尼或者南非某座城市，或是太平洋哪个没人听说过的海岛。语言和气候的种种不适会阻止她，让她真正考虑清楚自己做出了怎样的决定。这会变成一个梦，一个类似于"退休之后要环游世界""十年后要写一本自传"之类的梦，以恰当的方式调节压力，给生活以趣味——又不真正影响到生活。

　　阆中不一样。阆中遥远而可及。

　　他新建了文件夹，整理着关于阆中的信息，仿佛要搬去阆中的人不是林琳，而是他自己。在大众点评里搜索当地美食，去小红书搜攻略，找到几家装修雅致的民宿。她可能住在临江的位置，外墙遍布青苔，房间里墙皮脱落，能听见水声。也可能住进了哪间性价比更高的房子，毕竟是要住上许多年。读书时他听过一场讲座，从城北大学请的老师，专门研究健康学，反复强调说人不能长期生活在湿气过重的地方，会导致呼吸道过敏、皮肤病、关节炎。那时他太年轻了，把所有疾病都视为发生在远处的洪灾。但他现在已经三十多岁，林琳也已经二十八岁，不该再面对这些湿气。

　　阆中，读起来像"浪中"。就好像她是艰难走上岸来的小美人鱼，在人世间受了什么委屈，不得不重归波浪里。有天晚上，本科同学从美国回来，大家聚着吃饭，依次聊完糗事和八卦后，他不由自主就提到了这里。

　　你们听说过阆中吗？他问。

　　同学们全都不说话了，很耐心地看着他。

国家AAAAA级旅游景区。张飞在那里驻守过，杜甫在那里待过，还写过一首诗，"阆中胜事可肠断，阆州城南天下稀"。他把那些诗句背诵出来，而在场的同学们像听历史课那样听着他讲话，脸上浮现出与己无关的神情。

还是孟总有文采，有人带头鼓起掌。服务员端着水煮鱼走进来，红红的辣椒很扎眼，引来一阵关于川菜的讨论。他去门口抽烟，连摁几次打火机，火光都被凉风吹灭。

这毫无必要。或许正因为毫无必要，他才在办公室，在酒桌上，在所有能够见缝插针闲聊几句的时候反复提起阆中。阆中，古称保宁，是四川省南充市代管的县级市，地处四川盆地北缘，嘉陵江中上游，秦巴山南麓，山围四面，水绕三方。两千多年来为巴蜀要冲，军事重镇。他谈论阆中，但一次也没有完整讲述出林琳的事情。有次他差点就要说出口了，却发现根本没有头绪，提到林琳的名字只会让他感觉到痛苦、冒失、尴尬。某天夜里他翻身下床，在行李箱里装满衣物和换洗用品，足够去外地出差几个月。他闭上眼睛，捏住图钉，把自己的洞扎在了土耳其海峡。

或许是受到了父亲的启发，他很容易就想到了解决办法。没必要亲自去，没必要耗费掉大量的精力和金钱，去克服疫情管控下国际旅行的种种困难。他可以在死后将骨灰撒入海洋，海与海总是相通的，会有一部分的他出现在土耳其海峡里。

林琳音信全无，朋友圈没有新状态，连微博小号都不再更新。

晚上回家后，他独自沉思着。在沉思中，墙不是普通的墙，窗也不是普通的窗。不是他走进这房间，是房间走向了他。不是夜风吹拂在他的身上，是他踏过无数台阶，打开封闭性良好的断桥铝窗户，敞开外套，向那风迎去。初冬微弱的寒意改变着他，让他能够冷静下来，继续点数关于林琳的种种可能。

她的钱可能被骗光了，住每天五十元的青年旅馆（他在网上查过，最便宜是五十）。那种地方到处都是骗子，售卖珍稀玉石、缅甸沉香、猛犸牙雕，进了店就不让你走了，必须要掏钱买才消停。还有摇卦算命的，竹筒里全装着下下签，要花五百元买了"福"字符才能化解。

可能被传销组织掠走了，这样更自然，更合理。他读过相关报道，知道他们怎么组织誓师大会，没收手机、发展下线。随即觉得不会，林琳如果加入了传销组织，肯定会立马邀请他一起过去——他是最最可靠最最可能去追随她的人，因为他热烈期盼着被她利用，从他们刚认识不久就开始了。楼里的声控灯坏掉，物业不管，回家要摸黑走过长廊。他买好灯泡过去，踩在凳子上。她一手扶牢凳子，一手用手电筒朝上照着。他边换灯泡边偷瞄她，亮晶晶的眼睛，朝他仰起的下巴。外卖送来的生鲜鱼类没有除鳞切块，她拿剪刀对付了好久，最后还是请他过来大力剁开。还有次被猥琐男在家门口扔烟头，是向他借了双鞋子，镇宅般摆在门外。

他还想到了网上那些情感骗局，有人被捏造出的身份骗掉终身积蓄。但林琳不会骗他，林琳比真实更真实。刚认识不久他就发现，林琳所有的密码都一样，包括电脑、手机、邮箱、银行卡。在她家连过 Wi-Fi 后，他尝试着将 Wi-Fi 密码输入进她手机，顺利解锁。等林琳带着沐浴露的湿香扑进他怀里时，他已经把她购物车里的商品全部记录下来。之后的各种节日、生日、纪念日，他送出的总是她想要的，甚至比她想要的东西更精致高档。他怀疑林琳知道发生了什么，但她从来没有戳穿。

这些回忆并不能让他觉出自己和林琳的亲密，反倒更清晰地显示出了他们之间的隔阂：林琳是留在他身边的一个女人，她也可以是任何女人。继而，他恍然意识到，林琳总是用各种办法羞辱他，离开城北也是羞辱的一部分。而他居然就站在那里，任由林琳往他的鞋里塞增高垫。还有那句话，"千万别哭"。他只在林琳面前流过一次眼泪，母亲去世的那天晚上。林琳怎么能据此认定他孱弱不堪？

他开始读书，读到深夜，查阅佛经和物理书籍。有个名叫马约拉纳的意大利物理学家，研究出一种马约拉纳费米粒子，它的反粒子就是它本身。后来这位物理学家主动失踪了，认为不被确定就意味着不被掌控。马约拉纳和林琳都会同意，人生不该是树状图，人生的曲线不一定是向上的，可能是团的，也可能是散点。忘掉既定的规则，出现在这里也出现在那里，倾听自己，窥视自己，只从自己和虚空中寻找答案。

下班之后，他会步行到离公司最近的公交站，刷卡，冥想，随机选定车站下车，被人群推搡到另一辆车上。白塔寺，安乐林，神武庙……高达五十余米的白塔用阴影笼罩住他。坐地铁时，他从没意识到城北有这么多琐碎的风景。

有天他错过了末班车，沿城郊马路走了很久，看见无数颗闪烁的星星。

明澈夜幕在城北很是罕见，让他想起了自己的老家。他生于南京，老家在安徽绩溪的小村，比阆中更小。十八岁那年，他被父母带回去走亲戚，第一次踏入自家宗祠，看到秋叶沿天井的瓦檐飘落，星辰密布如棋。在厢房里聚餐的时候，他得知祖父当年去山里摘野核桃，遇到过日本人，躲在树上才逃过一劫，和祖父同去的其他人都被乱刀捅死了。那棵枝叶浓密的树决定了祖父的命运，被枝叶遮蔽的视线决定了祖父的命运。

这是练习。他知道自己正在练习，体验并识别那些微弱的不确定性。他用大量时间想念林琳，或者说，想象她，想象她正在某个他永远无法抵达的地方，拥有他无法拥有的力量，成为他无法成为的人。

修新羽 | 她要去阆中

　　他睡不着觉，浑身发冷，翻动书页时觉得纸张软绵绵的，阆中的湿气不知通过什么方式渗入了房间。他不再假装原谅林琳，而是一遍遍推演，练习如何反驳林琳的话。他会向公司请假，提前回家，买一百只钟表挂满家里的墙壁，强迫林琳停止手里的动作，听他绵延不绝、抽丝剥茧地宣扬自己的观点。指着那些转动的时针，他会告诉林琳，这就是证据，证明所有人的生活都是线性的，因为时间是线性的，没人能躲开。

　　这些想象并不能真正安慰到他。因为在线状前进的轨道上，他也想象过他们的婚礼，鲜花、白纱和闪闪发光的水晶灯。但他们终究只参加过别人的婚礼，兴致勃勃地考察着别人的爱情。最后那场以海底世界为主题，吊顶上高高悬挂着纸糊的水母模型，甜品台摆着贝壳状巧克力，光线时不时从餐桌上扫过，人为制造出波浪。新娘穿鱼尾裙缓缓进场，耳线闪闪发亮，不像是人，更近似海底的珍奇异兽。

　　婚礼摄影师看上去是老手，脖子上挂着两只不同镜头的单反，骂骂咧咧地指导徒弟架摄像机。孟远就坐在附近，自告奋勇帮忙调整三脚架，想在林琳面前展现能力。林琳也跟了过来，颇为专业地点评那些镜头。于是他想起来，林琳读书时也加入过摄影协会。但他们从没一起出去拍照，去山里拍初雪，拍初升的太阳。他们原本可以一起的。晚上睡觉前，在这样的想象中，潜藏的欲望被逐渐唤起。他嘴唇发麻，想要亲吻林琳，在亲吻中用牙齿咬伤她。他想揪住林琳的头发，让她不得不朝后仰去，把脖颈、胸脯、柔软的腹部都暴露在他面前。雪花落在他们身上，星星点点，产生了一种蚊虫叮咬的刺痛。初阳如火。然后，林琳说她要去阆中。她说你搞明白我的意思了吗？他甚至不知道阆中究竟怎么写。

　　渐渐地，已经是十二月。父亲恢复得还算不错，亲戚说他们每天上午都会出门散步，到河边看人钓鱼。于是他寄回家一整套渔具，让父亲能够凝视冷水而不再跳入它。父亲没问他和林琳发展得怎样了，他也就没有回答。在城北的早高峰地铁上，人们穿着冬装拥挤到一起，彼此之间有着扎实柔软的阻力。他用围巾挡住脖子，不再四处张望，不再试图寻找某张熟悉的脸。

直到事情因那场雨而彻底改变。

公司派人去深圳谈项目，起飞时间不断推迟。两小时穷极无聊的等待后，航班直接取消。在周围零星的抱怨声中，他拖着箱子往外走，随手点开新闻软件推送来的信息，某明星成立爱心基金会，落入河中的孩童顺利获救，深圳红色暴雨预警。他低下头，看着光滑的砖上那些模糊倒影，想起小时候在美术课上画过的，被劣质橡皮擦过的素描画。戒指盒一直装在旅行箱最外面的夹层，用密码锁保护着。

那位健康学老师还说过，有时候你做对了一切也无法阻止疾病在你身上发生，这是概率问题。当疾病到来，你就只能与它搏斗。

领导很快批准了他的事假，他从来是模范员工。飞机即将落地时，他向外看去，仿佛正透过一扇远比舱窗更大的窗户俯视阆中，树木河流房屋人群都清晰地展现着，演化着，相互作用着，推导出一个又一个结论。天边有几团灰色的云。

阆中很冷，天气预报显示，本周内降温了十五摄氏度。他缩着脖子钻进网约车，来到刚刚预订好的民宿。阆中三面环水，风从水面上掠过，一层层降在房间里。他站在窗前，电话没多久就接通了，模模糊糊传来声音，是林琳在跟别人交谈。她说，我就知道。

"知道什么？"他问。

"没什么，有事吗？"

"来重庆出差，听人家说阆中值得玩。"他说，"要不要顺便约个饭？"

林琳没说话，但也没把电话挂掉。微妙的气氛正在弥漫，像化学物质那样污染着他们。他把手机改为外放模式，拿远了一些，仿佛这样就可以避免受到伤害。

"没必要。"林琳说。

"碰巧路过，"他说，"刚下飞机。"他痛恨自己声音中的软弱。但此时此刻，软弱才最有效果，软弱能像棉花一样把他们过去的情谊擦拭到闪闪发光，去映亮她的同情。"没带多余的衣服。外面下了雨，还挺冷的。"

"我能听出来你说没说谎。"

"那么我说实话，"孟远说，"我请了年假，专门来看你。住在一家叫山水集的民宿，不知道离你远不远，方不方便一起简单吃个饭？"从窗外往下看，能看到很大的山水广场。有人在卖气球，不是那种喜羊羊或者 Hello Kitty 的，而是简单的纯色气球。半透明球体，飘浮着，红蓝黄绿，让他想起小时候吃过的那些甜到发苦的硬糖。

"不方便。我很忙，我发烧了。"她说，"我也可能在外地，或者外国。这都是一样的，你明白吗？"

有只气球破了，卖气球的人瑟缩一下，拾起地上扁扁几片气球皮。围观的孩子们欢笑着互相追赶。他继续望向窗外。

"这是我的决定，你明白了吗？"

"明白。"他说。停顿过足够长的时间，足够让双方都相信刚才的对话已经告一段落，才补充了一句，"我只是有点儿困惑。"

"我没去阆中，这是个比喻，比喻你懂吗？不管我去没去阆中，对你而言都是一样的。"林琳说，"求求你别找我了，我真的不知道该怎么跟你分手。"

他没想到林琳怀有这样的想法。他感到惊讶，甚至感到事件发展得有些精彩，值得被记录下来。惊讶拯救了他，占据着他的心灵，让他无法悲伤，让他用旁观者的视角来理解发生在自己身上的事情。这是尘世的人才会遇到的挫折,他想,但它演绎出了佛经里才会有的答案,念念之间,不得停驻,万物无常,有存当亡。也许人类生存的意义就是找到并验证这个答案,所以对他而言这也是一种圆满。

他说,我知道了。我知道了。

《十月》2022年第4期

七堇年

七堇年，1986年生，香港浸会大学国际新闻专业硕士。已出版《大地之灯》《平生欢》《无梦之境》等11部作品，类型涵盖长篇小说、散文等。另有短篇陆续发表于《当代》《人民文学》《收获》等刊。曾获第九届华语文学传媒大奖最具潜力新人奖；紫金·人民文学之星长篇小说奖等奖项。近年涉及编剧、翻译等领域。写作之外，热爱户外探险，登山。

2022年赴美国爱荷华加入国际协作交流计划，完成最新旅行文集《横断浪途》，记录近年来深入中国西部横断山脉的探索。

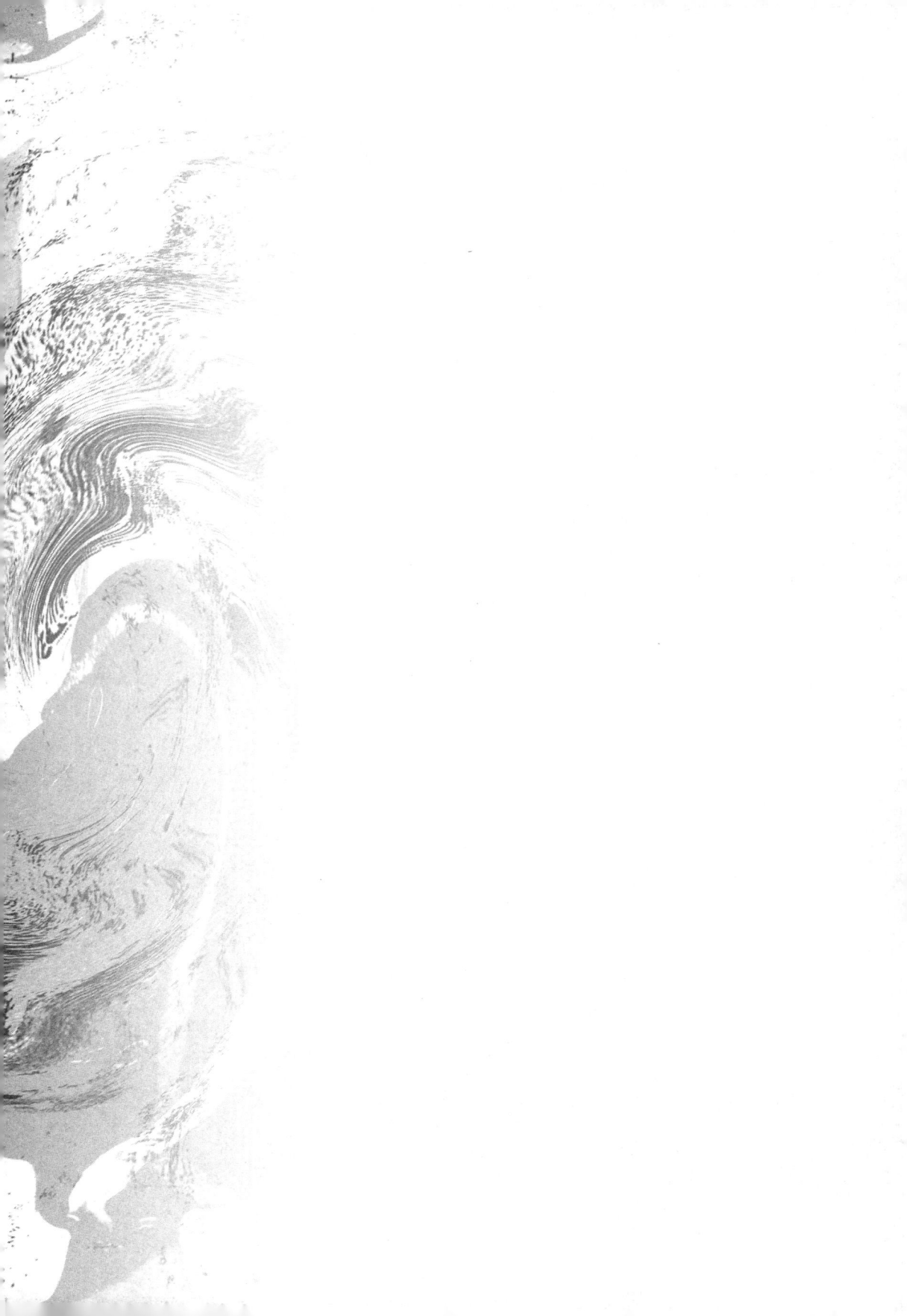

与此同时

1

黎明将近，天色由青入蓝，缀着疏星。

脚下，雪细如粉，头灯一照，闪动微观的虹，仿佛一层钻石粉末。雪鞋笨重，像踩着一双塑料船，走起来得两脚分开，一步一迈。

"看我们像不像两个圆规在走路。"

况子白了我一眼，"屁！"

我踹了他一脚，突然感到自由，没有女人了，可以想做什么就做什么，想说什么就说什么。

雪鞋走起来呱啦呱啦作响，登山包与滑雪板发出轻微而规律的摩擦声，脚下一停，就耳聋般寂静。眼前是最后一段陡坡，仰望：松树一根根陡立，剑指青天。况子把雪鞋后跟的搭扣撑起来，开始爬坡，我也照做了。一到户外，他总是喜欢做先锋，做领攀，给人开路，但那真不是走第一个那么简单，他每一步都要用体重压上去，一脚一坑，深雪吃进膝盖，像是在海水里迈步。

我跟了五十米，热得要炸。羽绒服里，汗水从腋窝滴下，沿着两肋滑，奇痒难忍。从领口里我闻到自己热烘烘的臭汗，想起每次打完球回家，桃子先是冲向我，又刹住，怔怔地盯住我，捂着鼻子，跑开。桃子妈的背影在厨房，一枚轻而冷的声音飘过来：快去洗。

我不知道为什么到现在还会想起这个，心里发紧。我卸下包，一把脱掉外套，只剩最后一件速干短袖。

"狗日的你显摆肌肉吗，冻死你。"况子又来了。

"关你屁事。"我干脆把短袖扒了下来，狠狠一拧，热汗滴在雪上，融出几个小坑。重新背上登山包的时候，背带像粗糙的冰块摩擦肩膀，鸡皮疙瘩一阵，虚脱般爽快。

不知何时天已发亮，我关掉头灯。剩下那段攀爬没花多久。登顶那一刻，太阳蹦了出来，云缝间横着几杠金光。天地澄明，远处的城市一片黯淡，像条大黑狗似的趴在山脚下睡。站在这高处，我俩忍不住号叫起来，野兽般快乐，大口呼吸，想把双肺漂染成一副天蓝色的帆。

风吹来，终于冷。我穿回衣服，拿出能量棒，喝水。况子在我旁边一屁股坐下来，看朝阳。四野白茫茫，粉雪雪道洁净无痕，又陡又窄，像一卷突然失手的卫生纸，一泻到底。世界化作一整山的海洛因，让人无法拒绝的上瘾。

喝完水，我俩眼神儿一碰：上。

2

德语里有个单词是Fernweh，指的是"对一个从未去过的地方的思乡之情"。我心里那个地方是西伯利亚。读过一本书，《西伯利亚森林中》，法国记者、探险家西尔万·泰松写的，记录自己在贝加尔湖畔雪松北岬的一座小木屋里的半年生活。开篇，泰松描写他为隐居生活采购物资的时候，去到了超市，茫然面对琳琅满目的货架，心中再次涌现对现代生活的厌恶："十五个品种的番茄酱——这就是我想要逃离的世界。"

我不想用"逃离"这个词，我可是专门奔西伯利亚来的。从北京飞伊尔库茨克，两千六百公里，航班三个小时。从伊尔库茨克开到贝加尔湖，二百六十公里，却整整要花八个小时。车站破烂得仿佛还停留在八十年代，苏联风，一眼穿越回到童年县城。我查好了贝加尔湖的俄语怎样拼写，一笔一画描在纸上，去窗口买票。

几辆旧依维柯停在后院，车上没人，司机正在捯饬车尾行李舱，见了我，指了指副驾驶座位，竖起手指比出三，用力晃了晃。我不明白，也不想理会，就径直上车，选了个靠窗的座位。

车子出了站，却进城挨家挨户接人。韩国情侣，日本小子……各自站在旅馆门口，等车来接，搞半天只有我大老远跑到车站来……我感觉沮丧，一头贴在玻璃上，盯着外面的乘客。每人都有个大箱子，轮子陷进雪地，拖不动，撂在地上装傻。司机骂骂咧咧地把箱子拎起来，猛塞进后舱，依然朝着每个人比画数字三，依然没有人理会。

兜兜转转一个多小时，人总算坐满了。出了城，车速快了起来，车窗上的水汽迅速结冰，比毛玻璃还毛玻璃，视野变成白内障。我这才明白过来：只有挡风玻璃不结冰，多交三百卢布，可以坐在副驾驶，看风景。但真正坐那座位的，是最后一个上车的，只能坐那儿，而且没见交钱。

我懊悔不迭，掏出纸巾擦窗，这才发现那不是雾水，是冰，纸巾擦半天，完全没用。一想到剩下八个小时就要这么白内障下去，我烦躁极了。睡不着，眼睛越过座位中间的走道，盯着挡风玻璃看——路面像一条黑胶带，把左右两半雪景草草粘起来，勉强凑成一张画面。色调硬冷，景色重复得几近静止——类似于早期拙劣的电子游戏背景，用简陋的相对位移来表示玩家在前进。

一阵刺啦刺啦的声音从后排传来，我回头看：众人东倒西歪昏睡，只有一个姑娘醒着，用一张银行卡刮车窗，冰屑纷纷掉落，玻璃上被生生刮出一块透明的、闪动着雪景的"相框"。阳光透进来，照亮她的睫毛和瞳孔，蜂蜜色的光晕。她大概只有二十多岁，亚洲脸，身旁的大概就是男友，时不时从对方耳朵里摘下音乐来听，俩人头凑在一起。我嗓子里涌出一股甜到齁似的酸闷，无端想象这姑娘和男朋友的种种画面，他们刚好上的那个月一连七天不下床的样子，结婚了以后是什么样子，有了孩子之后会是什么样子，他们的吵架，他们的分手。桃子妈在产房里挣扎的情景突然就又从黑箱里蹿出来了，撕心裂肺，号得我发软。当时我被巨大的焦虑和空白碾压，心脏堵在喉口，无法呼吸，伸手想安慰她，她却一把拽着我胳膊咬，疼得我身子一卷，头撞在一个什么设备的角上。

没过几分钟，我再回头时，车窗"相框"又结了冰，风景消失。那姑娘像是决心要把风景从冰层中解救出来一般，又刮。孜孜不倦，车窗结冰多快，她就刮多快；好像非让这幅黑白照片在玻璃上保持显影不可。刺啦刺啦。刺啦刺啦。说实话，那声音的确刺耳，惹得其他乘客纷纷侧目，而她男朋友就把那些目光顶回去，转头护着那姑娘，露出一种纵容的笑。

我被那刮玻璃的声音磨得莫名烦躁，越发觉得不可忍受……真想让她别特么刮了，拳头不自觉在捏紧……不，忍住，忍住，我对自己说，七年后那个男友（要是还没分手的话）估计也会和我一样烦躁。用不了七年，三年吧。也可能一年。

不能再随便这么发火了……我努力放松拳头，闭上眼睛，想深呼吸，却只吸到车厢里的暖气，复杂的香臭抵消，混成一种闷人的浑浊。想来我跟桃子妈刚恋爱那会儿也新鲜过，好像也挺开心的，但具体是什么我忘了。婚礼特别累，吵了十吨架。临闹洞房前一天晚上在酒店房间里吹气球，分装巧克力糖。气枪给朋友了，我拿嘴吹，腮帮子酸，坐在地板上，背靠着床尾，困得快要融化了。那一刻我特别想说要不咱们别结了，别弄了，何必呢，都走吧，让我睡个好觉。

婚礼况子没来，根本联系不上。挺遗憾，没来也好，以他那张嘴，估计只有开涮我的份儿。据说当天我困得在婚车上直打哈欠，闹洞房的时候整个人出神，反应慢半拍；幸好大家一通胡闹，像葱姜蒜辣子炝炒腐肉，什么味儿都掩盖过去了。司仪的话筒嗡嗡作响，不停啸叫，我站在台上差点打哈欠，拼命忍着不张嘴，眼泪一下子就憋出来了，大家都以为我是感动。

来客们动筷子了，我们开始挨桌敬酒，一桌接一桌起立坐下起立坐下。有时候真的不知道人类发明这些破事儿来折磨自己有什么好处。我横了心把自己迅速灌醉，所以空腹一上来就猛喝，迫切躺平。大酒让我难受了三天，也被桃子妈数落了三天，说我整个人横着被抬上床，就直接吐枕头上，吐了两三天，不省人事，还哭，丢下一堆客人不管。我说行了行了都是我不好，反正没有下次了。

3

我知道贝加尔湖很大，但当况子说它有整个荷兰，或者整个比利时那么大的时候，我还是有点吃惊，暗地里不相信。想 Google 一下，但手机没网。到了湖岸，信号就时有时无了。一片白茫茫中依稀冒出些破房顶，道路纯靠车辙辨认。我心想，到了盛夏，湖畔一定是尘土连天吧，路面连沥青都没铺。

村里跑着许多同款伏尔加牌面包车，纯苏联风格，灰色，老古董。柴油味儿呛人，人坐在里面抖得像全身都被上了抢救室除颤器。轮胎磨得没了纹路，但对付大雪游刃有余，令我百思不得其解——一路上我就从没见俄罗斯人用雪链。

我找客栈老板问逛贝加尔湖的事儿，她开始帮我打电话问村里司机明儿有车不。放下电话，她找了笔，在纸上写下10：30，看着我，笔尖戳了戳大门口。我点头。

第二天一大早我就去大门口上车。隐隐的朝阳在地平线尽头闪着一线粉紫，远处的森林尚一片微蓝，空气清爽冰彻，雪深及踝，我大口呼吸，久违的兴奋。

车来了，司机是个蒙古人，身兼数职，除了开车，还是导游，厨师。在第一个下车点，乌泱乌泱的游客已经聚集在湖岸拍照，丝巾飞舞，全国各地的方言都齐聚一堂。这哪里是贝加尔湖，这分明是天安门升旗仪式。

我沮丧得喘不过气，上车后，用谷歌翻译输入中文"请带我们去人少的地方"，俄语翻译出来了，我递给司机看。他歪着头，看不清，拽过手机来认真看，终于点点头。

好像管用。我们越过好几处游客扎堆的地方没停车，一直开到森林深处。没什么人，司机像放狗似的，刚打开门，车里游客便叽叽喳喳蜂拥而出，韩语日语响彻林间，拍照的，踢雪的，都疯了似的。大人这么疯起来其实更讨厌，比小孩儿还烦，因为破坏力更大。不知道是谁来了一脚，大树上的积雪被踢下，全掉进我脖子，一回头，人影儿还见不着。

司机嚷嚷着什么，朝着一丛不起眼的灌木扑过去，搓了搓，然后双手捧到面前，作出"哇"的样子，意思是很香。我们也跟着闻了，的确有奇香，是类似花椒加陈皮的那种辛辣，又有点薄荷的感觉，到底是什么植物，始终没能搞明白。

游客满林子撒欢去了，司机开始生火，给我们做午饭。他拿出柴，点了火，支起三脚架，挂上一口锅，加水。等水开的时候，切了大坨鱼罐头肉，一堆土豆，一股脑丢进锅，煮。我心里一惊——这不喂猪的吗，跟我人不人鬼不鬼那段时间的吃法一模一样。再也不想回到那日子了。

我离开人群，想穿过树林去看看贝加尔湖。雪深及膝，一脚踏进去，半天拔不出来。三百米走了十分钟，终于到了森林边缘，脚下是陡坡，陡坡底下是一望无际的白。那就是贝加尔湖了吗，全冻了，但也没有蓝冰，只是一片平整无垠的白。天际线处，浅浅的一条线收了尾，好像是岸，又好像还是天。有几个游客蹭到陡坡下边去了，正往湖上去，看起来像拍死的苍蝇掉在大白纸上。

食物的味道飘来，大家围坐在大木桌旁，等司机把煮好的鱼汤分到碗里，配着面包蘸。卖相不好，但味道还将就，比我煮的好吃，也可能只是环境不同。吃完，司机迅速把我们赶回车上，沿路返回，途中停下几次放我们下来拍照，就这样结束了我心心念念的贝加尔湖之行。

怎么说呢，一切都很相似——期待有多隆重，结束就有多草率。像我跟桃子妈之间。或者说，像大部分人之间。

4

砰，砰。床板下面传来两脚震动。我翻个身继续睡，把被子拉上脸。砰，砰。又来两下。我恍惚知道，只要我一睁眼，准能看见况子猴儿似的用三根手指把自己吊在床沿儿上，摇。他说那是锻炼他的小肌群，攀岩用的。

在火车上，我摇着，做了相同的梦，总觉得还在大学宿舍，下铺还会这样踢我。睁开眼，突然想不起在哪儿。要过一会儿才能回过神来：我这是在火车上，在横贯西伯利亚大铁路上，要从贝加尔湖开始，一路往东，起码要开三四天，才能抵达鞑靼海峡。铁路到那儿为止，到了那儿有一趟跨海轮渡，轮渡坐到对岸，就是库页岛了。况子在那儿等我。

我已经大概十年没有坐过绿皮火车。总觉得，每个年龄段都有每个年龄段适配的交通工具——自行车属于少年，火车属于青年，飞机属于中年，邮轮属于老年。

如今所有人都属于汽车。

我不想属于汽车，我要坐绿皮火车，我以为我坐了绿皮火车，就能回到青春时代。青春就跟大名鼎鼎的西伯利亚大铁路一样——盛名在外，身在其中，不过如此。

唯一壮观的是每次火车拐弯的时候——铁轨镰刀似的甩过雪岭，剖开密林，消失在透视灭点。跑道一样的大河，平整冻结，抚着国境线，迟疑蜿蜒。

除此之外，真是太无聊了。白天，雪野是白色的沙漠，枯燥晴朗，贫瘠广阔，植物只剩几笔灰调子，看久了怀疑自己是色盲。太阳总是显得很累，像个不想上班的人，心不在焉地斜斜挂起。在我和桃子妈生活的北纬三十五度温带，晨曦与黄昏难以分辨，差不多的色调，差不多的暧昧，通常看不见日出，也没有日落。而这里不同，黄昏和清晨分得清清楚楚，清晨总是亮的，粉的，而黄昏是黯的，蓝的。雪到深处尽是蓝，阴影普蓝，天色钴蓝，月光银蓝。我记得其中有一天傍晚，火车穿越一片树林的时候，我看见一只鹿，茫然地站在雪地里，拧着头，看着我们。静静地，困惑地，但也并不在意地。

那竟然是整条穿越荒野的铁路沿线，我看见的唯一一头野生动物。其余都是疲倦的村庄——清一色的老木屋，结结实实地关着双层窗，道路空无一人，像被遗弃的沙盘模型；只有屋顶冒着的那一缕烟，证明生活存在。那应该是质朴到只剩下黑面包，黄油，柴火的生活。只有一个品种的番茄酱。

逃离到西伯利亚，却没有感到自由，只剩一种真空般的茫然——大概是因为语言不通，一切感知都被冻结了。况子吓唬我，要在零下四十摄氏度的雪地露营，于是我带了温标零下三十摄氏度的羽绒睡袋。而事实上，气温一直都在零下十七到零下十二摄氏度以上，尤其是车厢里，暖气闷得我窒息，所有人都热成烤猪，一米九的俄罗斯大个子穿着短袖短裤，蓬头垢面地在过道走来走去，动物园猩猩似的刻板行为。满车都是复杂的人的气味，汗味儿，鞋味儿，泡面味儿，芝士味儿，拖把味儿。我的铺位在上铺，但除非迫不得已，我坚决不肯躺在床上。它让我想起中世纪一种刑罚：囚犯躺在一个壁龛那么大的棺材里，日日夜夜，不得动弹。

每天一早，我就趁人少，去车厢尽头接一杯开水，兑了咖啡，削了苹果，坐在过道的弹簧凳上，等天亮。漫长的火车里人们以昏睡度日，可我害怕睡觉，害怕睡着了那个梦又追上我。困得被迫躺下的时候，我也小心翼翼，像一个西伯利亚森林里的逃犯，随时感觉身后有几杆猎枪追上来。在不断搁浅的睡眠里，我能听见四周的俄语叽里呱啦地说啊说啊，意义的河水已经冻结成一条冰面，我滑行其上，完全不知道脚下是沙还是水，一切的所指与能指要么冻结，要么蒸发殆尽。

以前桃子或者她妈跟我唠叨个不停的时候，我也会关闭大脑，只留嘴皮自动播放："嗯，然后呢？嗯，然后呢？"她们会就着这些"嗯"和"然后"自动说下去。我一个字也没听，而她们也没发现我其实没听。

我不知道谁更可悲，我，还是她们。

那趟火车慢得像马上就要死了一样，不知为何还晚了点，列车员给乘客每人每天多发一盒方便面，一瓶纯净水，作为补偿。我想问列车员晚点了多少，什么时候该我下车。列车员非常认真，用放慢10倍的俄语，一字一字跟我比画，好像她说慢点我就能听懂俄语似的。

车上没信号,手机翻译也用不了了,我放弃。听她讲完,我说死吧戏吧,意思是谢谢,那是我唯一会的俄语单词。她扫了一眼我身体,捏了捏我胳膊,又用双手在空气中比画了一个葫芦的形状,对同事说了什么,笑起来,我猜意思是说我瘦,对她回以一笑。

直到那一刻我发现,其实和陌生人相处的时候,我更像个好人。换作要是桃子妈,问她啥时候下车,她拿放慢十倍的客家话跟我掰扯,没吵起来才怪。死吧。戏吧。所以陌生多好啊,多好。真希望我们从来没能变熟悉。

5

终于抵达大陆尽头,我下了火车,和所有人一起涌向渡轮码头。渡轮一天只有一班,要花二十四小时,才能穿过鞑靼海峡,抵达对岸的库页岛。

整个小镇萧条得像个破玩具。它仅仅是为了这个大陆尽头的火车站和码头而存在的。所有乘客一下火车就蜂拥挤进候船室,所有能躺平的地方迅速躺满了人。我走向一台咖啡机,一个老太太跟上来,紧紧盯着我。我投了币,咖啡过了很久还没出来,就在我以为机器坏了的时候,咖啡泌尿似的滴出来了。老太太和我说话。我一脸茫然,她指了指杯子,做出一个喝的姿势。我把咖啡给了她,她心满意足,端走了。没说谢谢。但我也不介意。

我没有打第二杯,转身去买了一个热狗。尽管饿,这仍然是世界上最难吃的热狗。我一边感慨着真难吃啊,一边吃完了,瞬间想起桃子妈拉着我看的电影《安妮·霍尔》,开篇伍迪·艾伦对着镜头说:"人生真是处处糟心哪! 最糟心的是它太短了。"除了这个开篇,电影后面部分直接把我催眠到打呼。我不喜欢她挑的片子，我喜欢《黑客帝国》，或者《无间道》《杀人回忆》，而这些，她也不喜欢。有时候我真的不明白，我们当初到底是怎么好上的。

突然售票窗口嚷嚷起来，售票员上班了。所有人拥上前去，七嘴八舌，群情激愤；很快，窗口摆出了一块牌子，群情更加激愤，但又迅速骂骂骂咧咧散开。

猜都不用猜，天气欠佳，轮渡取消了。未来好几天都不会再有。

在电影或者小说里，此刻应该是情节的转折点，另一个女主角会出现，跟我说话。我会在这个鸟不拉屎的地方待上几天，一生从此改变。人好像总是喜欢这类叙事——从一个意外的错误节点上衍生出正确的枝丫，并最终发现那枝丫是注定的。

但我吃过那根热狗之后就知道，绝对不要在这里停留。一个错误只会带来更多错误。我当机立断，买了回程的火车票，回到最近的有机场的那个城市，坐飞机离开这里。于是刚刚离下火车不到2小时，我又爬上了同一列火车，掉头，往西。

车厢空得好像世界末日，一个人也没有，我怀疑火车的其他车厢已经被丧尸占领了。开了一个小时，到了一个小站，上来了一个大妈，带着三个孩子。从上来的那一刻起，孩子们就一直在尖叫玩闹，一直要吃的，要玩的，要跑，要跳。那个大妈劝着，哄着，骂着，自言自语着，从上车的那一刻起嘴就没闭上过。那声音让我发疯，像猎枪一样顶着我的后脑勺，我爬起来就逃，逃到了另一节车厢，再远一节，又远一节，更远一节，直到终于听不到那声音。

下了火车直奔机场，在铁椅上躺了几小时，终于上了飞机。落地库页岛的时候，我觉得我整个人都发臭了。一个多星期没有洗澡，甚至没能好好刷牙。机场依旧残破，许多亚洲面孔。也难怪，这里是北海道以北，离日本比离俄罗斯近多了。近代史上，日本说这儿是日本的，俄罗斯说这儿是俄罗斯的。但其实更早以前，这里是属于咱们老祖宗的。

外面大亮大晴，气温极低，但并不冷。也奇怪，在国内，气温并不低，但我总是很冷。况子来机场接我，只挂了一件抓绒外套，瘦得像条皮带，腮都塌了。他不知道从哪儿搞来了一辆车，帮我把大背包塞进后备厢。车子很破，只有前面两个座位，后面的座位拆了，堆满了杂物，一条睡袋皱巴巴蠕在表面。我闻到车里那种独属于单身浪子的臭，睾酮的，袜子的，奶酪的，香烟的。但那是自由的味道。我羡慕。我从来都羡慕，但也不确定真的就那么渴望拥有。

"你知道你那火车为什么晚点吗？"他一上车就问我。

我说不知道。

他把手机丢给我，我看到一条视频新闻——标题是"骆驼占据了铁轨，火车被迫晚点"——画面里，火车头前面有一只可怜的骆驼，始终在铁轨上小步飞奔，明显焦虑，又死活不肯下铁轨，就这么被火车逼着跑，荒诞得像一出行为艺术，我忍不住狂笑起来。

我没有追究为什么雪天还会有骆驼，只是傻笑，他也笑。我们盯着路口的红绿灯，笑着，我闻见自己的或者他的口臭，与此同时，终于感到了自由。

6

冬天的库页岛就像个醉汉，呕出一堆一堆脏雪，淌在路边。况子停下车，带我走向他的公寓楼。天色已暗，风刀骤至，雪尘被铲得像撒哈拉的扬沙，往天上翘，又盖下来，钉子似的往脸上扎，挺疼。

停车场空空荡荡，有两辆破车在冰面练漂移，横来横去地8字转，刹车声撕心裂肺的。况子也看着他们，说："这帮人每天都在这儿飙。"他话音未落，踩到暗冰，差点滑了一跤，但还是稳住了。某些时刻还是不难看出他作为攀岩者和拳击手的敏捷，虽然只是羽量级。他在巅峰时期拿过全国大学生比赛的奖牌，最后还是混得不好，离开了四川老家，去俄罗斯跟亲戚做生意。生意没做成，倒是把滑雪练成了一把好手。

我记得我们大学时代的冬天，在头皮屑一样的细雪里，他背个大黑包，穿条及膝的拳击裤，卫衣帽子拉起来，像个不好惹的暴力犯。到了夏天，他还这么穿，仿佛眼里压根没有四季。一年到头，冷了就地做五十个俯卧撑，热了就干一瓶冰啤酒。

一、二、三，打，打打打打！保护！对，退，退，退，再来！一、二、三，打，打打打打！——整个拳馆里就数况子的声音最大，每次拳击课，他都能把我逼到精疲力竭，汗水滴在地板上。但我喜欢这种暴虐。它让我感觉活着，感觉自己被完全放电，再重新充电。让我在回到家之后，再也没有暴力可以释放。我知道自己才是个暴力犯，唯一优点是，我承认自己的暴力倾向。比起死不承认的那些，要稍微好那么一点。

7

"该往左拐的，你刚才。"桃子妈提醒我。
"我知道怎么走。右边近，红灯还少。"我说。

她不说话了，扭头看向车窗外，左手撕着右手的指甲皮，撕出了血，放嘴里吮。

手机导航开始"前方请掉头""前方请掉头"，我一听就烦，伸手想摁"退出"，老摁不着。

"干吗你，我来帮你弄，你好好开车！"

"我在他妈的好好开车！"

"好好说话，宝宝还在后边呢！"

"她又听不懂！"

"前方请掉头"，导航又开始闹了，我一急，把它从手机架上扯下来，稀里哗啦，连架子带充电线的，全掉下来了；手机脱落，滑进了座位缝。

"你急什么你！"她埋头朝座位缝看，不好捡，骂骂咧咧伸手去摸。桃子突然有要哭的兆头，咿呀呜哇的；手机还在座位缝儿底下叫着"前方请掉头"，我吼："快给老子关了！"

"我这不是在捡嘛！"她声音一高，桃子就像被摁了开关一样，哇的一下炸出哭声，我感觉自己马上就要变形了，回头冲她大吼："不许哭！再哭就把你丢出去！"

"你还是人吗？！怎么跟女儿说话的！"

"快让她别哭！你赶紧捡你的手机！"

"还不是被你扯下去的！"

"大爷的你信不信我——闪你大爷的闪！"我吼叫着，后面那车子早就想超我，闪了半天远光灯，见我不让，开始"嘀"我；越"嘀"我越不让，一脚油门踩死，飙向前，压住道路中间。我摇下车窗，伸出手去，狠狠竖起中指。

桃子妈惊恐地扑过来，要我收手，"你别——"

她的声音立刻被后面一串巨暴躁的喇叭淹没了。那喇叭声已经追了上来，子弹一样逼近耳根，接着"砰"的一声巨响，死死撞了上来。

再睁开的时候，眼前是混凝土护栏，我闻见复杂的臭味儿，机械的，胶皮的，汽油味儿的，滚烫的臭。引擎盖跟山似的翘了起来，所有蜂鸣器都在疯叫。白烟蹿上来，车门踢不开，我从天窗里爬出去，手里操着一把破窗锤……哪儿来的我不知道，我不管，我瞬间化作一半铀-235一半钚-239，被中子轰击，正在裂变，正在爆炸出一座蘑菇云。

后面的记忆就模糊起来……我醒来，睁开眼，天花板仿佛雪崩一样压迫我，把我压成一摊凝滞的沥青。我闻到被子里捂熟了的汗味儿。缓了好久，我都无法动弹，鬼压床似的，疲倦虚脱。

有个说法是，一段关系有多长，就要花一点五倍的时间才能抚平它。光是一段关系就要这么久的话，那么这个梦境要花多久才肯放过我呢。真希望它就只是个梦境。

闹铃还在叫，我终于摸到枕头边上的手机，摁掉。时间是凌晨四点，我早起，要跟况子去爬山，滑雪。

我已经逃了这么远了，就为了这片野雪。

8

况子出国后，每次联络都跟我念叨，说他住在一片废弃的滑雪场附近，这是俄罗斯大陆尽头的小岛，契科夫东游远行的终点，有一种萧条的自由，这里没有人谈 A 轮 B 轮，谈 VC，谈 PE，谈 UI 设计，再不济谈个 IP……这里没有未来，也没有人再提起过去。一年有大半时间都在下雪，一下雪就什么事儿都别想了，喝到死，睡到死，干到死。况子总说，来吧来吧，我们去钓冰鱼，滑野雪，你会喜欢的。你这么爱找死。

我总说一定一定，下次一定来。

"喊……下次，就知道说下次，有劲吗你？"

所以当我说我真要来库页岛的时候，况子挺吃惊的，问我是不是出什么事儿了，来避风头的。我说没有啊，来散心的，顺便找死。哈哈哈。他听了，一通损我，嘴还是那么贫，一切都很轻松，这就是我想要的。

雪道无人维护，松树七倒八歪。我们吃完能量棒，站起来，最后看了一眼那卫生纸似的一泄到底的雪道，决定上。

"咔"的一声，右脚尖插进了滑雪板的卡槽，固定到位；"咔"，左脚再来一下，一个崭新的世界就此解锁。我最后一次深呼吸，上身前倾，扑向斜面。

然后我整个人就消失了，只剩下速度。速度瞬间侵蚀我，压缩我，我感觉自己紧得像一粒铅球，直落而下；第三个弯道过后，我切过崖边，道旁的黑松快得模糊成一片，心脏彻底甩飞了，头脑中只剩下一个念头：这次完了。

完了完了完了。

树也太密了！怎么这么多！真到了找死的跟前，我突然想活，与此同时，滑雪板好像嵌进了轨道，令双腿动弹不得。我的重心像是被地心引力牵引，将身体生生拽向一段更陡，更长的斜坡……完了完了完了，这次彻底完了……原来一切完了的感觉就是这样的……我整个人像掉进宇宙黑洞，被引力撕成了一道扁扁的光，朝黑洞最深处坠去。

  我被恐惧彻底压占，又叫不出声，和那个梦境里的时刻一样。一棵大树倒了，横在前方，又瞬间迫近，我闪都来不及，就撞了上去，飞了起来，在空中被五马分尸。

  感觉过了一个世纪，头落地了，砰的一下，躯干四肢也跟着落地了。竟不是疼，而是一种"重"，就像自己有一栋楼那么重，从天上掉下来。地面在震荡，又黑又晕，但眼前一片空白，脑子也是。
  手杖和滑雪板早已没了踪影。我甚至不确定我的四肢是不是也没了踪影。能确定的是，我终于可以甩掉那个梦境了。

  我想喊，但不知为什么出不了声。况子早就不知滑到哪里去了，整个世界终于只剩下了我一个人，终于。连那个噩梦，都找不到我了。
  我陷在雪里，与此同时，恍惚想起那趟晚点的火车，那头困在铁轨上、在火车头前面狂奔的骆驼。想起那次车祸过后的日子……它们是一片黑色的雪崩，从山顶上追下来欲掩埋我，现在终于得逞了。
  我就这么躺着，看着天空，仿佛一面巨大的银盾。与此同时，松树们安安静静站着，无动于衷，不管是刚才撞上我的那一棵，还是围观的那些。

《当代》2022年第2期

辽 京

辽京，小说作者，出版小说集《新婚之夜》、长篇小说《晚婚》。

有人跳舞

1

早上起床后的第一件事，是给物业打电话，接电话的声音并不熟悉。每天都是不同的人在值班，他把困扰自己的问题又说了一遍，楼下的广场舞天天扰民，能不能处理一下？请她们声音小一点，换个地方，或者干脆别跳了？他平常在家工作，这些噪声实在太烦人了。

对方耐心地听他说完，表示会去跟她们沟通，有结果了就第一时间通知他，他挂了电话——他不是业主，只是租户，物业公司懒得理他。人家照旧跳得热热闹闹、兴高采烈的，早晨一场，下午一场，夏天傍晚还要加一场，地点固定，就在他住的那栋楼前的小花园里。几十个人排成方阵，或者一个游动的圆圈，音乐响声震天。他烦透了那些吵闹的音乐，从他卧室的窗口向下望，正好看见那个青翠的花园，没人跳舞的时候，是很幽静的。

那个带头跳舞的老太太，就住在他家楼下。有一天他实在忍不了了，去楼下敲门，当面跟她争论，说了半天，人家就反问一句："你说我们扰民，那别人怎么不提意见？"

"别人不提意见，我就不能提意见了？"

"我们爱在哪儿跳就在哪儿跳。有问题你去找物业吧。"老太太说，个头小小的，腰挺得笔直，头发梳得一丝不乱。从她肩头望过去，看得见屋里收拾得非常整洁，窗明几净。玄关台上摆着一盆嫩黄的长寿花，开得热闹。她说起话来理直气壮的，末了差点把大门拍在他脸上。

  他的执拗劲儿上来了，开始天天给物业打电话，想着烦也烦死你们，这件事几乎成了一个心结。每次临近她们跳舞的时间，那些音乐就率先在他脑海里奏响，清晰响亮，赶也赶不走。有一次，他无意识地摆弄钢琴，发现自己竟然弹出了其中一段熟悉的旋律。

  他一点也不喜欢那些音乐，但是不得不承认，能写出旋律朗朗上口的口水歌，也是难得的本事，写这些歌的人，赚得比自己多多了。平常在家，他教小孩子弹钢琴，只会按着最古典的方式来。家长就喜欢这种路数的老师，虽然他们自己在孩子上课的时候都在刷手机，孩子还是要得到传统的高雅熏陶。他表现得很严肃，心里很清楚自己并没有表现出来的那么严格，只是尽量显得很专业，有吸引力，有说服力，不能太热情了，要带一点点无所谓的冷淡。

  排课表要避开广场舞的时间。对他来说，一天少上两节课是直接可见的经济损失。物业公司不作为，他就扩大了投诉的范围，从物业公司到居委会，再到市政热线，接电话的个个温柔客气，礼貌周全，但是广场舞照跳不误，他的投诉没有伤害她们分毫。几十位老太太精神百倍，喜笑颜开，步伐轻松齐整，穿着统一的服装，红色T恤配黑色长裤，雪白的运动鞋，鞋帮都白得耀眼。她们占据了小区花园正中央的那块平整的空地。每天早上，他只能在弯弯曲曲的小径上慢跑。为了那片属于所有居民的空间，他打算跟跳广场舞的斗争到底——你们凭什么霸占公共场所？凭什么强奸别人的眼睛耳朵？

  一天，他早起去跑步，路过花园，看见平常跳广场舞的那些阿姨三三两两地站着，似乎在等着什么。他从她们中间横穿过去，踩在刚刚整修过的花砖小径上，感受跑鞋的柔软，"像踩着一阵风"，他耐心地等到电商打折才下单。今天第一次

辽 京 | 有人跳舞

穿，柔软的新鞋，刚下过雨的清爽空气，格外安静的花园，他觉得这一切都预示着今天的好运气，琴行的面试一定会成功的。清凉的空气流过脚底。他戴着耳机，脚步轻快和着节拍，一段进行曲，一些铿锵的四分音符，乐曲的情绪平稳有力，他不自觉地哼唱起来，脚底感受着花砖细腻的纹路。

　　从音乐学院毕业之后，他一直在家教学生，有点厌倦了，想找个固定的工作。那天，他早上跑完步就回家洗了个澡，赶去附近一家琴行面试，跟对方聊得不错，当时就定下来，下个月开始去琴行上班。中午，他给自己做蛋炒饭，用的是昨天晚上的剩米饭，十二点下课，一点又有学生过来。白天来的都是学龄前的小孩，家长盼望殷殷地，站在一旁记笔记，小孩子手指软，立不起来。他一遍遍地示范，重复地提要求，孩子半懂不懂，半节课过去了毫无改进。午休时间，他坐在沙发上，一边刷着短视频一边吃炒饭。沙发紧挨着钢琴旁边的花架，架子上摆着一只圆形的玻璃缸，养着两条小金鱼，花鸟市场上最便宜的那种，一块五一条，他买了七条——爸爸说过，金鱼养单不养双，几天后，死得只剩这两条最小的。为了保住它们，他在网上订了加氧泵。卖家保证，这个泵绝对静音，一点不吵人。

　　在淘宝上用"静音+氧气泵"作为关键字搜索的时候，他想起小时候家里那只吵吵闹闹的金鱼盆。那天，他趁着爸爸不注意，悄悄关掉嗡嗡作响的氧气泵，挤在一起的金鱼马上安静下来，缓缓沉入水底，气泡激荡的水流让它们又兴奋又疲倦。那些年，爸爸失业在家，爱好养鱼，家里的阳台上摆着一只大鱼盆，氧气泵日夜嗡嗡地响不停。爸爸蹲在旁边，把一根橡胶管伸进鱼盆的底部，另外一头放进嘴里，轻轻一吸，迅速地从嘴里抽出来，混着鱼屎的脏水就顺着管子流出来，流进脚边的脸盆里。他正在练琴，弹车尔尼，一串连音被一声呼喝打断了，爸爸让他把脏水倒进马桶。他要出去看棋。

　　天天去看棋。大白天，别人都在上班，他也去街边看棋。他自己办的病退手续，要去跟几个朋友做生意，那些年流行下海做生意，谁身边都有几个发了财的或远或近的亲戚朋友，他也挣过几笔给人帮忙的快钱。赚过几笔之后，觉得来钱太快，又轻松，朋友们一怂恿，就觉得不用上班了，单位同事都劝他不要这么早退休，爸爸执意不听。后来，生意并没有他想象的那么多而好做，渐渐地就闲在家里。

他蹲下来，伸手关掉了金鱼的氧气泵，金鱼不再挤在一起烦躁地游泳，纷纷下沉，伏在水底，鱼鳃缓缓开合，他又回到钢琴前面。这些鱼是在家繁殖的，金鱼越生越多，晾自来水的水桶也摆在阳台上，加上鱼盆，挤得无处下脚。这些金鱼活得太逍遥了，比小孩舒服多了，一直被照顾，从来不挨打……他一边弹琴，一边想。

2

给学生上课的时候，在他的钢琴上，总是放着一根木棍，烧烤摊穿羊肉用的红柳枝，洗净，晾干，横在一摞教材上面。有家长吓唬小孩，说："不好好练琴，老师就拿这个棍子打你！"他只是笑笑，从来没有真的用过，只是这件熟悉的东西让他心安，像一个门把手，抓住了就能通往过去，是哆啦A梦的任意门。晚饭后，在咕噜噜冒着气泡的鱼盆旁边一遍遍地弹音阶。

妈妈每天晚上出去跳舞，那时候舞场就在住宅楼的后面，当时还没有建起新的高楼，就是一片坑坑洼洼的空地。大家在那里跳，随着音乐的节拍，搂着跳，抱着跳，一男一女或者两个女人凑成一对，女的多，男的少。那时候流行的还是交谊舞，和如今广场舞的形式大不相同。吃完晚饭，她化了妆，换了拖到脚踝的长裙出门，一直跳到深夜散场才回来。

辽 京 | 有人跳舞

那天是星期六，下午父母大吵一架，就为了跳舞的事，还夹杂着妈妈对爸爸失业在家的指责。"你去找个地方看大门去吧。天天闲着，养这些破鱼，谁像你这么游手好闲？"她声音尖厉起来，过了一会儿，"让你学开车为什么不去？去开个黑车也行啊。我出钱给你买车！"爸爸原来想做大生意，有几个朋友有本事倒腾石油，后来不知怎么这些朋友都散了，消失了，让爸爸扑了个空。

琴声没有停下来。即使躲在琴声里，他也听清楚、听明白了，怀疑，挖苦，否认，怒火。爸爸不久便摔门而去，妈妈去做晚饭了，在厨房里洗东西，切菜。他就悄悄地起身，关掉了金鱼的氧气泵——只是想清静一会儿，没有别的意思。

晚饭后，妈妈照常出去跳舞，桃色的风言风语像江水一样，从她身边翻着白浪打着旋儿经过，她就屹立中流，一动不动。整个晚上他都在练琴，眼前有个比赛要参加。他把《小奏鸣曲》弹到圆熟无比。这种小品，一定要处理得精致，钢琴老师说。上课的时候，她手里总握着一根棍子，毛病改不过来就打。

现在轮到他教学生，用的还是传统的教材，其实现在已经不流行了，很多同行用美国教材来给小孩启蒙，他嗤之以鼻，"那些教材没有针对性。"他说，"都是哄孩子玩的。"当年，他的启蒙老师就用这一套唬住了他妈妈，要架出门槛，树立权威，高高盘踞在凡夫俗子之上。后来他考上了一所有名的音乐学院，遇见真正的老师，才发现艺术其实没有门槛，而更像一个怀抱，一个有颗心在跳的温暖怀抱，可惜他明白得太晚了，所有身体的感受、情绪的翻涌，记忆的流动，统统都跟那根敲在手背上的木棍紧密相关。他无法在弹琴的时刻放松下来，无法沉浸其中，总在闪躲着看不见的木棍或者巴掌。毕业后，他没考进有编制的乐团，开始在家招学生。

第二天一早，爸爸回来了，一脸泰然自若，仿佛夜不归宿很正常。他跟着妈妈一起睡在大床上，还没起来——七八岁的时候，他曾经短暂地占据一个独立的房间，有自己的单人床。爸爸自作主张地退休之后，妈妈就把他叫回了自己的卧室，让爸爸去睡小房间。他听见大门开合的声音，紧接着，爸爸一把推开了房门。

大人动作迅疾，像扑向猎物的豹子，不需要酝酿情绪，也用不着说明前因后果，脚步零乱地走过来，身体左偏右偏，嘴里念念有词，身上盖的毛巾被被一下子掀起来，无法再装睡了。

他被拉下了床，一直拉扯到阳台上。妈妈也起来了，迟疑地跟在后面，仿佛没想好要不要劝阻。阳台门向外敞开着，朝阳，凉风，一盆有浮有沉的缺氧而死的鱼，他一声不吭，几乎等于承认了。承认不承认，结果是一样的，木棍朝他身上抽下来。

最后还是妈妈拉住了，"行了行了，别打手，手还得弹琴呢。"

时至今日，他还不明白，为什么总有学生家长执拗地认为，学艺术能使人快乐。"学音乐可以陶冶情操，将来不会抑郁。"有个家长这么说，他懒得举例反驳。那些年他经常挨打，因为练琴，或者因为别的，打与被打常常就像全家人共同淋了一场暴雨，将彼此的愤怒都冲刷干净之后，赤裸裸地相对，涌起一阵羞耻。他爸爸退休之后，在家时间越长，金鱼养得越多，脾气就越暴躁，他挨的打也越来越多，但是他心里明白爸爸的坏脾气是因为什么，从来不问他为什么不去找个工作，天天在家闲着，不挣钱，家务也不做。妈妈指责人的那套词，他都背下来了，但是从来没说过。一边挨着打，一边觉得爸爸可怜。

弹琴的时候，他常常想自己将来到底要做什么，要成为什么样的人，绝不能像爸爸这样，没有本事，只会发怒打孩子。在那些有限的想象中，未来是彼此孤立互不相干的一些画面，斯坦威，灯光，地板，阴影中黑压压的观众。别人问他，他就说要当钢琴家，开演奏会。妈妈的脸上露出满意的笑容，好像已经实现了似的，看儿子多有出息。直到现在，他也没得到过上台独奏的机会，而她已经靠着跳广场舞出了不少风头，组织起一支稳定的队伍，在社区演出，去养老院慰问演出，慰问的那些老人比她大不了几岁，还有各种节日庆祝演出，虽然大家都一样的四肢僵硬，胜在动作齐整，气派端庄，一跳起来就红火火的热情洋溢。

"人总得有个单位，有个追求，有个家庭。"今年春节回家，妈妈对着他感慨，"一个人漂着多难过，像你这么大了还不结婚，也没个稳定的单位。"他本来坐在沙发上，忽然别扭地移动了一下身体。行了别说了，他想，别把你朋友圈发过的那些东西又说一遍。

"我打算跟你齐叔叔结婚，"她说，"不请客了，就出去玩几天，去三亚。"她边说边起身开始收拾桌上的剩菜。那几年，她每天晚上打扮得漂漂亮亮地出去，去跟齐叔叔约好了一起跳舞，每天都回来得很晚，当年为了这件事，家里吵架动手多少次，一直拖到他考上大学才离婚，还说，没早点办手续是怕影响你高考的心情，他听了简直无话可说。

退休之后，妈妈开始跳广场舞。平常打电话，一提起来就是"我们"如何如何，常常在朋友圈发她跟有名的老师的合照。他们还有一个专门的App，是广场舞组织的社交平台。他也下载了那个应用，看到她发的视频，加了几层美颜滤镜，头上贴着毛茸茸的卡通兔耳，音乐就是楼下天天放的耳熟的那几首，脸上磨皮磨得看不出年纪。

上个月，她来小住几日，就迅速地跟小区的广场舞组织接上了头。"她们跳得太差了，那些曲子都过时了。"吃晚饭的时候，妈妈说。他租的房子客厅很小，摆了钢琴就没地方摆餐桌，两个人窝在茶几上吃饭，一个坐沙发，另一个只能坐地上。茶几又圆又小，两三盘菜就摆满了。电饭锅搁在地板上，腾腾地冒着热气。

她来这个城市是为了参加同学女儿的婚礼，不顺路来看看儿子，仿佛说不过去。吃饭的时候，她就聊她们跳舞的事，他耐心听着，听着听着居然有一丝兴味，过去他不知道广场舞有着严密的组织。那么烂，还有组织。

"当然啦。"她说，"各地都有组织，有老师带着。你关注我的抖音了吗？那上面也有我们跳舞的视频。有名的几个老师我都见过，比你年纪还小呢。"她放下碗，拿起手机，翻出一些合照给他看，合照的对象有男有女，确实都很年轻，他一个也不认识。妈妈一个个地给他介绍，姓甚名谁，多大年纪，又强调一遍，都比你年轻，都是大明星，哦，这个刚生完小孩。她对这些广场舞老师的兴趣非常浓厚，花边八卦都知道得清清楚楚，说起来仿佛介绍自己家的小孩。

她把自己抖音的账户名告诉他，让他去关注一下，又问："你有没有抖音号？"

"没有。"

她又开始热心地介绍抖音有多好玩。他觉得，跟妈妈说话就好像伸出一只网子想捞鱼，却只在水面上漂来漂去，撩起浮泛的水花，鱼都在下面呢。

住了两天她就走了。走的那天，他打了个车，陪着她一直到高铁站。下了车，箱子拎到路边，正要道别时，妈妈忽然按上他的胳膊，他顿时觉得像被咬住了似的，强忍着才没甩开。她说："你春节回家吧？"

"没事就回去。"

"你齐叔叔做饭特别好吃，在家都是他做饭。"她没头没脑地来了一句，"春节回家不要买年货什么的，我们都预备好的。"他说好。

"你爸爸那边，你平常没事也要打个电话问候一下。毕竟还是你爸爸，将来你还是要管他的。"

"知道知道。"

"他跟你要过钱吗？"

辽 京 | 有人跳舞

"没有。"他撒谎。

"你关注我的抖音号哦。"她又笑起来,"我们在家经常学新的。你们小区里那些人跳得都太过时了。下次我来,得好好教教她们。"

她拖着行李箱进站去了,背影和从前一样瘦而窄,被进站口敞开的大门一口吸了进去。叫的车还在等,司机催他快一点,这里不能久停。他上了车,就接到物业打来的电话,说昨天有人投诉你钢琴扰民,通知单贴在你家门上了。

他一下子就猜到怎么回事。上个月,他在电梯里碰到楼下的老太太,老太太知道是他一直在投诉她们跳舞,剑走偏锋,出其不意,对他说:"你们家从早到晚弹琴,也吵得我头疼。"

因为她的抱怨,他在钢琴底下加了厚绒地毯和两层隔音垫,再嫌吵也没办法了,总不能不给学生上课。没过几天,老太太又找上门来,他客气地敷衍了几句,楼上楼下,有什么办法? 要不您考虑搬家? 对方见道理讲不通,就威胁说要是不给她解决问题,她就打电话投诉,"告到你服为止。"说完气冲冲地走了。

他本来没打算理她,随她告呗,谁规定在自己家不能弹琴了? 渐渐地事情开始变得可笑,他好像惊醒了一只名叫"程序"的小狗,虽然不咬,但是一叫起来就没完没了。物业派一个女员工来送告知单,说你实在不改我们也没办法,但是必须通知你,有人投诉一次,我就要来通知一次,这是工作程序,来,你在这里签个字。不对,我拿错了,不是这张,这张是楼下那老太太刚签过的。她嘴角挂着微笑,可能觉得这件事情很好玩,邻里间有了矛盾,相互报复。他签了很多张一模一样的钢琴扰民的告知书。那个年轻的物业公司女员工似乎把送告知书当成一个出来放风的机会,她每天上午十一点准时来敲门,说昨天又有人打电话投诉你。最热的那几天,她手里还举着一瓶可乐,或者一根啃了一半的雪糕。她总吃同一种巧克力脆皮雪糕,没换过样。头发有时候扎起来,有时候披散着,垂在肩

135

膀上。

  他犹豫着要不要把这件事变成一个爱情故事的开头，一犹豫她就转身走了。钢琴课从上午上到晚上，一个又一个小孩，家长坐在沙发上看手机，小孩叮叮咚咚地敲击琴键。他轻声细语地指点，有的孩子嬉皮笑脸，有的孩子一弹错就懊恼地哭了起来。他想，这些娇生惯养的小孩反而特别爱哭，而他小时候，挨多少打也没掉过眼泪。

  渐渐地，他习惯了女孩每天出现，几乎是固定的时间。他想着哪天向她要个微信，说不定可以聊一聊，聊点别的，只是空想，每次见她都不敢真的开口。有一天，他正在做午饭，煮一包方便面加白菜和鸡蛋，水刚烧开，就听见外面的敲门声又快又急。她站在门外，有些迟疑，说楼下的老太太不开门。

  "那就是不在家吧。"

  "会不会出什么事儿了？她一个人住。"

  "应该不会吧。她天天出去跳舞，精神得很。"

  "你是在煮什么东西吗？"

  面锅溢了，溢出来的汤浇灭了炉子，发出一阵刺啦的响声，他赶过去把火关了，女孩还站在门口。

  "真不用去楼下再看看吗？"她犹豫着，手里拿着两张待签收的通知书。

  "不用，管她呢。"

  "天天都弹琴，你是演员吗？"

  "不是，我就教几个小孩。"

  "多少钱一节课？"

  "三百。"

  "这么贵。大人小孩都是一个价格吗？"

"一样的。都一样教。"

"有成年人学吗？"

"很少。"

"成年人手指硬，就不能学琴了。"

"也不是，大人没那么多时间练琴吧。"

"我小时候想学，我妈不愿意花钱。"说到这里，她停下来，仔细听了听，又说，"你听见什么声音了吗？"

他也听见了，是从卫生间传来的，沉闷的、时断时续的敲打声，好像楼下有人在敲打下水管。再仔细听听，声音停止了。

"没什么吧。"他说。他签了自己该签的那张，顺手放在玄关的鞋柜顶上。女孩似乎没有走的意思，他心中一动，脱口而出："你吃饭了吗？"

女孩客气地摇摇头，其实他也没什么可招待的，只有一碗鸡蛋面。

3

为了金鱼挨打的第二天，是个星期天。爸爸一早就去了花鸟市场，妈妈很快也出门了。抓住这个大人都不在家的空当，他打开电视，一边看动画片，一边留意着楼道里的动静，准备一有脚步声就立刻关掉。

快到中午，没有人回来。他去厨房找吃的，从冰箱里翻出一只皱缩的苹果，随便冲洗一下就吃了。过了一会儿，又给自己泡了一碗方便面，父母不在家的星期天就像个意外的假日，自由，轻快，心情脱离了身体，满屋子飞着打转。要是他们永远不回家就好了，他想，用一种陌生的目光打量着自己的家，两室一厅，狭小的客厅在中间，没有窗户，两个卧室都朝南，白天洒满了阳光。他走进自己的小屋，把阳台门推开，另一头厨房的窗户也打开，享受着穿堂风的吹拂。这么一个独自在家，没人催他练琴的星期天，像一个凉快安静的树洞。

　　直到电视也看烦了，换来换去没有喜欢的节目，就关了电视，躺到自己的床上，不一会儿就睡着了，睡得并不久，很快又饿醒了。醒来时日头依旧高悬，烧灼的天空异常明亮，一片惨白。他翻身下床，阳台上的鱼盆依旧是空的，半干的，上面凝着一些暗黄色的污迹。爸爸还没回来。

　　他穿过客厅，去厨房的冰箱里翻吃的，没翻到能填饱肚子的东西，又拿出一个苹果啃着。在客厅里站着转来转去，活动身体，在咀嚼声中他突然感受了一丝异样和不安——是光线，光线不同了。客厅显得非常阴暗。平常，两间卧室的房门都开着，为了让更多阳光照进客厅，不然大白天也要开灯，但是此时，妈妈的房门却紧闭着。他推了一下，没推动，再转动门把手，发现里面反锁住了。里头安安静静的，是那种有人在屏息凝气的安静，压抑着躁动的、虚伪的安静。

　　他用力地推门，推不开又撞，十二岁的男孩把门框都撞得微微震动，心底涌起恶作剧般的快感。他想起昨天爸爸朝他劈头盖脸地打过来，小孩只能认怂，压抑着愤怒，想要借机报复，出来打我呀。又用肩膀撞了几下，并没有人愤怒地冲出来。他几口吃完手中的苹果，把果核丢进垃圾筐，又把垃圾筐里的塑料袋拎起来，放在门口，穿鞋出门，顺便丢垃圾。

　　运动裤的口袋里装着这个星期剩下的几块零花钱，他打算去买个面包，然后在街上转转，拖到晚饭时间再回家。他迎着太阳走，眼睛有点睁不开，好像承受不了阳光万钧的重量，走着走着，忽然看见路边的树荫底下有几个人围着，或蹲或立。一个装着金鱼和清水的塑料袋放在人行道的地砖上，塌成一个扁扁的三角形状。红金鱼密密地挤在里头，身体反射着粼粼的波光，像一块闪烁的宝石。

　　爸爸聚精会神地盯着棋盘，倒背双手，身体向前躬着，头探在棋盘的正上方，

辽京 | 有人跳舞

没注意到自己的儿子悄悄走到身后，迅速地捡起地上的金鱼。几个人的眼神都落在棋盘上，没人看见他。他快步走开，没头没脑地，接着就跑起来，跑，跑得越远越好。

当时他还是个孩子，想得很简单。一局残棋的时间，一边骂人一边到处寻找丢失的金鱼的时间，或者折回花鸟市场再买几条鱼的时间，都包含在这个漫长无尽又烈日炎炎的下午里面，够了吧？他在外面逛了一大圈，回到家门口，天还是亮的，夕阳仍有余威，袋子里的清水被晒得温热，他举到眼前，用手轻轻托着，观察里面的鱼。直到有人从楼道里快步走出来，自阴凉的黑暗中骤然显现，像个虚飘飘的鬼影子，阳光重新赋予他实体和形状。那个人多年后成了他的继父，齐叔叔，下个月，他们就要结婚了。

那天，他成功地拖住了爸爸。晚饭后爸爸才回家，一进门浑身酒气，骂骂咧咧地，说下午刚买的鱼就被人偷了，又碰上老杨，叫他去喝酒。傍晚开始有闷雷滚滚，舞跳不成了，妈妈一边洗碗，一边问他今天练琴没有。他说练过了，她说："是吗？我不信，你再去练一个小时。"

他没有辩解，到钢琴前坐下。琴声将雨声、厨房里的流水声、客厅里的电视声以及不久之后的争吵声都盖住了，像暴雨天里打着一把孤弱的伞，虽然依旧全身湿透，始终还是有一把伞的。他想起那袋活生生的金鱼，被扔进潮热的臭烘烘的垃圾桶，沉重的盖子向下一扣。

4

从那天开始，物业公司的女孩再没有出现，也没人再投诉他钢琴扰民。他去物业公司的办公室转了一圈，假装问点别的琐事，也没有看见她。与此同时，楼下的广场舞忽然停止了。

一天，他下楼去买水果，上来的时候，去楼下敲老太太的门，敲了几声，等等，没人开门，想她可能出门买菜去了。中午，他送走一个学生，顺便下楼买烟，上来又敲门，想着午饭时间她总该在家，下雨天也不适合出门。那老太太一个人住，似乎无儿无女，平常的交际圈子就是一起跳广场舞的那些人。

仍旧没人应门。他想到一些不太好的可能性，独居老人的悲惨新闻看得多了，转念又觉得自己想多了，说不定下午那女孩就来了。况且，跟老太太说什么呢？难道问她，为什么不再投诉了？她一定以为这个人有毛病。

又过了一天，他在家弹琴，没有像往常一样踩下弱音踏板。等到傍晚，女孩也没来敲门，她是不是离职了？或者物业公司不想再重复这种无聊的流程——他们收到的大部分投诉都这样不了了之，两边劝一劝，互相忍忍算了，都是邻居。

广场舞停了一个多月，渐渐地，她们重新组织起来，新的带头人，新的音响，新的音乐和动作，但是风格依旧，还在原来的地方。这一轮与广场舞的斗争，他只取得了短暂的胜利，甚至还不是他的胜利，是敌人自己倒下了。他听说，楼下的老太太夜里上厕所，在卫生间摔倒撞了头，倒在地上无法动弹，到第二天晚上，她的舞友一整天联系不上她，觉得不对劲，报了警，警察带人来撬锁，随即叫了救护车，住院没多久，人就走了。

阿姨们提着早市上买的猪肉和青菜，凑在一处叹着气，潦草地总结别人的一生：她离婚独居，有个儿子在外地工作，只有春节才回来看望她。晚上，他弹了很久的钢琴，头一次如此专心地沉浸在音乐中，小时候，钢琴是他的负担，现在居然成了避难所——或许是因为他除了弹琴什么也不会，没别的事可做，没别的地方可去，没有家可回。那天，听见有人敲下水管，要是他们更警醒一点，积极一点，马上下楼察看，老太太的结局会不会不同？卖家说这个加氧泵完全静音

辽 京 | 有人跳舞

是骗人的，一打开就发出低频的嗡嗡声，奇怪的是，这种嗡嗡声反而使他弹琴的时候更专注，更心无杂念了。

  只干了一个多月，他就把琴行的工作辞掉了，他不想跟琴行分课时费，自己不擅长卖课，也不爱鼓吹考级，算下来到手的钱反而比以前少。离职之后，他开始自己缴社保，医保尤其重要，过去他对这些事情都没概念，也不在意。妈妈告诉他，她和齐叔叔准备旅行结婚，酒店和机票都订好了，他反复斟酌着字句，回了一条祝福的微信，祝她晚年有伴，他在外面也可以放心了，春节他会回家。他下载了抖音，找到妈妈，关注她，逐条翻看她发的视频，大部分是她带着一群人跳广场舞，她在第一排的正中央，镜头时常晃动，不是用的三脚架，是有个人举着手机替她拍的，手指常常不小心挡了镜头，是画面上方一块模糊的黑影。折腾这么多年，各自离婚，终于在一起了，也是个动人的爱情故事。她热情地回复："谢谢！"不办酒席是对的，要是办酒请客，他是去还是不去呢？他那么使劲地推门，当时就隐约猜到了，不是爸爸在里面。爸爸那个坏脾气，是一定会冲出来打人的。

  秋天来了，门口贴了物业的催缴单子。他代房东去交物业费，发现那女孩坐在收款台里，当着许多人，还有她的同事，没办法开口搭讪。他靠在柜台边上，等着取物业费的发票，觉得自己将与这个陌生的城市发生更实在的联系。他买了保险，下一步还想买车、买房，爸爸再来要钱的时候，他能多给一些。他要提高课时费，至少要五百一小时，再找找别的兼职，想办法赚更多的钱。妈妈早已摆脱了过去的影子，盆里的水都倒掉了，他没理由还停在原地。他拿到发票，仔细地折叠起来，放进裤子的后袋。她就坐在这里，明天他会再来，找她聊几句，加个微信，他会刻意避开让两个人不开心的话题，比如跟那个老太太有关的事，谁也猜不到她当时正倒在卫生间里敲管子，对吧？谁都没错，谁也没有关心别人的义务，一个人生活本来就有这样的风险。他和她会聊点别的，喜欢看的书、电影、音乐、游戏，那些有趣但是无关紧要的东西，或许他还可以教她弹弹钢琴，不收费，再跟她一起嘲笑那些跳舞的大妈，说她们又吵闹又俗气，虽然心里已经不那么讨厌广场舞了。妈妈在抖音上传了新作品，穿着花长裙，在三亚的白沙滩上跳起舞来，对着镜头满脸笑容。他从头到尾看完了，点了一个红心。

《当代》2022年第2期

张玲玲

张玲玲，1986年生于江苏，小说见于《收获》《十月》《花城》《作家》《上海文学》《青年文学》《长江文艺》《小说界》《湘江文艺》《小说月报》《小说选刊》《思南文学选刊》《中篇小说选刊》等。已出版小说集《嫉妒》《夜樱与四季》。

独　居

　　这间会议室比其他都要小一些，依旧很冷。一到夏天，大楼的中央空调开得像用电不要钱。孔霁将右掌搭在肘部取暖，"薪资的问题可以谈。"她问法务，"是有了更好的去处吗？"法务笑笑，摇摇头："只是不知道自己喜欢做什么。在这儿待着我不是很开心。"

　　孔霁想，其实她能理解。她理解这种无所适从以及自我怀疑。五年前她在一家全球排名前五的台企。那家台企在大陆共有三家工厂，分别位于昆山、苏州与松江，松江工厂负责显示器面板模组，2010年之后，效益不佳。总部决定关停松江一处，将一万两千余名员工削减至八百人，以 N+2 方式进行补偿。合同法规定，每满一年补偿一个月薪资，工厂实际多增了两个月。但基层员工意见仍然很大，因为主管较早知情，也早有对策，但他们直到搬迁前两天才收到通知。她只能逐一告知、调解、谈判。解散完毕，她患上了急性荨麻疹，脖颈、四肢、后背至前胸忽然长满大小不一的鲜红风团。数小时后风团褪去，之后再度滋生。去医院检查，医生说是过敏，但因何过敏无从知晓。她无事可做，躺在床上用 iPad 看泰勒·本·沙哈尔博士的幸福课，读芭芭拉·弗雷德里克森《积极情绪的力量》以及索尼娅·柳博米尔斯基的《幸福有方法》。

　　"你需要吗？可以看一看，我觉得蛮有用。"

　　她在笔记本上写下书名，太用力了，圆珠笔在纸上戳出好几个黑色圆点。

　　不了，法务说，白色苹果充电线在右手食指上绕了好几圈，啪一下又弹开。

可能是上一波开会的同事忘在这儿了。

　　孔霁不相信职场存在真正的友谊，但她跟法务多少算朋友。刚来公司时，她总一个人吃饭，日日在楼下的色拉店生嚼菊苣和藜麦，是法务主动拉她进了公司的七人吃饭小群。她喜欢法务身上不讲人情的理智，近乎苛刻的节制，喜欢她在公司依然粗格纹窄裙，尖头高跟鞋，维持着早年在律所的体面和骄傲。她是精英女性的代表，从外婆那辈开始，履历如同复制：教会女校，复旦大学，英德教育，外资律所。一贯如此。

　　有次她们去北京出差，因合作酒店房间紧张，两人被安排至一间。好像得承认某些困境，某些虚弱，才能打破难捱的距离与沉默。睡前孔霁主动说起老大，以及她和丈夫宝树间的争议，法务说，母亲从不允许她踩水坑，因为觉得不够淑女。

　　"可是我就是想踩怎么办？如果我就是想踩呢？"

　　那就踩吧，会有什么问题？孔霁想，她父母的管教向来随意，这大概也是她不够精英的原因。法务从未踩过。水坑之上，另一个强大的意志将她按压下来，拉回干燥的大陆：永远洁净，永远规矩。

　　女性强盛，家族男性便成了陪衬。她说起大学谈过一任，对方赴美后断了联系，痛苦许久。律所时期交往过一个证券公司操盘手，不怎么喜欢，觉得对方乏味无趣。有次约会，对方迟到了半小时，她站起身，拉开椅子走了，对方追来，讨好问道，一次失误就要黄牌罚下场吗？

　　"我告诉他，不用两次黄牌，一次红牌就够了。"

　　法务笑了，露出两颗虎牙，看起来很天真。孔霁也笑了。她理解法务那套逻辑在这里可能遭遇的困境，合同需要一改再改，她们竭力争取的权益总会被拱手让出。对她来说，这里太逼仄也太软弱了。去年年底她和孔霁说想自己创业，考

张玲玲 | 独 居

虑到每月两万的房贷，再一细究人、财、资源，都缺乏优势，又退缩下来。可深层的问题不会就此离去。

这几年人员流动变频了，她想，法务的离去不过是种征兆。公司规定，待满三年，有一百克金币和现金奖励，不过能拿到的人越来越少。新的公司层出不穷，后起之秀生猛迅捷，挖起人来痛下血本。市场从不给你迟疑的时间。她还停留在从前员工一做就是十年、二十年的经验里。那时候的奖励只有一份薄薄的证书，以及多出几天的休假，但他们就这样坚韧地做了下去。以前他们留下的理由可能是职位、薪水、空间、荣耀等。但今天她不知道，她不知道还有什么可以挽留他们。现在留下的，也许只是没有更好的选择。

她还记得那次公司组织去三清山，早上六点多，她去一楼的酒店餐厅吃早餐，发现法务也在。面档刚开始营业，法务要了一碟双面煎蛋，一份纯素拉面，找了个角落坐下，沉默、僵硬地对着那碗面，双手各拿着一瓶黑胡椒和盐，陷入了短暂的沉思，好像意志和判断被什么弄混淆了。孔霁也是，她对法务的印象会因这个场景而混淆。她有时很想问法务到底怎么了，但可能法务自己也不知道。

法务有个男友，孔霁见过一次。有天她到十一点才下班，去大办公室关灯，发现财务室边的空位上坐了一个男孩，戴着鸭舌帽，穿着一件宽大的黑色连帽卫衣，帽檐下半张白皙的面容，看上去万分有耐心。但最近至少一个月没出现了。

"是要结婚了吗？"

"哦，不是。"法务说，抬头看向她，"我们不住在一起了。"

孔霁敏锐捕捉到法务聊天的欲望："为什么？"

"我们在一起太久了。"法务说。

"早点结婚啊，放在一边容易凉掉。"

"是吗？"法务说，"我觉得一个人也挺好。"

孔霁不说话了。这是办公室年轻女孩的常态。养只猫，或和父母住一起。独居的生活被她们安排得很丰富：健身，攀岩，打游戏，在进入婚姻上分外谨慎。单身的黄金时代，现代生活的附属品。不知为什么，孔霁觉得法务并不是这样，有些话听起来言不由衷。公司员工平均年龄三十一，全公司只有十个人超出平均年龄，她和法务是其中之一。她总觉得她们之间存在某种相似，对于生命和生活的理解会因为多走几座桥，多吃几勺盐更深彻些。

"我只是不知道自己想做什么，"法务笑笑，"想给自己一点时间好好想想。"

她说的当然不只工作。孔霁合拢本子，用笔帽夹住封皮。让老板再试试吧，吃个饭，她想，说不定管点用。

"金铭飞怎么了？"法务忽然说。

孔霁走神了。她在看大办公室，场内人头黑压压的，偶尔仰起一张新鲜却木然的脸，像手电筒照进深井后水波上浮动的光斑。会议持续到下午四点，有时拖到五点。她回过头，诧异道："嗯？"

"金铭飞怎么了？快两天没出现了。"

是吗？她说，是的。

"需要报警吗？"

法务笑笑："不好判断。说不定到时候还得我们去捞人。这种事情，又不新鲜。"

是不新鲜。孔霁上一任领导也这样失踪过。他缺席了周一早上的例会，又缺席了下午的临时会议。总经理怒了，连着几个电话都没接通，又打给了他夫人，夫人的电话响了几声，之后就是长长的关机，大家这才意识到不对劲。领导毕业于武汉大学轧钢专业，每次说起专业都会自嘲"重而无用"。不过是庄子的"无用之用"。他对驳杂知识的了解相当惊人：博物自然（"鹡鸰"，他告诉美编那只鸟

张玲玲 | 独 居

叫什么），地质矿物，政史秘闻，几乎无所不知。"人形谷歌"，他们这样叫他。直到有一天他们在食堂吃饭，她的前同事忽然说，那谁，长得很像一个贪财的花栗鼠啊。大家都笑了，孔霁也笑了，这才发现为什么领导这样聪慧勤快，却从来都得不到发自肺腑的尊重。一周后，领导终于在公司出现，看起来别无二致，但失踪的原因开始在小范围内流传，最后所有人都知道了。有人向集团递交了一封检举信，谈到了他这次离奇的失踪。起先上级想按压下去，置之不理，但信件执拗地、顽固地递送着，一封接着一封。名字几经更换，内容如出一辙。XX因生活作风问题……像请愿书，也像控诉。副本送到了别的部门，指控对象也涵盖了上级。最后集团网站出了一纸公示，说他"因其个人原因，自愿辞去目前职务"。

　　走时只有她和另外两个同事去送行，孔霁还记得自己进单位是领导拍的板。三人找了家离公司很远的河南餐厅。他很快喝多了，两眼通红，去厕所时站不稳，捏着孔霁的肩膀，捏到她发痛：狗日的多了去了，冷不丁就捅你一刀。务必小心。

　　"走了也好。你也该走。能走早走。这帮狗日的。"

　　正中的乾坤鱼头结了层油皮，羊肉汤面早就冷透。回到桌前，他瘫在椅子上发出鼾声，类狗的呜咽。眼镜横在鼻梁，衬衫衣领敞开，露出深灰色保暖内衣，公文包压在肚子上。他们打电话给领导夫人，不一会儿她到了，一个身量娇小，面容坚毅的女人，头发像稻草，玳瑁发夹胡乱扎在脑后。男同事将他扶到副驾驶，夫人说，还是后座吧。他们又把他拖出来，塞进后座，扣上安全带。孔霁始终记得她脸上的表情：疲惫，忍耐。她去看守所缴纳保释金时也是这个表情吗？

　　事发于一个重要职位竞聘的关口，时间也太凑巧。又是谁呢？是谁递交了那些信？可能不止一个。但踏入了那间足浴店是他自己的选择，没谁在他身后拿枪顶着。行事至一半，一群人突然闯进，要求他出示证件，他震惊之余，以为遇到了仙人跳。冲突之后，才发现是警察。

149

说起该场面的同事如在现场，细到他穿着什么花色的短裤，双手如何被反扣。以前领导很爱开黄色玩笑，每个新来的女同事都要受几次语言洗礼。孔霁知道领导趣味不高，但没有恶意，只是现在性骚扰的界定标准不一样了，男女地位也早不一样了。

他走后很久，那张告示还贴在公告栏里，直到新的任命书将其覆盖。

法务还在说当时捞人的故事，说起以前那位年轻有为的同事顺风顺水的人生如何滑了一跤，为什么在一个傍晚神使鬼差地走进了一条岔道。孔霁没打断她。那个男孩在设计部，和孔霁的位置相对，但隔着几排，每次抬头，她都能看见电脑屏幕上那一茬短发，或是各种颜色的棒球帽，丝线绣着"MLB"标志。多数时间他对着电脑修改设计稿，一稿又一稿，很少抱怨。三十出头，看起来很年轻。她刚来时，记得他戴一副金属半框眼镜，后来眼镜消失了。孔霁过生日给同事分发蛋糕，分到他这里时随口问了一句，他告诉她，自己做了个近视手术。

"效果还好吗？"她说，"我一早就想做，但听说如果看电脑时间太久，视力会下降得更厉害，到时候就没有余地了。"

"我找的医生还可以。"他接过蛋糕，放在画册边，"我朋友也是他做的。你想好了，下次介绍给你。"

她提前说谢谢，金铭飞说："这几天睡前偶尔会视物模糊，不知道是后遗症还是工作太久。你考虑久一点，凡事都有风险。"

她又说谢谢，将纸碟推近他，蛋糕插上黑色塑料方叉："你吃呀。"

"哦，好，"他说，看了一眼，客气且冷淡，"待会儿。"

那天她在垃圾桶和空桌边看见了许多被扔掉的蛋糕，奶油与芒果混在一起，发出腐烂的酸味，被保洁阿姨扫除了。她带着歉意帮忙绷了几只垃圾袋。她猜金铭飞的那份也在其中。这一幕在后来的几年中，在她不断看见被扔掉的甜点、纸

张玲玲 | 独 居

餐盘后变得没有那么刺痛了。他们不吃不见得对她有什么意见，可能只是想保持身材而已。

他和同事走得不近，有两个女孩跟他玩得不错。孔霁去打印时总会经过他的工位，有几次看见妙蘅，以及小鹿靠在他桌边。还有一次她进办公大楼，撞到他们三个围着一只垃圾桶在抽烟，好像讲到什么好玩的为此发笑不止。金铭飞停下来，在桶沿轻轻磕掉纤瘦发白的烟灰，抽完最后几口后，将烟蒂插进白色细沙，像一座祷告的塔楼。

哦，那是一个秋天。她记得阳光落在玻璃廊檐下的银杏，杏叶刚刚转黄，落在青灰地砖上。璀璨光耀，一如真理。他们看去个个高大、强健、时髦，和路上那些令人过目不忘的年轻人一样。还有尖锐。尖锐使人轻盈。气温尚可，他穿着一条运动中裤，以及一双 MUNCHEN MIG OKTO 系列的阿迪。她站在一旁久久看着，内心充满温热。是想加入其中还是想起过去的某个时刻？

半年前小鹿离职了，妙蘅还在。听闻他们晚上经常一起打王者荣耀，但没传出任何绯闻。孔霁困惑过，后来明白了。

有次年会，他端着酒杯过来，杯里剩不下多少红酒了，已经敬过好几轮。他刚刚表演完节目，还穿着女团制服的短裙——一个同事的建议，三个月后她就离了职——额头通红，耳朵也是，红彤彤的，看起来像他脸上胭脂的延伸。他并没有因为这副模样沮丧，相反，他兴致勃勃，话也比平时多。

"近视手术的事情考虑好了吗？"

孔霁笑笑，意思是没有。他很意外地伸手抱了她一下，差点弄洒她的酒，然后挥了挥手，向其他桌走去。

她坐在位置上，手在鼠标上停了一会儿，打开了金铭飞的档案。他在公司快满三年了。1989年生，也不算年轻。地址在浦江，那是一个青年公寓的地址，通勤大概需要一个小时，转两趟公交。他不是上海人，户籍在福建漳州。公司的本地人和外地人对半开，外地同事的住址一般只写他们最开始的落脚地，多数同事过不了一年就会搬迁。合同每年都要重新续签，但很多同事搬过几次还写着原来的住址，公司对此查得并不严。孔霁查了下线路图，决定碰碰运气。时近两点半，过道骤然嘈杂起来，同事们正走出办公室，涌向茶水间。笔记本留在柔软的黑色座椅上占位。她和下属刘熙打了声招呼，让她先照应着。刘熙看了看她，眼神潮湿，充满疑惑。她才刚来半年，孔霁觉得自己也许该带上她，但前车之鉴，她想把这件事处理得尽可能平静、安谧。

孔霁费了点时间跟一楼的管理员解释为什么一定要去三楼的房间看一看。这间公寓虽然叫"青年创业基地"，实际只有一栋楼。一楼是公共休闲区，台球桌散落着几颗彩球，球杆横在中档，杆上积满灰尘，好像谁打到一半，因为一件迫不得已的事忽然中止了，然后就此终止了。有人坐在旁边的书桌上复习《税法》，注册会计师的考试教材。她看了会儿才移开视线。她先上了三楼。走廊空旷悠长，木色房门一模一样，像是闯入了谁的噩梦。有人在门上安了日式布帘，鲤鱼旗和神奈川。其中一扇门开着，一个男人穿着白色背心和沙滩短裤坐在门口，矮凳抵住大门，脚踩在塑料桶里，像在泡脚，但盆上毫无热气。房间没有开灯。这里的屋子格局大同小异，LOFT 结构，但层高比一般 LOFT 略矮。有厨房和卫生间，餐、客厅一体，二楼是卧室。那间电磁炉上架着纸箱，地上也是塑料皮。金铭飞住317号房，门锁是密码的。她敲了敲门，没人回答。空洞的叩门声在走廊里。她忽然想起刘熙跟她说过的笑话：她去相亲，见了两次面之后，男生说要回老家参加舅舅的葬礼，之后再没出现。金铭飞可能搬走了，也可能只是躲避某个人。她走前看过他的桌子，桌面保持着周五下班前的状态：排列整齐的茶叶罐和咖啡罐，

张玲玲 | 独 居

做了一半的产品画册,等待审核的衍生品设计图纸。无论如何,他不会扔下那堆工作不管。同事对工作的敬业态度有时会让她觉得很震惊。

那门,那人,都发出不祥的气息。她重回一楼,找到管理员。管理员有三个,她决定找中间戴眼镜、满脸青春痘的男生。他看起来更迟钝,更好说话。

"住在里面的是我同事。人已经好几天联系不上了。"

她把包里的简历和工作证展示给他,逐一摊在桌上。男孩穿着一件橘黄色马甲,印着公寓的标签,徽章是黄色的简笔笑脸。他站起身,接过材料,慢慢翻阅后,递还给她。

"他是住这儿,但我们不能随意开门。"他说,"换你也不希望这样。"

"我知道。但如果人在里面出了事,你们也很麻烦。"

另外两人也从电脑前抬起头,看着他们,迅速地交换了下眼神。管理员站着,还在踌躇,背后墙壁贴着的胶皮樱木花道正抬臂扣球,他站在篮筐下,仿佛随时会被球扣到头上。孔霁把纸张塞回包里,说如果惹到麻烦,都算她的责任,绝对不推到他们身上。

一出三楼电梯,管理员在前面大步流星走着,很快就到了。她这才发现之前走了一条歧路,绕得太远。泡脚的男人消失在一模一样的门后。管理员从裤袋掏出一张SIM卡大小的门禁卡,刷开了门。门开的一刹那,孔霁的心忽然悬了起来——没有腐臭,没有尖叫。屋子收拾得很干净。厨房旁边是玻璃围起的浴室,石膏板上的射灯开着,楼梯下铺着黑白方格地毯,唯一的一扇窗户朝北,窗帘紧闭。

"我操。"

管理员脱口而出,好像除了这句没什么能表达他的震惊。她的眼睛也终于适应了昏暗,看清趴在地毯上的只是个圆柱形的白瓷花瓶,五十厘米高,地毯湿漉漉的，散落着几枝尤加利。她扶着楼梯转角慢慢上去，楼梯只能容一个人侧身经过，又陡又高。楼上射灯开着，金铭飞躺在被子中，脸色苍白，他的头发理得很短，这样更容易发现枕上干掉的血迹。

她俯下身，大胆将手放在金铭飞的鼻翼下，停了一会儿。呼吸微弱，但尚未消失。她来得正是时候，再晚就不好说了。她只是判断不清到底是他摔下时踢到了花瓶，还是花瓶绊倒了他。瓶子没有破损，致命的也许是转角，摔倒爬起后，他捂着受伤的头回到床上，想休息一下，结果再没醒来。她走下楼梯，和管理员说了，"要不要上去看看？"他给同事打电话，"人在楼上，不知道死了没有。我不知道，你们上来一趟吧。我真的不知道。"打给120吧，孔霁说，你打还是我打？我来吧，管理员说，这会儿他冷静了些，报地址时数字没出错。

公司隔三岔五搞一些活动，急救和心肺复苏，茶艺和花艺。同事们上得都不太认真，每次都很难凑齐二十个人。她也没想到会派上用场。孔霁不知道他具体伤在哪里，但记得老师提过，处理颈椎和脊椎受伤需在颈下垫一些柔软的毛巾或布料。她将电脑椅上搭着的草绿色薄针织毯取下，绕在他颈边，围绕着他失色的脸。

现在这间房间围聚了一些人。上班时间，住户不多，她进来时就把门带上了。他的两个同事是一起上来的，还有一个姓张的保洁员。四个人在房间站了一会儿，只能看着她处理。二十分钟之后救护车才到，担架卡在电梯。她留在房间，其他几个下楼帮忙，绕走紧急通道。两个急救员都穿着浅蓝色防护服，其中一个蹲下身，检测脉搏，翻看眼皮。

"活着。"

最近的两所医院都在四公里以外，一个在江月路，交通大学附属仁济医院，还有一个在杨思。去仁济吧，救护员说，那边急救条件好点。上车关门前，管

张玲玲 | 独 居

员停住脚步，踌躇了下："那我们不去了。你们……"孔霁点点头，没说什么。确实也用不着。在救护车里，她扶着那双冰冷、苍白的脚，金铭飞微张的嘴唇很干，她想用蘸水的棉棒帮忙擦一擦。

她不知道多少年轻人住在这样的屋子里。这座大楼收容孤独无力的年轻人，也收容无处可去的老人。但是她总觉得那样生活不是一回事。生活不应该只有屋子和饮食，还应该有温情和舒适，有慰藉和陪伴。大家的想法变了，年青一代的想法变了太多。他们不再觉得陪伴是重要的，他们渴求的是自由和独立，渴望伸开手脚，他们将空间挤得满满当当，容不下任何一个人进入。他们拒绝迁就，拒绝磨合。

她斟酌着怎么发信息给老板才好。简历里也有他父母的电话，母亲工作写的是检测科科长，父亲经商。她看人进了急救室，交掉费用，找了张椅子坐下，犹豫了一会，才打给了他母亲。沟通很困难。

好在她习惯了传达坏消息，但至少这次不算最坏。老板那边也回了过来，并没提治疗费用。公司有商业医保，保额很高。治疗不会是大问题。他的震惊在消息里读不出更多。他打字习惯没有标点。

几个同事答应来陪床。金铭飞的母亲还在福建，最快也要明天早上到。但无论如何，她还是错过了老大学年最后一次篮球赛，她得守到九点。

"你去吧。最后一次了，其他小孩父母都在，就他一个。"

宝树在电话里没说什么。他反对老大打球，老大的半月板受过伤，医生说继续打可能会瘸。她咬牙带他去打封闭针，去完医院去学校，每次都背着宝树。高一到高三，他受过的伤不计其数。她知道自己对老大过度纵容。有原因的。小时候她带老大去城隍庙，三番五次他停下来，要她抱着，她哄他说多走一百米就去吃香蕉船，走不到五十米，他故态复萌，又要抱抱，她又累又怒，撇他而去，几分钟退回原地，发现人不见了。她吓坏了，在五香豆和假金饰铺子间慌乱寻找，最后在秋梨膏摊边发现了他，站在一侧，盯着糖罐，不哭不闹，模样很呆，手被一个老僧人搀着。她很愧疚，谢过僧人，回家路上一直抱着，没松手。但老大从不记得自己差点走丢，他记得的版本来自姨婆，故事里他去龙华寺，差点被和尚抱走，最后在七层浮屠塔下的龟池里被家人找到。那年他才五岁，如今都十八了。

　　有次她久久端详着老大发在朋友圈的合影，女孩染了栗色头发，扎着丸子头，侧脸托腮，笑盈盈望着老大。三人去龙美术馆看展览，走累了，两人坐在水泥台阶边，她随手拍下——一对璧人，同事见了都说那是偶像剧才可能出现的模样。其中一个交往最久，超过半年，他带她回来吃过几次饭。最后分手，女孩打电话给她：阿姨……我们分掉了。我还有些照片在你家，麻烦剪掉或烧掉。手机里的也麻烦删掉。对不起，再也不能吃你做的饭了……说完抽噎良久，她也抚慰良久，陪着一同落了泪。哪能这样，明明好好的啊，回头我讲他，又说，下次有空再到阿姨家来吃饭，做你喜欢的八宝鸭。坐在办公室楼下的湘菜店，孔霁和几个年轻同事说起这件事，桌上的干锅花菜、辣椒炒肉在冷气下挂着霜，她伸出筷子拨弄几下，夹进碗里，笑着说："哎，莫名其妙，他们分手我又做不了什么。"

　　她当然知道女孩希望她代老大挽留几句，可她说不出口。还早啊人生，谁都不是谁的唯一或终点，擦把脸，换件衣，就会爱上另一个。吵架的原因是老大又交往了一个，年纪更小，眉眼精致，皮肤瓷白。之后也被带回家，叫她阿姨，夸她做饭好吃，逛街时主动伸手挽住她胳膊，生日送雪松苔藓味的香水。而她对上个女孩唯一能做的忠贞，就是出街时从不主动提出给他们拍照。

　　她也不知道为什么老大忽然要提及那一年的事情，她都以为自己都早忘掉了。第二天是星期天，为了补偿，她带他去买猫。说要买猫已经三年，担心他玩

张玲玲 | 独 居

物丧志，又曾经过敏过，于是应诺拿到录取通知就买。他一拿拿了三所，伯克利、杜克、多伦多，三张通知书一齐摊在她面前。她无话可说。

店铺在新天地的一条小路上，一只只木箱里住着各式缅因、渐层、美短……老大蹲着，一只只隔着玻璃点过去，猫咪昂起脸，隔着玻璃伸出肉垫。店员走来，说："我们每只都打过疫苗。"

她提及曾经过敏，店员建议："斯芬克斯吧，好打扫。"继而领着他们上二楼。二楼猫舍更精巧，有爬坡有院落，两层三居，像日本的LDK住宅。现在店里人不多，这层就他们。斯芬克斯光秃秃的，看多了怕人。

"昨天怎么了？"

"有个同事摔了，人一直没醒。"说着孔霁摇摇头，"唉，一个人住，不知道多可怜。现在的人都不懂。"

老大忽然说："我记得你以前差点搬出去？"

她看着他，看他若无其事地抚着猫："我爸说你有一次差点扔下我去了瑞典。那时我还很小。冬天发烧了你也不回来。他和我奶奶抱着我去了急诊，排了一晚队。"

她陷入了短暂的沉默，过了一会儿，发现他还抱着猫，盯着她等答案，笑着问："到底怎么了？"

"我在想，其实你去了也蛮好，说不定我现在就在外面读书，也不用现在花那么大代价考试。不过也可能你出去后根本想不到我。"

想得美，她说，啊，你的眼睛。

老大眼睑已经肿了，他在用手抓挠。

"怎么回事？"

"这种事情我也没遇过 …… 我刚来。"圆脸姑娘听口音像是川蜀那边的，ne、

le 不分，口气按捺不住慌张，"我们真的没有遇过，很少人会对斯芬克斯过敏。"她小心翼翼地建议，"要么，吃点药吧……我打个电话问问老板。"

那边挂掉电话，老大脸上已经发起一大片红疹。孔霁反应还算及时，说了句你等我，跑到街口的海王星辰买了盒开瑞坦，又向店员讨了半杯水，跑回宠物店，让他服下。

"要么去瑞金看看？反正也近。"

他的脸肿得无法反驳。车子停在新天地北里，老大说不用取车，想走路，透透气，那便走走吧。从淡水路穿过淮海路高架，再过思南，不用许久，半小时顶够。他好高，站她身边，足足高出一个头。孔霁想，两人很久没这样随心随性地相携散步了。优衣库的灯光照在路面上，光头模特穿着新款秋装在橱窗内缓缓旋转。走到国泰影院旁的十字路口，她停下，借着路灯，发现药效起了作用，老大的眼睛红肿退去，残余一点清鼻涕。

"我觉得我好了蛮多，还要去医院吗？"

"去吧，放心点。"

老大说记得那件事。但那时他才刚出生。他说的记得，大概是婴儿的幻觉。孔霁偶尔也会想起自己在摇篮的景象，有人拿着一本邮册在逗弄她，她为此很生气。她分不清究竟是真实的记忆还是做梦，因为都说至少要十三个月之后才可能有记忆。她惊异于老大对许多事情巨细靡遗的记忆，但她跟他记得的常有出入。

孔霁搬出来时老大才一岁。宝树惹出那档事，她应该可以想到的——但那会儿她太年轻，太缺乏经验，对于身份的转换毫无准备。在宝树公文包里搜出那张飞往广州的机票时，头一反应就是推醒他，把机票摔在他脸上。

其实她应该想得到的——都快两年没有夫妻生活了，她有各种各样的理由，

张玲玲 | 独　居

身体，激素，伤口缝合的痛苦，但宝树还年轻啊。他醒过来，告诉她就是那次车祸后。半年前，他的二手大众撞上了一辆红色马自达，他负全责。女司机急着上班，两人互换了联系方式，约定保险公司赔款到了后，就把钱给她。她记得那个女的不算漂亮，至少没有漂亮到让她感到威胁的地步，她花了点时间才记起一张圆脸，中长发，微胖，个子不高。后来他们又是怎么联系起来的？她还以为事情早就结束了。

那女人比宝树还大几岁。后来见了几次面，就这样一起了。那天宝树是送老大去医院，所以才开得那么急，造成了追尾。当然，他们的车也有问题。她舅舅开过二十年公交车，对汽车很熟悉，曾经劝过他们不要买二手，哪怕买个国产车将就一段时间。就算零部件乍看没问题，实际不好说。可能舅舅还有一层没有明说：

——"万一出过车祸不吉利啊。"

她和丈夫罗宝树是华师大的大学同学，宝树比她高一届。遇到宝树之前她和第一任男友刚分手，抱着无所事事的心态参加了学校的哲学小组——马克思主义哲学，而不是别的，文学社、戏剧社之类。当时她刚失恋，信心跌到了谷底，想找个善良可靠的男友，以尽快跨过难捱的阶段。宝树是小组组长，宽肩浓眉，看起来很正派。某些时刻则让人觉得，正派过了头。虽然那些严肃端庄的话都是以玩笑的形式包裹着的。她喜欢他有原则，对人一以概之的和善和耐心。他的性格跟他家庭环境有点关系，宝树母亲缪绮玉是民政干部，父亲则是工会主席。第一年两人说得不多。第二年暑假，他参加了新加坡国立大学的游学活动，一个月后回来，问孔霁有没有空吃饭，给她带了份礼物。两人在漆黑的学校里沿着水泥道散步，他和她并排走着，但始终隔着一肘的距离。在她困倦不已，想回宿舍时，他才开口说，新加坡挺好，肯德基的汉堡都比上海的好吃。孔霁打起精神听着。

青春文学

回寝室前，他把礼物递给她，一块嵌满水钻（也可能是锆石或玻璃）的方盘粉色手表，包在同色缎盒里。还有一块白色的，他让她带给自己的室友。她一直误以为宝树喜欢的是那女孩。那块表她戴了两次，之后就不见了，直到毕业时收拾东西，才从衣柜深处找到。和宝树在一起之后，她和那个室友就不怎么说话了。

宝树给她重建了恋爱的信心。他话不多，但在各项事情上几乎不遗余力地支持她，从婚前到婚后。她被这种信赖和幸福纵容坏了，认为一切都是理所应当。也正因此，她的信心再度被迎头一击。接着是常规的吵架，争执，求和。他跪在她床下承认自己错了，但见面照旧。她又总会发现。她和绮玉说宝树犯下的错误，绮玉不作回答，但这些话总会转述给宝树——但一开始她曾以为自己运气不错，绮玉开明、爽朗，婆媳相处的矛盾从来没发生在自己身上。还会结伴逛街，买衣服时互给意见。他们小区住得不远，刚够他们步行过去吃晚饭。吃饭时绮玉总会多讲几个笑话。她没想到后来恰好成为绮玉暗示她失职的根据："她啊，连一顿饭也不做的噢"。

她父亲老孔当时还没被酒精蛀空内脏，神志也算清醒，认为离婚不是不可以，但最好看在孩子的分上，算了。谁还没踏错步？他差点就说出自己踏错几回步。

"忍一时风平浪静，退一步海阔天空。"他说，"姑娘，这句话我没告诉过你吗？"

她一边喂奶一边哭，肚子上的缝线伤口久久不愈。

单位有公寓提供，她很早就申请了，本是为了哺乳方便，没想到成了自己的独居之地。她搬出去的那天，宝树说，你真的想好了吗？是的，她说。老大在客卧睡得很熟，她一眼不看。老大十一个月时，她强行断了奶。最开始那几天，胸口涨得就像有人拿着针筒不停往里注水，换下的每片乳垫都是沉甸甸的，每一次的疼都在提示她的责任和自私。现在他一岁多，可能没那么需要她了，可在离家

张玲玲 | 独　居

的出租车里她哭得那么难过。

　　新公寓没有装防盗窗。她和宝树毕业也不住一起，但至少有恋爱关系。所以那种独居并非毫无牵绊的。现在她真的意识到自己一个人。每天七点半起床，拖地擦窗户，琐碎又无聊，但发烧了崩溃时，就是靠着那些不得不做的事，那些一点也不了不起的习惯，支撑着一天天往下熬。

　　一天她在巷子里看见一家门窗店，经过时总看见年轻的老板坐在里面吃盒饭。她想，万一老大过来，有必要安一个防盗窗啊。报纸上小孩高空坠落的新闻总是层出不穷。某个周末，她走进店里，摸着作为展示的铝合金边框，问牢不牢，老板笑笑，飞起一脚，踹在玻璃上，砰一下巨响："你说呢？"

　　他身上的蓝丝绸衬衫右肩有个橘色斑点，应该是氧化的油斑。每次他低头写单子的时候，每次他将头微侧，靠过来的时候，孔霁都会觉得脸色发烫，心跳加快。但这人不怎么靠谱，说好的安装日期拖了一天又一天，她追问到底怎么回事，老板说，家里闹了家事，老婆要离婚。

　　借口吧，她想，却也没拆穿他。

　　一天傍晚，她问，家里的事情处理得怎样？安装实在拖太久了。

　　"没机会了。"他说，"喝太多了。什么都和她招了。"

　　回去哄哄她吧，孔霁说，其实我们很好说话，只要你愿意。

　　"也不是很熟。她跟我要了两千块。"

　　"是小姐啊。"

　　"不是。"他停一会儿说，"我去过她学校。醒来吓了一跳。也不是很熟。"

　　孔霁过了一会儿才厘清二者身份和关系，不知说什么好，干脆不说话了。

　　"以前她没那么坏，这次可能只是没钱。算了，继续工作。你的柜子把开窗卡住了。现在留二十厘米可能不够，要么改小窗，我给你画个草图。"

后来孔霁和蒋琪倒在那张新买的床垫时,她还是很难明白一切怎么发生的。也许那些关于其他人的谈话,给了她跃跃欲试、想参与其中的错觉。

他侧身,肘压在头下,卷起舌头给她看那根青色的"筋":"我小时候剪过舌系带,五岁。理论最好应该在两岁前,晚了点。可能剪坏了,不剪更好。"

他现在说话还是有点大舌头,上海话听起来很别扭。他出生在江西农场,父母是下放去的上海知青。母亲怀他时还在车间工作,一天她尿急,偷偷跑去上厕所,回来发现锅炉炸了。整个车间就她没事。母亲觉得他是福将。十四岁这年,她想办法将他送回上海的一个小姑那里养,饱尝寄人篱下的滋味。小姑在工厂上班,姑父刚下岗,还有个妹妹在读小学。母亲每个月给小姑打一百块作为伙食费。

"又饿又馋,半夜开冰箱找吃的,红肠带着冰碴,也一口吞下,就怕给姑姑看见。"

后来读书,毕业,有了自己的居所,不用屈辱挨饿。父母也调回了上海,在普陀分了一套房子,只是彼此客气而疏离。过去的时间回不来了。

她问他当时的醉酒到底怎么回事,蒋琪笑着说:"你觉得呢?"

"店铺归我,房子和存款归她。"他说,"不过本来我们就不合适。不欠她了。"

没有小孩。不像她。做完两人躺在床上,孔霁从枕头底下拿出手机,翻开看见几条未接来电,都是宝树打来的。电话没打通,他改发信息,说老大发烧了,一直哭着要找妈妈。她读完消息,将手机塞回枕下。

蒋琪顿一会儿,坐起身:"我给你拿纸巾。"

"嗯。"她将手交叠在胸前,由他帮忙擦净。

"如果……"

"你讲。"

"如果我说我想现在回去,你介意吗?"

张玲玲 | 独 居

他拉过被子盖在她身上："没关系的。"站起身，套好衣服，说，"你等下，我把衣服拿给你。"

黑暗中她猜不透他怎么想。放在椅子上的衣服他一件件抱过来。之前脱下时，她把袜子草草揉成一只圆球，掉在地上没去管，他把袜子捡起，叠好展平。送她出门打车，马路上车辆来来往往，多数车子都亮着"载客"的红灯。

"今天可能有雨。"

"怎么知道？"

他努嘴，叫她抬头："看月晕。"

月亮周围一圈彩色。他不看天气预报，不看报纸，他不信他们，只信自己。孔霁觉得，这点自信，或说自负，也挺迷人的。因为她没有。

"要么你先回去，我自己可以的。"

"东西太重了。我帮你提着。"

她上车后，从车窗看见他还在原地。没等到家，雨已经下得很大。蒋琪应该回去了吧？她想。莫名想起有年中秋抱着老大出门赏月，说看"月亮姐姐"，后来他每次看见月亮都会叫姐姐，"今天姐姐又跟着我们。"

内部组织了一次募捐。有人给了两百，也有人给了一千。再熟悉一点的同事去了医院探病，老板把她叫到办公室，问了问情况，说让送一只花篮和果篮，嘱咐红包要亲自给到他父母。费用的事情不要有顾虑，公司都会担负，老板说。孔霁想，他可能用不着很久。医院说已经脑死亡，除非有奇迹发生。奇迹这事你信吗？

她在医院见到了金铭飞的母亲，短发烫过，染了红色，暗棕隐格夹克，拉链是金色的。脸上有种经年累月被贫困侵蚀的气息。母子神似，但金铭飞显然早已洗脱了旧家庭的气息。

她拉着孔霁的手，说了很多次谢谢，说不了几句就落泪。孔霁轻轻抽出手，将她那双粗粝的手捂在手心。那手几乎没有一点温度。她知道金铭飞的母亲并不知道他在这边的生活，他也一直没能说出口：他无法和其他人一样，找个女孩结婚。他的生活朝不保夕，虽然可能内在也亟求稳定。

她去找妙蘅聊了聊，妙蘅告诉她，他父母在他五年级时离了婚，母亲嫁给了一个比自己大十岁的茶农。他和继父关系很恶劣，恶劣的原因他不肯说。到上海读大学之后，他每年只回一次家，回来后会把自己锁在屋内几天。上海郊区的新年没有外卖，他用牛奶泡桃酥饼果腹。他总在不同的酒吧消磨过长的夜晚。有段时间她因为荨麻疹整夜睡不着，他每天陪她打游戏打到三点。她觉得，比起她需要他，他更需要她。

偶尔地，他说起小时候赤着脚在茶园奔跑，在礁石上飞奔、不怕硌脚的景象。海水铺过来，高高的浪尖像冰冷的火焰。是的，也会中招，被碎贝壳扎到脚底，鲜血淋漓，可下次还会这样跑。夏季海浪如若不大，就欢呼一声，脱掉衣服，跳将下去。

吃饭时看见番薯藤，会问他们："上海也有吗？你们爱吃吗？"

公司出轨的不是少数。有些已经戴上婚戒，在荷兰或西班牙订的婚，以后可能也在那定居，其中一个笑着跟她们说自己收藏有四百条内裤："高质量的内裤决定高质量的未来。"

金铭飞呢？他不属于其中，他好像匮乏些什么。

金铭飞的事情也让她想起同学。初中时他个子矮小，不大起眼，到了高中，参加了一个写作比赛，有了些名气，又迅速沉寂了下去。她知道他做过网文写手，也干过编剧，又在公司做过几年文案。从没听说他有女友，或是结婚，有段时间

张玲玲 | 独 居

总能看见他在朋友圈发和不同女孩的合影，仿佛很潇洒。传来他去世消息的时候，她想到的始终还是他高中时候的样子。孤僻，冷淡，傲慢，眼神充满戒备，好像随时都有人会从街角冲出来给自己一刀，而他所有的准备就是为了避开这种威胁。两年前，他在家中突发心肌梗死，被邻居发现时已死去多时，半面身体也已腐坏。一个同学发消息来，说你知道吗，这个结果我一点也不意外，他就是这样的人。她当时没说什么，后来却忍不住想，他们说的这样，到底是怎样？

其实她想就这样算了，和宝树离掉，和蒋琪一起。有次蒋琪送她出门，笑着说，哎，你知道吗，每次最讨厌的事情就是看你走。他说时一脸轻松，但后来她总是能拖一会儿就是一会儿。楼下有家罗森便利店，1996年上海才开第一家便利店，她觉得，便利店真是个有意思的地方，什么都容纳，什么都临时。

两人有时打几只可乐饼和一罐熬烧上楼，坐在沙发上看电视。只不过注定要走，画面也无法令人安定，所以多数时间他们看周星驰的录像带，《龙过鸡年》就看了七八遍。因为烂熟于心，可以随时中断。但也没什么用。再后来，她一定要离，一定要去找他，老孔拦在门口，她发疯似的、凶狠地咬住了他的手腕，咬到鲜血淋漓。老孔揪住她头发，抓下一大把，以为再也长不出来了，还是渐渐又生了回来。但老孔腕上的齿痕直到他死都还在，一道过度鲜明的紫。

其实那次找他没意义，他搬走了。屋子是他租来的，店铺也不开了。他很早之前就和她说过，"不一定能一直做下去"。孔霁知道迟早有那么一天，但总以为他会提前跟她讲。但他走时什么也没和她说。她坐在台阶上凝视那张上锁的铁门。楼道里有辆落满灰尘的自行车，从没见过有人推走。一阵轻风将自行车刮倒了，她迟疑了会儿，站起身，握住龙头，将其扶起，靠在墙边。住在这儿的老人听见动静，打开大门，探出半个身子，看她一眼，又迅速关上了。

她不记得自己什么时候走的。再后来，她日夜翻黄页，找到相似的，冒险打过去。要么没人接，要么打错了。但有一次，一个电话回过来，追问她是谁，声音尖厉而悲愤：

"别以为我不知道你在找他。他都瘫掉了……你也不肯放手。"

孔霁挂掉电话。话筒发烫，恨不得扔掉。宝树坐在沙发上问谁，她摇摇头，继续把洗衣机的衣服拿到阳台晾晒。他对她的事情不是完全不知情，但他从未提过。可能男性比女性更能忍耐。她也不知道是拨错还是怎么，此后只能不打了，只能想大概每部电话机旁都坐着一个绝望的女性。后来的一年半，她不断更换新的对象，有已婚的，有即将结婚的，也有单身、比她小四岁的。她想，自己害怕面对的将来是什么呢？孤身一人，在这间屋子老去。她可能离职，换个屋子，同样租来的，同样只能占到她生命某个份额。运气够好，她会有一套独立的屋子，然后就此过下去，直到死去。半个月到一个月，她和宝树联系一次。宝树会问她身体如何，同时汇报老大学业。知道他还单身，她虽然没想复合，但依然感到宽慰。后来，这些想法变了。她过去在和什么较劲？她又能和什么较劲？起先一个月回一次，后来回去次数多了。有次生病，宝树请了一天假，熬了一夜。她醒来想，在和什么较劲呢？又有什么意义？找个爱自己的人？爱又是什么呢？她在渴求根本不存在的东西。和一生的折磨比起来，和死亡、疾病、衰老比起来，没人爱也不算什么。其实如今爱对自己来说，不过是个选择。

她迄今还记得复原的那一晚，七点钟，她坐在车后，看着秋天的路灯打在车窗，雨水缓缓顺着玻璃蜿蜒而下，像教堂燃烧的蜡烛。远远地，有渺茫的音乐传来。她拍着驾驶座后背，追问宝树：听到没有，听到没有？

怎么了？

有音乐。

张玲玲 | 独 居

　　有人在外头唱歌。她补充道。
　　宝树沉默了一会儿,然后说:"电台是关着的。"
　　雨里传来的。
　　他不坚持了,可能觉得和病人争执没有意义。绿灯转红,车辆停下,马路像巨大的停车场。她将脸贴着冰凉的玻璃。并非错觉,确有音乐,断断续续,像唱诗班圣童的吟咏,纯洁高远。拉开车窗,歌声还在。她伸手摸摸鼻头和脸颊,湿的,不是雨水,是她哭了。哭并非因为歌声,至少不全是。雨水里飘来新鲜的桂花香气,馥郁金黄,不知多久她没闻到了。就像个感冒病人,大病初愈。她惊愕过度,甚至没听见宝树说:"把窗户关上,要开车了。"车子移动也不觉得。花香漫天盖地,凶狠涌进,宝树摇上车窗,她拍着玻璃大叫:"真的有,真的有。"

　　两人在一起那么多年了,送走那么多人。先是老孔,喝到胃出血,安耽了一年又继续。父亲老宅的铝合金门窗结满蛛网,她看不过眼,来做大扫除,在床底搜到几瓶洋河大曲,和他大吵一架,装进垃圾袋扔了出去,玻璃瓶在垃圾桶发出破碎的声响。个把月过来给他煮粥,又闻到酒味。几次博弈之后她也累了,只能随他去了。她忽然觉得,父亲健康对他自己来说其实意义不大,对子女意义更大。退休加母亲去世,他熬了太多年,不过想过几年自在日子。父亲是2004年7月的一个凌晨在家中去世的,被发现时摔倒在进门的玄关,鼻腔有血,爪筋如结。水晶棺里她看见他的牙床暴突,两颗门牙断了半截。坐在殡仪馆内等火化时,她看见白布包裹的遗体上撑一把黑伞,家属绕着灵床抛镍币,心里就开始很怕死,觉得透不过气,觉得躺在馆内的是自己,白布盖在身上,大声呼救无人听见。
　　梦里有时还能看见老孔,站在梯子上,像是预备取下什么。梯子太高,她无法看清父亲的面容,只觉得他胖了也矮了,年轻了至少二十岁。她看着没有尽头的高处，非常害怕，想叫他下来，但他还是置若罔闻，一意孤行。

  然后是外婆，九十一岁。再是宝树外公，九十四岁。春天一场感冒，转急性肺炎。2012年的事情，两人离世前后相隔两个月。一旦老大赴美读书，那真的只剩下他们面面相觑。宝树有些变化，但总体变化不大。现在他每天定时回来吃饭，睡觉时将手机扔在床侧，密码就是银行卡密码，人和钱都一目了然。有次国庆放假两人开车去青浦，宝树手机扔在家里一天，并没有人找。

  前几年绮玉也进了养老院，孔霁和宝树去探望时，绮玉躺在病榻，头发剪得很短，面容苍白而浮肿，噘嘴说："在这里我最年轻。""隔壁九十四了。"邻床老爷子插话道。他退休前负责审批这间养老院的入住，自己住进之后对于子女和所有人的怠慢一声不吭，躺在床上闭目养神，威仪犹在，照旧像统摄全局。护士打针慢几分钟，他也记得一清二楚。那座养老院设在长风公园，两层圆形建筑融在松林间。能住在这里的真也是好福气。绮玉告诉他们，每天醒来，她最喜欢盯着密林间的鸟雀飞来飞去。于是藏起配餐里的白米饭，趁着护士去别的房间打针，悄悄打开半扇窗户，放在沿下，看它们落下啄食。如果宝树因事不在，次数多了，绮玉会把饭撒在桌上，大哭着说"不如早点死掉"。可好几次绮玉病危，都是孔霁漏夜陪床。不是原谅，只是义务。只有义务才能让人心甘情愿，毫无怨言。对她来说，一切都只不过是承受。承受疾病，承受别离，承受指责。承受一切该承受的而已，否则人会活得太轻，太无知觉。有时她们就坐在窗边，谁也不开口说话，盯着那些鸟雀。啾唱声似乎无所不在。麻雀并不怕人，啄食的时候和她们就隔着窗户对视。过了一会儿，孔霁才反应过来，个头大的，是鸽子混入了其中。谁的鸽子落在这里，迷途还是怎么了。她想问但没说出来。吃就吃吧，也没什么。

  "下次你什么时候来？"走前绮玉会忽然问。

  很快的，孔霁说，不是明天，就后天。她希望绮玉还有很多个明天。无论亲

张玲玲 | 独　居

历多少次死亡，她每次在殡仪馆内依然震慑且伤心。死亡将一切都变成了无足轻重的烟尘，就像他们从未存在过。

　　金铭飞还是走了。他母亲坐在床边跟他说小时的故事，说到海、岛、后坡的茶园，说到他爬到屋顶，一脚踢翻晒茶的竹篾盘，不敢下来，于是坐一个下午，身子和脚背晒得漆黑，说到他喜欢傍晚坐在屋前，看着比烟还淡的蓝天，用贝壳叩着门板打节拍。他是在等谁又或是等什么呢？好像很早之前他就不在那里，而是要去向某个地方。那节拍声声催人老，像急急回旋的倒计时，将他一步步推进自己命定的将来。给他擦身时，他的拇指屈了屈，她冲出病房，叫医生来，问是不是要好的征兆。等医生来，他的情况已经急遽恶化，下午一点一刻走了。

　　孔霁应该去参加葬礼的，但是没有。同事回来后跟她说了葬礼的鲜花：百合，玫瑰，花瓣上洁白清澈的露。他们说他看起来气色如常。去送的人不多，同事而已。

　　她送金母去了机场，在安检口外，她觉得有话想说但是都没说出，于是抽出手，轻轻在那只丘壑遍布的手上抚了下，问她水瓶取出来了没有，她停顿了一会儿，似乎反应不过来，孔霁便把那瓶没有动过的冰露矿泉水从她背包的侧袋抽来，搂了下她的肩，目送她进了安检通道。

　　她不需要了解儿子在这边的生活，不了解是一种保护。孔霁自己呢，她想，同事而已。不用三年，记忆就永远散佚了。她还有金铭飞最后一次体检的报告，放了一周又一周，A3信封的封口依旧完好。放了一年，她才抽空读了读，之后撕碎，扔进垃圾桶，一个字也不留。不了解是一种保护。法务也走了，她说短期不找工作，想休息一段时间。可是只过个把月，孔霁就会在招聘网站上看见她挂出的简历，在公司的这段浓缩成一行短短的履历。他们留下的位置，很快会有人

169

填空，一如既往。可她还是觉得内心深处有什么缺失着，那些离开的人留下了永恒的口岸。多数时刻它们静默无声，伏于黑暗，可某个时刻它们会骤然大声起来，明亮起来，提醒着她一切得到和失去。

《湘江文艺》2022年第5期

东 来

东来,90年代生人,曾获豆瓣征文大赛首奖,PAGEONE文学赏首奖。已出版短篇小说集《大河深处》《奇迹之年》。

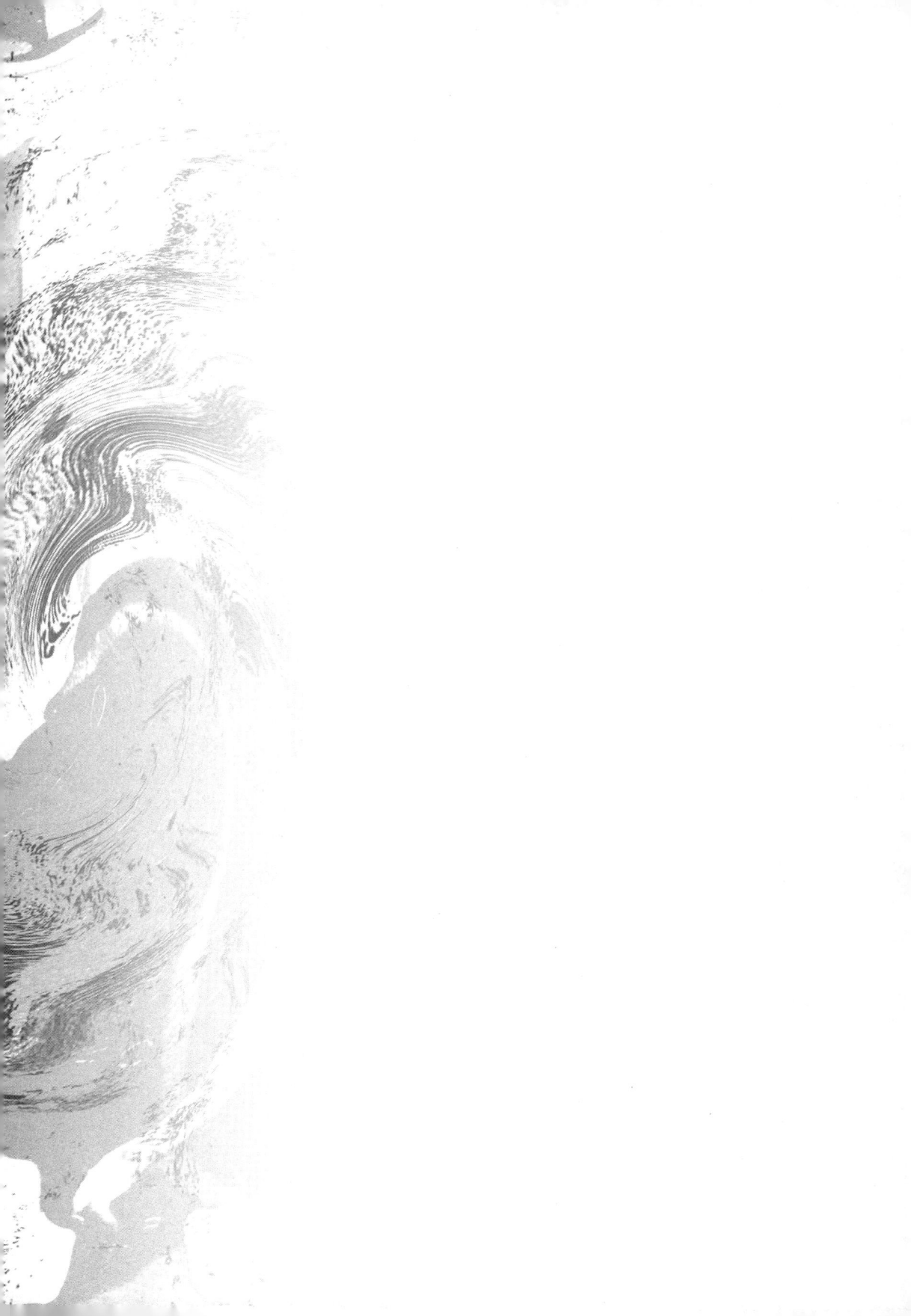

BLUES

　　一早上,需要承认一个精子冒冒失失,于她不知情时,穿破了重重壁垒,在子宫里着床,和一颗卵子结合,形成受精卵。她惶惶不宁,接受身体里多出一颗豌豆大小的泡状物体。在接下的九个月里,它会长到黄豆、葡萄、苹果、南瓜那么大,长出耳鼻眼口,像蝌蚪一样伸出手脚,在温暖的羊水池里游泳,通过脐带与她紧密相连,继承她一部分相貌,以及性格里的莽撞和卑懦。它也将拥有一颗油桃模样的心脏,在适当的时刻开始跳动,和她的心律齐舞。它会将她的肚皮撑成一个硕大球体,大到直接可以把杯子平放在上面看电视。它计算着时日,在应许之日到来,从一条狭窄的通道里挤出头,又挤出四肢和躯干,贸然而来,又贸然地离开,好像一个果子,熟了就掉,留下几条无法抹去的妊娠纹和松弛的阴道。

　　她计算它究竟在哪一天乘虚而入,两周一次性生活,并不严格的防护,像缝隙稀松的城门,算准了一夫当关、万夫莫开,偏偏还是开了。兴许是上个月月初的那次,两个人都喝了一点儿酒,久违的碰到彼此的皮肤还觉得有些弹性,不像地底陈列多年的老尸。她醉意里嘟哝,别搞出个孩子。张蓝哈着气,顾不得,还说,搞出来一个又怎么样。她口气轻浮,说,养着呗,还能怎么样。张蓝说,你说的。啧,口不择言,一语成谶。几天前,她梦中艰难诞下一个蝉蛹,金黄且巨大,透过半透明的壳,朦胧可见蝉的轮廓,薄翼蜷缩,口器轻轻颤抖,忽然之间,蜕去了皮,鼓噪起来,将她吵醒。早晨醒来时,她复述那个梦,他打着哈欠,说,也许是夏天要到了。现在想来,那是个征兆,子宫入侵梦境,在潜意识里释放电波。

马桶两个星期没刷，手里拿着验孕棒，两条杠是罪状宣判书，内心潮涌密集，冲刷脚背，有些细菌或细虫爬上了膝头，轻微地痒，四壁朝她迫近，将她挤压进小小的方块，无法动弹。据说人一天有六万个念头兴起又落下，所存不过千，所记不过百，其他念头轻易消散于虚空之中。想她还未成型时，只是潜藏在空气中的无名混沌，不小心被原始欲望驱动的男人和后知后觉的女人捉住，从此脱离了飘忽无形的玄邈，禁锢于肉身。她问过所有儿童都问过的问题："我从哪里来？"母亲闪烁其词，有一回说她是从胳肢窝里蹦出来，有一回说从一堆落叶里寻出了一个襁褓，有一回又说她是从幽谧的洞中掉出——这是最接近真相的一回。等到她知道怎么回事，已经十岁，身体逐渐脱去了蒙昧，棱角冲出来，夏日午后，趁着父母不在家，她躺到他们的床上，头枕在柔软的羽绒枕中，脚尽量伸直，想象他们在夜晚交合，想象自己从无到有的过程——一个毫不意外的意外，一次没有归途的出发。阳光扎眼的正午，她倦怠而潮湿地睡去，私下认为，生日不是从母体剥离的日子，而是精子和卵子相遇的那天。她甚至觉得，人从那一刻就有了意识，从那一刻就成了人。她把自己的生日倒拨了九个半月，从冬天拨回春天，这样算起来她在杨柳依依的季节被捉住，被精准地从飞絮中挑拣出来，塞进了肚子，生出血、长出肉来。

"你爸爸，他很久没有碰我了。"她十岁时，母亲用倦怠的口吻说，手指在嘴唇上来回摩擦。

她听了怪恶心，心里面痒了一阵，像是被隐翅虫叮过，忍不住伸手在脖子和脸上用力挠抓。

停顿几秒之后，母亲又说："我们很久没有做爱了。"她跑到卫生间去吐了。

精神分裂，诊断书中给母亲病症的称谓。诱因是，她九岁时，父亲杀掉了母亲精心养育的一只羊羔，用砂姜黄酒炖成一团烂肉，端上桌给一家人吃。母亲哭

东 来 | BLUES

得厉害，拿了一把挑筋的刀冲向父亲，然后像个沙包一样被打倒在地，父亲夺去了刀，朝着母亲的脸上挥拳。母亲晕过去，醒来双目血红如炬，使劲吸了一大口气，厉声尖叫，脱光衣服奔出门去，一路高歌，狂奔了三个小时，像条泥鳅，又滑又敏捷，躲开众人的追捕，倒在河边泥潭里，滚了又滚，在河边满身污浊地睡去。众人把这样的母亲抬了回家，一人捉一肢，就像抬一头死猪，扔在了地上。周围人嗤笑不休，她不忍看，找来一条毯子，盖住母亲的身体。母亲后来频繁出入精神病院，频繁地离家出走，频繁地自残。虽从不将刀刃的方向对准她，但强迫她观赏自残，当着她的面拿剪刀剪去了自己的一小片舌头，拿那一小块鲜艳的红肉喂了狗，她吓得高烧不退，梦中不断重复剪舌的场面：母亲木然地伸出粉色的舌头，手里拿着剪刀。母亲发病时，管不住自己的嘴，喋喋不休又事无巨细地描述和父亲的床事：父亲长着那样的家伙，如何野蛮地进入，又暴君似的乱捅，把容器捣烂，自顾自爽，不管不顾地离开。母亲拿住她的手在自己的身体上摸，于是她很早就知道了女人身体柔软如棉，散发红热的气味，形状像个葫芦，胸前缀两个脂肪袋子，因而她害怕发育，身体不得不变成一个葫芦，里面兜满籽；害怕夏日结束，葫芦炸开身体，种子到处散播。母亲看着她惊吓的模样，似乎是为了安慰，说，这辈子只有一次称心如意的性事，就是怀她那次，往后的都是侮辱和强暴。

那是春天，乍暖还寒之后，气温稳定，穿单衣冷，穿夹袄热。父亲和母亲在舞厅里认识，二十世纪八十年代末工人文化厅没落之后，改成迪斯科歌舞厅，舞池中央的彩灯不停旋转，落下斑驳破碎的光，也隐去褪色的墙壁。音乐震天响，狂欢的男女在舞池中央摩擦身体，气氛燥热，那时节没有酒也没有药，也没有DJ，甚至没有歌，只有无处不在的焦渴感和不安分的手脚。他们彻夜跳舞，恨不得变成野兽，把四肢抛卸出去，只剩下嘴唇，在疲倦中互相亲吻。父亲烫了一头绵羊细卷，穿时髦的白色西装，系红色领带，音乐响起来，应和着节拍跳舞，脚步在地面滑擦，像在云端漫步，又像行走于玻璃，光束聚在他的身上，在他的周围描出一圈毛茸茸的光。一个晚上，他换了七八个女伴，跳遍每一首歌。

母亲是新客，来舞厅不过两三次，穿着黑色垫肩的小西装，西装里面是一条无袖红色连衣裙，进门之后脱下来拿在手上，裸着臂膀，耳朵上坠着蓝色塑料耳环，将耳垂拽得通红。人多地方她待不自在，独自坐在墙边的折叠椅上，目不转睛地看同来的女友与一个陌生男人搂抱不休。流连舞厅的人总是被人指指点点，好女孩不会去，但母亲来过一次就很喜欢，里面的味道咸潮，闻起来像是夏日暴雨之后的池塘，让人想要扎在里面。母亲刚刚学会时髦，买了第一支口红，每天出门之前都将嘴唇涂成两片会飞的花瓣，也学会了将脸抹得雪白，学会了穿超短裙、紧身衬衣、黑丝袜，以及如何将头发绑出复杂的辫子。喧哗震天里，在一个只有他们知道的瞬间，四目相对，父亲被母亲的嘴唇吸引，朝她走过来，坐在她的身边，询问她的名字，因为音乐声太大，不得不用喊的，没说几句就住了嘴。两个人从舞厅的窄门走了出去，走到刚刚下过雨的湿漉漉的街道上，才9点钟，路上已经没有人，仅有纵横的两条大路装有路灯，其余的街巷隐入昏暗。他送她回家，却把她带到河边的草滩上，借着一点路灯的微光，两个人缠在一起，父亲急得无法脱下裤子，母亲的连衣裙上全是水。母亲把父亲年轻时横冲直撞的凶莽错认为激情，胆战心惊又无师自通地回应，被冲撞得浑身疼痛。事毕之后，他们不顾春寒，在湿漉漉的草地上抱着睡了一小会儿，父亲把母亲送回了家，他们连彼此的名字都没有问清。

她就是那一刻被捉住的，结束了懒散的灵的生涯，在子宫里悄声寄生，直到被发现，促成一场草率失败的婚姻。结婚之后父亲依旧每晚去舞厅跳舞，在昏暗混乱的舞池中宣泄精力，他以好乐风流出名，又以狡黠暴虐出名，他天生精力充

东　来　| BLUES

沛，目光炯炯，性欲过剩。母亲怀孕之后去找舞厅找父亲，在舞池中穿梭，在明暗跃动的灯光中寻找丈夫，拉了他往外走，被失了面子的父亲扇了一巴掌，才清醒过来，明白舞厅中那股又咸又潮的味道是沼泽的味道。为了逃避这段前途昏暗的婚姻，母亲曾饮下江湖郎中的堕胎药，据说百试百灵，偏偏到她这里失效，她那么顽强，紧紧攀附在子宫里，把那当成温柔的宫殿，母亲只好不情不愿地将她生下。

　　数年之后，舞场又改回电影院，父亲在家的时间多了，和别人合伙做放贷的生意。穷苦人抵来最后的财产，以期望渡过难关，最后被利息剐去一层皮，这是他在下岗大潮中找到的生存之道，周围人家如一艘艘小船在浪里沉浮，费好大劲才喘过气，他们家却逆流而上，发财了。父亲这个人，别的无可说，于钱上的运气总是很好，大概是豁得出去、不要脸的缘故。有了钱，父亲那泛滥的精力和情爱，都付诸外面那些不知姓名的女人身上——发廊里的粉色灯光，每晚都投来暧昧妩媚的钩子，异乡来的暗娼几乎把他掏空；剩下的一丁点儿残渣，才丢给母亲，其实什么也不剩了。夜夜笙歌，经常伴以酒，喝完酒，再回欢场，他的夜晚被这样填满。他越是风生水起，母亲的脸色越是暗淡。印象中，总是母亲挑起争端，两人像野兽一样朝着对方嘶吼，越战越勇，一浪接一浪地互相辱骂，东西一件件被砸到地面，发出沉钝的声响。父亲动手，母亲还手，父亲夺门而去，母亲把家里所有杯子都砸碎在地，地面上全是碎片和玻璃碴子，有些碎碴嵌入缝隙无法扫除，在某些平静时刻跳出来割脚，家里到处是这样的陷阱。周而复始，她早已习惯。有一次，也许该了断了，母亲已经从厨房拿出刀，哭喊着向父亲砍过去。她躲回房间，反锁起门，等待怒火平息，或者杀出一个结果。结果，外面没有了声音，她疑心赢家正在毁尸灭迹，蹑脚走出去，轻轻拧开主卧的房门，往里看去，里面两个人正不分彼此地交缠，男人在上，女人在下，赤裸着身体，无声地用手脚拧住对方，结合成奇怪如螳螂的姿势，女人咬着牙小声说，我要杀了你。她胃里泛起一阵酸，合上房门，离开了家。

母亲疯后，发病时会毫无征兆地脱去衣服，在街上乱跑，口中污言秽语不断。真是讽刺，没有发病时母亲最和气温柔，发病了却满口脏话。她总是守在家里，以防母亲跑出去丢人。"妈，穿上衣服吧，求求你了。"她追在母亲身后喊，母亲扭手扭脚地拒绝，两颗乳房如同拨浪鼓甩动，一身白肉颤抖，像条巨大的人形的虫，和披着衣服的母亲是两个样子，衣服是比皮肤更重要的包裹，人的肉体是那样的丑陋和羞耻，沉重的负担。闭紧了门窗，那些秽语传不出去，只泼到她一个人身上，母亲厉声咒骂：父亲的下面已经烂透了，到处流脓发臭，长满凸起的红疣，像是一棵烂掉的花菜，过不了多久就会齐根掉落，他所有的情妇也都烂穿了，他们最后会一起得艾滋，全身流脓，化成肉泥，千人踩、万人踏，该死的王八和鸡婆，杂种和姘头。她坐在椅子上，无助又无言，等待母亲从狂病中清醒。这些话她都听进去了，全身刺痒，如许多无形的蚂蚁从地底涌出又爬到她身上，原来人是会烂掉的，做那些事情人是会烂掉的。

也许母亲说的是对的，父亲确实在外感染了花柳病，很长一段时间家里都弥漫着消毒药水的味道，一向强壮的父亲突然间抓了许多中药回来，早晚在厨房煎药，皱着眉饮汤药。家里的毛巾和衣物用开水反复氽烫，父母的衣服和她的衣服分开洗涤，因而她总是穿着褪色的衣服，衣服上不知哪里来的破洞。父亲独自一人搬去了三楼亭子间，再也没有搬回来，但他还是每晚出门，开着他的灰色奥迪出入酒肆饭馆，晚上一两点才回家，更多时候是不回。这城市不小，他在外的形迹，不必特意去打听，总是有各方途径将消息送入母亲的耳中，她也跟着听了许多风流韵事，譬如父亲为了追女人，送了好几个商铺店面出去，以及他在KTV里干的那些混账事。他在X酒店长租一间房，每隔几天都带一个不同的女人进去，

东　来 | BLUES

　　有时候是荒唐的两个。每回听闻，母亲总要勃然大怒，痛骂父亲是猪狗，如此挥霍，不得好死。这种辱骂成为例行公事，把两个已经没有关联的人联系在一起，假装还在一条船上，背后是敌视与冷漠。父亲以罕见的激情和毅力保持了对年轻女人的爱好，当同龄人逐渐失去这份热情与能力，或疲于追求声色，他依然长盛不衰，在猎场追逐，用他那杆烂掉的枪。

　　生病之后，母亲的活动范围不超过方圆一公里，有条无形的地界跨不出去，母亲又不工作，又没有朋友，每日所做，是拖地、洗衣、做饭，以及将所有的家具和物什擦拭一遍，擦得什么东西都失去光泽，露出底下喑哑的雾气。家里干净过头了，莫说父亲，有时候她走进来，也觉得无处下脚，光脚放在地板上，一个汗印子；走两步，一串汗印子；母亲已经拿了抹布来擦，她只好走远一点儿，母亲又顺着脚印来擦，她只好又退，直至退无可退，母亲就这样划出地盘，只给她留出立锥之地。这真不是人待的地方，她也会这么想，得赶紧离了这里。可怕的是母亲的精神病也许是遗传，往上数几代，每一代都有精神分裂的病患。藏在基因中歇斯底里的定时炸弹，现在传到她的手上，不知道是不是个哑弹，还是倒计时早就开始，秒针嘀嗒嘀嗒地走，悬在头顶的达摩克利斯之剑随时落下，她都来不及为摊上这样的父母感到痛苦，马上就开始忧心自我世界的爆炸，无论她走到哪里，都有一根引信掌在母亲的手中。

　　于是事情又回到她出生前的场景，父亲和母亲从舞厅回来，路过那座桥，欲望鼓如风帆，父亲将母亲推搡到河岸，两人借着春天柔软的草地做爱。母亲的身体像气球一样膨胀，小腹逐渐隆成小丘，而母亲本人对此一无所知，直至周围人察觉出变化，两个人匆匆结婚。那时候母亲才20岁，中专毕业，参加工作才两年，不得不忍受着腹部的重力、手脚的浮肿、夜晚脊椎被压迫的痛苦，以及不安分的胎儿在腹中的拳打脚踢。生完孩子之后，母亲又被奶水困扰，源源不断滋出的奶水涨得乳房剧痛，婴儿的吮吸过度用力，像是要一口气将乳房吸干，乳头被她初生的牙齿磨烂。婴儿总在哭泣，比别人家的孩子哭得更加厉害，醒过来便开始哭，偏偏声音嘹亮，要将屋顶掀翻，无论如何安抚，都停不下来。老人儿说，这种孩子三魂七魄少了一缕，哭是为了找魂儿。她到四岁才停止夜哭，也就是说，有四年多的时间，母亲没有睡过囫囵觉。母亲说，她们母女上辈子有血海深仇，今世冤冤相报何时了。

　　说起来或许无人相信，她记得自己在羊水中游泳的情形，黑暗而温暖的池水，头顶上方母亲的心脏有力跳动，尽管子宫狭小，可是从这一头游到那一头需要很长时间，那是个近于宇宙的地方，她在鼓声似的脉搏里反复安睡，不必在意时间。她也记得应许之日来临时，自己是如何奋力躲藏，想要停留得更久一些，但有股来自地心的力，一直拖拽着她，要将她从暗处拖到明处，将她放逐。手脚被四壁紧紧束缚，无法动弹，一只大手抓住了她的头，像拔萝卜似的将整个人拔出来。她也记得空气瞬间灌满胸腔的辛辣，以及随之涌起的失落，她伤心得大哭，泪腺却还未发育完全，因此没有眼泪。

　　现在有个东西进入她的腹中，像当初她进入母亲的腹中，它尚未具形，却在暗中嘿嘿大笑，一双冷眼，看她接下来怎么办。

　　内心潮涌密集，湖水一遍遍冲刷上来，几乎打湿脚背，那些念头从哪里来，又去了哪里。她孤立无援，无法站立，现在她谁也不想告诉，独自一人抽烟，看着烟气消失在洗手间的白壁之中。坏事情发生，以前发生过的一切都成了蛛丝马迹，乃至于与张蓝初识的那个周日过度明媚的阳光都是帮凶。他在植物园里亲昵呼唤每一种植物的名字，吹着口哨与藏在树冠中的鸟对话，走路时鞋底擦着地面的样子，种种让她惊奇的特征，全部都是灿烂阴谋。只不过，这些在交往之后不久就已经厌倦，成为需要花费很大精力才能对抗的懈怠。

东　来 | BLUES

　　人为什么这么容易厌倦，这么容易感到绝望，又这么容易恐惧？软弱者如她，费九牛二虎之力从那个人间奇观样的家中逃窜出来，胆战心惊地走到现在，从小就打定主意，不要孩子，她要彻底荒废子宫，这个身体除了完成生死，什么都不生产。离家多年，她不曾回过一次家，父亲想要来探望，都被她拒绝，以至于父亲悄悄打过来的钱她都嫌脏，分文不动地封存，等待来日归还。看见父亲，她立马就会想起烂掉的花菜，母亲的颤动的白肉，那股子长久弥漫的消毒水味道，小城市里箭矢般乱飞的流言，似乎重回泥沼。

　　她向来独来独往，不是故意，是笨拙，不知道怎么和人保持恰当的关系，人和人之间微妙的平衡她怎么也掌握不了，只能甘心做个怪人。讨厌裸露肌肤，恨不得把自己裹成粽子；也无法与人接触，只要被人碰了一下，全身都会战栗，更无法参与那些成人对话，忍受不了任何有关性的话题和暗示，一个字也听不得，偏偏人分雌雄，不是有丝分裂，到处是明示或暗示。每次闻到空气中的荷尔蒙，都会回忆起家里那些藏在缝隙中的碎玻璃碴子，仿佛它们又偷跑出来，扎破足底，偏偏脚心又那么敏感。与敏感相伴的是厌恶，家里没有镜子，不必照见自己，她讨厌自己的胸部，讨厌月经，也讨厌夜深人静时偶尔无法遏止的对爱抚的渴望，又讨厌着讨厌一切的自己，作为人的原罪。母亲的强迫症也被她继承，水、空气，世间万物，遍布着细菌病毒，肉眼不可见的毒，摸过碰过都要清洗，稍不留神就会进入身体，引出什么奇奇怪怪的病，烂掉某个隐秘器官。她一天洗手几十上百次，滥用消毒药水，手上的皮肤常年皲裂，皮屑乱飞，伸出手每每叫人惊奇，甚至躲避，仿佛她才是不洁的那个。明知是病，应该去医院，又怕让医生探知母亲的疯，推导到她，给她开出治疯病的药，或建议她住进精神病院，讳疾忌医至今。人要是能够真正地斩断过去就好了，就像婴儿斩断脐带那样，她这么想，她还年轻，才30岁，前路还很长，过往不会一直回魂，终有一天它会消解，成为腐殖，或许还会成为养料，但那之前，她要在泥沼跋涉很久。她到30岁都是处女，周围人都看得出来，老处女会散发一种老处女的气息，不男不女，表情失控，肢体僵硬，衣装也古怪不入流，连头发丝都根根直立向上，全无一点风情，很少有人会多看她一眼，如果多看也仅仅是猎奇，这个世道里罕见的老处女。

直至遇见张蓝。失败者和失败者相互吸引，一眼能够看出彼此的不幸。第一次见面，酷暑天气，张蓝身着蓝紫条纹长袖衬衫，每一颗纽扣都扣严实，勒着一条过长的黑色西裤，大热的天额头沁出豆大的汗，不住用手帕擦汗，擦完又将手帕叠得方方正正地塞回衬衫口袋，对着人们笑，好像才刚刚学会笑，羞怯又寡淡，和她一样，一举一动都不合时宜。刻板与紧闭的衣着里面，包裹着许多死而复生、生而复死的挣扎。至于为什么相逢，她已经记不大清，应该如此这般的一场群聚，两个格格不入的异类，像是贴错的两块马赛克，不得不团结在一起，众人指派，张蓝，你，送送她吧。张蓝满口答应。她没有拂人面子，散场时，和这男的一起走了。恰好住处不远，一公里的路，没有打车。快走到住处，张蓝突然弯下腰，拨开草叶，眼睛发亮，指着一小片白色的蘑菇，告诉她，这是簇生鬼伞，Psathyrellaceae。蘑菇在路灯下，菌伞犹如团团鬼火，像它们的名字一样。现在想来，这也不算什么奇特的才华，可她还是有些着迷——经他念出，菌物的名字如此贴切骄傲，如它们生来就持有这个名字，是天神赋予的旨意。她心被微微吹动了。

"不要小看它们，以为它们只是这个世界的点缀，其实它们是主人。"这个古怪的男人说。

"哦。"这个古怪的女人说。

"任何一个孢子能发出来，都不容易，不能仗着长了灵长类的手脚就去随意攀折。"循循善诱。

东 来 ｜ BLUES

"说得是呢。"谦和平顺。

他们决定多见面，多说话，多多地了解彼此，怪人也有春天的，但要淡化过去。她对张蓝说，她的父亲做生意，母亲是家庭主妇，家里比较压抑，所以逃出来了，自己过活。至于父亲是个性瘾患者和暴力狂，母亲精神分裂，她一分也没有透露。而张蓝告诉她，他如此行为保守，仅仅是因为他的母亲太爱他，把他看护得太好，他在家里感到窒息，所以逃了出来，也一个人过活。好的，好的，那就这样，不需要说更多。

张蓝带着她参观自己的房间，房间配着小阳台，阳台用玻璃全包改成了小型温室，种满热带植物，绿色自上而下铺盖下来，一些不知名字的草叶如珠帘垂坠，鸡蛋花的香气浓烈，熏人欲醉，满眼绿。墙上挂满张蓝从各地搜罗的蕨类标本，整柜书架上的书一半与植物相关，挂在墙壁上的一只培育箱里几只黑蛹，正在准备破茧而出。他一定花费了非常多的时间和精力经营这里，方寸大的房间是他的逃亡之地，完完全全属于他。里面的温度和湿度都很高，窗帘被褥全都沁湿了。她进门先吸一口气，再慢慢吐出去，这里是各种各样细菌病毒的培养皿，本该让她害怕，但那日她意外地觉得亲切和安全，说，这地方真是你的？张蓝笑笑，说，是，南国温室，就是小了一点点儿。他指着墙上的蕨叶说，你看，这是狗脊蕨，这是水蕨，蕨是古老的孢子植物，存在四亿多年。她听着，渐入恍惚，他低低沉沉的声音成为意义不明的背景音，昏暗灯光下，张蓝也退回到十几岁孩子模样，眉目灵活，没有一丝疲态。她想，这里就是巫地，此刻他就是个小孩，但这房间的时间魔法对她无效。她忍不住伸出手来，摸了摸他汗湿的脸，自己先忍不住，全身都麻，手指头辣辣的。

她说，再给我说说你的事。他说，行。他对植物的热情自小开始，喜欢钻图书馆，一本本翻看植物图录。那时候的彩印书可不多，配图都是白描线稿，辨识

183

植物靠的是想象力。经过长久练习，他闭上眼睛，就能看见一颗种子发芽，瞬息长成参天大树，叶片舒展，花朵绽放，几千种植物的名字与形态印刻脑海，常见的园林植物更不必说，张口就来。熟识草木之名，走在路上，他被一种巨大的熟悉感包裹，仿佛它们接纳了他，他也是它们中的一员。城市里也有许多不同的植物，它们有着不同的表情，秋日里会结一串串皮质蒴果的栾树、红得动情的冬青，还有绿艳的鹅掌楸低调的花。他说，要是做棵树就好，长在旷野里，扎到地下去，原地不动，用根系去探寻肥力和水源，春来秋去，发芽开花结果凋零，长生不死，可惜这辈子做人。两个人齐齐叹气。

秋天到冬天，下了几场雨，天越来越冷。初雪那夜，张蓝约她出来走走，路上一个人影都没有，细雪纷纷扬扬，掉在衣服和头发上也化不掉，气温跌破了零摄氏度，两个人缓慢走着，雪被踩扁，发出嘎吱嘎吱的声音，她的肺也被清冽的空气浸透。张蓝轻轻地感慨了一句：这种天气也就你愿意陪我出来走走，多么好的雪。她也生出喜悦，感受到一丝古典的诗意。两人将冻成冰棍，快到她的住处，她让他到家里喝了杯热水，待手脚暖和，聊了几句，张蓝告辞，走的时候两人不知怎的拥抱起来。张蓝仅仅把手环住了她的腰，鼻子贴着她的额头，呼气，只吹得她额头发痒，但他的下身却鼓胀着，热乎乎地贴着她的小腹，她全身都僵硬了，像被点了定身穴。张蓝问，可以吗？她想说，不可以，再等等。可是喉咙里只能发出呜呜的声音，听起来竟像是恳求，张蓝把她抱到了床上，把她粽叶一样的衣服脱去，露出缺少日晒的白皮和松弛的赘肉。张蓝的身体干瘦如柴，只有手臂和大腿挂着一些肉，像只去皮青蛙。两个丑陋的人。她又想起父亲，想起那些令自己良心不安的噩梦，以及疯魔的母亲的呓语，脚心剧痛难忍。张蓝不停地抚摸她，从脖子开始，塑个泥人儿似的轻轻捏着，一直捏到脚指头，如此反复，用了点力，把她周身的僵硬都化解，让她能够安然地和他躺在一起。你好像一种蛾子。他说。

东 来 ｜ BLUES

她停下来，问，什么蛾子。他说，朱砂蛾。他找来手机给她看，是种鲜艳的红黑色间杂的蛾子，有着细巧的翅膀和笨拙的身体。他说，朱砂蛾剧毒，幼体时以吃剧毒狗舌草为生，长大后生出黑红色的花纹，其实很美丽。

他继续用手指捏塑她，把她的身体捏得更加柔软，更接近流质，好包裹和冲刷他自己。她的委屈远大于快乐，还有疼痛，还有屈辱，还有莫名其妙在黑暗中钻出的父亲的面孔，张皇不敢去看张蓝的身体。她呜呜咽咽，张蓝只好停下来，坐在床边，似乎耗尽耐心，马上就会起身离去。突然有一种激情从心底喷薄出来，她扭过头来，对张蓝说，你抽打我吧，用什么都可以。张蓝说，你说什么？她起身，找了一个塑料衣架，放到他的手上，说，你用这个抽打我。张蓝说，这算什么？虽这么说，他还是顺了她的心意，手拿衣架抽打了她的背。他还是怜惜，不肯用力。没有感觉，再用力一些，她说。他下重手，举起手来，划出一条弧线来，拉出一阵风来，塑料与皮肉相弹，产生嚓嚓的声音和热辣辣的灼痛。麻烦你，打到皮开肉绽为止。她说。

疼，但这种疼却消解了另一种疼——如同一层厚茧铺满心底，年深日久，是刻意被疏远的病源，日日相伴的麻木不仁，原来她守的早已是一座空城，身体早就自顾自逃走了。就是要疼痛，才能找回自己，才能从那层层厚茧之中捞出一个人来。父亲飞扬的艳事，母亲发癫的秽语，对于隐疾的忧虑，性病、强迫症、病菌、孤僻、恐惧、陌生，连同她的身体一起被打碎，重组，给她一个角度回首：小事情，不过如此。越疼越真，到肉的感觉真好，最好拆解她的骨头，或者烧化了她，重塑了她，解放了她。要是做棵树就好。她在迷幻之际，似乎听到他的言语。树在春天也会开花，一朵朵一簇簇一丛丛，谎花和真花夹杂。他打开她，像打开一个花苞。他救了她。

有段时间他们每天做爱，在张蓝湿漉漉的温室中，或在她朝北阴湿的房间，藤缠树、树缠藤地抱着，像两只蜗牛紧紧吸在一起，身体中间不留空隙。她才发觉，父亲那古怪的生命力也传递给了她，她每天不由自主地想那些事儿，想兴致勃勃的虐待，想到脚趾酥麻，口中焦渴，迫不及待见到张蓝，和他贴在一起，仿佛他们曾经连体，被迫分开。

　　他们共度了世外桃源一般的第一年，像被和风吹起的风筝，飞入平流层，再好不过的一年四季来了一轮，又过了平静平稳的一年，到了第三年，忽然相看生厌。她偶尔梦见母亲，依然精神恍惚，也会想起父亲黑秃的头，夫妇紧挨一起，俱带着陈年发酵的疲惫和终究无力挣脱的窠臼。她端详着张蓝肥白的面孔，也想问一问，父母亲是否也曾有过短暂的和睦，片片飞花的春天。

　　她想起那个初夏的早晨，六七点钟的清凉，母亲从市场回来，手里拎着一个篮子，揭开覆盖在篮子上的布，里面卧着一只明亮洁白的羔羊。母亲小心翼翼地把羔羊放在地上，看它晃晃悠悠用透明的蹄走路，用脸颊蹭它柔软的绒毛。她伸手去摸，摸到一团温暖的云气。母亲悉心地照顾这只羔羊，给它取名，喂它吃奶，为它洗澡梳毛，带它去郊外吃干草。她们一起养育它，直至它头上长角，变成世界上最神气洁白的羊，散发着羊的乳香。然后有一天，她放学回家，院子里的血蜿蜒着流向下水道，空气中扑鼻是肉香。她走进屋，父母扭打，像野兽在厮缠。她径自走到厨房，打开锅盖，一股白汽蒸腾，锅里炖着世界上最神气洁白的羊。母亲的羊羔被炖了。

　　她的羊羔呢？有朝一日，她的羔羊也被人偷去，杀了放血，她会不会像母亲一样步入疯癫？张蓝不像个能杀羊的人，但也说不准，他用大头针钉住彩色蝴蝶时会露出怡然自得的神情，也会用面包虫喂养青蛙，只要在家，他都独自待在那个温室洞穴，他大部分热情都投入伺候花鸟虫鱼，剩下的只是无趣和庸常。她很久不再进温室，因为潮湿和醉氧，因为对里面的一切不感兴趣，也因为看不得张蓝在无用之事上汲汲营营。他们同在一个屋檐下，却对对方视而不见，忽视并不比仇视更好。

　　激情早退，欲望收缩成一个又小又紧的核，只有余温。她不知如何和张蓝建立更真实的联系，他也和家人切断了联系，他有无法共享的秘密，他也无力投注更多精力和情爱，顾前则顾不了后。偏偏他们两个孤鬼碰在一起，脱离故园，没有根基。

　　她更不知道怎么和他养育一个小孩，难题还没有解决，竟然乘人不备，悄悄升级。要是告知张蓝这个消息，他会做何反应？会叫喊，还是会平静面对？会不会从此消失，躲着她不见？她觉得他极有可能立刻买一张去南美的机票，从此不归。她更有种无力感，想着竟然重蹈母亲的覆辙——做一个孩子的母亲，是一个听上去甜美的陷阱，她一直小心翼翼避开，唯一一次不小心，还被钻了空子，仿佛早就被推入猎场，一直被围猎。而一个飘浮无羁的灵被捕获，从此失了自由，沦为柔嫩的羊羔，她为之惋惜。

　　她从马桶上起身，冲水，走到客厅，给张蓝去了一个电话，等待的嘟嘟声中忽然又生出一点勇气，如同火车驶出隧道，一口气钻进去，而远处的光亮正在等待。那边接了，低低沉沉一个男声，说，你还好吗？她拿着两条杠的宣判书，告诉他，有个意外来临。他惊呼一声，不可置信地反问。她重复又重复，真的真的。电话那头一阵复杂的静默，直至深吸一口气，又呼出一口气，也不知道这半分钟他有几多念头兴了又灭，灭了又兴，在过往里兜大圈，或以怀疑的眼光将他们的关系再度审视，往前路看一眼，然后艰难地挤出一个决定。

　　他说——那，我希望是个女孩。

《花城》2022年第5期

杜 峤

杜峤，2000年生于江苏南京，中文系在读。写小说、旧诗。有中短篇作品见于《作品》《特区文学》《小鸟文学》等刊。

如何证明一场不存在的地震

1

女友蹲坐在沙发上，回头望我，像某只猫。眼睛一蓝一琥珀（这种美瞳配色也像猫），蓝接近克莱因蓝，琥珀则偏浅，带着某种偏爱说，甚至就是黄色。它们射出某种迷幻、摇曳的目光，不易描述。一定要描述的话，我十一岁时，在澳门威尼斯人住过一宿。大部分记忆是在努力仰首寻找天空的弊窦，无意识地跟随贡多拉走到一端，再独自走回来。这时记忆里出现一个女孩，应该比我大一两岁，也可能是女孩子长得早。我认识她，是我父亲此行一个朋友的女儿，她的母亲是法国人，或者奥地利人，颈子细白纤长，乳沟赫然，其间缀满星星，那时候法国和奥地利在我印象中都盛产水晶，于是趋同。她大概和同伴打了赌，从父执的酒桌上偷了瓶红酒，握着约三分之二满的高脚杯来，试图邀我喝下。我一直静静地望着她，其实只是不能完全听懂英语。她最初显得很有其母的雍容气度，保持某种带有雏稚调情意味又不显庸劣的谑调，后来逐渐失去耐心，语句破碎断续，丧失逻辑。最后她把高脚杯放在我脚下，奔向她从远处望过来、似乎因她无功而返而微哂的同伴们。我幡然醒悟，扬声呼叫她。她回过头，我捡起酒杯，向她们晃了晃，仰首饮尽。这是我第一次饮酒，酸涩难耐，后颈到颅顶有气蹿上。她望向我，随即又回望，似乎在某一刻踌躇于是奔向我致谢（或许会在我额头上印一个紫罗兰一样的少女的吻）还是奔向同伴们庆祝（无非是炫耀她们对一个朴素得近乎忧郁的异乡男孩的成功戏弄）。而这种片刻的犹豫使双方都对她其后的选择变得好奇与郑重起来。最后她如何做的我已经忘却。但那个时刻我注意到那女孩的眼睛，在浑黄街灯与剽拟而成的奄暮天色下，在记忆中显出与女友此时一般无二的荡漾目光。

女友刚学会这种目光时，我曾跟她提过此节，她转过脸去，声音听不出感情。我跟谁也不像，即使是目光，她说。我暗笑：这种飞醋你也要吃。但此后的时间里，即使已经娴习，她也几乎不再使用这种目光了。我也因此对她怀有某种敬意。事实上，我根本无法抵抗女人的荡漾目光，其中仿佛同时蕴藏了对我应允的期待、希望、欢悦与我拒绝后的绝望、哀愁、愤怒。它在两个极端之间摇摆、游曳，呈现出某种暴风中心般瞬息万变的美。我已阅历的生命里，数次被这种目光所困扰。我十岁开始嗜酒，十七岁在酒吧遇到初恋女友，她比我大两岁，是驻唱，长得不算好看，但很会捯饬，擅长通过化妆和穿搭提升吸引力。她自诩为旋律天才，但受文化程度限制，写不出足以相配的歌词。在她谙习这种目光后，我硬着头皮进军文学，为她承担起写出伟大歌词的重任。我在因特网上搜索"当代最牛逼的文学巨匠是谁"，第一个答案是金庸，第二个是个外国人，罗贝托·波拉尼奥。上面说波拉尼奥很黄，金庸我熟悉一点，黄得有限。秉持在学习文学的同时稍事娱乐的心态选择研习波拉尼奥，随后一发不可收。歌写了三个半 verse 就分手了，反而写小说上瘾，贻害至今。此后近十年间，我谈了三四个女友，她们都未学会这种目光。人就是这样，对一无所知的人从不珍惜，反而对谙知自己阿喀琉斯之踵但始终未曾下手的人生出感激与依恋，甚至对终将射来的一箭既感到忐忑、畏惧，又怀有某种隐秘的期待与兴奋。

杜　峤 ｜ 如何证明一场不存在的地震

　　现在，这一箭来了。可她一开口，我就微感不惬。她不应该拿我的病情说事。她说，亲爱的，这不是病，这是你的天赋。我极憎厌这种话术，但还是勉强听下去。她问我，昨晚大概凌晨三点半，你有没有震感。我说，往前提两个半小时，还挺震。她轻捶我一下，说，地震的震。我不晓得，睡得极熟，还做了梦。她问什么梦。梦到和她又做了一次，最后她累了，瘫倒在我胸口。不好说，就糊弄她，说看到一座摩天大楼倒下来。她兴奋起来，说，如此生活三十年，直到大厦崩塌。说明我们要转运了，这是吉兆。从另一方面说，这无疑就是昨晚发生地震的铁证，这是震感在梦境里的映射。昨晚只是前震，主震会在明天傍晚来临。亲爱的，我就知道你和这件事有缘，你一定要帮我。

　　不知道是从几岁开始，我看见摇摆的东西就会感到昏昏欲睡。小时候有时随父亲应邀去庄园游观，父亲的朋友大多也是商人，即使要学风雅，也不敢忘本，常在静室几案之上、雅玩清供之间放置一尊纯金招财猫，微笑朝人挥爪。我见不得，掩目要去隔间睡觉。父亲笑道，犬子耽睡，X兄见笑。朋友也笑，令公子清雅得很，小宝玉一样，不喜阿堵物一类，我叫人移走便是。对幼童来说，时间是混乱且自主的，但病情的严重程度与岁俱增，当我进入学校，很快事情就不能用"耽睡"来搪塞了。某次演讲比赛，正至情不能已处，偶然望见台下首排左数第二位评委在有规律地上下抖动左腿，我难以抑止地合上眼皮，直立着陷入沉睡。救护车将我送至医院，身体机能一切正常。开始父亲以为我是在以这种方式博取他的关注，表达对他缺席我首次登上演讲台的重要时刻甚至半个童年的追责，他愤怒中间杂自责，将我的零花钱翻了一倍，不过是丰赡了我的酒资而已。直到他打起折扇跟我做一场父与子之间的谈判时——当他开出自认为我无法拒绝的价码并胜券在握地要求我戒酒时，却发现我早已酣睡——才真正相信我的病情。他请来的医生说，这和钟摆式催眠的原理一样，但您的儿子比普通人对此敏感数百倍。其实接受这个事实以后，很多事情反而简单明了起来。我开始规范自己的生活，深居简出（除了去酒吧喝酒外，就将自己关在房间里写小说），不在雨天开车，因为不能开雨刮器（遇到女友后，被修正为不能开车，以防被交警的交通手势与个别摆臂夸张的行人催眠）。二十五岁以后，我发现自己的病贯通了某种联觉，在听 Hiphop、Rock 和 Jazz 时我会陷入不同程度的昏睡，读节奏宜人的文本时也会如此，例如伍尔夫和麦克劳德。我甚至怀疑，自己无法抵抗荡漾目光的弱点，其实也是病情某种形而上的体现。

2

女友说，我要你帮我们证明一场地震。"我们"，指她参加的一个"地震预测群"的群成员，再具体一点，指她和群主"先知之死"。群成员有四五十人，一般在群里维持陌生而新鲜的线上交流，只有女友、"先知之死"和少数几位群友在这座城市，而同在鼓楼区的，就只有女友和"先知之死"。故此，每两周一次的线下聚会，群友流水般来去，而女友几乎从不缺席，久之就成了"先知之死"的左膀右臂。

我对"先知之死"的印象不算好。之前我步行去他们聚会的酒楼接女友时见过他一面，他和另一个女生一左一右搀扶着女友从旋转门走出来。女友明显醉了八分，瘫在两人的臂弯。走近时，他不动声色将女友往那个女生怀里让了让，双手绅士地虚扶着。那时我就觉得此人虚伪至极。女友口齿不清地为我们作介绍，这我男友，这X姐，这先知。我微笑打招呼，X姐好，先知兄好。被"先知之死"

杜 峤 | 如何证明一场不存在的地震

　　打断，他自我介绍说，鄙人网名叫"先知之死"，并非"先知"，虽差之二字，却谬以千里，望兄知悉。我一边在心里骂：装你妈装；一边又对其产生带有忌惮性质的敬意——这么说话的人大多是成功商人或退休干部，而他三十岁上下，身材高瘦，鼻骨突兀，须髯蓬乱，一脸穷相，但能经常出入高级酒楼，或许深藏不露也未可知。某次听完我的印象，女友说，平时没见你这么势利。我说，交朋友不以贵贱异，不交的另说。她说，你不会吃醋了吧？我自然不承认。但她好像并不在意我是否吃醋，接着说，我也不知道他是干什么的，但能无后顾之忧地专注于预测地震，应该不会缺钱。这么一想，反倒有点好奇。说完她支颐望向天空，如同漫画少女。危机感在我顶上高悬如剑。

　　我们步行到达那座鼓楼时，天色已经介于赭红与靛蓝之间。鼓楼公园居于北京东路、北京东路、中山路、中山北路、中央路五道通衢的交会点偏西处，这个点外头鸣笛阵阵，但公园内静阒无人，老人在家备晚餐，年轻人在回家途中。女友在走到停车点时兴奋地拍我的右肩，指给我看——那是先知哥的车，他已经来了，我们得加快步伐。我目不斜视，但在经过时余光还是瞥见，那是辆红色的SUV，车标被后一辆车挡住，尾部线条肥美，像团被勒圆的橡皮泥。我想着，是不是宝马X4啊。女友几乎是挟着我向前小跑，我努力将步幅增大，从而保持步频，维持从容感。但最终当我们见到先知时，我已经气喘吁吁。女友为我们的迟到向他致歉。他说，是鄙人来得早了，每天不吃晚饭就来。随即从长椅上起身，递给我烟。我先没接，问道，为何要找我，你们可以在鼓楼最高层的栏杆上放一杯即将满溢的水，一旦震动就会洒下来。或者也可以用一些更精确的仪器，如果资金不够，我可以资助你。说最后这句话时，我故意放慢语速，终于找回一点面子。

他微微笑了一下，抬手做了个捋须的动作，好像在抚摸呼出来的烟，他说，一来，鄙人不用器械，它们太笨，什么也察觉不出；二来，不知道您女友是否跟您提过，鄙人预测的地震并不仅仅是世人所憎恶的地震。它们大多不是那些暴戾的、带来灾难的巨兽，而是偶尔顽皮、偶尔呼吸的小孩子。它们在和我游戏。您听过"鸥鸟相猜"的故事吗？载于《列子》，少年每个清晨来到海边，群鸥如落雪般从天风中降下，与少年嬉游，日久渐可通心。某日归家后父亲说，你不可再去海边消磨时光，除非明日捉几只鸥鸟回来。少年痛苦万分，第二天照常来到海边。但群鸥在他头顶盘旋回舞，无一下者。片刻之后，群鸥纷纷振翅，隐没于天际。于是少年知道这是永诀，终其一生，他再未见到一只鸥鸟。这是个很美的故事，对吧？地震与群鸥一样，一旦发现我大张旗鼓地去捕捉它的形迹，它就不会如约出现了。

听完这番话，我一方面觉得他与第一印象中的虚伪冷漠、装腔作势迥异，似乎变得有趣起来；另一方面则更加警惕，我发现他与我在某些程度上同病相怜，故此我能十分顺理成章地理解并相信他的想法。我接过烟，让他帮我点上火，问他第二个问题：为什么要选在鼓楼？据我所知，越高的物体，震动与摇摆在其上就体现得越明显。在这座城市，比鼓楼高的建筑比比皆是，例如附近的紫峰大厦。我们相对抽了几口烟后，酷热似乎也稍有减退，女友说，一个道理，钢铁与机械一样，都有"机心"。这鼓楼是木材与砖石建造，且较为古老，"机心"已被磨洗殆尽。女友俨然成了先知的代言人，我又重新沉下面色，把烟屁股甩在地上，重重踩灭。这时先知的第二根烟刚抽了三分之一，他也掐灭，拍拍我的肩膀，说，您应该已经了解大概情况了，最后一点，请您摒弃自己的"机心"。我皱起眉。

杜　峤 | 如何证明一场不存在的地震

他看了看表，说，我预测的主震发生时间是十八时五十八分五十二秒，离现在还有一小时二十五分三十二秒。在这段时间里，请您尽量忘记这件事，忘记您此行来鼓楼公园的目的。忘记我。如果可以的话，甚至请您暂时忘记您的女友。总之，忘记一切可能会使您联想到这件事的人、物、事。如果无法完全做到，请您尽量忘记它（他）们与这件事相关的部分。十八时五十八分五十二秒时，我希望这座鼓楼是以地震以外的因缘、自然而然地出现在您视线中。从现在开始，您就是一个游人，您每天傍晚会早早地用过晚餐，然后来到这里散心，今天也不例外。您一般穿上轮滑鞋，绕着公园的边缘快速滑行三圈，这之后您往往已经背后冒汗，头顶热气蒸腾，作为热身恰得其宜。然后您脱下轮滑鞋，装在黑色健身包里，好似拎一袋钞票。您走到小卖部，买了包黑利群，把包搁在柜台前面，店老板跟您点一下头。店老板人不错，您并非每天都买烟，但他很乐意在坐店的同时帮你看包。随后您开始慢慢跑动。您慢跑时非常专注，严谨地按照每天的固定路线运动，这并非因为您是个康德一样过分古板的人，而是为了避开人群。不可否认，叽叽喳喳的人群会扰乱专注者的事业。大概四十分钟后，您开始慢慢减速，随即停下，您到小卖部拿回健身包，回到鼓楼的正对面，在长椅上坐下，用毛巾将悬在额头和眉毛上的汗滴揩掉。您看了看手表，刚过六点半，您微微仰起头，开始紧紧凝视着这座还算宏伟的鼓楼。您之所以如此期待甚至微微激动，是因为您的一个年轻朋友告诉您今天在鼓楼最顶层有一场快闪表演。在电话里他没说清楚具体内容，或许他自己也不知道，因为他嘱咐您晚上或第二天向他描述这场他因加班而遗憾缺席的表演。但您想，无非是灯光、特技或者电子乐队，"古老鼓楼与现代艺术的碰撞"，第二天大概会这么报道。之后的事情，您就不用操心了。

说完这些，先知把黑色健身包放在我脚下，和女友一起离开，说他们会在公园外等我，直到十八时五十八分五十二秒这场证明有了分晓之后。

3

当我确信他们已经离开后，所做的第一件事即是拎起黑色健身包，走到靠近公园外围的一处静僻池塘，将其沉入塘中。先知没法怪我，因为完成其所托之事的唯一方法便是将他本人遗留的所有痕迹消弭——无论是近乎蹩脚催眠暗示的嘱咐还是遗留的物品。我必须另辟蹊径。如何让自己暂时忘记来到公园的目的，而又能在那个时刻来临时恰能聚精会神地凝注鼓楼呢？我最先想到一个便捷方法：先在手机上定好闹钟，端坐在正对鼓楼的长椅上，再将自己催眠（例如在自己眼前晃动手臂），闹钟响时，猛然惊醒，直视前方。但随即我就想到种种不可行处：首先我无法将自己置于在公共场所酣睡且无人看护的危险境地，如果要这么做，必须打电话召女友折回来，在旁"护法"，而如此曲折又会加深这件事在我心中的印象，从而使"机心"更盛。从另一角度说，当人睡醒的那一刹那，最具备初生婴儿的探索品质，试图不顾一切搞清楚自己的境况，一旦开始思考自己为何在此、从何而来，顺藤摸瓜之下，极易产生强烈"机心"，使地震在最后一刻悬崖勒马，引而不发。接着我想到改进方法，或许可以找一部高质量的电影，设置时间自动停止播放，在最后一刻将一部分意识拔出，返回现实，而另一部分意识还殊留于未完的故事中。如此可以将"机心"减削至最少，但相应的弊端是无法保证自己在那一刻涣散的目光与神志能否及时且准确地捕捉到瞬息即逝的震意。在之后四十分钟左右的时间里，我又思酌并排除了数十种方法。思绪纷腾时，蓦然醒悟这么长时间自己的所思所想并未消除半分"机心"，反而复刻、堆叠、丰

杜　峤 | 如何证明一场不存在的地震

赡，使其膨胀至前所未有的惊人程度。我立即抑制自己的思忖。

　　天全然黑沉下来的时候，我在鼓楼下围绕四面红墙散步。红墙是大红，端宁雅正，令人气静。每当我在写作中因为激情抑或颓意而心浮气躁、难以走笔时，便会推开椅子，转向书柜对面的墙壁。墙上挂着一幅名画复制品，亨利·马蒂斯的《红色的和谐》。我凝视它，就如凝视秋旻或洋流。我喜欢红色，宽泛一点说，也喜欢与其鼎峙相抗的蓝色与黄色。三原色都有某种纯粹、深隽、稳固的秉性，不会像橙绿紫一样让我感到气质混杂、荡佚轻薄。例如紫色，它在深红与湖蓝之间踯躅，居无定所，心无定处，如同喝廉价红酒、在背部文刻静美花蝴蝶的忧郁浪子。厌憎往往来源于恐惧，而恐惧往往来源于自身。如果以颜色作比的话，我大概也是三间色之俦。形而上一点说，我飘零在追求小说终极技艺与维持世俗幸福两座大城之间，而女友似乎是二者的维系，一方面，她是我所定义的"世俗幸福"的重要组成部分；而另一方面，她似乎正是因为我异于常人才爱我（如果她确实还爱我的话）。这是古希腊命运悲剧式的诅咒——我虽然罹患目睹摇摆即会睡着的怪病，但自身却无可挽回地活成了一个摇摆之人。这样自我解剖，我对三原色的偏爱及对非三原色的厌憎毫无疑问源于我对稳定、恒久或明晰的向往，其根因又指向我的怪病，哦不，用女友的话说，是我的天赋。随即她那种饱含鼓励与期待的笑容出现在我脑中，今天早晨七点半她破天荒地做好早餐准备将我唤醒时，发现我正在晨勃，于是跨坐上来和我做了一次，就带着这种阳光得不合时宜的笑容。擦拭身子的时候我想，测地震这件事可能对她确实极为重要。我由衷想帮她，但她的反常表现让我觉得自己是只牲口，因为即将干一趟大活儿而被过度饲食。有一刹那我极度好奇若我将这件事搞砸了她会如何反应，怨怒还是冷战，抑或发觉自己早已不爱我，投来仿佛瞥视阳痿者的鄙夷中掺杂怜悯的目光，甚至考虑和我分手。如果她和我分手，我想先知一定是不可或缺的左右因素。他对我前倨后恭，只因发掘出我禀赋的可利用性。或许他心中（或许女友心中亦然，我不愿深想）早已坚信他们俩才是一路人。我和他都异于常人，都是世俗生活的背叛者。我想我们俩若站在一处，影子应当是相差无几甚至一模一样的。或许他只是我的某个投影，或我是他的某个投影。不同的是，女友对我的事业只能持崇敬、赞美、支持等疏离态度，先知所痴迷的事业却能让她真正参与、归附、尽心尽力扑上去。

几乎是带着类似于少年时自渎后撞见父亲的愧怍与绝望，我下定决心要向他们奉献我凭借天赋所能做的一切。我的思路逐渐清晰，直到前一刻，我、女友及先知都将自己锁在铁屋中。他们并不能完全了解我的能力，无可指摘；而我自己还不能破壁，则着实显得愚钝。我对摇摆的感知，早就不止拘泥于视觉。我花五元买了票，进入鼓楼。楼道逼仄，白光悬灯刺眼，每隔十二阶显示出一只"小心台阶"的警示牌。一共就二层，登上后发现比从楼底仰视的视觉印象要低，甚至四周香樟树的枝冠都侵入顶台，像小孩把肥脸搁在课桌上。视线极差，之前略抱幻想的"一览众山小"的景状完全没有出现，四周都被丛木与高楼围堵，只能仰见冲天阳具般矗立的紫峰大厦；俯见公园外车水马龙、无数叛逆少年头发般令人目眩的街道。我在顶台上游荡，游客极少，毫无例外露出与我一般的失望神色。他们嘟囔了几句抱怨之后，开始尝试拍摄几张精致照片，未果后下楼。我一直留在楼上，倚靠在一处没有树冠覆盖的围栏上向下望。

从出生起，我在鼓楼区待了二十多年，甚至读大学也没能逃离。但其命名的原始，鼓楼，到今天是第一次登上。这大概是本地人的顽固与骄傲之一：景点是

杜　峤 | 如何证明一场不存在的地震

给外地游客玩的。正如外地游客吃桂花鸭，本地人吃章云板鸭。从这一点看，金玉（如果我的特异之处与鼓楼的声名能算上的话）其外败絮其内，独一无二而百无一用，算是我与鼓楼同病相怜之处。我保持倚靠的动作大概持续了半个多小时，渐渐感到自己与这座鼓楼融为一体。在这种广博的寂静中，我进入某种暂时隔绝的状态，开始思考我的怪病抑或"天赋"对我生命的意义。我觉得这更像是我对于"悬而未决"的偏好，只要某样事物尚未决绝地倒向一边、尚未尘埃落定，它就像旋涡般令我惶惑且迷醉。我忽然意识到，今天是我的高光时刻，这种独自游逸于无数如繁花般开落的可能性之间的紧张与激情，是往常厨房污水般的庸卑日子永远无法提供的。或者说，它是某个警醒：我永远不能停歇，永远不能降落。我感到我的灵魂逐渐升起，与先知和女友立于同一处山巅。我终于明白了女友对我的期望与失望。某个时刻我几乎升起一种盲目自信，我站在这座鼓楼上，就如同安泰俄斯，它成为我肢体的延伸与拓展，只要地震降临在这块土地上，即使仅仅持续千分之一秒，我都能敏锐而笃定地捕捉到它的足印及身影。我可以向它致意，招手挽留它。如果它执意离开，我也可以追随它，背上旅行包，与它游历万乡。甚至我脑海中冒出恶毒的念头：如果先知要夺走我的爱情，那我为什么不能夺走他的地震呢？由于自身的灵觉，我会成为比先知更亲和、更知心的挚友。况且我也并非全无经验，女友之于我，正如地震之于先知，独一无二、不可捉摸、稍纵即逝。当然，这只是千万种未来设想中微不足道的一种而已。它给我的启示是：我们还来得及追逐任何可能性。与这些纷杂思绪同时升起的一缕机心，也迅速融进我脚下的这座古老建筑，如激流融入大洋，瞬间无影无踪。我知道我做好了所有准备。这件事结束后，我希望和女友开诚布公地谈一场，无论它最终将延缓什么、加剧什么或是割断什么。在此之前，我们还需和先知共度后半个晚上。我预备请他喝酒，就去补天巷口那家新疆餐厅，他们做的大盘鸡菜量极大，肉烂而鲜，以板栗代土豆，堪为绝配。我和女友两人吃会剩一半，所以不常去。今晚加上先知正好。如果他也喝酒的话，我们就对饮冰啤。来日方长，往后还会有一万次地震、一万次登鼓楼、一万次对饮。在我所阅历的生命里，没有什么欢欣与悲恸是不能在酒里恰得其宜的。

《作品》2022年第8期

肖星晨

肖星晨，1993年生，江西吉安人，北京师范大学文学创作方向硕士毕业。作品发表于《人民文学》《滇池》《文艺报》《中国艺术报》等，现为高校青年教师。

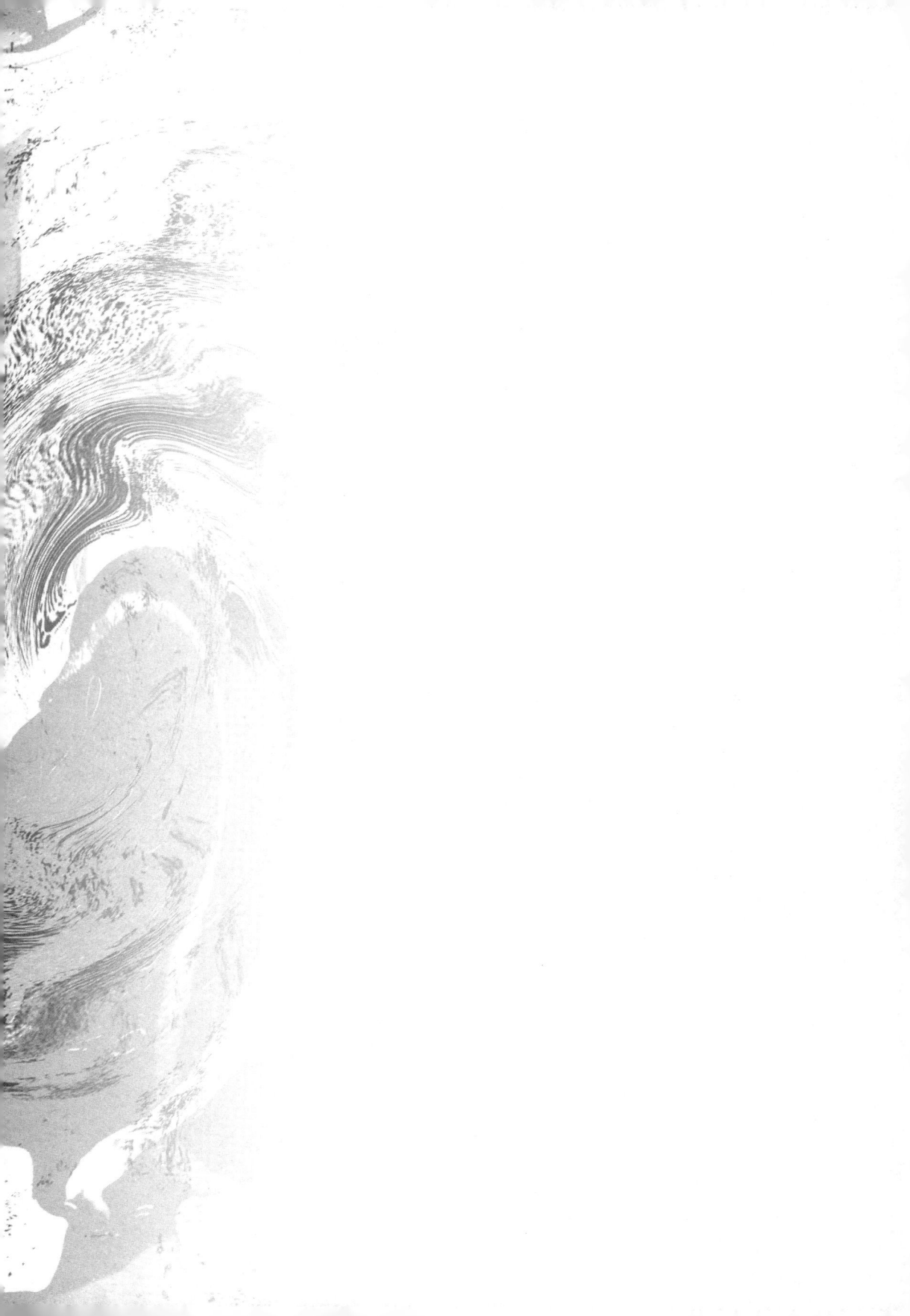

冲浪练习

飞机将起落架收回舱内时，周芸正在阳台上晾衣服。她抬手掀起湿漉漉的床单一角，看到飞机昂起头，努力地攀升。她想起今天早上同事们谈论的新闻，关于西雅图机场，有一个在那儿工作了二十多年的地勤偷走了一架飞机，因为她想去看一头正在游向北冰洋的鲸鱼。周芸想象着那个画面：在荒凉的大海里，一头鲸鱼露出了它被藤壶侵蚀的背脊。等周芸回过神，她看到自己还剩下半桶衣服没晾完。

其实刚住到一起的时候，张志诚还会不好意思地说，哎呀，今天忘记晒衣服了。但争吵几次之后，逐渐他就习惯了。他说衣服不用洗得那么勤，你没听说别人还"养牛"呢，牛仔裤之类的，不能洗得那么频繁，得"养着"。周芸也逐渐找到了和解的方式，她把日常的家务当作打坐修行，这也是她接受张志诚身体的方式。在不断重复拧干、挂上、撑起、晾干的过程中，她的思想是自由的。而且往往肉体越是机械，思想就越是自由。

"矛盾存在于一切事物中，贯穿于一切事物发展过程的始终，即矛盾无处不在，无时不在。"她默念。

思想是主动的，周芸是被动的，她仅仅是四肢舒展地漂浮在自己脑海里。意念流过或深或浅的脑回路，两岸隆起粉色的大脑组织，青色的血管像河网一样覆盖其上，金色的闪电劈开水波，如果没有张志诚仿佛受尽委屈的呻吟，那会是灵感出现的时刻。

她坐到智能马桶上，没事可做，低头凝视自己摊开的手心，难道真的能从这些错综复杂的纹路中读出一个人的命运？她想着早上显示加号的验孕棒。因为不敢相信，测出加号之后她又立刻下楼，在药店里买了两根不同品牌的验孕棒，但显示的都是同样的结果。

早晨，在同一个空间，她冒着冷汗，盯着容器里的液体被缓缓吸上验孕纸，盯着那条肉粉色的线不断加深。生命的诞生总是伴随着肮脏的事物吗？据说女人生孩子的时候大小便可能会失禁。周芸想。

她接着又想起去X航面试的那天早晨，天空下着毛毛雨。他们被分成十人一组，以序号相称，像耳朵上打了标签的牛一样被驱赶着，从等候的场地往面试的房间转移。他们走过一条像登机廊桥一样的走廊，可以透过玻璃看见不远处的停机坪上正在起降的飞机。走在她前面的是个男生，她立刻意识到自己被分配到这个位置非常倒霉。在学校的时候她就领教过这个规则，班上仅有的两个男生总是会受到一些"优待"。老师们的说法是，这事太辛苦了，让男孩子来做。周芸走过走廊的时候开始祈祷灾难降临，如果这时候地震了，面试还会继续吗？

她用卫生纸包住三根验孕棒带出了门，扔在了小区的垃圾桶里。她站在垃圾桶旁边打电话给主管，告诉他自己生病了，要请病假。

"这不符合公司规定，你有三甲医院的病例证明吗？而且要提前两天跟我说。"

周芸很烦这个男人的声音，他的嗓子已经因为抽烟彻底废了，说话的时候还总是慢吞吞地拖长尾音。在周芸刚入职的时候，主管不知道她有男朋友，追求过她一阵。之后像是为了避嫌，在涉及周芸的工作上，总是非常严格地遵守公司规定。

"我知道了，我明天交给你。"她懒得再跟他多说一句。

现在周芸躺回了床上，张志诚伸出一条胳膊给她枕着。
　　"我想去海南旅游。"周芸说。
　　张志诚另一只手在滑手机，他一边刷着短视频一边回答她："好啊。你想去哪里？"
　　周芸把他的胳膊从自己的脖子下面抽出来，枕回了枕头上，侧身躺着背对着张志诚。
　　"我想睡觉了。"她说。
　　张志诚笑嘻嘻地说："怎么这么早就睡觉了？不是你的风格呀。你不是不到两点决不睡觉的吗？你不是熬夜王吗？"
　　"你神经病。"周芸骂他，听起来是真的生气了。
　　张志诚抓住周芸的肩膀把她扳过身来，轻而易举，像抓一只小猫。他用双手箍着她，周芸使尽全身力气想挣脱，张志诚还是笑嘻嘻的。
　　"怎么了，老婆？怎么生气了？"
　　周芸放弃了挣扎。她想抬手扇张志诚一个耳光，但又找不到什么合理的理由。她当然不会真的打他，她能打得过他吗？张志诚一只手就能把她控制住。不过周芸也确信，张志诚绝对不会伤害她。之前两个人闹着玩的时候，张志诚不小心抓疼了她的手腕，还道歉了很久呢。
　　周芸转过头，飞快地在张志诚的嘴唇上亲了一下，然后问他："你爱不爱我？"
　　"当然爱呀。"张志诚抱着她的手松开了，周芸调整到一个舒服的姿势。
　　"我想去海南旅游。"周芸重复了一遍。
　　"你说去哪儿就去哪儿。"张志诚回答。

青春文学

周芸一直都没弄明白张志诚是做什么工作的，她问过几次，张志诚只说做工地的。如果继续追问，做工地具体要做什么，张志诚就会反问："你真的想知道吗？"他会说，"很难解释，说了你也听不明白"，或者，"都是些很无聊的事情""很复杂""下班了不想谈工作"。他说他不想让周芸为他担心。他说，他负责赚钱，周芸负责花就行了。周芸有固定的工作时间表，每周工作五天，白班的时候两小时一换班，夜班分大夜小夜，大夜不能合眼，下班回来一睡就能睡一天。张志诚则大部分时间都待在家里，他的工作都是通过电话完成的。他每天总是有很多电话，有时候是打出去的，有时候是打进来的。打电话的时候他总是把自己关在另外一个房间，他说他不想打扰周芸。

或许也是不想让我听到他在讲什么，周芸想，但她从来没有偷听过，她认为张志诚想告诉自己的时候自然会说。

张志诚对周芸很大方，在开始考虑结婚之后，张志诚马上就带她看了房子。周芸选了一套两层的洋房，签合同的时候，他让周芸把名字写在前面。张志诚好像也从来不担心钱的问题，每当周芸开始抱怨耳机那头的飞行员很傲慢、主管不当人一下班就开会、指令一会儿中文一会儿英文压力太大的时候，张志诚就会说，要不你辞职别干了。周芸有时候会很动心，她感觉张志诚很爱她，也很有钱，能够负担得起他们以后的生活。

如今看到验孕棒上的加号，周芸反而有点儿临阵退缩。她想起和她一起进公司的女同事，因为是同一个学校毕业的，刚入职的时候两个人关系很好。女同事是空姐岗，但是背景和她一样，没有什么人脉，进去后被安排在几条红眼航班线上，每次执飞都累得够呛。女同事恨恨地说，等转正我就去生孩子去。后来她果然一转正就生孩子去了，一百五十八天法定产假休满，还找医院开了一个难产证明，多休了十五天。周芸觉得不应该用这种方式来解决问题。

周芸想，如果张志诚说不去海南，或者他说换一个地方，那她第二天就找个医院把孩子打掉。如果他说好，那她就在旅行过程中告诉他，她怀孕了，但是她不想要。

去海南的路上，周芸始终没有找到合适的时机开口，或者说她总拿时机作为一个借口。她担心张志诚的反应，虽然她肯定张志诚会很高兴，但他不会像那些外国人拍的视频那么夸张。他会打电话告诉他父母，也会催周芸打电话给她的父母。但是他不会问周芸，你是怎么想的，你想不想要这个孩子？他也不会问她，孕妇需要买一些什么东西，是不是现在就要开始吃叶酸？他会说，你给我妈妈打个电话，她带过我姐的孩子，她很在行。另外，周芸总感觉，这件事说出来之后才能成为既定事实，似乎只有在她告诉其他人，她的肚子里存在了一个小孩之后，孩子才正式开始在她的子宫里孕育。在此之前，那只是一片黑暗的模糊地带，一些血液、羊水、细胞组成的可能性。就像夜里飞机落地，从凤凰机场开车到预订的酒店，经过三亚湾路的时候，周芸知道大海就在她的右手边，她能听见海浪声，闻到海风咸腥的味道，但是只能看到一片黑暗，所以她无法确定那就是大海。

张志诚想要睡懒觉，他让周芸第二天早上醒了不要叫他，自己去吃早餐。餐厅在一楼，连接着酒店大堂，但是酒店地势比较高，所以有一个很大的弧形挑空露台。露台对着大海，下面有一处修长的景观水池，蓄满了水，水池周围围绕着叶片宽大的热带植物。从露台上看过去，水池就像一直延伸进了海里，坐在露台上就像坐在海面上。椰青沙白，海风吹拂，只不过这些景色和空气都是需要掐钟付钱购买的。周芸边吃边想，真奇怪，家里的琴叶榕、橡皮树、虎皮兰，放在房间最通风的地方，每次浇水都浇透控干，最后还是死得一盆都不剩，在这里却能长得这么茂盛。她慢慢地把早餐吃完了，还没有等到张志诚的身影，所以决定一个人出门，在周围转一转。她穿过酒店大堂，走下博物馆一般的白色石阶，沿着景观水池一直走到海边。

这边有一家咖啡店，还没有开门，还有一间酒吧，可能刚刚关门。正在营业的是一家沙县小吃，门口停着一辆叫卖特产的三轮车。有两个长租在附近公寓的老太太，拉着一辆小推车，从摆在路边的泡沫箱里面挑虾。周芸也过去买了一个椰子，她想着等会儿带到沙滩上拍几张照片发朋友圈。

周芸在树荫下坐了一会儿，感觉那个椰子成了一个麻烦，她想脱鞋走到海水里，又怕椰子放着被人家给拿走了。她有点儿不高兴地想，张志诚就是这么一个无聊的人，每次出来玩对他来说不过是换一个地方玩手机和吹空调。他也不会游泳，周芸去游泳的时候他只能在泳池边躺着，而且白天嫌太阳晒，晚上嫌蚊子多。周芸只能继续坐在树荫下，看着大海，她很难不注意到那些在海里冲浪的人。这时候有个电话打了进来，她从包里摸出手机，发现是她妈妈。

周芸叫了一声"妈"。妈妈问，最近怎么样？工作顺利吗？和张志诚还好吗？

"挺好的。"周芸回答。

"你们最后订好酒席了吗？订了多少钱的？"

"三千八百八十八的。"

"就是中间档？"

"嗯，中间档。"

"中间档也挺好的，性价比比较高。我看了那个五千八百八十八的，和这个的菜也差不多，就是多了一个龙虾，还有那个扇贝换成了鲍鱼，其他都是一样的。中间档的挺好。"

"嗯。"周芸含糊地回答。

她妈妈还在说着酒水、礼金的事情,周芸一边答应着,一边看着海水中浮沉的人影,有个人从冲浪板上狠狠地摔下来了,被海浪吞没。

得找个地方学冲浪,周芸想,就像之前向张志诚提出要去海南一样,这个愿望现在变得很迫切。她还想把自己晒得很黑,想编脏辫,想往鼻子、嘴唇、肚脐眼上打洞。

周芸选了一家只有英文招牌的店。店铺门脸全都被漆成了白色,只有门头上挂着一个霓虹灯招牌,"Osaka Surfing"。玻璃橱窗里面挂了两件冲浪服,手写的卡通字体标注:本月新款,日本制,耐磨防滑,九五折。店里面的音乐隐约传了出来,一首爵士乐。周芸有点儿后悔没化妆就这么出门了,但她又想,也许这样显得更户外,更热爱自然。有个男人像是刚从海里上来,他反手把冲浪服背后的拉链拉开,裸着上半身站在店门口冲水。他拧开水阀,没有喷头的光秃秃的水管里喷出水柱,他站在下面镇定自若,街道就像他家的淋浴间。

周芸走了进去,发现店里没人。这时候冲水的男人从外面走进来。

"学冲浪吗?"他还光着上身,腋下夹着一块冲浪板。室内的光线比较暗,但是离得很近,他胸膛上的文身一目了然。那是一个裸着上身的外国女人,像九十年代美国电影海报上的女人,复古风格的脱衣舞女郎,蒂塔·万提斯? 周芸飞快地看了一眼,觉得不太礼貌就把视线移开了,看着沿墙竖着摆放的一整排冲浪板。她回忆着刚刚看到的文身女人乳房上写的名字,ANNA,这是他女朋友的名字吗?

男人冲周芸热情一笑。"你先坐,等我一下。我马上。"

"这里有拿铁吗?"周芸指指入口吧台上的小黑板,上面写了一些咖啡的名字,用的也是橱窗上的卡通字体。周芸不太清楚学冲浪要花多少钱,她想如果太贵了她就不学了,点一杯咖啡坐着显得没那么尴尬;也可以向这个男人显示,她并不是没有钱，喝几十块钱的咖啡是她的日常习惯。

"做咖啡的人不在，他（她？）去冲浪了。"

周芸想，这里的人都是这样工作的吗？

男人在店铺最里面的一道屏风后面换衣服，窸窸窣窣的声音从屏风后面传过来，周芸不知道该往那边看还是不该往那边看。还好他很快就换好了衣服，从后面走过来，穿着白色的T恤，T恤上印着"JACK DANIELS"，一个威士忌的品牌。他手里提着一个桶，桶里面装着湿冲浪服，路过了周芸，就好像她是一个来家里做客的熟人，知道怎么调电视频道，知道自己去冰箱里拿吃的，所以完全无视了她。他走到了店外面刚刚冲水的地方，往桶里放水把冲浪服泡起来，反复拎起来又浸下去几次，才满意地把它捞起来放到了旁边的一个铁架子上晾着。周芸看着他，想起了张志诚说的话：衣服不用洗得那么勤，你没听说别人还"养牛"呢。说这话的时候，张志诚躺在沙发上，手里握着游戏机的手柄，脚下还放着一罐可乐。

"你先加我微信吧，我叫马健涛。"

马健涛给她介绍课程的时候，周芸觉得自己很难集中注意力，她一直想看清楚他瞳孔的颜色，一半棕色一半蓝色，她想确定是不是光线的原因。最终她忍不住问了。

"为什么你的眼睛是这样的颜色？"

"我是混血。"

"真的吗？"周芸不太相信，因为他身体的其他地方看不出任何外国人的特征，而且他有很浓的北方口音。最重要的是，周芸觉得马健涛这么说让她显得像个傻子。虽然她还是很好奇：难道看多了海水，连眼睛也会变蓝？但是她没有再问下去。

"我和家人一起来的，来了好几天了。"周芸不知道自己为什么要把张志诚称呼为家人，但她忍不住继续补充说，"他们每天都在宾馆吹空调，我觉得好无聊。"

马健涛拿出一个本子，上面写着冲浪课的价钱。一对二的一节体验课是六百块钱，一对一的话一节课是八百，如果一对一报三节课进阶的话，可以给她打个折，只收两千。

"有没有其他人跟你一起学？"

"没有。就我一个人。"周芸想了一下张志诚，但她觉得他肯定不会来。

"那你来之前可以在微信上提前跟我说一下，我看看能不能给你拼一个人，这样就给你算一对二的价钱。"

周芸点点头，她没说报还是不报，她觉得不着急，反正加了马健涛的微信，回去决定了也能在微信上和他联系。马健涛好像看出了她的心思。

"没关系，你再坐一会儿吧。报不报都没事，真的。"

马健涛从吧台后面的一个锡纸袋子里舀了一勺咖啡粉放进过滤纸，泡了一壶咖啡。他自己喝着又很自然地倒了一杯给周芸。接着他拿起桌上放着的一个三明治。

"你中午就吃这个？"周芸问。

"对呀。我喜欢吃三明治，我觉得比中餐好吃。"

周芸不能理解，但是也没有说什么。她开始抱怨周围没什么好玩的，海看久了也就那样。

"真无聊。"周芸不停地重复，"这里天气真热，没什么好玩的。"这语气就好像她是迫不得已才到海南来的。

"你平时也可以来我们店里坐坐，不报班也没关系，可以过来聊天。"

周芸回去翻了马健涛的朋友圈，里面没有任何关于冲浪课程的宣传，反而转发了很多美国职业橄榄球比赛的信息、一些爵士乐的链接，还有一些他读过的书。"不会只有我一个人从来没看过金庸的书吧。"他有一条朋友圈写道。往前翻一点儿，他拍了一本书的封面，书的名字是《在路上》，作者是杰克·凯鲁亚克。周芸总觉得这个名字很熟悉，晚上洗澡的时候她想起来了，有一首歌的歌词是"再见，杰克，再见，我的凯鲁亚克……"周芸用手机放了这首歌，歌手不停重复唱着这两句歌词，周芸觉得有点儿厌烦，又关掉了。

张志诚问周芸："你上午去哪儿了？"

周芸告诉他自己去了一家冲浪店，约了第二天上午的冲浪课。

她问："明天你去吗？我让教练加一个人。"

"不去。"张志诚摇摇头，"你自己多注意安全。"

周芸洗完澡出来，张志诚带她出门吃晚饭。他们一前一后骑着共享电动车，沿着海边的公路想找一家饭店。这一片只有临海的这条街比较现代化，再往前就骑进村里了。五星级度假村和村民的自建房、咖啡店和村里的食杂店互不干扰，形成了一种奇怪的和谐。周芸看到"Osaka Surfing"的霓虹灯亮起来了，门口有几个人围坐在露营用的蛋卷桌周围，坐着露营用的折叠椅，桌子上放着啤酒。她伸手指给张志诚看，告诉他那就是自己订课的冲浪店。

"我的教练是个混血。"

"是吗？"张志诚也很感兴趣。

马健涛看到了周芸，跟她挥手。张志诚说："过去打个招呼吧。"

马健涛很热情地邀请他们吃完饭过去坐坐。等周芸他们回来的时候，马健涛的朋友已经走了。店里的音乐开得震耳欲聋，即使面对面也很难听清楚对方说的话，所以马健涛说话的时候，周芸只能凑过去，两个人的脸靠得很近。但是周芸好像很乐意让张志诚看到似的，不管马健涛说什么，她总是表现得很有兴趣。张志诚有点儿不高兴了，他的话越来越少，最后干脆不说话了，抱着手坐在一边，扭头看海的方向。

"你们早点儿回去吧，你男朋友是不是累了。"马健涛对周芸说。

周芸想，他明知道张志诚不高兴了，还能镇定自若地扮演一个主人的角色，所以她挑衅地盯着马健涛说："我男朋友工作比较辛苦，他很忙。"

"能理解，现在的年轻人工作都很累，根本没有下班时间，随时一个电话就把你叫回去加班。"

"这么说你也工作过咯？"周芸随即问马健涛之前在哪里待过。

"青岛……厦门……上海……"

"你以前在上海？做什么？总不可能在上海教冲浪吧？"周芸笑着说。

"搞钱。"

周芸不喜欢马健涛描述工作时的态度。他现在一个月赚多少钱？能有多少人来学冲浪？这里的旺季也不过就是春节的两个月。他租着便宜的农民自建房，骑一辆二手摩托车，凭什么装作一副老成的样子，有什么资格看不起她和张志诚这样的人？

马健涛打开一罐啤酒递给张志诚。"喝点儿，兄弟？"

张志诚接过来。

"这是生啤，会有点儿酸。"

张志诚尝了一口，仔细地回味了一下，慎重地说："我觉得还好，我平时喝黑啤比较多，所以这个酸度我觉得还好。"

他们俩碰了一下杯子。周芸饶有兴致地观察着眼前的两个男人，惊讶地发现气氛竟然越来越融洽起来。马健涛问周芸要不要也喝一点儿。

"她不喝酒，她喝可乐。"张志诚说。

周芸反问:"你怎么知道我不喝?"

"你平时什么时候喝过酒?"

"你怎么知道我现在就不喝!"

"你喝吗?"张志诚问。

周芸不理他,直接对马健涛说:"我不喝酒,我喝可乐。"

周芸本来认为张志诚不太喜欢说话,但是他现在竟然滔滔不绝起来。张志诚说很羡慕马健涛的生活,白天面对着这么漂亮的大海,晚上坐在自己店门口和朋友喝酒聊天;而且自由自在的,想什么时候休息就能休息。他说他觉得自己的工作环境很糟糕,每天都要面对那些很难缠的工人。

"确实。"马健涛似乎深有体会,"之前卖团购课比较便宜,遇到的顾客什么样的都有,现在做一对一之后价钱高了,遇到的顾客素质明显高了很多。"张志诚一边听一边点头,有点儿相逢恨晚的意思。但马健涛说这些的时候,冲周芸眨眨眼,然后轻蔑地笑了笑。他给张志诚又开了一罐啤酒,转身坐下来,对着周芸说:"现在遇到的顾客都很好,就比如你呀。"

"你这个教练挺有意思。"骑车回酒店的路上,张志诚说。

"我觉得他挺油腻的。"

第二天周芸按照约定的时间来店里找马健涛,但是没有看到其他的人,她问马健涛其他人还没来吗? 马健涛说,昨天约好的一个人临时改了时间,所以今天只有她一个人。不过他让周芸放心,虽然是一对一,但是他也只收她一对二的价钱。周芸想,如果他愿意给她提供这样的优待的话,她也可以接受,她今天对自己的外貌很自信。

马健涛和周芸扛着冲浪板走到沙滩上。他说下水之前,周芸得先记住一些注意事项，事关她的生命安全。

"首先，要检查一下脚绳是不是绑紧了，板子是有浮力的，如果你掉进海里，绑着脚绳板子就不会漂远，你就能抱着板子浮起来。"

"眼睛要紧紧盯着浪，有浪过来的时候要压低板尾，让浪从板子下面过去。记住！……嘿！嘿！"

马健涛在周芸后脑勺上拍了一下，提醒她集中注意力。

"认真听，不然你会有生命危险。"

"别吓唬人。"周芸虽然这么说，但表情显然有点儿紧张。

"推板入水的时候，绝对绝对不要站在板尾！如果一个大浪打过来把板子打翻了，就会正好打到你的头，能直接把你拍晕。如果在水里晕过去了，你会淹死。明白吗？"

周芸点点头。她感觉马健涛好像进入了另一种状态，不是不关心销量的店员，也不是侃侃而谈的社交达人，他变成了一个认真的老师，一个不容置疑的权威，而自己此刻在他面前，不受控制地只能乖乖服从。这种状态她很熟悉，她在主管身上见过，也在张志诚身上见过。

"现在教你在板上的起势。你先趴到板上，伸直手，头抬起来，眼睛看向手的方向。你往下面一点儿。"

周芸感觉到马健涛的手握住了她的脚踝，往下拽了一下。她脖子上起了一层鸡皮疙瘩。

"一、趴好；二、手撑到胸两侧；三、双手用力抬起上半身；四、脚背划过板面迅速站起来。"马健涛给周芸演示了一遍。他没有穿冲浪服，只穿着泳裤，全身都很结实，肌肉紧绷，晒成小麦色的皮肤裸露在阳光下，非常耀眼。他一点儿也不介意暴露在别人的目光中，没有任何不自在。反而是周芸很不自在，她一直避免去看马健涛胸口的文身，还有他很紧的泳裤。

"你躺歪了。"

周芸感觉到马健涛的双手放在她腰的两侧，轻轻捏了一把，把她扶正。他的手离开之后，手的触感还留在皮肤上。

"这样对吗？"周芸回过头问。

马健涛的双手又放了上来，覆盖在上面。"再稍微往右一点儿。"

"这样呢？"周芸自己调整了一下，焦急地回头去寻找马健涛的眼睛。

"这样就差不多了。"

在岸边被碎浪花推着站起来了几次之后，周芸很开心。他们俩也更熟悉了，有了更多的肢体接触，他们像做游戏似的，把手放在对方的腰上、小腿上、肩膀上、后背上，动作更自然也更大胆。玩了一会儿，马健涛站住看了看浪，带着周芸往海里面走。周芸控制不好冲浪板，走得很费劲。马健涛说，要不你趴在上面，我推着你往里走。

"我教你怎么抓绿浪，一般的教练都不会教的。"他又说。

周芸趴在冲浪板上，看着板下面的海水颜色越来越深，回头再看看沙滩离得越来越远，岸上的一切都在缩小，只剩下无穷无尽的深蓝色海水，只剩下海水冲击着的她和马健涛，周芸心里有点儿发怵。马健涛忽然推了一下冲浪板，双手离开了板沿，踩水游了起来。

"哎！哎！别走别走！"周芸伸手想抓住马健涛。她虽然会游泳，但在这么深的海水里，心里一点儿底都没有。

马健涛游到了板子的另一边，重新抓住板沿，他的脸和周芸靠得非常近，周芸能闻到他呼出来的气息，热烘烘的槟榔味道。他抓住周芸的手，安慰周芸别害怕，有他在旁边没事的，他只是把板头换一个方向，让它冲着沙滩。他还开玩笑说，现在他们有点儿像《泰坦尼克号》的杰克和罗丝。

"你是做什么工作的？"马健涛问。

"机场塔台的管制。"周芸回答。

"你在机场工作？难怪，你长得很漂亮。"

马健涛说她昨天来店里的时候他就被惊到了。周芸说管制不是空姐，只是一份普通的工作，而且她也没看出来，马健涛当时在店里走来走去换衣服，她感觉他根本就没怎么注意自己。马健涛说不是这样的，是因为她太漂亮了，他都不好意思跟她说话。周芸问马健涛怎么会想到做冲浪教练的，她觉得做这个一定需要很大的勇气。马健涛说对于他来说并不需要什么勇气，他喜欢冲浪所以就做了冲浪教练，理由就是这么简单。周芸说她有时候也很想辞职不干了，离开所有人，到一个谁都不认识的地方重新开始，但是她没有这种勇气。马健涛说，他能理解这种感觉，人总是身不由己，其实大家都一样。

马健涛说这些话的时候，手肘支在冲浪板上，一直拉着周芸的手。周芸把话题岔开。

"你在电视上看到过那个新闻吗？西雅图机场有个地勤，偷了一架飞机开上了天。"

"没有。"马健涛说，他不关心天上的事情，他只关心海里的事情。

"我感觉海里和天上是一样的，都是另外一个世界。"

周芸说，那个西雅图机场的地勤偷的不是那种小的直升机、私人飞机，是一架真的飞机，波音737。她把飞机开上了天，但是不知道怎么把它降落下来。塔台一直在给她发指令，教她怎么降落。她对塔台说，她想开着飞机去看一头鲸鱼。因为她从报纸上看到，有一头鲸鱼刚刚失去了自己的孩子，现在这头鲸鱼驮着自己的孩子，离开了群体，正在向北冰洋的方向游去。她想去看看那头鲸鱼，但是她找不到它，油快用完了，她发现自己不会降落。她一直在跟塔台说对不起。

"说'对不起，我不应该偷走飞机，请你们帮我降落'？"

"不是。"周芸摇摇头，"这个偷飞机的人，她是一个女人。"她补充了一些细节，但好像非常困扰地，她紧皱着眉头，"你说她都已经四十三岁了，在机场工作了这么多年，到底为什么那天就不能像往常一样呢？为什么她一定要去看那条鲸鱼呢？"

马健涛等着周芸继续说。

"这个女人对塔台说的是，对不起，我把一切都搞砸了，给你们带来了麻烦。现在飞机要坠毁了，所以我想对你们说声对不起。"

马健涛和周芸都沉默了一阵。然后马健涛打破了沉默，他说，不聊了，我们继续冲浪吧。

"浪来了！快！一，趴好！二，手撑到胸两侧！三……对，站起来！"

周芸听到马健涛在身后大声喊，她感觉到海浪追着她，抓住了她的腿，把它们抬了起来。她感觉海水很暖和，涌动到了她的身体下面。忽然，温柔的假象被撕碎了，海浪贪婪地卷起了眼前的一切，卷起了天空，天空翻转，向她扑过来。她掉进了海里，因为恐惧一直大睁着眼睛，但什么都看不见。浪把她狠狠地按在下面，撕扯着她，水从四面八方挤压着，如此沉重，她伸手去抓却什么都抓不着。她张开嘴想呼吸，海水又堵住了她的嘴，涌进她的喉咙，逼出她的眼泪。她忽然意识到自己可能会死。

终于，有一双手从后面抱住了她，把她托举出海面。她上半身趴上冲浪板，一边大口喘气，一边大声哭了出来。

"我怀孕了！我是孕妇！"

马健涛也慌了，他推着周芸往岸边游，嘴里嘟嘟囔囔。

"孕妇也不早说。"

周芸忍着不发作，只是哭。等他们终于到了岸上，周芸质问马健涛："你刚刚说什么？"

"没说什么。知道自己是孕妇干吗还来冲浪？"

"你他妈以为你是谁？你还想教别人能干什么不能干什么？你以为你读两本书就是人生导师了？你以为你冲个浪晒黑一点儿文个身就是潮人了？就与众不同了？"周芸大声地骂着马健涛，让他离自己远一点儿。她威胁要把这件事告诉张志诚，还要告诉他，马健涛在教她冲浪的时候是怎么摸她的。

"泼妇！这个女人脑子有病！"马健涛对围过来看热闹的人说。

马健涛丢下周芸一个人在沙滩上，自己扛着冲浪板走了。周芸穿着湿的冲浪服走回了酒店。打开门，张志诚看到她狼狈的样子，赶紧问她怎么了。她说没事，有点儿着急上厕所就先回来了，待会儿再去店里还衣服，和教练说了。

洗完澡出来，周芸觉得很轻松，这一阵子第一次感觉这么轻松。这具身体此时是那么崭新而又可爱，干净、柔软、香喷喷。她让张志诚抱着她不要动，他们一起看着落地窗外面的大海。她问张志诚今天上午干了什么，张志诚说睡到十点钟才起来，下去吃了早饭。然后他急急忙忙站起来，从门口拿来一个黄色的购物袋。

"我上午在免税店买的，店员说是防水的防晒霜，冲浪也能用，你不是怕晒黑吗？"

周芸抱住张志诚，在他的脸上亲了一下。

"我不去冲浪了。"她说。

"怎么不去了？不好玩吗？"张志诚问。

"没想象的那么好玩。"

周芸感觉张志诚好像很失望，她想，他大概还希望马健涛邀请他今天晚上去喝酒聊天，如果自己突然不去学冲浪了，他再去找马健涛喝酒有点儿不好意思。

"你待会儿把我的冲浪服拿下去还给马教练吧，我累了不想动。"周芸说。张志诚说没问题，他显然又高兴起来了。

张志诚出门之后，周芸推开阳台的落地窗，走到了外面。她俯瞰着张志诚走下白色的石阶，看着他沿着景观水池一直往前，他的身影在她的视线中越来越小，直至消失。周芸意识到房间里只剩下自己一个人，她下意识地去摸自己的肚子。"你希望摸到什么呢？"周芸反问自己，她知道才一个多月什么都摸不出来，但是她很希望此刻能感受到有生命在肚子里存在的证据，她希望听到微弱但是有力的胎心，希望小家伙用手在她的肚子上顶起一个小小的鼓包。周芸拿起手机打给妈妈，她问妈妈，你现在在干什么？妈妈告诉她，在深圳的舅舅上个星期退休了，今天回老家来看外婆。舅舅准备在他们小区买一套房子，以后和他们家做邻居，抱团养老。妈妈正带着舅舅看房子，她让周芸跟舅舅打个招呼。舅舅问周芸，她和张志诚准备什么时候要小孩。妈妈赶紧拦住舅舅让他别问了，小辈有自己的安排。妈妈问周芸这个月会不会回家，舅舅带了鱼胶，等她回家给她煲汤喝。周芸说，好，她明天就回家。

挂断电话之后，张志诚还没有回来。楼下泳池里小孩打闹的声音、房间里空调运转的声音、风摇晃椰子树的声音、她自己呼吸的声音，这些声音让世界显得更加安静。周芸看着远处潜伏着的海面、铅灰色的天空，她听到身后房间里一直开着的电视机的声音，新闻里正在播报，台风即将在海南登陆。

《人民文学》2022年第11期

王莫之

王莫之，1982年生于上海，中短篇小说散见于《收获》《花城》《上海文学》《青年文学》《小说界》等刊物，著有长篇小说《现代变奏》《安慰喜剧》、短篇集《310上海异人故事》。

弹性姑娘

1

外婆八十岁生日那天许了一个愿望,她想去上海,而且点名要我陪同。我那时正放暑假呢,平常又因为爱读旧上海的小说,倒是很愿意陪她达成这个心愿。听母亲说,外婆一辈子没出过远门,六七十年代干脆孵在家里,连大门都不迈,除非别人硬拉她出去。

外婆这辈子过得很苦,你对外婆好一点——自我懂事以来,母亲经常对我念叨这句话。这次她讲完这话,给了我一千块钱,叮嘱我藏好,别丢了,明天去买火车票,剩余的路上开销。我满口答应。她又说,把外婆照顾好,路上多陪她说说话,她最疼的就是你。陪她说话特别累,我说,有时候是她觉得累,有时候是我觉得累。母亲不理解我为何会产生这样的想法。我说,因为外婆总是敷衍我,有时候我问她以前的事情,她总是说,记不清了,记不得了。母亲笑说,傻孩子,外婆年纪大了,记性不好这不很正常嘛。

类似于这样的对话,我可以说是习以为常了。和外婆一样,我母亲的记性也是忽好忽坏的;往事仿佛蘸了隐形墨水,在她们的脑海里留下的痕迹就像家里丢失的什么东西,我刻意去找,劳神费力也没有结果。我懒得与她们争辩,我想,还是赶紧把钱藏好。

那是一九九五年,一千块钱可以买一百多盘流行歌带呢。几天后,我带着

Walkman、两盘自制的英文歌曲集、一箱衣物，还有外婆，登上了绿皮火车。我很享受这样的旅行，跟外婆面对面坐在最后一节车厢，周围乘客不多，火车一跑起来，窗外的太湖跟着耳机里的ABBA乐团一道在唱："You can dance,you can dive,having the time of your life。"

可是外婆并不乐意。于是，我把耳机摘了。

对嘛，陪我说说话，外婆说；她喝着搪瓷杯里的白开水，露出了微笑。随着年龄的增长，我在面对外婆的笑容时总是无可避免地会产生一些幻想。我总觉得，一个女人活到像她这样的年纪，一头银发，满脸皱纹，笑容里依旧透着一丝秀气，上天对她无疑是相当眷顾的。可惜我只见过一张照片——严格来说只是半张照片——能够为我的幻想背书。我第一次见那照片是外婆过七十岁生日的时候，我和母亲为她整理相册；她的相册只保存了她中老年时代的容貌，唯一的例外便是那张结婚照；按照时兴的讲法，那应该是婚纱照，她是真的穿了一身洁白的婚纱，捧着鲜花；那张黑白照片里的陌生女子美得让我惊叹。外公呢？我当时欢喜地把那半张照片摆在外婆面前，问她，这张照片怎么撕了一半，另一半在哪里？我只不过是问了这么一句，那半张照片就被老太太没收了。从那之后，我就很喜欢问她一些过去的事情，她总是答得那么潦草，把阅读分析题当作填空题、选择题来应对，有时我哗啦啦讲了一大堆，在她的嘴里却沦为一道是非题。好在她隔年就从中学的讲台上二度引退，又过上了孵在家里的日子，我有大把的时间向她提问，有时是向我的外婆，有时是向我的英文家教。关于她的第一次退休，我记得她讲过这么一段：我运气还算好，提前退休，不然后面有的苦了。我不知道她后来为何重返讲台，第二次退休为何又如此突然、果决——那时候，学校的校长曾经亲自登门慰留，做外婆的思想工作，希望她再带一届毕业生。

外婆的脾气真是让人难以捉摸，此刻，她希望我陪她说说话，聊什么都行。

王莫之 | 弹性姑娘

见我不为所动,她说,这次去上海,你知道我为什么不让你妈妈陪? 我说外婆宠我,我知道的。她说,我最早去上海的时候,跟你现在差不多大。我哦了一声。她说,你妈妈年纪大了,给她安排这个任务不太合适。我认为外婆的话未免夸张,只是相陪去一趟上海,母亲是绝对适任的。外婆摆摆手说,她不行,她不行。还说这个任务非我莫属。又听到任务一词,我的惶惑更严重了。

外婆说,你下学期就该准备毕业论文了。我说对呀。她说,你上次跟我讲,你想研究孤岛时期的女作家,想去图书馆查资料。我说,外婆绕了那么大一个圈子,原来是为了我的毕业论文。外婆笑了,手中的搪瓷杯顺时针转了半个身位;她说,交给你一个任务。我问什么任务。她说,你如果查资料的话,到时候帮我查一个人。我说查谁。她说,名字不重要,给了你名字你是查不到的。我有点生气,觉得又被敷衍了。外婆说,我讲的都是事实,名字并不重要。我说,那什么重要? 外婆说,经历重要。她以自己为例:比如说哦,你现在要查你的外婆,你得知道她在你这个岁数的时候,由父亲的安排去了上海读书。然后呢,我说。这就是她的任务,外婆说,既然是读书,她在南京其实也是可以读的,何必去上海呢? 我说,对呀,你快讲呀,问我干吗?

外婆不作声。一种对牛弹琴的氛围迫使我们俩都开始补充水分。老太太喝了好几口,看她气呼呼的模样,会让人误以为她这是退回到拳击擂台的边角蓄力呢。随后,她说,外婆的意思是,人在乱世,搬来搬去是很正常的,这种时候你需要一点弹性,要懂得趋利避害。我懂她的意思。为了趋利避害,我没有继续抬杠。我请老人家讲讲她到了上海以后的故事。她思忖后,讲道,我人生中最美好的一段时光,应该说是在上海度过的,我在上海认识了你外公,然后跟他结婚。外婆的回忆在此停滞,她的目光轻轻垂落,凝在搪瓷杯身的那句口号上。火车咔嗒咔嗒响个没完。

我突然想起母亲的生日，由此推导出一个足以颠覆家族史的结论。这次外婆没有责怪我又插嘴，她说，是的，你妈妈生在上海，你大姨也是。由此衍生而出的一些疑问，她统统拒绝回答。她希望我把注意力挪到那个任务之上：她希望我能帮她查一个人。

她要查的那个人是她最要好的女朋友，曾经是旧上海的影剧明星，演过十三部电影，五部话剧，还拍过不少广告；当年没有电视，所谓广告主要是帮大公司拍平面广告，印在杂志上。在那个文艺界普遍学历偏低的年代，外婆的那位女朋友居然拥有大学文凭，先后在南京和上海的两所知名大学里念过书。她在南京念的是金陵大学的中文系，当时给她讲课的有一位名教授，对女同学相当轻慢，要求上他课的女生都坐在教室的后面。教授希望营造一个全体学生专心听讲的氛围，而那些爱打扮的、长得漂亮的女同学，在他眼里，都是会破坏气氛的潜在敌人。尤其是我的那个女朋友，外婆说；她皱了眉头，相当夸张地哦哟了一声，仿佛教授当年的眼中钉此刻就坐在她的对面。

在外婆的回忆里，她的女朋友在金陵大学是不爱学习的。小姑娘更热衷于参加学校的演剧社，排一些类似《茶花女》《罗密欧与朱丽叶》的文明戏，不仅没把学习放在心上，课堂上还闹迟到。像她这样的问题学生，名教授的应对办法就是当堂提一些刁钻的问题，叫她回答，使她当众出丑。可越是这样，课上的男同学越是有理由回头，有理由分神，有理由破坏名教授苦心经营的讲课氛围。每当名教授提问之际，班上的男同学简直成了巴甫洛夫的狗，齐刷刷地回头盯着某几位女同学看，看得人家还没被点到名字呢，脸已经变成了红苹果。

她在南京读了一年的大学，外婆说，肄业，然后被她父亲送到了上海，安排进了光华大学，我跟她都是光华的学生，同寝室，我们是室友。我说，她父亲本事挺大呀。外婆说，有说是经商的，也有的说是当官的，具体情况我不清楚。我

王莫之 | 弹性姑娘

说,你没问过她? 外婆说,问过,她没有正面回答。大体上,外婆对于这位室友的了解主要是在她从影以后,从报刊上读来的;她的身世一直是个谜,后来众说纷纭,不见定论。

我问外婆,你是希望我帮你查她的身世? 身世不用你查,外婆说,你查不到的。那查什么? 我说。你别急呀,你听我讲下去,外婆说,我跟她呢,在大学时代都有一个爱好,我们喜欢看电影,还有电影里的那些插曲。她说她们当年去戏院看电影,看第二遍甚至第三遍,主要是为了听电影里的那几首新歌,听会了就学着唱。那个年代没有流行歌曲一说,当时社会上管周璇、白虹、姚莉(外婆跟我讲这段的时候,我只认识周璇)她们唱的歌叫时代曲,意思是最时髦的歌曲。

看电影,主要是外婆的女朋友出钱。她们去戏院里面听歌,学会几首歌,远不止我想的那样简单;因为,在一个没有磁带没有激光唱盘的年代,一首时代曲的诞生首先是为了服务电影,而后才有可能被灌录到七十八转的粗纹唱片上,成为某种流行文化,或者说时髦的消费品;而那些能够抢在唱片上市之前就能哼唱出时新歌曲的人,无疑是在引领风尚。

如此摩登的室友情谊,并没有因为大学毕业而终止。踏上社会以后,外婆与她仍旧当室友,合租在爱多亚路的公寓里,住二楼。当时二楼还住了一对电影明星夫妻,还有一个医生在二楼开诊所。那医生是留法的博士,当年二十多岁,很清秀,戴金丝边的眼镜,一表人才。电影明星夫妻里的太太很是古怪,有一天突然宣布息影。讲到这,外婆清了清喉咙,喝了一口热水。她说,据说是某天夜里拍完戏在回家的路上被一只猫给吓的,从此不肯出去演戏,今天说这里不舒服,明天说那里不舒服,变着理由去找隔壁的医生看病。久而久之,我们这些当邻居的都看出了一些端倪。她先生也发现了,搞秘密侦察,最后在大东旅馆破了案。

我的身体往后一退,抵住硬座的绿色背套。我说,外婆,你怎么跟我讲这种故事。她反呛道，你爱看的张爱玲小说不也是这种故事嘛。我哦了一声。外婆说，明星夫妻从此离婚，女的跟了医生，男的一怒之下也退出影坛，改经商，去了武汉。我说，我还以为他会引诱你的女朋友，然后把她培养成电影明星。外婆说，她当时为了养家，被迫当了舞女。我抱怨外婆又在敷衍，她的女朋友先前还是大学生，父亲不是当官的就是经商的，怎么一转眼就沦为了舞女。外婆说，都是事实，她当年对我说，家里不行了，她得扛起这个家来，说得就像花木兰一样。我问那是哪一年？三七年的秋天，外婆说，淞沪抗战刚刚结束，日本人已经占领了大半个上海。我说，那时候上海人还在跳舞？还需要舞女？外婆说，租界里舞照跳、马照跑，当红的舞女还是报纸上热议的话题。我无可奈何地哦了一声，我估计我脸上的鄙夷肯定是被外婆瞧见了。她说，上海当时有一本杂志，叫《弹性姑娘》，就是一本专门报道舞场和舞女的刊物，弹性取自 dancing 的音译。我说，外婆，你当时在做什么职业？她说留校当了老师。我说，你在旧社会就当老师啦？外婆说，结婚之前，在大学里当过几年助教，这段经历连你妈都不知道。我的惊讶还没来得及消化。外婆继续道，我的那位女朋友，长得非常漂亮，自从进了百乐门当舞女，她就成了上海滩最耀眼的新星。我说，外婆，她能比你还美吗？胡说，她顿了一下，我当年什么样子你又没见过。我反复强调自己是见过的。老太太不相信，我便讲起十年前我和母亲帮她整理相册的事情，当我重提那张被撕掉一半的婚纱照时，外婆沉默了。我追问，外婆，那上面怎么没有外公？她说，这个问题啊，等我见到你外公了，我再托梦告诉你。我抱怨外婆又在敷衍我。她说，都是事实，我们在离开上海之前，绝大多数的东西都被你外公一把火烧掉了。我说，家里闹了火灾？她用双手比画了一个圆，说，用一个脸盆，照片丢进去，一张一张烧掉。我哦了一声。外婆说，他烧完我的照片，烧我的杂志，我的唱片，我的小说，我说那些杂志你好歹给我留一本，那封面上印的可是我的女朋友，我

王莫之 ｜ 弹性姑娘

最好的朋友。我说，然后外公给你留了一张照片，一本杂志。她说，照片是我暗中救下来的，杂志目标太大，都被你外公烧掉了。我哦了一声。她说，你看看，你外公多狠心。她这话讲得我都不知道如何去接。她似乎是失去了往下展开的动力；许久之后，冷不丁地通知我，她要去上个厕所。还坚持不用我陪，说上厕所而已，一再地关照我坐好，把行李看牢了。可我难免会担心，怕她在上厕所的时候发生什么意外。

2

我没见过外公。我的外公在我母亲刚进初中的时候就过世了。听母亲讲，外公于一九五七年调到外地的农场工作，因为这次调动，外婆后来养成了春节期间独自出远门的习惯，只为了能够在农场与外公团聚。她在农场吃过三顿年夜饭；第四次去农场，时间提前到了八月，这一回，她把外公接回了家。关于那段经历，我曾经听外婆亲口回忆过，她说去接外公的时候，她还遇到了另一个去农场接丈夫回家的妇人。在那个地方，你会听到很多名字，谁谁谁的家属，外婆顿了一下，还有嘛，就是家属的哭声。她说她在那里听到了一个熟悉的名字，那个名字来得如此突然，还叫了好几声，使她短暂地忘却了疼痛。外婆说，我就顺着那个声音回头一看，那个妇人我认识的……我心想，好吧，原来他也在这里……那一刻，真的是……我看着那个妇人，有那么几秒钟，我觉得自己的悲伤好像减缓了，可随后我却哭得更加厉害，我想到自己不仅没了丈夫，现在就连曾经喜欢过的男人也没了。讲到这里，外婆陷入了沉默，而我更是惊得说不出话。现在回想起来，实在是愧对外公，我当时竟把他给忘得彻彻底底，满脑子都是那个被外婆喜欢过的男人。不得不说，我当时已经念到大三了，对于婚外恋什么的已经有了一些抵抗力，这种抵抗力主要来自文学作品。

　　我正动歪脑筋呢，外婆修正道，我主要是欣赏他的才华，他是旧上海很有名的音乐家，写了很多优秀的歌曲。我说，你暗恋他。外婆说，那时候我与你外公还没有确定恋爱关系，我因为喜欢他的歌，对他产生了好感。我说，他长得帅吗——我问完这句，通向旧社会的时间隧道就被老太太关闭了。随后无论我如何努力，旁敲侧击，她都避而不谈。

　　回想起这些年我从外婆从母亲那里拼凑出来的家族史，那位音乐家是唯一顶着明星光环登场的人物；可是此刻在火车上，她却主动与我分享起她与另一位明星的故事。我想好了，待会儿要问外婆什么，结果她迟迟不现身。我真是担心她，上个厕所去了那么久；就在我预备起身的当口，厕所的门终于开了。眼看着她安然返还，我整个人舒了一口气，那口气像长江泄洪，把我先前想好的问题都给冲走了。

　　反倒是外婆，很快就找回了话匣子。我的那个女朋友，她说，我都不知道她是如何办到的，自从她上了火山，上了火山是当时报纸上面很爱用的一句话，某某某当了舞女，他们就说某某某上了火山。外婆让我想象一下火山爆发的场面，说那就是她的女朋友当年带给上海的震撼。我不知道一个舞女能在多大的程度上影响一座城市，但是我认同外婆的分析，这种万众瞩目的效果或许源于她念过大学，为此，舞客们，包含那些不爱跳舞但是喜欢凑热闹、看风景的人就成群结队，去百乐门给她捧场，想方设法接近她。有些人意犹未尽，喜欢在报刊上面起哄。外婆说，当时有一份新开的画报，叫《香海画报》，报社里的人来向她约稿，她很吃惊，推托自己不会写文章，对方说没关系的，女士可以给我们一些日记，我们每期发表一篇，帮你开一个专栏。

　　她答应了，写了两年的心情日记。舞客之中另有一位导演，她真正踏进电影圈，是托那人的福，演了他的第一部电影，也是她的影坛处女作。那位导演有意

王莫之 | 弹性姑娘

跟她再合作一部更大的制作，但是被她婉拒。数月之后，该导演在赴宴的路上被不明来历的人乱枪射杀。坊间一直有他替日本人办事的传言，没有任何一方声称为此负责，这次暗杀行动在抗战胜利以后得了一个诛杀汉奸的批语。好在女明星没有受到任何影响，电影事业更上了一层楼。一九三九年是她如日中天的一年，报纸上几乎天天都有她的消息。那时候上海滩有一位大音乐家，因为帮她主演的电影配乐，创作插曲，与她结识，继而钟情。音乐家后来在《大晚报》——外婆说，《大晚报》曾经办过歌星评选，当时还远远称不上明星的周璇拿了第二名——上面写情书，公开追求，后续的表白方式更加罗曼蒂克：情书发表之后，音乐家特地买了两份报纸，卷成筒状，里面插满了红玫瑰，亲手送给她。女明星不可能不感动，私底下，她跟外婆透露过自己对于那位音乐家的欣赏与好感，但是音乐家离过婚，还有两个小孩。她说自己没有给人家当后妈的打算，狠心地拒绝了这段爱情。

《大晚报》的记者闻讯前来采访女明星，她告诉记者，这段爱情是永远不会结合的，各自努力前程吧。接着，记者追问她的择偶标准，她说，无论何人，不应该娶一个女明星做妻子，或嫁给男明星做老婆，这都是不大合适的，因为他或她跟异性接触的机会太多了。

自从《大晚报》登载了那则血淋淋的访谈，追求女明星的人反倒更多了。也许是为了竞赛，因为追求她越是艰难，男人们就愈加引以为荣。可无论他们费多大的心思，她都拒绝。外婆说，她当时给人的感觉，真的是一门心思在奔前程。可是，有一天，报纸上突然登出她订婚的消息，整个上海滩为之一震。外婆当年完全惊呆了。她没想到女明星居然连她这个室友都瞒着，更没想到，女明星要嫁的人竟然是那个早年与她们在爱多亚路的公寓当过邻居、离过婚的电影明星。

她把她对待婚姻的那些标准全部推翻了。但是这段婚姻细查起来也并非全无线索。那个男的是一九三七年去的武汉，一九四〇年回了上海；回沪租房子，偏偏又跟她们成了邻居——当时外婆与女明星住在兆丰别墅一百三十四号二楼，他住三楼。外婆说，兆丰别墅虽然都是很洋气的弄堂房子，但是那地方风水不好，离臭名昭著的极司菲尔路七十六号太近了，住在魔窟的眼皮子底下，血腥气太重，也是这个原因，租金或者顶费都不算贵。女明星订婚以后，当即宣布息影，她的爱人当时在上海开了一家贸易公司。

我想当然地认为那是一家大公司。可外婆说，小公司，没几个职员。我说，那干吗要嫁给他？外婆说，我问她，她只说了一句——我们是同一类人。我说，什么意思？外婆说，我不知道。

女明星的这般解释当年也许只对她讲过，但是讲了她也听不懂，更何况其他人。当年，大半个上海滩都在编派女明星下嫁的理由，各种传说，那些小报记者更是使劲造谣。多年以后，我在上海图书馆馆藏的小报里翻到了一篇文章，标题直言女明星的肚皮出毛病，内文更是赤裸裸地写道，某某某"新婚宴尔，但是肚皮因为先行交易，所以日渐通货膨胀"。

这跟外婆当年在绿皮火车上与我讲的版本有出入；外婆说女明星与她的先生是一九四一年的冬天订婚，四二年开春结婚，第一个小孩是四三年夏天生的。女明星订婚以后随即从兆丰别墅一百三十四号的二楼搬到三楼，外婆一个人仍旧住二楼，后来她与外公订婚，外公再搬过来住。

女明星婚后请了用人，但是那个用人做事情毛手毛脚的，一点都不像个用人，做饭都不成样子，有一次烧个小菜还闹了火灾，幸好外婆在楼下，听到叫声就赶紧冲上去帮忙，火势才不至于蔓延。外婆说，那天要不是我在家里，我们家的那些照片杂志，后来都不必你外公亲自动手了，所有的历史问题都会提前解决了。讲到这，外婆极为罕见地批评起了女明星，说她都退出影坛了，竟然比拍电影的时候还忙，经常不在家。她新婚的那一年，神出鬼没的，完全没有当太太的模样；后来怀了小孩，才算安定下来。这样的日子持续了几年，抗战眼看即将胜利，然后某天夜里，日本宪兵突然冲进兆丰别墅，把女明星的先生抓走了。

抓他的理由没有公布；上海滩的小报记者消息多灵通，但是在抓捕之后的几个礼拜内，全部失声，唯有一份电影杂志婉转地透了一点消息，说某某某突然失踪。而女明星呢，每隔几天就抱着小孩去杨树浦日本沪东宪兵队探监。一个月后，日本宪兵又冲进了兆丰别墅，这次把她也给抓走了。

外婆是眼睁睁看着女明星被宪兵带走，离开的时候没有交代一句话，连一个眼神都不舍得给她。外婆直到他们走远了，才敢上三楼探探情况。很奇怪的，外婆说，他们家的用人不见了，小孩子也不见了。我说，外婆，你讲慢一点……我想一想……日本人要抓的人，肯定是抗日的，难道他们是地下党？外婆说，有可能。我说，我们这边的？外婆说：不清楚。我说，那边的？外婆说，都有可能。

这个问题其实早在抗战胜利以后，就被上海的报刊广泛议论过了，都说她是地下工作者。我后来在上海图书馆馆藏的老报纸里见过这样一条报道，是曾经编派女明星肚皮通货膨胀的那位记者写的，说某某某"由夫君领导正式参加了神圣的地下工作，以刺探敌伪情报为职责，建功殊伟，后被敌伪宪所逮捕，遭禁达两月，受尽酷刑毒打，夫妇二人，深明大义，坚不吐露真情，旋经保释后，入医院疗养"。

望文生义，我推断女明星的先生当年是她的上级。可是这个细节外婆当年在绿皮火车上并没有讲过。外婆只记得女明星重回兆丰别墅是一九四五年六月的事情，除了那个用人，一家三口都回来了。我问外婆，你问她了吗，到底怎么回事？外婆说，我没问，我觉得即使我问了，她也不会讲实话；她见到我，跟我讲的第一句话是，我没事，你别担心；后来我才发现，他们一家虽然被释放了，但是日本人一直盯着他们，他们出门都有暗哨跟着。有将近两个月的时间，女明星一家谨小慎微，不轻易与外界接触，直到那年的八月，日本人投降。

　　胜利后，女明星完全变了一个人。她当时在社会上拥有极高的声誉，大家都期待着她能够重返影坛。当时的电影界，一方面非常缺人，另一方面，还在不断地把人往外赶；社会上弥漫着清算的肃杀之气，很多电影明星成了问题人物；他们曾经帮日本人拍过电影，有的甚至拍摄过宣传大东亚主义的汉奸片。如果真要清算的话，他们中的绝大多数是被太平洋战争给拖下水的，因为在那之前，他们还能躲在租界里独立拍摄，可在那以后，日本人占领了租界，电影公司都被敌伪接管。为了生活，很多人都会拿这个理由为自己辩护，可是女明星偏偏在那个节骨眼里息影，所以她在胜利之初就成了一个炙手可热的例外，再加上地下工作者的光荣，想请她出来拍片演话剧的人很多，但是她始终没有答应。

　　电影公司后来筹拍抗战间谍片《天字第一号》，她是女主演的首选，导演编剧电影公司的老板统统登门拜访，她却婉言谢绝，说自己在被日本宪兵扣押的时候受了酷刑，嗓子坏了，失去了往日的甜美，无法再为观众服务。她讲述这个理由的时候，嗓音还是那么可人，可是她的态度明摆着，旁人劝不动。没有新片，各地就展映她的老电影，她的旧作里有一半以上是古装片，此番重温，有些观众恍然醒悟，原来那些电影里包含了抗战的味道，譬如有一部以林冲为主角的水浒电影，她在里面饰演林娘子。"她是我们的抗战英雄。"当年的报纸上，经常这样写她。也怪她没什么新闻，写来写去就是说她深居简出，外头各交际场所绝少走动，一天到晚孵在家里，带带小孩子，一本正经地做起了贤妻良母。

　　外婆说，那时候我跟她一样，在家里带孩子，有空的时候，她会叫我上去陪她打麻将。我说，没别的事情？外婆说，有时候呢，陪她去新雅喝咖啡，逛逛街，买点衣服。我说，这倒是太太过的日子。外婆说，是呀，过了几年太平日子。我说，没有离开上海？外婆说，一直待在上海。我说，那应该是南京那边的。外婆说，

王莫之 | 弹性姑娘

未必吧，当时的地下工作者很多人都拥有多重身份，你怎么知道她不是深入敌营的同志呢？我哦了一声，又问外婆，她没有重返影坛？外婆说，没有，但是我总感觉她其实并不情愿人家真的将她忘记。外婆这样讲，自有她的理由。女明星在面对报刊造谣时有着一种异于常人的冷静与宽容；有些新闻阮玲玉读了会想不开，但是她却能够坦然面对。有时外婆在报纸上读到一些非常夸张的诽谤，实在是气不过，就跟女明星讲，外面这样诋毁你的名声，你怎么不发声呢，让记者帮你澄清一下，或者自己登报发个启事。可是女明星却说，随他们去了。于是，在胜利后的几年间，报刊上面每隔几个礼拜就会放出风声，说女明星预备复出，说她写了一个剧本，要把她和她先生蒙难的事迹拍成电影，还有的说她计划组建一个剧团。这些新闻统统没有下文。

她还是很享受当明星的这种感觉的，外婆说。我说，她跟你讲的？外婆说，我猜的，我们从来不聊这些，但是我知道胜利以后她有为一些杂志写文章，写的都是她以前拍电影时的逸事、趣事，如果你读了那些文章，你大概也会那么想的。我说，外婆，你讲到现在，我连她的名字都不知道。外婆这次终于没再敷衍我，给了我三个名字，但是那些名字太过普通，都是张红、陈芳、刘娟这种比比皆是的大众面孔，叫我在茫茫的文献里如何分辨呢？外婆说，我前面不是跟你讲了嘛，名字不重要，重要的是经历，你就根据我讲的这些经历，翻一下旧上海的报纸杂志，你要是能帮我找出几张她的照片，你的任务就算完成了。我说，就找几张照片？外婆说，对的，最好是彩色照片。随后她向我推荐了几本杂志，譬如《弹性姑娘》《春色》，还有许多电影刊物。我说好的，等到了上海，我们抽一天去图书馆翻老杂志。她听了，恢复到以往的模样，沉默了，又喝了一口热水。

"外婆，你的这位女朋友，新中国成立前后是不是去了台湾？"

"她没去台湾，留在了上海。"

"那她现在……"

"我不知道。"外婆说自己最后一次见她是一九五一年，初夏的某个晚上，她来道别，说要离开上海了。外婆问她要去哪里？女明星说还没有决定，打算跟先生先回一趟老家，到时候再说。外婆随后给她写了一个地址，说我也打算跟先生回老家了，以后记得给我写信。女明星收下地址，然后问外婆讨一件东西：她想要一张外婆的照片。外婆回屋里，翻出她和外公的结婚照，送了一张给女明星。次日清早，女明星一家离开了兆丰别墅。外婆说，我跟你外公，还有你大姨，你妈妈，在上海又多住了两日，随后回了你外公的老家。

"然后呢？"我问。

"然后我就跟她失去了联系。再也没有她的任何消息。"

火车正在进站，咔嗒咔嗒的声音在无尽的重复中变得缓慢，窗外的站牌在缓慢地接近。那个人，她想必是改了名字，改了一个没有历史的名字。她有那么多重的身份，每一重身份都拥有一个专属的名字，读大学的她，当舞女的她，从影之后的她，她一直在变。说完，外婆喝了一口热水，视线挪向窗外。火车停了。

"苏州到了。"外婆嘀咕道。

"嗯，苏州到了。"

"你外公的老家到了。"

3

那年的初夏，我与外婆坐了一下午的绿皮火车。抵达上海之后，一切都与我预想的不同。我原本以为外婆铁定会拉我去上海图书馆查资料的，不敢说非得趁此良机把那个任务攻克，最起码，我得在旧社会的文献里泡上几天工夫茶。可事

王莫之 | 弹性姑娘

实并非如此。我们的确是在上海喝了不少茶，去过城隍庙，我印象最深的是在绿波廊的雅座点了一壶铁观音，几碟点心，看九曲桥的人潮、湖心亭的鱼群。我们在上海度过的那一周是非常纯粹的享乐，就连逛四马路的时候，经过几家旧书店，我问外婆，要不要进去淘淘旧社会的杂志，外婆摆摆手，说，任务我都交代了，这事情不着急，以后你看着办吧。还说，你现在的任务不是调查，是陪我吃喝玩乐。

　　就我的印象，那年的上海之行是外婆晚年仅有的一次远行，也是我与外婆最亲近的一段时光。以往，我们的交流似乎无可避免地被一些磕碰所影响，可是远离了家乡，某些障碍物也随之消失。人在异地，藏在心底的秘密似乎都在通货膨胀。在一个晴好的下午，外婆主动带我去了兆丰别墅——那地方居然没改名字，不像极司菲尔路、爱多亚路、光华大学什么的，统统成了历史的尘埃。兆丰别墅的弄堂洋房还在，我在那里听了许多外公的故事，他与外婆的恋爱史，有些细节，听得我都红了面孔，有些情绪，等到了我们离开兆丰别墅的时候，害我掉了眼泪。

　　外婆又离开了上海。几年后，老太太故世。

　　我那时正在上海读研究生，几个月后，我毕业了，选择留沪工作，然后成家。我和先生在兆丰别墅租了一套房子，客厅的墙上后来挂起了外公外婆的一幅婚纱照。那是一张经过修复的彩色照片，横构图，原图就是彩色的，出自上海图书馆馆藏的一本民国电影杂志，我请了专人帮忙电分扫描，然后冲印、裱框、挂在我们的家里。说起来，能够找到这张照片，多亏了另一本舞女杂志。一切恰如外婆在那年夏天叮嘱我的那样——当时，绿皮火车正在减速进站，上海这座城市头一回真真切切地进入了我的世界——外婆说："如果真要查的话，你可以从《弹性姑娘》入手。"

《上海文学》2022年第9期

叶昕昀

叶昕昀，1992年生，云南曲靖人，北京师范大学文学创作方向博士在读。小说见于《收获》《作家》《安徽文学》《文艺报》等刊，小说《孔雀》入选"2021年收获文学榜短篇小说榜"。

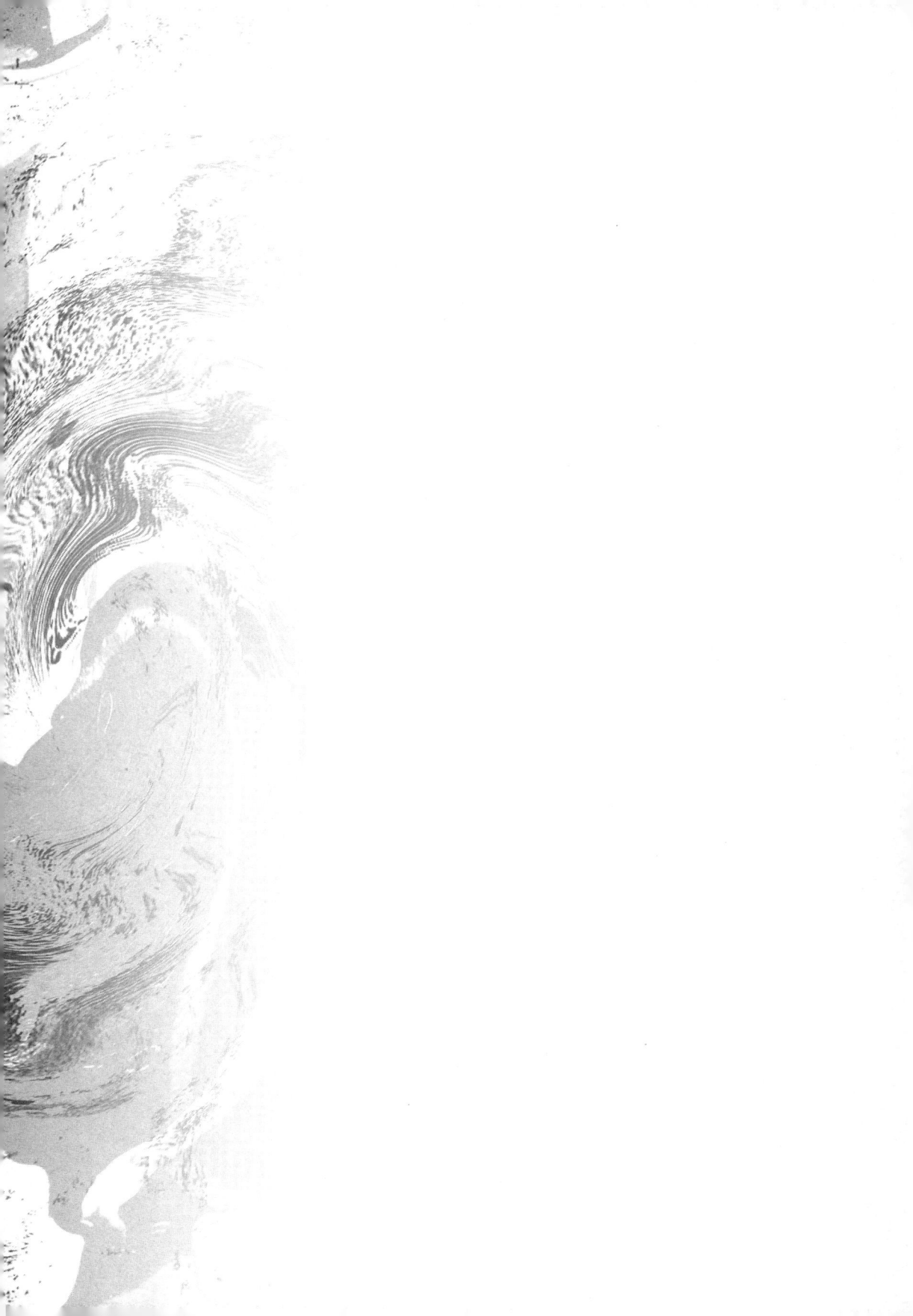

最小的海

一

李早提起她父亲去世前的情景。

是个傍晚,他让李早取来他的老花镜,说想看看这几天的新闻。过期的报纸堆在医院的床头柜,他一张一张地翻阅。

"怎么没人告诉我?"他说。

"什么?"李早问他。

"曼德拉死了。"他说。

"谁?"

"南非前总统,"他把那串长长的名字一个字一个字念得非常清楚,"纳尔逊·罗利赫拉赫拉·曼德拉。"

李早说自己不看这些新闻。

"你们女人从来不关心政治,"他说,"你把李江给我叫来,我问他知不知道。"

"李江不在。"李早说。

"去哪了?"他取下老花镜,仰着脖子问她。

"不清楚。"李早说。

他把老花镜摔在床沿,背朝她躺下。过了很久,她听见他嘟囔着说:"我知道了。"

李早弯腰捡起他的老花镜，问他："知道什么？"

他没有说话，她走过去，发现他已经睡着了。

当时李早和何毅坐在车里，挡风玻璃正对着夜晚的海面。那天晚上天气不好，几乎看不到月亮，只有灰蓝的海浪片刻不停地从山脚一遍一遍翻涌过来，渐渐逼近他们，击打在岸边的防波堤，再重新退回去。

"他睡着了，"李早说，"但我其实希望他是死了。"

何毅没见过李早的父亲，王阳说那老头是个混蛋。有点文化的混蛋，王阳的原话。

"但他只是睡着了。"李早说。那时候她感觉自己可能是有些醉了。

几个小时前李早跟王阳还有朱莉待在一起，他们吃过晚饭，坐在旅店的壁炉旁喝酒。一个假的壁炉，里面的火焰用鼓风机吹起来，看上去很逼真。李早蜷腿窝在沙发里，靠着王阳，朱莉坐在他们对面，隔着一张木制圆几。大厅的光调得很暗，方便客人们夜间观赏窗外的海景。

那片海其实是高原上一个巨型淡水湖，当地人把它称作海。"最小的海，"朱莉说，"翻译成汉语就是这个意思。"李早和王阳下午到的时候天气晴朗，朱莉带他们到海边转了转。朱莉告诉他们，他们在海的东岸，海景其实是西岸更好，那边的海紧邻环海公路，望出去无边无际。不像东岸这样民居密布，岸边筑着高高的防波堤和青石护栏，对于观赏海景是一种损害。

朱莉是何毅的新女友，比何毅大六岁，他们不久前一起接手了古镇这家临海的旅店。"何毅一直喜欢比他年长的女人，"王阳说，"刘茵是个例外。"刘茵是何毅的前妻，也是王阳和李早大学时期共同的朋友。

王阳认为何毅的这段新恋情或许会长久，李早见到朱莉的时候，大概明白了王阳"能长久"的判断。朱莉跟何毅之前众多的女友不同,她不张扬,无论是外貌还是个性,都透露着内敛和平稳。她身上有生活的力量,王阳这么形容朱莉。王阳说他期望朱莉会是何毅的归宿,希望朱莉的乐观和包容能让何毅学会放下,从早年不幸家庭的痛苦和前一段婚姻的阴霾中走出来。李早知道,王阳是真心希望何毅能过上一种更好的生活,至少是他价值意义上更好的生活,稳定的家庭,和睦的关系,人人充满希望。

朱莉自己先喝了一口酒,向王阳和李早表示祝贺,询问他们什么时候办婚礼。王阳说年内,具体时间还没定。朱莉笑着说何毅听到这个消息肯定会为他们高兴。王阳问何毅什么时候回来。朱莉说快了,他现在应该折回机场高速了。那是几个挺重要的客人,朱莉解释,何毅得亲自送他们到机场。

王阳坐了一会儿,说自己头有些痛,想先回房间躺一下。白天他开了一整天的车,几乎没怎么休息。李早问他要不要自己陪他上去,或者去给他买点药,朱莉这里没有缓解头痛的药。王阳说不用,他躺一会儿就好了。"何毅回来的时候叫我,"王阳说,"他一杯酒也别想喝。"朱莉笑着应和,这个惩罚很好。

"何毅说你们从大学开始就一直是很好的朋友。"朱莉看着李早,那时剩下她们面对面坐着。

李早知道,何毅原话肯定不会用"很好的朋友"这样的字眼,他内心好像从来不觉得谁是他的朋友,但她还是点点头:"对,何毅,王阳,我,还有刘茵,我们大学时期就认识。"

"王阳和何毅住一个寝室,刘茵当时还是何毅的女朋友。"李早说,"我和王阳是支教时候认识的。"

"我看到过你们四个人一起拍的毕业照。"朱莉说。

"是吗?"李早说,"我都不记得我们一起拍过毕业照。"

朱莉说："何毅保存得很好。"

"他很喜欢保留东西，"朱莉又说，"高中时候穿的湖人队球衣现在还留着。"

李早看着窗外："那时候我们还很年轻吧。"

"你们现在也很年轻。"朱莉笑着说。

她们听着窗外不间断的海浪声，轻轻举杯，把玻璃撞击的清脆融入海浪。那是一块横贯整个旅店大厅的落地窗，从窗内看出去，视线的尽头是一片绵延的群山，亮着散落的点点灯火。正对旅店的那座山，朱莉指给李早看，在山顶最亮的地方，是禅寺的佛塔。"叫楞严塔。"朱莉说，"当时有好几间海边的旅店要出手，何毅最后选择了这间，说这个位置看楞严塔最好。"有几只晚归的红嘴鸥从海面跃起，在空中上升、旋转、滑落，然后迅速消失在夜空之中。

李早把杯子里的酒喝完，站起来，身体轻轻晃了一下，像是在配合刚好拍打过来的浪潮。"我还是出去给王阳买些药。"李早说。

朱莉说："我陪你。"

"不用。"李早又说，"我想一个人走走。"

李早出门的时候天刚擦黑，等她转到海边的时候，天已经完全黑下来了。

手机地图显示海边广场附近有一家药店。那是一个很大的广场，沿着海边一直延伸到远处密集的民居。广场中央有一群学滑板的小孩子，正屈膝准备勇敢地越下两级楼梯，但最后成功落地的居少，大部分都接二连三地摔倒。李早经过他们，向海边沿岸的人行道走去，那里有几个正在饭后散步的当地人。李早走到差不多广场尽头的时候，看见了广场内侧药店的招牌。药店关着门。很多商铺都是这样，大概是冬季游客少，没什么生意。李早那时也感到有些累了，她看见不远处有一座石亭，便朝那边走过去。

叶昕昀 | 最小的海

石亭算是广场真正的尽头，再往前就只剩一人宽的小路，沿着小路可以进入民居内部，一部分是当地人的住所，但大部分是租当地民居改造的客栈、餐厅、酒吧和咖啡馆。李早倚靠着石亭的护栏，倾听海浪击打她面前的防波堤，有规律地、不间断地击打，那声音有种叫人安静的力量。在更远处的海面，闪烁着一层密集的不断移动的光斑，那是一座连接两块陆地的跨海大桥，车辆在桥上无休止地穿行。即使有那些光亮，海面还是显得孤寂而宁静。

何毅找到李早的时候，她已经移到了海边的圆柱护栏，她觉得坐在那上面更能接近海的静谧。

何毅从她身后走过来的时候，她吓了一跳。

"这样很危险。"何毅说。

李早指了指绑在岸边那排橙色的救生圈，"没事。"她说。

"意外的发生就在一瞬间，"何毅说，"你根本没有机会碰到它。"

"你还是一如既往的悲观。"李早说。

何毅耸耸肩："这是事实，和悲观无关。"

李早没说话。

"你给王阳回个电话，"何毅说，"他正准备出来找你，说你电话打不通。"

"我手机没电了。"李早说。

这时候王阳刚好打来电话，何毅接起来，说他找到李早了，让王阳不用担心。李早听见王阳问他们在哪里，她朝何毅摇摇头。何毅说："我们现在就回来。"然后挂掉了电话。

"你怎么知道我在这儿？"李早问何毅。

"朱莉说你出来买药。"何毅说。

"药店有很多。"李早说。

"我猜你会来这里。"何毅说。

"你刚回来吗？"李早说。

"刚到。"何毅说，"你药买了吗？"

"药店关着门。"李早说，"你车停哪？"

"路边。"何毅指了指前面。

"还有别的药店吗？现在还没关门的药店？"

"镇上有一家，"何毅说，"二十四小时营业。"

"远么？"李早问。

"不算远，"何毅说，"开车十分钟能到。"

"还有更远一点的吗？"李早说。

"怎么了？"何毅问。

"我不想那么快回去。"李早说。

车子开出古镇，开始沿着环海公路匀速行驶。公路边上设置有专门给游客拍照的装饰巴士和玻璃秋千，李早和王阳白天过来的时候走过这段路，那时还有一些游客在排队拍照，如果是夏天，排队的游客数量应该要再翻好几倍。

白天李早和王阳在高速路上行驶了五个多小时，驶出高速后还要再开一个小时才能到达古镇。那是下午两三点左右，虽然是冬天，但阳光很好，加上长时间路途的劳累，他们显得倦意十足。导航提示快要到达古镇的时候，公路两侧的山峦和农田渐渐隐去，车子开始走一段长长的下坡路，当农田在他们眼前彻底消失的时候，远处阳光下粼粼的海面突然在他们眼前显现。这片山体绵延的高原上暗藏的广阔海面让他们瞬间倦意全消，王阳说这是自然的力量。

此时这片海面被夜晚所笼罩，显示出和白天全然不同的样貌，沉静，安宁，甚至有一种被吞噬的可怖。"我更喜欢湖。"何毅说。他放缓车速，把车窗放下。他让李早仔细听浪涛的声音，比海柔和，他说："但并不缺乏力量。"

何毅说这是他选择这里的原因，这片蕴藏在高原群山间的湖泊与海洋不同，无论是它在夜晚与生俱来的清寂，还是它更为缓慢与收敛的力量。李早却说何毅爱上的是这里不被日常生活所规整的放纵与狂欢。"这里到处都是酒吧，"李早说，"算得上你的天堂。"

这时他们开始远离环海公路，朝内陆驶去，那个方向有一片更繁华的古城，也有李早想去的更远一些的药店。在他们即将离开海面的最后时刻，何毅踩下油门，车子在空荡的公路上疾驰，海风和李早的长发一起向他吹拂过来。

"你以为你很了解我？"何毅说。

李早说："我不了解你，我只是在说我看到的事实。"

何毅问："什么事实？"

"酗酒，纵欲，"李早语气平静，"毁灭，还有绝望。"

"这像是王阳会说的话。"何毅说。

"如果是王阳，"李早说，"那他会说你正在毁掉你自己的人生，并觉得他没有把你引入更具期望的生活而自责。"

"而不仅仅是罗列这些词语。"李早补充。

"这些词已经足够具有杀伤性了。"何毅说，他摇头笑了笑，"王阳一直觉得我在过一种堕落的生活。"

"他只是觉得你在挥霍你自己的才华，"李早说，"他觉得你本来可以在某些方面有所成就。"

何毅笑："王阳觉得每个人都独具才华，我以前跟他开玩笑，说他可真是个菩萨。他也想拯救你来着，是吧？"

李早没说话。

"他怜悯你，想拯救你，给你想要的生活，"何毅说，"但你现在退缩了。"他转头看着李早，车子急速地穿过前方闪烁的黄色指示灯。

"你以为你很了解我。"李早说。

何毅说："我不了解你，我只是在说我看到的事实。"

李早转头看了何毅一眼，他们对视，沉默，然后笑了起来。

李早在药店等店员给她拿药的时候，何毅正靠在车门边抽烟。陆续有人走进来，几乎都是深夜刚从古城出来的游客，高反、呕吐、胃痛、眩晕，一身酒气。李早拿完药出来，何毅灭掉烟头，她走上车，他按下启动键，车子准备离开。

这过程快得出奇，从他们离开海边广场，一路驱车至三十公里外的古城，买药，然后踏上归程，时间流逝得飞快。李早想要慢一点，再慢一点，慢到她有足够的时间去想明白自己到底在渴望些什么。她甚至希望听到何毅向她提议，问她要不要进古城去喝一杯，里面有一家他常去的酒吧。"真他妈的不错。"他会这么说。她不会像他想象的那样拒绝他，说她今晚已经喝得够多了，说她并不想看着一个酒鬼当着她的面酗酒。她会同意的，那天晚上她会跟他走进去，去酒吧再喝上几杯，谈谈他们大学时候的事儿，谈谈他们如何成为今天这个样子。但何毅没有这么提议，他甚至一句话都没有说。

车子驶入归程，车速比来时快很多，他们很快就能到达，回到那间海边旅馆，回到他们各自爱人的身边去。完全不是李早想象中的"逃跑"，她现在承认这是一场逃跑，一场可笑的逃跑。她希望何毅能做点什么，但他什么都没做，或者说他什么都不想做。那他为什么要同意呢？当她说还不想那么快回去的时候，他为什么会同意带她来更远的药店，成为她的盟友，和她共同达成这次逃跑的契约？

叶昕昀 | 最小的海

她不明白何毅在想些什么，她承认，她从来就不明白他在想些什么。

车子重新驶进他们来时的那条岔道，蓝色指示牌显示环海西路。

"我有点犯恶心。"李早说。

何毅看了她一眼，把车速降下来。

"前面找地方停一下吧，"李早说，"我想透透气。"

如果这次逃跑不只是一种情绪上的闹剧的话，李早想，她或许该试图做些什么。

何毅保持着低速行驶，直到前方出现一片观景台，他开始缓缓打方向盘。消失的海面重新在他们眼前显现，广阔、混沌、沉静。

观景台设计独特，叶片形状，从外向内逐渐收缩，最窄处悬空于地面，像是一座悬崖，那里是观景的最佳位置，只容得下一辆车的宽度。他们的车停在"悬崖"边，整片海面就在他们眼前，所有的岛屿，所有的边界，比想象中更小，更有限。

"这只是一片湖，"何毅重新放下车窗，海浪声涌进来，"用海的标准看待它肯定要失望。"他看出了她在想什么。

"我没见过真正的海。"李早说。

何毅问她什么是真正的海。李早想了想，说："没有边界？ 没有尽头？"何毅说："不存在那样的海，就算太平洋也是有边界的。"李早说："是吗，那什么没有边界呢？"何毅说："什么都是有边界的。"

"人呢，"李早问，"人的边界呢？"

"是死亡吗？"李早说。

"死亡是实体的边界，不是人的边界。"何毅说。

"所以人不是实体，"李早说，"那是什么，思想？"

"也许吧,"何毅说,"在你说的边界意义上,人是思想。"

"这么说的话,"李早说,"人的边界取决于思想的边界?"

"我喜欢这句话。"何毅说。

"那思想的边界呢,"李早问,"思想的边界又是什么?"

"这个你恐怕要去问哲学家。"何毅说。

李早笑了笑,何毅也不再说话,他们沉默着,倾听海浪如何将他们围绕,直到几辆轰鸣的摩托从他们身后飞驰而过。

"你平时也这样吗?"李早说,"像他们这样不要命地做这种速度游戏?"

何毅愣了一下,似乎在回想李早问了他什么。

"不,不会。"何毅说,"嗯。偶尔也会。偶尔。"他毫无意义的重复让李早明白,他没听进去李早在问他些什么。

"你在想什么?"李早问,"边界?"

"还是酒?"李早看着他。

何毅笑了起来,他把天窗打开,从口袋里拿出烟。

他的答案不言自明。

"要是没有跟我出来,你现在应该正坐在窗边喝酒,"李早说,"边观赏佛塔边喝酒,是吧? 那塔叫什么来着?"

"楞严塔。"何毅认真地告诉李早。

李早的讽刺在他身上完全落空,她自己都忍不住笑出来。

"但我没逼你出来。"李早又说。

"对,"何毅说,"我是自愿的。"

"你后悔了?"李早说。

"有一点。"何毅说。

"后悔是你的常态,"李早说,"是吧?"

"是吧。"何毅说。

"离开刘茵以后有后悔吗?"李早说。

何毅沉默,然后说:"你喝多了吧?"

"不多,"李早说,"朱莉的白葡萄酒.只喝了半杯不到。"

"不是,那是我的酒。"何毅说,"味道怎么样?"

"还行,"李早说,"所有的酒我喝来都一个样。"

"可惜,"何毅说,"应该挑最便宜的招待你们。"

李早看了他一眼。"记得李江吗?"她说。

"你弟弟?"何毅说。

"对,"李早说,"李江是喝假酒死的。"

何毅看了李早一眼:"虽然有些冒犯,但我怎么觉得你像在讲什么劣质笑话。"

"好笑吧,"李早说,"人死得像个笑话一样。"

何毅没说话。

"挺有意思的,"李早说,"这种死法挺有意思。我跟你讲过我爸爸怎么去世的吗?"

何毅说没有,然后李早提起了她父亲去世前的情景。

"我以为他死了,结果他只是睡着了。"李早说。

"后来我以为他只是睡着了,结果他死了。"

何毅终于点起了他的烟。

烟雾从天窗升腾上去,月光倾泻下来,一片正好落在何毅的鼻峰上,像黑夜海上浮着的冰山。

二

李早让王阳和儿子去麦当劳等她,她拿完检查报告就去找他们。

儿子多多坐在后排的儿童座椅上拍手,说要吃麦旋风。王阳说:"你一个人哪行,我得陪你去。"李早说:"不用,要真检查出什么我还得反过来安慰你。"王阳动了动嘴,没说出话。"医院细菌多,"李早语气柔和下来,"多多感冒刚好,别又感染了。"王阳点点头。"待会儿从建设路岔过去。"李早又说,"别走主道,堵。"

"好。"王阳说。

几周前李早在左侧乳房发现了肿块,她刚洗完澡,往身上抹身体乳的时候摸到的,蚕豆大小,很硬。她当时没有在意,后来发现肿块在变大,晚上睡觉的时候她告诉了王阳,王阳伸手摸了摸,吓得不轻,责怪她怎么不早说,李早说她当时没想那么多。王阳那晚一夜没睡,第二天一早请了假带她去市医院做检查。

医生摸了摸,说像纤维瘤。他问了李早的家族女性病史,比如她的母亲是否患过乳腺癌等。李早说她不清楚,母亲很早就去世了。医生又检查了她腋下和锁骨处,摸了摸那边的淋巴结是否肿大。

"会是癌症吗?"李早问医生,"我没想过会这么严重。"

医生开单子让李早去做核磁和肿物穿刺,"不要紧张,"医生从打印机里取出单子递给李早,语气平静,"先去缴费做检查,到时根据结果才能确定。"

李早今天来医院取检查报告。

昨天晚上李早没太睡好。白天她把多多送去王阳母亲那里,让她周末帮忙照看两天,说这几天公司要加班应对巡视整改,没提明天要去医院的事。晚上十点左右,王阳的母亲打电话过来,说多多在她那边一直闹,非要找妈妈,怎么哄也不听。王阳把多多接回来的时候已经快凌晨了,李早又花了一些时间哄多多睡着,然后才回卧室，但躺下没多久就醒了。她看了看手机，三点十分，王阳不在卧室。她下楼走到客厅，看见王阳站在院子里，关着玻璃门在外面抽烟。她重新回到卧室躺下来，睁着眼睛看墙上的壁纸花纹，数一块壁纸上有几只蜜蜂。后来她听见王阳上楼的脚步声，她闭上眼睛装睡，但王阳一直没进卧室。第二天她起床的时候，王阳还躺在楼下客厅的沙发上。

有时李早会想，婚姻所具有的意义，就是此刻对方比她更惧怕自己的死亡。她和王阳恋爱四年，结婚七年，孩子四岁，他们人生共同的十一年就这么过去了。一起度过的所有日日夜夜都将他们连成了一个整体，一个不可分割的整体。是真的不可分割吗？李早想，还是仅仅因为他们彼此都没有找到必须分割的充分理由。他们和睦，友爱，相互尊重，生活中没有出现别的意外，那种令他们必须分割的意外，或者说，那种意外还未到来。它们会到来吗？不仅仅死亡，李早想的不仅仅是死亡那种意外。

医院里的停车位已经满了，王阳把车停在了路边。下了车，李早让王阳和儿子直接去麦当劳，她往反方向走去医院。"不用送，"李早说，"我自己走过去。"王阳说："你把口罩戴上。"李早点点头，转过身去戴上口罩，往前走了几步，听见儿子在她背后喊："妈妈，快来找我们哟。"她回头向他们挥了挥手。

置身于医院的喧哗和骚动中时，很难不想到人的苦难和死亡。救护车、呻吟、防护服、感染、急诊室掉落的手指，红灯"手术中"，恸哭、刚被清扫的血迹、求救、黑色垃圾袋里的皮脂和内脏。人们匆忙或是神色紧张地在每一处穿梭，停留，等待。也不是没有欢乐，如果等待的结果令人惊喜，人们会欢呼，但还是会无法抑制地哭泣，欢乐的哭泣。

李早说不清楚她此时的等待掺杂着什么样的心情。她当然在暗自祈祷只是身体上的小毛病，也许最终会被证明只是虚惊一场。但她也想着最坏的结果，生命的倒计时，突然降临的死亡。算是恐惧的一种吗？也许吧，但她更好奇到时候身边的人会对她的死亡抱有什么样的反应。父亲临终前，在医院照顾他的那段漫长日子里，她见过很多种对于死亡的反应。一个中年男人凌晨脑溢血死了，过了两个星期他的家人才来认领尸体，缴清欠款。肾衰竭的老人刚进手术室，他的儿子女儿、儿媳女婿为了遗产分配问题在楼道里吵得天翻地覆。也有的人去世以后，他的儿女过来有条不紊地收拾着他的东西，把水果分给病房里的其他人，握着医生的手说："谢谢，我知道你们已经尽力了。"父亲去世的那天夜里，她只是叫来了护士，确认死亡后她签了字，然后感到了前所未有的轻松。那天晚上她站在住院部院子里那棵合欢树旁，轻轻地呼了口气，她也哭了，但不包含悲伤，即使有的话，那也很少。李早不知道自己的死亡会让周围的人感受到些什么，但如果他们想起她时，带着更多的遗憾和怀念，那就不算是坏的死亡。

　　挂念。她当然会有所挂念，她的孩子，她的丈夫。孩子会健康地长大吗？会幸福吗？快乐吗？会忘记她吗？丈夫呢，需要多久走出这场阴霾？又会在多久以后再次成家？所幸的是，她了解王阳是什么样的人，也会相信和尊重他此后的选择。他会处理好一切。一直以来，他都是一个称职的丈夫和父亲。

　　遗憾，李早捕捉到这个词，有遗憾吗？也许吧，李早想，但她想不出什么具体的遗憾。但如果，她是说如果，在她还能够选择的时候，她选择了另一种生活，一切又会是什么样？

　　在她很年轻的时候，她就渴望步入一种安全的生活，稳定、舒适，无须为金钱发愁。她厌倦了曾经那些今天担心明天的日子，担心交不上学费，担心父亲无由来的毒打，担心李江鬼混闯祸，担心他们各种意外的死亡，担心她最终不得不辍学去供养这个家庭，担心自己最终将过上令她恐惧的生活。所以她又常常觉得自己算是幸运的那一个，在完全被轻视的家庭和动荡的环境里还算正常地长大，没有被拐卖，没有被强奸，没有辍学，没有走入歧途。考上不错的大学，找到一份稳定的工作。或许更重要的是，她遇到了王阳，并在他那里看到了一种对她而言极具诱惑的人生。

　　李早认识王阳的时候就知道，他会是一个好丈夫，以后也会是一个好父亲。他从他的父母那里接受到了足够的爱和富足的生活，他也能够把他的富足和爱释放给每一个需要的人，如同七年前李早在婚礼上给宾客读她写给王阳的信中所说的那样："他是一个善良的人，懂得如何去爱一个人的人。他懂得如何尊重别人，尤其是尊重女性，这是周围大部分男性所真正缺乏的。他从不站在更高的位置看人，尽管他拥有着比同龄人更加优渥的生活条件。他总是能够看到那些被忽视的人群，带着悲悯但不俯视的姿态接近他们，怀着最大的善意和期望去帮助他们，希望他们过上一种美好的生活。这些都是我爱他的理由。"

　　王阳说他是在去支教的那趟列车上爱上李早的，李早问他具体是什么场景。"列车穿过贵州境内最后一条隧道，"王阳说，"看到尽头的时候。"

　　那是一列从北方直抵云贵高原的列车，整个旅程严格依照着地理课本中地形和植被带的划分。列车起初在一望无际的平原上行驶，铁路两边的房屋和农田一闪即逝。当平原和天际衔接的直线逐渐被起伏的山峦所取代的时候，列车就开始频繁驶入狭长幽暗的隧道，喧杂的人声也随着渐暗的背景色突然沉寂下来。

　　王阳坐在紧挨过道的位子，他转头看向漆黑的窗外，借由车厢内的灯光，看见了自己隐隐反射在玻璃窗上的脸庞。和他的脸庞同构成一幅完整画面的，还有坐在对面靠窗位子，一个正在低头看书的女孩儿。

　　从上车开始他就注意到这个女孩了。她有很好看的下颌线，齐肩发，耳郭很小。她在一页书上要停留很久，即使翻了页，也还会不断回头去看前面的内容。有时候女孩很久都没有翻页，他猜想那一页是不是格外精彩。

阳光再次照进车窗，由暗渐明转换的瞬间，女孩抬起了头。她在看他，觉察到这一点的时候，他有些尴尬。他不知道那一刻自己的目光该不该从窗户上移过来，是该直视她，还是装作在看窗外的景色。他感觉到自己肩膀的肌肉都在紧绷着。

是女孩主动跟他说的话。"你东西掉了。"女孩说。

他转头，确定她是在同他讲话，然后低头去看，是他的卡包，应该是刚才坐下的时候从兜里掉出来的。

他把卡包捡起来，对她说了谢谢，又觉得自己还应该再说些什么，然后他问："你在看什么书？"

女孩把书本合起来，然后朝他抬起，向他展示封面。"《玫瑰之吻》。"她说。

"小说？"他问。

"不是，"她说，"植物学丛书，讲花的。"

"花？"他问。

"对，"她说，"花。很有意思。"

"是吗？"他说。

"比如莲花。"她说。她比他想象中开朗和热情得多。她迅速翻到折了一角的书页，指着文字念起来："每朵莲花都有自己的恒温器。莲花开放时，即使空气低到五十华氏度，它也能够产生并维持超过八十华氏度的温度。"

她阅读的时候很专注，为了压住火车经过轨道的声音，她提高了音量，念完后又觉得自己影响到了其他同学，于是不好意思地笑了笑。但他们周围并没有人在意她，在意他们。

王阳觉得这样呈对角线的交流并不方便,他想换到离女孩更近一点的位子,但没有同学愿意。女孩这时站起来,提出跟坐在王阳对面的男孩换一下位置,男孩同意了。

"靠窗的位子更吸引人。"女孩眨着眼睛对王阳说。

王阳感觉自己的耳后正微微地发烫。

"还想再听吗?"女孩问他,"比如花如何凋零?"

王阳点点头。

女孩继续翻到另一面折角的书页:"日本樱花是'大爆炸战略家',它开花时间十分短暂,但成千上万朵樱花中每一朵都可提供微量的花粉和花蜜。樱花树吸引了多种不同的'机会主义'昆虫,这些昆虫寿命较短,关注的范围也不大,但它们会成群结队扑向花团锦簇的樱花树,寻求短暂的回报。"

王阳认真地点头,表示他学到了这些知识。

女孩接着念:"对于'多年生但只结一次果的植物'来说,青春期是致命的。植物用尽其所有细胞分化来生成花枝,为了生产果和种子,它们等于燃尽了多年来贮存的能源。性对于'多年生但只结一次果的植物'来说是一种代价极大的胜利。"

"比如龙舌兰和竹子。"女孩说。

王阳还是点点头。

"是不是很像人类不同的生存方式?"女孩问他。

原来她想说的是这个。王阳想了想,然后问她:"那你呢? 你属于哪种生存方式?"

"不知道,"女孩说,"这两种方式我都喜欢。一种热烈,一种坚韧。"

他喜欢她的形容。

"但我们大部分人应该属于另一种方式。"她又说。

"什么方式？"他问。

"从墨西哥到哥斯达黎加低地森林中的十字架树，一年中大部分时间里都在开花，它的老枝和树干上都会产生许多花苞，但这些花苞寿命都很短，而且每晚只开放少许。较大的深紫色花朵会吸引种类不多的蝙蝠前来吸食花蜜，这些蝙蝠每晚造访同一片小树林。这种'稳恒态'植物更倾向于锁定食性比较专一化、体格强壮并且寿命较长的动物，这些动物有很好的记忆力，并有到处流浪的习惯，动物愿意每天奔波很远的距离以获取有限但可持续的回报。"女孩读完，抬起头看王阳。

王阳点头，表示赞同，沉浸在植物对于人类生存方式的启迪之中。过了很久，他听见女孩合上书，问他："你是哪个系的？"

"经济系。"他说。

"我是中文系，"女孩说，"我叫李早，你呢？"

"王阳。"他说。

然后她问他为什么来支教。

王阳想了想，说："想来体验另一种生活。"

李早的表情严肃起来。"'体验'这个词有问题，"她说，"有居高临下的姿态。"

王阳想说他不是那个意思，但他一时不知该如何辩驳。

"难道你不就在生活里吗？"李早说，"你想体验什么？"

王阳有些不知所措，他不明白只是简单的一句话为什么会让面前这个女孩突然变得咄咄逼人。

"我不是那个意思，"王阳说，"我是说感受，感受别人的生活，然后尽可能地帮助他们。"

"帮助他们？"李早说，"你觉得自己有能力去改变别人？"

"尽可能，"王阳说，"尽可能带给他们一些有益的影响。"

"影响？"李早说，"如果他们并不觉得自己需要被影响呢？或者说，他们并不觉得自己过的是一种不好的生活？"

"那我就去向他们指出什么是好的生活。"王阳说。

"你太自大了，"李早说，"非常自大。"

王阳当时是有些生气的，他不知道为什么自己要无故地受到她的指责。剩下的时间他们都没有再说话，当列车穿越最后一条隧道的时候，王阳开口，他跟李早说自己思考了她刚才的那些话，他说他并不是觉得别人的生活不值一提，他只是觉得完全可以让他们看到更好更广阔的生活。

李早抬起头："你还是没懂我的意思。"

王阳看着她。

"我想说的是，"李早说，"你没有资格站在更高的位置去看待甚至指引别人的生活。"

"我没有。"王阳说，但他知道争辩下去再没什么用。"好吧，"他说，"那你为什么来支教？"

李早看着他，挑了挑眉："为简历增加一条实践经历。"

王阳无可奈何地笑了起来，"好吧，"他说，"实用主义赢了。"然后李早也笑了起来。那时候隧道刚好抵达尽头。

但王阳其实骗了李早，他根本不是在火车上爱上她的，真正爱上她是在之后。支教结束的时候，他想跟她进一步发展关系，提出了恋爱的想法。她答应了，甚至没有犹豫，但却给他时间让他再回去考虑考虑，她说她的家庭状况不好。

"我妈妈很早就去世了。"她说，"我爸爸精神有点问题，时好时坏。坏占大部分时候。"

"我还有个弟弟，"她说，"很早就辍学了，已经很久没跟家里联系。"

王阳当时认为李早过于认真，他只是想谈恋爱，李早其实没必要告诉他这些。但她的坦诚还是打动了他，他被她讲述生活时毫无怨言的神情所吸引，在她身上并未展现出那些生活的困苦带给人的怯懦。她和别的女孩儿不一样，即使他当时没有意识到，但不久后他也会明白，这是他爱上她最重要的原因。

他身边有很多同龄的年轻女孩儿，她们虚荣，凌空于生活，以一种生硬的姿态让自己与本身的生活相隔离。李早不一样，他看到了她的不同之处。即使后来他向她求婚的阶段，他也依然认为她其实完全可以找到更好的伴侣，比他更成熟，也更有前途，只是需要一些时间。但他还是想要娶她，因为他觉得当下她再没有更好的选择。她还要在她贫困的生活里挣扎许久，甚至比他想象中更久，才能真正让别人看到她的不同。他不忍心看她挣扎，有可能一蹶不振。没人说得准。所幸，是他比其他人更早一步看到了她，至少在这段时间里，他能够给她一种他认为她应当拥有的生活。

但李早犹豫了，当她一直渴望的那种生活置于她的眼前，邀请她进入的时候，她犹豫了。

三

王阳和朱莉面对面在大厅坐着，夜间的温度很低，即使喝着酒身体也是冷的。不只身体上，王阳想，他不知道朱莉有没有这种感觉，意识上的眩晕和颤抖。不过朱莉应该比他好很多，因为她还能腾出多余的精力安慰他，说何毅和李早也许只是手机都没电了所以联系不上，又或许是车子在路上出了一点状况，需要些时间来处理。"生活中多多少少会遇上些出乎意料的情况,是吧?"朱莉这样说。朱莉给他倒上酒,"不用担心,"她说,"他们很快就会回来的。"

"他们",王阳想着这个词,"他们",这真是一件"出乎意料的情况"? 有一天晚上,当你睡醒一觉后发现,你的未婚妻和你最好的朋友一起消失了。"消失"这个词或许用得有些重了,"失联",可以用"失联"这个词。他们没告诉你他们去了哪,他们也不接你的电话。你只能猜想他们现在在哪,在做什么。你也可以更戏剧性一些,去猜想他们是遭遇了重大的连环车祸,甚至遇到了匪徒,这样才会被迫和你失联。

但王阳理智尚存,还能在合理的框架里进行思考,他知道自己唯一能做的只有等待,并在等待中不断回想,这种端倪是何时出现的,难道一直毫无察觉吗? 如果他从未把何毅和李早放在一起想过,一直认为他们三个人的关系是一条线段,他才是中间的那个连接点,线段的两个端点怎么会发生关系? 如果是这样,那他此时怎么可以如此理智地等待着一切可能发生的结果。

如果不是毫无察觉,那么一切不加指明或阻止的顺其自然,是一种超常的信任,还是蓄意的放任? 难道只是为了能够站在原地,颤抖着却同时怀有期待去观看那一点端倪能够造成多大的灾难,能在多大程度上摧毁他一手建立起来的生活? 如果是这样的话,王阳想,自己或许才是他们三个里最适合被"毁灭"一词形容的那个。

无论结局如何,他知道,一切都已不同。

他想过最坏的结果就是失去她,或者,也不一定,也许那恰恰是更好的结果,他失去她,然后在不久以后遇到一个更好的女人,什么意义上的更好呢? 更年轻,更美貌,更温顺,更加爱他? 那时候如果他跟后来的妻子说起,他也许会说现在的失去是一种幸运。

但生活不是那些浅俗的连续剧，遵循的不是它们的逻辑，不是娶了更好的人，过上了更好的生活，就可以说他终于战胜了那些伤害过自己的人，他从此就成了胜利者。不是这样的，生活遵循的是生活的逻辑，他所爱的女人背叛了他，这种痛苦永远不会被其他更好的东西所抵消和替代，那一刻他成了失败者，并且此后生活里的每分每秒都会提醒他不能忘记这一点。

而李早对此一无所知。

她此时在做什么？在想什么？她会跟何毅接吻吗？甚至做爱？她会像对自己那样，用嘴让他快乐吗？会吗？她会感到愧疚吗？或者悔恨？

只有夜晚是永恒的，王阳看着窗外，夜晚永远像现在这样笼罩着他。而李早将永远，永远对他此时内心发生的一切一无所知。

"你就没有什么想对我说的吗？"李早说。

何毅抽完了他的烟，又重新点上一支。

"说说你的童年，你的家人，"李早说，"或者是，你为什么这么绝望。"

何毅没有说话。

"王阳说你妈妈是自杀去世的，"李早说，"但从来没听你提起过。"

何毅没有说话。

"可以不要抽烟了吗？"李早说，"我讨厌烟味。"

何毅把烟头掐掉。

"说说吧，"李早说，"说说你的妈妈。"

"你们夫妇是专门赶过来要给我做什么心理疏导吗？"何毅说，"还是你也觉得你想拯救我？"

"我和王阳还不是夫妇，至少现在不是。"李早说，"我也没对你产生拯救的想法，难道是你觉得女人们都热衷于去拯救一个绝望的男人？"

何毅笑了出来。

"我只是想听你说说话。"李早说，"我还不想回去，所以换你来说说话。而不是我一直在说。"

何毅看了李早一眼。"是，我妈妈是自杀死的，在我出生后不久。"他说，"她把自己吊死在客厅的房梁上，那个空出的位置原本准备装一盏水晶大吊灯，灯装上以后我们就可以搬进那幢新房子去住。"

李早说："是产后抑郁吗？"

何毅说："不知道，那个年代哪有什么产后抑郁的说法，他们只会说她是撞了邪。"

"所以你对她毫无印象？"李早问。

"毫无印象。"何毅说。

"但我觉得她对你肯定有所影响，"李早说，"比如潜在的抑郁一类？"

何毅没说话。

"但王阳说是大学时候你在酒吧做兼职的那段时间毁了你，"李早说，"你觉得呢？"

"你这是访谈还是审问？"何毅说。

"聊天。"李早说。

"他说你在那里不只是染上了坏习惯，比如酗酒。酗酒还只是小事，"李早说，"更严重的是你从那里回来以后彻底丧失了抱负。"

"那只是王阳的臆断，"何毅说，"我从来就没有什么抱负。"

"但你曾经想做一个乐队，"李早说，"你为此做过努力不是吗？听说你在酒吧的那段时间积累了不少听众，有乐评人称赞你是一个诗人。"

"努力？"何毅说，"也许吧。"

"为什么放弃呢？"李早说，"现在你连吉他都不碰。"

"那你呢？"何毅看向她，"你又为什么放弃。你以前也写小说，王阳说你有那个才华，为什么不写了？"

"小说家不是离我最近的目标。"李早说。

"最近的目标？"何毅问。

"对，"李早说，"最近的，我伸手就能够到的目标。"

"是什么？"

"有一个家，"李早说，"一种安稳的生活。"

"也许以后会有机会，在最近的目标实现之后，有机会的话我也许能再写点小说。但，"李早笑了笑，"并不是谁都能有机会成为艾丽丝·门罗。"

"你想要的目标现在就在你眼前，他就坐在那里等你，"何毅说，"但你却待在这里，说你还不想回去。"

"别岔开话题，"李早说，"我是在问你，问你为什么放弃。"

何毅看了李早一眼。"不是谁都能有机会成为艾丽丝·门罗，"他说，"也不是谁都能有机会成为鲍勃·迪伦。"

李早沉默了一会儿，然后说："一定要成为鲍勃·迪伦吗？成为有几十个听众的何毅不也很好？我以为你只是在享受音乐。"

"那为什么不干脆回归为一个听众？"何毅说，"如果你已经确定自己没有更高的才华。"

"这就是你的原因？"李早说。

"这就是我的原因。"何毅说。

"这也是你背叛刘茵的原因？"李早说，"也是你酗酒，是你绝望的原因？"

"因为你没办法成为自己最渴望的那种人，所以你连最基本的生活都要摧毁？包括别人的生活？"李早说。

"不要用这种教训的口吻跟我说话。"何毅说。

"如同刘茵所说，"李早说，"你最大的才华就是你无与伦比的极端。"

"极端的冷漠，极端的自私，极端的懦弱。"李早又说。

何毅笑了出来。

"你跟我是同一类人。"何毅说。

李早看着何毅。

何毅说："你跟我是同一类人。"

他看着她。

"自私、冷漠、懦弱，却想找一个好人来承担我们的生活。但你比我更无耻，你自私冷漠，却还装作热爱生活。你明明想要更多，但又不舍得安稳的生活。你如果跟我一样坦诚，就应该懂得放弃，像我一样，把希望留给有希望的人。你就应该放开王阳，就像我放开刘茵一样。"

李早沉默了很久，然后她说："你不过是个生活的懦夫罢了。"

何毅说："你不过是个虚伪的利己主义者。"

李早却笑了出来："谢谢你告诉我。"

"不用谢。"何毅把含着的烟头吐出来。

"你今晚是希望我做点什么，是吧？"何毅说。

李早看向他。

"你对你笃定的目标迟疑了，"何毅说，"所以你希望我做点什么，好让你暂时逃离甚至逃脱原本的生活。你希望那些让你生活发生改变的力量来自外在，以确保你发生失误的时候可以让自己全身而退，你那个时候会说，你与此无关，因为你没主动做过什么。"

李早没说话。

"那你现在希望我做点什么,"何毅转向她,掰过她的肩膀,"做到什么程度?"

李早没有挣扎。

"你看着我的眼睛告诉我,"何毅说,"你想要什么? 你一步步激怒我,然后想从我这里得到些什么? 安慰? 建议? 讽刺?"

"还是性?"

李早没有说话。

"你告诉我,"何毅说,"看着我的眼睛告诉我,你眼里有对我的欲望吗?"

李早看着他。

"有吗?"何毅说。

"没有,"何毅说,"一丝一毫都没有。"他将李早推开,放开自己掰着她肩膀的手。

"我承认我对你有,"何毅紧握着方向盘,"你早就察觉到了是吗? 所以你在给我机会。引诱? 放任? 激怒? 你想得到什么?"

李早没有说话。

"你冷漠自私,虚伪疯狂。"何毅说。

"而王阳自以为是,"何毅说,"他是个自以为是的白痴,用廉价的善良掩盖内在的空虚。"

"但他也不至于得到这样的惩罚。"

"我也不至于为一点欲望而毁了这一切。"

王阳听到门外汽车喇叭声的时候,他的身体像被再次拧紧了发条。朱莉先跑了出去,她去给他们开门。王阳坐在位子上没动,或者说,他没办法动。他透过那扇玻璃门,看见车子开了进来,然后朱莉关上了院子的大门。王阳看不清车子里的人,他甚至怀疑何毅和李早到底有没有在里面。

然后他看见他们走了进来,李早一个人走在前面,何毅和朱莉跟在她的身后。他们穿过月色,穿过院子里的三角梅,穿过脚下的绿绒蒿丛,一步步朝他走来。

她似乎是微笑着,像是什么也没有发生。她把手中袋子里的药递给他,告诉他镇上的那家药店关门了,他们只好去更远的药店,一直到了古城。她没有再解释别的,好像这样的理由已经足够了,她并不在乎它够不够严密,够不够真实。只需要听的那个人愿意相信,那它就是可信的。"你头还痛吗?"她问他,"赶紧吃一颗,还有冲剂,一起喝下去。"她伸手摸了摸桌上的凉水瓶,然后说她去热一点开水。

朱莉走过来,接过李早手里的水瓶。"我来吧。"朱莉说。

然后王阳抬起头看着李早,"我以为你不会回来了。"他说。李早看着他,先是迷惑,然后即刻恢复如初。她感觉到,或许王阳早就从那些蛛丝马迹里看到了他们之间的另一种结局。但她的内心没有忐忑,没有恐惧,什么也没有。她只是走到他身旁,把身体倾向他,然后抚摸着他的头发。"怎么会呢。"她说。

生活再次接续,一切看似如常,但已完全不同。

它的暗面向他们翻转了过来,那些谎言、闪躲、心猿意马,甚至是背叛,开始汇聚成细流融入他们的生活。

四

他们在夏天举办了婚礼。宴会酒店坐落在市区北侧的半山腰,紧邻一片近千亩的玫瑰种植园。负责酒店宴会的经理告诉王阳和李早，玫瑰园每年预计产出食用玫瑰一百五十吨，向全市供应，可供制作一千八百万个美味的鲜花饼。他们站在宴会厅窗前看向远处已经盛放的玫瑰园，听经理向他们解释食用玫瑰和观赏玫瑰的区别，仿佛参与的是一次玫瑰园科普展览，与他们自己的婚礼全然无关。经理的科普知识介绍完毕后，非常遗憾地告诉他们，两个多月后他们婚礼举行的时候，玫瑰园的玫瑰基本已经采摘完毕。

那天他们从酒店出来，车子路过玫瑰园的参观入口，王阳问李早要不要进去看一看，李早摇了摇头。王阳说："确实，食用玫瑰没什么可看的。"李早没说话。王阳又说："日期太仓促，只有这个酒店规格还可以。"李早说："没关系。"王阳说："我妈只是觉得这个日期更吉利，没有催你的意思。"李早说："我知道。"王阳没说话，等车子下了山，他才说："那就好。"

那些日子仿佛和从前没什么两样。他们仍旧一周约会三次，偶尔在她的住处过夜，周末会选一天跟他的父母吃饭。饭后，他们会坐在一起商量婚礼的细节，王阳的母亲事无巨细，王阳的父亲则置身事外。常常是他们三个在核对宾客名单或者确定宴会菜谱，王阳的父亲就坐在一旁看战争纪录片。马恩河、凡尔登、珍珠港、中途岛、诺曼底，这些战役一一作为他们讨论的时间标记。他们互相提醒："诺曼底登陆那次我们说过要加这道凉菜……偷袭珍珠港的时候我们说过要再给同事加五桌。"有时战争场面巨大的音效总是将他们的声音掩盖，王阳的母亲就耐心地等待，并且教他们也学会等待，同时教给他们什么叫作婚姻。她说："婚姻是一场时针与分针的耐心角逐，等待彼此不同的步调在每一次整点时刻的会合。"然后战争的音效停息，他们的讨论继续。最后，王阳的母亲都会用"井然有序"作为结束语。

一切都在井然有序地进行，一切都朝着令所有人满意的方向发展。而不久前

叶昕昀 | 最小的海

他们彼此内心的波动都被这些井然的日常所暂时地抚平，除了一些时候。比如当王阳瞥向父亲认真注视的纪录片，屏幕上正在讲述那些战后士兵的生活，他们从战争和灾难中走出来，在和平的生活面前展现出巨大的迷惘。王阳想到他和李早一起读过的海明威，想到《太阳照常升起》，想到他自己。那些在他们内心发生过的战火与灾难构成了他们的战后生活，他们要在废墟之上重新铺平日常生活的轨道。他们需要遗忘，需要让一切如常。如常地牵手，吃饭，散步，聊天，也如常地亲吻和做爱，但却总是在进行的时刻突然中止，即将攀上顶峰的瞬间闪现出那些灾难的画面，他们都心知肚明地等待，等待彼此在整点时刻的重新会合，等待爱意的重现，等待生活的再建。他们都竭尽全力。

战争纪录片又从头开始播放的那个晚上，他们的讨论也宣告终止，婚礼不久以后就将举行。那天晚上他送她回公司宿舍，到她楼下的时候，王阳说："婚礼何毅来不了，他说有些急事。"

李早点点头。

"不过朱莉会代替他来。"王阳说。

"刘茵会来。"李早说。

"所以何毅不敢来。"王阳接上李早的话。然后他们一起笑了出来，那一刻他们好像听到了时针与分针的重合声。他吻了吻她，然后放她走。

但他最后还是拉住她。"何毅给我们寄了礼物。"他说。李早看着他。"一个小盒子。"王阳说，"还有一封明信片。"

"是什么？"李早问。

"不知道。"王阳说，"我还没拆。"

"就在后备厢。"王阳说，"你可以去看看。"

李早关上车门，站在车窗旁，跟他说再见。

"你不想看看吗?"王阳说。

她俯下身来,从车窗里看他。他也看着她。

他们僵持着。最后她走到后备厢,去拆开礼物和明信片。

盒子里是一对昂贵的手表,明信片上印着"最小的海"。

她拿给他看,他问她明信片上写了什么。

"新婚快乐。"她看着海的背面,把文字念给他听。

"没有别的?"王阳问。

"没有别的。"李早说。

王阳看着她。

"你失望吗?"王阳说。

李早看向他。

"我不知道。"她说,"已经不重要了,对吗?"

"都过去了。"她说,"不再想了,好吗?"

她探过身子,帮他把衣领折下去。

"好。"他说。

王阳带儿子从麦当劳出来,给李早打了两个电话,她没有接。过一会儿再打过去,李早关机了,那时天已经开始黑了。他给李早发了一条微信:"多多想坐摇摇车,我们现在去超市,在超市外边的彩虹喷泉等你。"

多多坐在摇摇车上,指着广场上的喷泉,说:"彩虹。"王阳说:"对,彩虹。"多多说:"妈妈会沿着彩虹找到我们。"王阳说:"对。"李早给多多讲过一个童话故事,她告诉多多,天上的小仙童如果迷路了,只要找到彩虹,沿着彩虹桥一直走,就能找到他们的妈妈。多多问李早:"如果是妈妈迷路了呢,也可以走彩虹桥吗?"李早想了想,说:"可以的,大人也可以走的。"

"这个彩虹有点小,"多多说,"看起来不够结实。"王阳说:"没事,爸爸昨晚加固过了,加了很多很多的水泥,所有缝隙都填得满满的,你妈妈踩在上面没事。"多多点点头,说:"加了像多多一样多的水泥。"王阳说:"对,像多多一样多的水泥。""多多"是李早取的小名。李早怀孕的时候,王阳最大的乐趣就是对着腹中的胎儿唱歌,王阳喜欢唱《哆咪咪》,后来每次一唱到"哆,是一只小母鹿"这句,李早都能感受到腹中明显的胎动,于是她给婴儿取名叫"多多"。

多多说不坐摇摇车了,王阳问他为什么。多多说:"我们还是去喷泉旁边等妈妈吧。"王阳说:"想妈妈了?"多多别开头,说:"我想检查检查你修的彩虹桥怎么样。"王阳说:"行,你去视察视察。"

王阳站在远处注视着多多,又给李早打了两个电话,还是关机。失联。这次又是为了什么? 检查报告的结果不好吗? 哪种程度的不好? 她还是不愿意第一时间告诉他吗? 他没办法再往下想。他走到多多身后,和多多一起仰头看彩虹喷泉。那是一个波光喷泉,水柱沿着拱形的轨迹喷射,喷泉下有各色光源,光沿着喷射的水波显现出不同的颜色,形成彩虹。

多多伸手去碰水柱,王阳还没来得及阻止,多多已经被水压打得哭了起来。王阳把他拉过来,检查他的手,问他是不是痛。多多哭着摇头,说:"这彩虹是假的,一碰就消失了。"王阳抱着他,轻声说:"对不起。"多多抽泣着说:"妈妈呢? 妈妈也消失了吗?"

消失。多多不久前才学到这个词,李早教给他的。李早刚做完检查的那几天,他们坐在客厅里陪多多看动画片,不过专心看动画片的大概就多多一个。王阳时不时地看手机,李早更多时候在想事情。动画片放到一半,李早用腿踢了踢王阳,轻声说:"我想起一句话。"王阳问什么话。李早说:"博尔赫斯说的,'人死了，就像水消失在水中'。"王阳放下手机没说话，多多却转过头来，问："妈妈，什么是消失？""消失就是东西和人突然不见了。"李早想了想，又说，"你的乐高汽车找不到了，就可以说它消失了。"多多点了点头。

　　王阳抱起多多，说："妈妈刚才打电话了，让我们再去坐一次摇摇车她就到了。"王阳给儿子擦干眼泪，然后走回摇摇车旁，把游戏币投进去，金属掉落的清脆响声经过短暂沉默的空隙，音乐再次响起来。

　　消失。

　　她已经消失过一次了，在海边旅馆的那个夜晚。朱莉坐在他对面，让他不要担心。

　　"你会慢慢习惯的。"朱莉说，"在这方面，我经验比你丰富。"

　　王阳问她是哪方面。

　　朱莉说："失去。"

　　广场中央的喷泉全都开启了，水流交错着冲向天空，完美的抛物线。迄今为止，他的生活如同这一条条抛物线一样，遵循着近乎完美的轨迹，即使中间可能暗藏着某些打破完美轨迹的意外，但也都被一一克服。不是被他，而是被生活本身所克服。会继续完美吗？继续遵循完美的物理轨迹，不被任何意外所打破？不被那些突如其来的失去所中断？失去，他想，无论经历多少次，他还是不能说自己在这方面经验丰富。

　　空中落下的水滴四散着落入水面，然后消失。

　　但至少上一次过后，他想，经过了那么多年，他知道，她会回来的。

　　从门诊部旁的侧门穿出去距离超市更近。李早计算着从医院出发，沿着种满滇边蔷薇的围墙走到侧门，然后穿过一片居民区，进入马路，右转，一个红绿灯，两条岔路，然后到达，这一共需要十五分钟。但她始终没有起身。

她坐在医院角落被凤仙花丛所围绕的幽绿的人工湖旁，看不远处几个孩子在空地上学习颠足球。一下，两下，三下，最多五下，球就落下来。孩子们渐渐失去耐心，开始练习传球。

结果不算严重，但也算不上乐观。比最好的结果差，但也比最差的结果好。球被踢起来，径直飞进湖里，孩子们跑了过来。她想着该用怎样的语气把消息告诉王阳，才能不显得过分担忧，也不表现得盲目乐观。她制止住孩子们想要伸手去水里够足球的想法，她让他们去找保安，她会在这里帮他们看着。在面对王阳之前，她想，她需要一点属于自己的时间。风吹起来，足球往湖里漂得更远。她站起来，沿着足球漂远的方向走过去。夜渐渐暗下来，已经开始有蛙声。她站在树下，看湖面上的涟漪随着风一层层起伏。不过这一次，当结果向她呈现的时刻，她什么都没有想，没有想着死亡，没有想着意外，没有想着遗憾。也没有想着另一种生活。

她听见孩子们跑回来的声音。保安在后面大叫着让他们停在岸边，往里面去危险。她抬起头来，保安巡逻的手电照在她脸上，她抬手挡在眼前。孩子们站在远处问她："我们的球漂去哪了，阿姨？"

保安带来一根捞落叶和垃圾用的长竿网兜，沿着水边往湖里探进去，天太黑，湖边的灯很暗，看不清球的准确位置，球在一次次的搅动中漂得更远。保安最后只好放弃，答应孩子们明天白天再给他们捞。孩子们站在岸边叹气，但不一会儿就重新恢复活力，决定回家去玩别的游戏。孩子们临走前跑到李早身边，对她说："谢谢阿姨，阿姨也早点回家。"李早摸摸他们的头，说："好。"

孩子们吵闹的声音逐渐远去，李早开始沿着岸边往回走。她重新打开手机，王阳和多多还在彩虹喷泉旁等她。她知道，他们会一直等待，直到她再次出现。

王阳的母亲说，这是一场耐心的角逐。一切被打乱的步调和间或的波动最终都将融入整点会合的钟声。

如果说现在她要比以前懂得更多，那就是，她知道哪里才是她的生活。

《收获》2022年第4期

双翅目

双翅目，作者、学术工作者，喜爱理论与幻想的连续体。出版有中短篇作品集《公鸡王子》《猞猁学派》《智能的面具》，作品被译为英语、日语、德语。

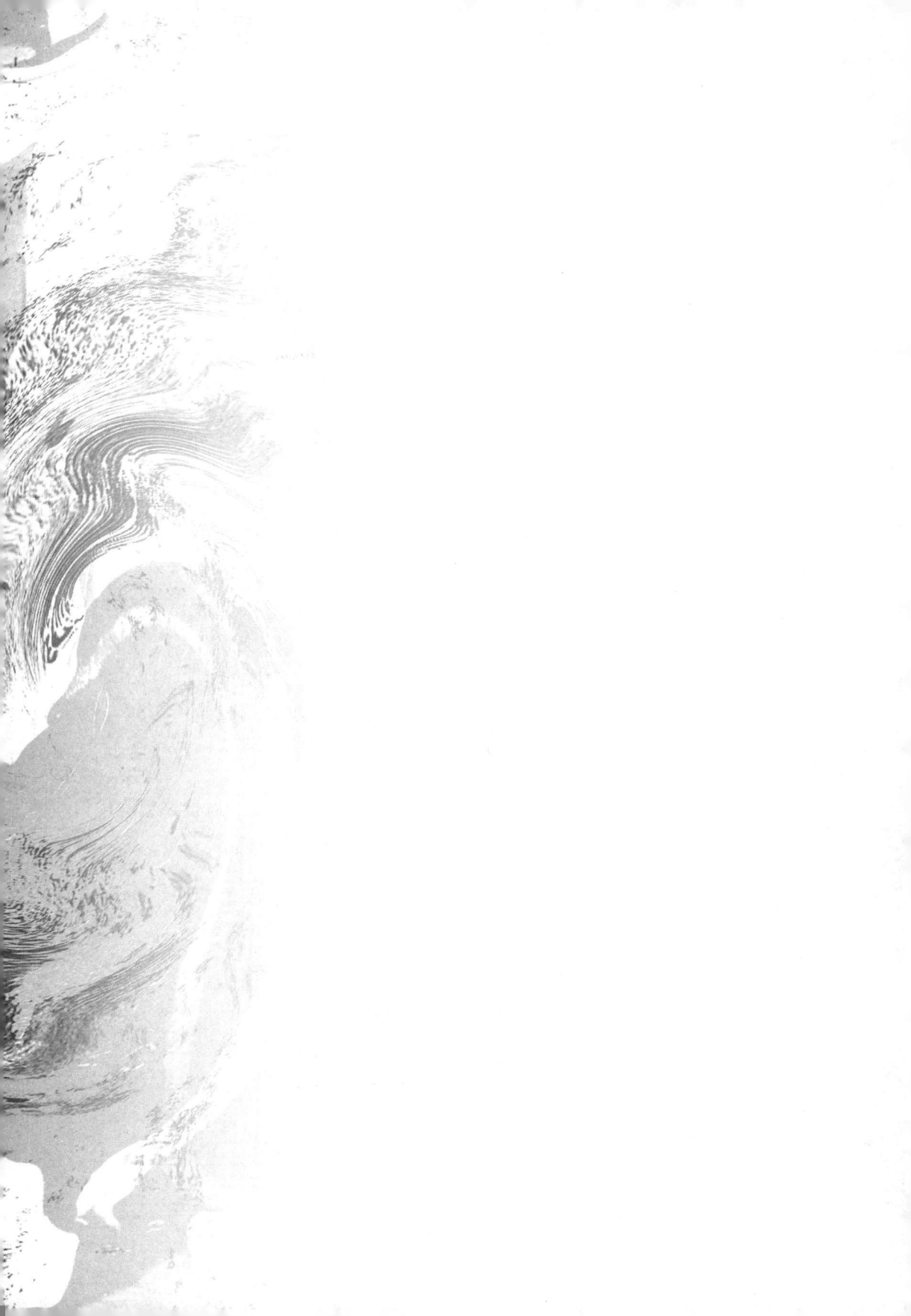

记一次对五感论文的编审

一

我打完卡,还未坐定,隔壁老赵开始咆哮。编审间隔音效果好,听不清内容。他像闷罐里的狮子,又像家国沦丧的古代诗人。浑厚的呜咽声持续十五分钟才偃旗息鼓。起初我不习惯,劝老赵回文字部,他不听,他相信自己的神经,三个月后,一切形成规律,我只能作罢。

综合学术期刊《视界融合》是最早建立五感论文编审部的机构之一,拿了不少项目经费,也保留了经典的纯文字编审。可惜《视界融合》不属自然科学期刊。我们每年一半以上文章虽与技术口相关,也有不少直接涉及基础研究,但由于刊物定位,论文的立论、逻辑和结论,都须往社会科学和人文科学方向靠拢。新主编老胡有文人的浪漫,支持"想象终究落地"的实践派观点。以他的背景,他的决策显得过于有胆识。新官上任,他直接同专攻人工智能的勿用公司合作。五感论文审核设备由勿用支持。勿用的设计部相信"科学即想象"。《视界融合》的期刊风格就这么定调了。

老赵与我师出同门,虚长我五岁,想法和行为比较保守,至今无法有效适应增强现实的世界。年前,我与他带着小编辑们购置年会礼物。嘉年华综合超市新装配增强互动体验,希望打造主题乐园般的购物效果。增强镜片自动接入超市系统,轰然而至的斑斓信息抓紧老赵的视神经。他是位居家男子,喜好瓜果梨桃,杯盘碗盏，长久以来网上购物，日常置办则到门口小市场。他不熟商品拜物教的新玩法，愣头青似的死死盯着蹦来跳去的互动图式，完全被牵着走。我们来不及笑他，他已拎着榴莲，走向居家区域，直奔标有纳米级瓷碗的方位，直接高抬腿，撞上展台。仿白瓷的茶杯、茶碗、茶碟、茶壶哗啦啦一片，应声落地。我的镜片弹出广告：声如磬石，脆而不碎。所幸商家没骗人。

事后，笃定做文字编辑的老赵一百八十度转弯，申请调往五感论文编审部。单位担心他内心创伤，安排心理咨询。看诊大夫擅长实验心理，没挖掘老赵童年阴影，只总结：老赵一切正常，不过心灵敏感，共情力强，高强度的沉浸体验会让他虚实不分、真假不辨，抽象的文字工作更有利身心健康。可老赵不听。他整个人扑向茶具的视频转发上万，他女儿同班同学瞧见，笑了他一阵子。虽然老赵女儿活泼开朗，没放心上，他却看不开。他对我说，得了解年轻人，得和女儿有共同语言。我对他的动机持保留态度，不过没拦他。一周后，五感论文中层编审开了碰头会，决定给老赵提供最舒适最安全的体验。王编让出了自己的编审室，她的配置最好。老赵是个敬业的家伙，迅速学习装备的使用与维护，可谓全身心投入。人事和心理标定走完一个月流程，老赵正式加入。

中午，食堂人满为患，老赵没来。他做事投入多，消耗大，容易饿，习惯提前就餐。王编曾嘱咐，老赵算是我们编审部的新人，我须多照看。老赵情绪外露，我每天中午瞧他的表情，便能将审核情况猜个八九。我等到将近午餐结束时分，老赵才狼狈不堪而来。他在我对面坐下，猛扒白米饭，说刚把小编辑们数落了一番，让他们不要把超出限度的论文直接送外审。你知道吗，他说，外审老专家差点吓出心脏病，我也吓坏了，小李可好，喜欢得不行，还跟我辩白，说这篇文章值得发，要找王编再审。我告诉老赵：小李和你们不一样，她坐过山车要抢头排，去鬼屋恨不得追着鬼跑。他评价：年轻娃娃，无知者无畏。我只得严肃起来：我

双翅目 | 记一次对五感论文的编审

跟你说过,讨论敏感问题的五感论文,在感官层面就是会比较刺激,但我们看的是论证,外审和小李的喜好再天差地别,也和论证无关。你干吗? 他不高兴了,我比你早入社,我做文字编审的年头是你的两倍,你可能比我懂五感,但我比你懂论证。他嗓门高八度,食堂阿姨投来警示目光。他埋头悻悻地吃肉。我也不太高兴。我一直想告诉老赵,自从加入五感论文编审部,他脾气变暴躁了。我跟王编汇报过,一向理性的王编却说,太理性的人,会不会没法真正地设身处地,体验五感。我的性格和她类似,我也自忖,是不是因为冷漠,我才能在五感部门一路升迁。所以,部门需要老赵这样的人。王编得出结论。

我不好多说,拿了瓶快乐水,等着老赵吃完。他漱口,抹嘴,正式向我道歉,说自己变暴躁了。我转移话题,问他那篇论文的后续处理。他答:退稿。有些场面太刺激,他仅读了部分场景。外审专家的评语已很完备,那篇论文论证五感交联的现实可行性和伦理问题,但作者举的案例要么比较极端,要么全是神话。这种情况并不罕见,《视界融合》经常收到幻想小说似的脑洞文章,大多转到我这儿处理。我推荐作者们将五感论文直接改为装置艺术,其中三分之一都能成功落地。可以说,《视界融合》的知名度一半以上得益于被退稿人高涨的创作热情。我同老赵握手言和。他说上午一篇耗了他太多精力,下午找两篇简单的审。

回到工位,还没坐稳,系统弹出警示,是申诉,要求重审退稿论文。我瞟一眼,猜着是上午老赵刚退的那篇。外审措辞严厉,认为类似的五感交联本就背德,玷污神话与人性,不属于《视界融合》的伦理讨论范围。激动一上午的老赵在这里则委婉不少,只说不合适本刊。节外生枝的是小李。作为初审,她认为论文讨论了未来的身体美学可能性,退稿后,她居然在初审栏又补了一句,建议适当添加现实案例,申诉再审。

刚吃完午饭,胃有点沉,脑子有点蒙,按理说不适合审争议论文,可人终究抵不住好奇心泛滥。我将论文接入编审室，按论文要求脱去里外衣服，套上约三毫米厚的膜状触感皮肤，贴隐形视镜，戴耳郭，塞鼻管，咬紧嚼子。我深呼吸，有些怀念用纸笔就可以进行编审的旧日时光，进入审核室。

直接定位问题章节。一片漆黑。我想左右转头，却做不到。心理暗示透过火红的山脉与紫色的天穹渗入思绪深处。我的大脑皮层已不在天灵盖之下，我的头颅已不在脖颈之上。精神的网络往胃肠集中，我的面部神经整体下移。我的腹部开口，充满焦烂味道。我的双乳睁眼。我的脑袋正骨碌碌滚向山脚。脑袋落到底，却没有停。它沿山麓一路攀缘，滚向山巅，滚入黑色的太阳。跳进太阳前，它回头，笑眯眯对我说，欢迎进入感知新世界。

二

理智的反射弧为我做出判断。我下意识搓动不同指节，输入指令代码。论文文字论证与注释嵌入视角，适时让我与惊悚的体验保持距离。

论文的研究对象是一款东欧国家做的沉浸游戏，卖点是封闭式沉浸体验与感官挪位，在国际推广时遭遇不同地域的分级审核，属去年争议最大的五感游戏。评价两极，一半人觉着它能带来沉浸体验的新维度，另一半人觉着它会造成感官紊乱和创伤性唤醒。我看过些讨论，但没细研究。国内分级体系提上日程又反复延期，时代变得太快，法规跟不上，静观其变成为常态，独立五感游戏的引进搁浅大半，遑论如此争议巨大的游戏。

此时此刻，我没头苍蝇似的，跑上一座又一座山头，慢慢接受了自己没有头的事实。五感论文持续弹出文字提示：本片段中玩家是半人诸神系统的一位主要角色：刑天。游戏的体验环节自半人，至半兽，至蚊虫，至草木，至微生物，最

双翅目 | 记一次对五感论文的编审

终会跨越有机无机之界，让玩家体验自然神性的永恒。论文标注了游戏参考资料，道家朽木不雕、郭象独化之论，都被运用于建构游戏的核心机制。但文章话锋一转，点明感官挪位不是想象：游戏设计的确运用了科学原理。

我觉得肠道蠕动，该死的心理暗示透过神经，进入皮层。我用力思考感官挪位的可玩性，突然觉着，信息过载的器官不再是大脑，而位于小腹，位于肠道内部。我听见自己吼了一嗓子，心下闪过一个念头，老赵会不会从隔壁跳过来救我。我的肠道给出答案：他不会。隔壁的隔壁，小李等小编辑们也不会，他们头一次见我如此失态，高兴还来不及，可能正笑盈盈地拍摄素材。肠道发出抱怨，腹部轻蔑地呵呵两声，是我的声音，更加浑厚有力。我赶忙用新长成的嘴大声命令：原理分析。

黑日不再摇摆，四周突然静谧。粗大的字体与引证拦住去路。小标题加亮：肠道菌群的智能系统。我长嘘气。因为没有鼻腔，腹部的大口负责呼吸。它鱼鳃般一张一翕，我品出午餐木须肉盖饭的味道。不得不承认，这游戏为了增强感官挪位的可信度，甚至放弃了沉浸感。游戏设计集中解释，肠道菌群属人体内独立生态，具有特异性，不少研究都肯定了肠道菌群的集体智能，可根据个体的菌群，进行人体理疗乃至精神治疗。因而刑天形象设定，当人失去头颅，肠道的复杂生态可取代思想。当然，一切只是映射。玩家没有丢掉脑袋，只是将脑中思维投射到腹部，与肠道的生态网对应。复杂系统的关联足以支撑感官挪位的真实体验，何况刑天本就以腹为面。论文进一步补充：本片段非中国特供，但中国玩家的潜意识更有益于适应刑天的沉浸人设。

我不由点头，或准确地说，我的点头动作已顺利置换为弓背与弯腰。人的适应性真可怕。我努力让胸部的眼球向下瞟，同时收缩腹肌，以便观察自己的大嘴。嘴唇很厚，很干，嘴角咧开可到腰两侧，张到最大时宛如河马张口，再使点劲，整个人恐怕会向后断为两节。胳膊伸入口中，能摸着湿漉漉的舌头、厚厚的舌苔、不规则的牙床，还有黏膜另一侧被挤压得蠕动剧烈的肠道。我思考其中奥妙，肠道随之逐渐变烫，能感觉到充血的毛细血管网正努力为肠道菌群加温。我需要冷静。我双臂抱紧胸口。黑暗中，该死的文字提示仍沿视网膜滚动。真正的眼球贴着隐形眼镜，我无法阻止信息流入。

论文说，游戏关卡要求刑天手持盾与斧，不断与黄帝交战，直到胜利。晋级意味着对感官挪位的适应性增强。打通三种半人环节，即可进入半兽阶段。半人马、小天使、斯芬克斯，甚至猪八戒，被归入半人。九色鹿、麒麟、龙却归入半兽。论文认同游戏的分类法和进阶逻辑，我这才想起我都没看论文的题目和摘要。周遭亮起红色预警：黄帝正逼近刑天。我感到危机，汗毛倒竖，可我不想走游戏剧情。我收紧胳膊，挡住视线，找着目录，找着封面。

论文题目：《论感官挪位对增强现实的适应性提升》。

目录分三部分。第一部分剖析游戏，第二部分分析成功的感官挪位案例，第三部分讲增强现实的多维度感官。现实案例有以听觉置换视觉的章节。我眨眼敲开。瞬间山风骤起，黄帝咆哮。无头刑天缺乏听觉。视觉代替听觉是另一回事。我吓得张开胳膊睁眼，只瞧见黑色太阳吸收所有波段，瞧见自己惊恐大叫的凄惨声音。按剧情，黄帝正将我劈为两半，视觉体验被诡异的听觉效果取代。粘连的五脏六腑咕嘟咕嘟四散分离。我的思维伴随着我的肠道生态系统飞溅向四荒八野。黄帝立于他的新领地放声大笑。我的每一寸神经正飘落入土，渗入地表，与天地共同庆祝新文明的诞生。整个游戏单元完成，论文防护系统才调动起来，提示已触发章节融合，可能导致感官紊乱。论文和游戏同时卸载了我。我感到人们冲进审核室，检查我的指标，将我翻身，搀我到沙发，七手八脚剥掉我的触感膜。我的感官缓慢聚焦，终于听清一句，老赵说，你也有今天。

双翅目 ｜ 记一次对五感论文的编审

看来我没事。

审核记录显示，只有初审编辑小李完整体验了论文的感性场景与理性论证。她喜欢卡夫卡的虫、洛夫克拉夫特的古神和莱姆的胶质索拉里斯星。她给了权限范围内最高评价。外审编辑体验了游戏场景，身体指标异常，论文后三分之二只完成文字审核。他反对浅薄的感官刺激，反对玷污古典的中国神话，反对西方现代文学描绘的怪力乱神。他的反馈言辞激烈，认为技术和艺术的结合本就是笑谈。纯粹的艺术带来纯粹的灵魂，泛滥的技术带来人类的堕落。他如此推崇人本身的高尚，以至于人之外的事物都低劣可悲，不应浸染人类。他称此为人文领域的最高底线。老赵认为初审与外审走了两个极端，便亲自测试论文。他比我强。他战胜了黄帝。他采取切香肠策略，每次只进入场景一分钟，给自己充足缓冲时间，同时让五感审核系统发生必要的卡顿。他获得可乘之机，一点一点打败黄帝。他没来得及高兴，便败在卡夫卡的甲壳虫环节。早年的老赵经历过抑郁，症状较轻，只是病程有些久。当他变为甲壳虫内瓤，整个身心指标立刻陷入应激状态。关卡要求，身为甲壳虫的玩家需与家人完成理性沟通，让他们接受变异的至亲。对于老赵来说，这是不可能的任务，比战胜黄帝还可怕。他困在甲壳虫内呜咽与怒吼，最终放弃。正当他踌躇如何推进审核，第二外审的反馈抵达。第二外审觉得论文虽猎奇，猎奇部分却也全部来自游戏本身。他肯定了论文的出发点与目的，对论证过程不置可否，但他不建议发在《视界融合》上，因为不是所有的融合都具普遍性。老赵认为有理，遂直接填了退稿栏。

三

我休息了半小时，才去找王编。王编正和小李谈，门口等着老赵。他展现了难得的高尚品格，没挪揄我。他说他能过第一关，但过不了卡夫卡，我应该正好相反。我同意他的看法。老赵共情力强，高敏感导致对通感的高适应力，平时可能饱受折磨，关键时刻反能迅速捕捉感官挪位的可能性并加以利用。我天生有一层名为理性的外壳，卡夫卡式体验属某种意义的日常，带壳交流不是难事，如突然陷入没有壳的世界，必然六神无主，精神容易被全新的感官体验撕裂。而小李硕士毕业论文就是从非压抑、非创伤——简单地说，非弗洛伊德——的角度，讲了女性的五感，她如此认同感官挪位，也能理解。我们靠着墙聊了一会儿，花一支烟工夫得出结论：这款游戏太关注感官挪位的普遍性，忽视了个体的特向差异。无头刑天关卡对老赵属初级难度，对我至少是中级。游戏的进阶机制有问题。论文忽视了游戏引发争议的源头，反以游戏为论据，讨论感官挪位的现实可能性。第二外审的反馈合乎道理。

老赵问：那论文怎么又弹回来了？

我摇头：小李开了她一年一次的特审通道，建议论文作者添加现实案例，申诉再审，我只看了问题章节，还没看修改部分。

老赵疑问，他中午刚退了稿，怎么可能下午就修改完毕提交再审？我们调出论文目录，显示论文第二部分和第三部分确实增加了许多现实案例，难道投稿时作者恰好出于某些考虑删除了这部分内容，现在再加了回来？这时，我们又收到系统提示，王编批了论文特审，意味着我们不再寻求第三外审，由总编、胡编及社里相关编辑重读论文，上会讨论，最终是否发表则由特审编辑们投票决定。

特审意味着，即便论文发表，知网五感论文阅读系统也会加星号，强调论文为刊物特推。五感论文由于既需理性论证，又充满非常直观的感性体验，向来分歧多。特推成为排除反对意见、着眼创新的手段，也容易成为众矢之的。自国家推广五感论文以来，少有期刊使用特推权限，理工科的深空与深海勘探有专项特

双翅目 | 记一次对五感论文的编审

推渠道，属应用领域，人文艺术领域则充满不确定。自从五感论文《中国现当代乡土文学男性生殖返祖与性投射研究》特审刊发，就少有刊物走特审环节了。该文被荷兰性研究者引用，并结合面向裹小脚传统的性癖研究，让中国男性成为东亚性别研究的群体样本，由此打开了国际学术界探究中国数千年封建男权的大门，有批判反思，当然也有追捧赞美。世界范围对封建男权形象的再发现和研究热，与知网五感论文系统对接国际五感档案的目的无疑背道而驰，只是许多事情已不可挽回。历史、土地、生殖、权力与性成为后续论文关键词的常用标签。国内人文学术对此讳莫如深。五感论文的特审也从力排众议推陈出新，变为名副其实的鸡肋。

快下班时，王编才和小李聊完。她把我们叫进办公室。小李眼角有光，耳根泛红，看来刚和王编吵了。王编仍从衣领到发丝一丝不乱，看不出情绪痕迹。她从头到脚打量我和老赵，让我们自觉比小李强不了多少。我们坐到王编对面。她调出系统，理性地告知，特审环节不再匿名，如果刊登，所有参与评审的编辑和论文作者，都将实名标记，对外公开。她认为这不是坏事，《视界融合》可以借此机会检验自身立场。胡编也同意了她的决策。往后一周，她、胡编、小李、老赵还有我，都须完整审核这篇论文。她强调，不能因感性干扰或个人喜好而影响判定。她已和立场鲜明的小李谈了。她在提点我和老赵。我认同地点头，老赵则沉吟半晌，终于说出自参审五感论文，他埋藏在内心深处的体会。

他说，设立五感论文的目的，本是将感觉纳入逻辑与论证的考量，是默认感觉和情感能影响逻辑的结构，所以，深度体验五感，又要排除感官干扰，这一评审要求有自相矛盾的成分。

我不认为人有真正的通感，王编也很坦诚，在知识层面，我们只有通过冷酷的理性达成共识，但人类不会只有一种共识。她说，老赵你来《视界融合》以前在文学期刊工作，文字表达看起来抽象，有时却能调动全部五感，激发一个新世界。许多世界，不同的世界，每个世界各有各的共识，我们不能硬说它们之间存在通感。所以，我认为，感官挪位是个更恰当的阐释方式。我们每到一个文学世界，我们的感知就需要挪位一次，以适应那个世界的理性共识。无法完成挪位的，自然无法进入那个世界，也就不会欣赏那个文学作品。五感论文只是把文学表达具象化了，便于分析。也是基于这个层面，我认同这篇论文的论证思路。

我和老赵没说话。

当然，你们不一定同意我，小李也不同意。这是我的个人立场。而从《视界融合》角度看，我们需要一个推荐或不推荐这篇论文的统一基础，这一基础肯定不会来自我们各自的感性差异，我也不会要求我们的感受达到统一。我们要在论证层面达成评审的大致相同，我希望这是第二轮审核大家评判的出发点。

王编说话总让人难以质疑，何况已是下班时间，我们迅速达成一致，但又各怀心思，简单道别，各回各家。路上，我想到一个问题：王编的立场或许没错，但不适合这篇论文。以感官挪位的立场，进入五感体验，以检验关于挪位的论证，一切太水到渠成，心理暗示或循环论证的意义或许大于论证本身。但不认同感官挪位的人，大多无法顺畅地完成体验，也就无法审视其论证。当然，我告诉自己，所有的文学或艺术评论都有类似问题，只是五感娱乐和五感论证将所有症结放大了。

我回到家，从四肢到大脑都无法摆脱白天的场景，干脆重新接入内部系统，阅读去匿名的信息。第一外审虽研究感性问题，但他的所有观点都与《视界融合》背道而驰，到他手里的文章几乎都无法过审。不知为何，他一直处于外审名单前列。第二外审的确是学界权威，再者她的反馈不无道理，估计王编和胡编会参考她的意见。至于论文作者，她还是个博士二年级的留学生，她的导师与第二外审属同一学派。按理说，国内无法获取未引进的、争议游戏的体验片段与分析权限。她应该是借由留学生身份，以及她导师的渠道，与游戏制作团队沟通，拿到了研究使用权。自虚拟现实与增强现实普及，五感论文系统已成为某种意义的内参文献，论文作者的导师就认为五感论文应成为民用虚拟体验的分级标准与分级根据，也难怪论文作者倾向于论证五感的极限。

<h2 style="text-align:center">四</h2>

接下来一周，我暂时搁置其他工作，专注论文特审。我和老赵时不时分享经验，生怕遭遇猝不及防的创伤性体验。小李也提供了许多必要提示。游戏半兽环节将近结尾，有一个彩蛋，刑天关卡丢掉的头颅会在触发特定对话时弹出来，煞有其事地重复玩家的公开言论。此时，游戏机制将全力调动感官挪位的适应性刺激。对于玩家，那颗头颅说的每句话都将激发运动神经的镜像模仿。简言之，玩家会觉得自己正在控制那头颅说话。同时，玩家要与游戏角色完成另一重对话，以开启下一关卡。双重头颅体验实在太怪异，小李过关后眼圈发黑。她建议，不要盯着那颗柴郡猫似的、飘在空中的、自己的脑袋。王编和胡编则完全不与我们交流经验。胡编不见踪影，王编不露声色。我们道行果然不够。

论文第二部分又分为两章。第一章讲游戏参考的现实案例。不得不承认，这是作者论证最好的部分，细致程度和科学性不比一些教授的五感课题差。游戏设计者制作五感模拟时，大多出于想象，三分之二场景没有直接使用案例数据。作者则将所有科研案例制作成五感模型，与游戏感官的挪位环节尽量对应。刑天失去头颅参考古早的斩首实验。研究者与犯人商议，当犯人头颅落地，研究者将大声呼喊犯人名字，如犯人仍有意识，能够听见，便睁眼，眨三下。史料记载，犯人的目光清晰坚定，整个过程持续了三分钟左右。如今，一些偏门的外科前沿专家已建议尝试使用宝贵的几分钟，进行急救：脑手术或头颅冷冻。五感论文按照数据，提供了脑瘤切除成功、头颅冷冻瞬间和急救失败的体验。不似刑天那般骇人，也确有相似之处。回光返照之时，确实万物清晰，颅中魂灵仿若出窍。

肠道菌群则完全遵循另一套思路。二十一世纪五十年代后，对于皮肤病、肠道病、癌症的治疗，有的直接参考患者肠道菌群配药，有的以肠道菌群为营养调剂的主要手段。相关集群模型多如牛毛。我试了论文提供的成功治疗方案以及心理暗示，连续几天，自觉肠道都变好了。游戏则选了最为复杂的肠道集群，同人脸的面部表情识别进行映射与嵌合，做出刑天丢失头颅、面部移动的体验。论文解释，由于游戏创作依赖想象，游戏的体验也依赖想象，游戏便不需要坐实现实的可行性。只要现实当中存在感官挪位的锚点，刑天失首、面庞挪位，便可以成为五感意象。唯一的问题是，设计者过分热衷于肠道菌群的智能理论，而没有认真考察头颅丢失的体验，感官挪位的想象性体验便有脱靶的潜在性危险。毕竟，肠道菌群的面部表达做得再真实，也无法落实丢失头颅的空虚，其间鸿沟全凭玩家自己的想象填补，自然可能出问题。整款游戏设计得比较飞，几乎每一关卡都有五感锚点丢失的潜在危险，引发创伤性体验和国际争议在所难免。至于彩蛋，是设计者面对争议变本加厉的挑衅行为。一部分玩家觉得这才是艺术，才是游戏；另一部分则愈发反对五感游戏推广。

有趣的是，论文引用的现实案例没带来恐慌体验。我检验论文机制设计，作者安排了很全面的安全措施和感官锚点定位。我开始理解小李对这篇文章的认可。我批注：作者不应把游戏体验放到第一章。又注一句：需要重新培训五感论文的写作方式。

第二章消耗了整整四天时间。我没采取切香肠战术，试图完整体验人类感官

双翅目 | 记一次对五感论文的编审

挪位的真实效果。卡夫卡的甲壳对应皮肤结痂、烧伤体验、理疗效果。石膏固定糅合为复杂的、来自皮肤表面的感官凝滞感。触感膜活性层层减弱，我将体感真实度推向最高，接通电极的胶状膜突然失活，吸着我的皮肤整体下坠、收缩。呼吸开始受阻。我没尖叫。我闭着气退出论文审核，视野恢复后速度剥离触感皮肤。一分钟后，那团皮肤在地面粘连，融合，又分解，最后依赖表面张力聚合为一团不定向组织。我定了定神，联系应用部。下午，应用部定性为产品无法满足感官体验，触感膜失活。他们去沟通制造商鲁尔公司了。我心有疑窦，没有追究。半人马体验利用人类退化的尾部系统，先假设人有尾巴，再将伤残的幻肢体验接入尾部感官，制造出人有四足的倍增触感。如果单玩游戏，我还是挺喜欢半人马的，知道原理，心下便不是滋味。小李告诉我，确实有人根据这款游戏，讨论人类的慕残本能。我不无惊恐：所以你推崇这游戏？小李白了我一眼，我觉得你和赵叔从一开始就误解了我，我支持的是论文，不是游戏，我觉得争议游戏没什么可怕的，见着争议就回避就禁止，才可怕，所以这篇论文有价值，虽然我承认，它有些段落是比较恐怖的。小李坦白，她初审时求了速度，没有全身心走完所有场景细节。这一轮，她在三头人处受挫。

近十年，关于精神解离和人格分裂的研究获得更多实质进展，患者更受重视，更少遭受非人待遇。临床观察数据增多。游戏参考圣彼得堡人体器官博物馆的双头人展品，设计精神分离体验，为进入草木与微生物的关卡进行铺垫。小李高中时有重度抑郁和一定解离症状。游戏环节打通了她尘封已久的早年感知。角色是中国人熟悉的形象，哪吒和孙悟空。玩家主要参与大圣的七十二般变化，完成与巨灵神、哪吒、二郎神的战斗，但无法躲过太上老君的偷袭。八卦炉炼丹将重塑玩家的感知挪位，成功后方可捣毁香炉和玉帝的天官。而同时，游戏设计了彩蛋，可触发不同变身系统，玩家可由孙悟空置换为哪吒或二郎神。小李置换的时机不好。她在哪吒变为三头六臂的时刻进入哪吒体内，精神瞬间一分为三。分裂出的两个她，是曾让她备感羞愧与备感恐惧的两部分。游戏参考上世纪中期经典动画片《大闹天宫》中的哪吒形象，两个狰狞的面庞贴着她的后脖颈生长而出，成年人似的五官表达与幼儿容貌互相嵌合。她们是哪吒的模样，但她们的表情与容貌分明充满她的底色，旁人看，一眼便知是套了皮的她。头颅互相凝视时，脸贴着脸摩擦，那观感充满了巨物恐怖。而她的另外两颗脑袋并不听她的指挥。易于羞耻的人格最先进入歇斯底里，突然尖叫。充满幽暗的人格则为之冷笑，掉转火尖枪，扎向自己。小李来不及害怕，本能地控制属于她的两条胳膊拾起风火轮，让它变大、变大，变细、变细，套到脖子上，用力一剐，属于她自己的头颅应声落地。她这才以旁观者身份评估那两个不受控制的人格。风火轮的火燎着她的大脑，她咬紧牙关，收回现实世界对身体的主动权，将自己卸载于论文和游戏。

离开后，她没脱离皮肤，戴着全套装备冲到楼下花园。春末夏初，阳光温和，树荫尚浅。她大口呼吸，稍稍平静，才抱着胳膊，蜷到树下，流泪恸哭。

五

小李所在的小编审室并不独立。一间大房分为四部分，中间透明弹力墙相隔。主观视角置顶实时播放，周围人都能看见。出事时，已有同事起身行动。她自割其首，吓着所有人。王编刚好路过，冲入房间。她说小李在自救，让大家先别动。社里大群也炸了锅。老赵也在现场，他领会王编精神，在群里建议，所有人都让路。小李这才没受干扰，跌跌撞撞，到她最喜欢的小花园找回自己。

"花园事件"后，我们的特审论文半公开化了。我和小李的反应被严肃对待。评估显示，我们仍能继续完成审核任务。王编延长审核周期，邀请前外审再次加

双翅目 | 记一次对五感论文的编审

入。第二外审回复同意参加,没说别的。第一外审拒绝邀请,质疑《视界融合》的特审行为。圈里四处传着小道消息。不出两日,舆论很快走偏。一说《视界融合》为了引进争议游戏,为论文特开绿灯;二说《视界融合》与论文课题组过从甚密,特审即是公开走关系;三说这游戏和这论文都挺邪乎。最后一种传言导致一周内论文和游戏出现可疑盗版,发生两起五感事故。虽没有人员伤亡,也惊动了警方和教育部。市场又搞了一轮盗版打击。胡编和王编去部里做了汇报。我带着小李去警局。他们分别了解情况,最后告诉我,边境查获的五感软硬件走私有试玩环节,有些人不论看论文还是玩游戏,都险些陷入危险。我也告诉他们,国外已有不同程度、不同情况的伤亡案件,警方可以将社里的审核行为视为预案或预演。总的来说,他们很好沟通,也认可我们的科研。事情迅速平息,进入可控范围。

  我们忙于对外应付,老赵倒心无旁骛,最早完成审核。他熬过一个通宵,跳过彩蛋和隐藏关卡,跳过许多注释和案例详解,第二天凌晨三点,走完所有篇章。完成任务后,他一个电话将我从床上拎起,拉到西海,与我对着满月,看湖中波光闪烁的树叶倒影。他说,熬过游戏相关章节就好啦,后面的现实案例虽更凄惨,刺激性却不强。这点值得深思,可能是我们麻木了。他严肃地说,从这个角度看,游戏的刺激性未尝不是一件好事。他低头,抠开新买的、火柴盒似的增强现实盲盒。星光流淌,流入湖中,又升入天穹,被城市辉光抹去的银河逐渐显露。歌声吟诵:影落明湖青黛光,金阙前开二峰长,银河倒挂三石梁。他解释,小学生的圈子里最近很流行,我女儿总抽,这款比较容易拿到。我点头。我也见过有人当街开盒,可此时此刻,星光铺就的小道是如此真实。我用脚点地,双足越过辉光,踩入水中。我收回腿。老赵又开了新盲盒。一簇小小的礼花闪过,他的身体给套了一层胖乎乎的章鱼。他自如地抬手,活动指节,章鱼触手随之灵活摆动,伸长,碰触金色的虚拟道路，一层层上抬，直到无限……星光路变为星光台阶。他将虚拟触手由无限收回自己的体内。

这是你第几次开章鱼盲盒？

第一次。

你以前没练过协调性？

没，我连增强现实的协调性测验都没过。

你肯定不是天才，你连笨鸟先飞的资质和勤奋都没有。

你猜得没错。

我们没再说话，等着天光变亮，等着虚拟银河与虚拟章鱼逐渐消散。

我要回去歇着了。老赵起身，如释重负。

我问：你的初步判断？

他说：感官挪位的落点有些浅，适应性定义了真实。他补充道：小李能自救，正是因为她充分适应了论文系统，懂得利用刑天的体验对付哪吒的三头六臂，换作别人，可能会导致社里五感审核的第一次恶性事故。

我没说话。

我们都知道论文的潜在价值与它是否被认可、是否能刊发，属两种问题。

我想起小李在警局落着泪，回答问题时逻辑却清晰有力。她告诉我，她好像学会了分别控制感性和理性，等论文审核完，她要进行自我研究。

有了小李的前车之鉴，我与王编进入哪吒环节时都颇为谨慎。我顺利完成论文第二部分现实案例的评估。论文考察游戏并未纳入的感官挪位，如老赵所言，全部为现实案例的采样。

我首先经历阿尔茨海默。头脑的退行导致记忆与认知错位，感官随之紊乱。我走入杂志社大门，小李和我打招呼，我认不出她。我进入办公室倒茶，哆哆嗦

双翅目　|　记一次对五感论文的编审

嚓打碎了母亲亲手制的茶具。老赵主动来照顾我,包括喂饭。我生活无法自理,我不理解为何单位还留着我工作。或许我的记忆仍能为大脑凋亡的五感表征提供科研和伦理数据。我最后平展展躺在审核室中间,终于想通,阿尔茨海默的体验是五感论文给的,关于社里的意象全部归功于我自己的想象力。论文前一章和游戏,充分刺激了我对于五感挪位的自我保护性想象。此时此刻,我的想象力正努力帮我挽回阿尔茨海默那不可折返的症状。

　　癌症是另一种体验。论文一半以上注释来自癌症五感研究。事实上,自然科学的第一篇五感论文就来自癌症研究。本世纪癌症预筛和靶向药有长足进展,五感数据几乎全部提取于那些已逝的、愿意分享的开明人士,和那些凭借意志与智慧成功战胜癌症或与癌症长期共存的人。自那以后,五感论证逐渐成熟,也进入人文领域。癌细胞肆无忌惮地生长与扩散,着床后继续生长,天然带来感官挪位的异常体验。我胃部长瘤,肠道出血,肝脏硬化,视神经遭受压迫;扩散后,全身器官衰竭,骨瘦如柴。我有时灵肉分离,有时全身心每个感受器官都疼痛难忍。我感谢提供数据的患者,他们让癌症部分的心理暗示拥有力量和希望。我也感谢那款争议游戏,没拿癌症的感官异常做文章。论文展现了两个癌症五感体验由痛苦转向平和的案例。我变为丛林,新的树木从血管深处抽芽。我变为宇宙,超新星于每个感受器官爆炸,黑洞于细胞的缝隙间生成。我学会了同宇宙的生灭和解。

　　我经历灾难、事故,但这一切都不如战争来得恐怖。像故事里说的,所谓和平只是假象,无数绝望与挣扎时时刻刻发生于世界各地,它们悄无声息地消逝,保证我们对于欣欣向荣的体验与想象。战争部分论文的引用一层套着一层,到最后都是一些来源不明的标注或保护证人的条款,感受却非常真实,印证了论文的引用并非捏造。和游戏利用想象力的刺激不同,我们的皮肤与神经官能可以分辨真正的苦难。我断手、断腿、截肢、失去半个身体。我是爆炸袭击的无辜受害者,玻璃碎片和铁钉打烂了我的身体我却没有马上死去。我身为男人或女人被反复强暴再被杀害。我挂上人造子宫，生下足够多的男孩，再被杀害。我还经历了文明社会的各种私刑与暴力。加害者那古老的残忍结合了当代技术，足够让我完完整整地经历人类文明带给人类自身的所有苦难。战后，我又反复陷入创伤性回忆，反复回到受害场景。我知道，大部分体验是这样被采集的。

我没采取切香肠策略，我一个场景一个场景地刷着，期待着战争的痛苦早日终了。我知道我的神经已经麻木，我只想早些结束。我如果将自己卸载，不一定有勇气重返五感地狱。终于，我读完了第二部分，接入第三部分。我进入植物界与无机物的环节，五感宇宙顿时变得友善。暴雨将至，山石上面的狝猁盯着我，目光深邃，似乎凭借本能，瞧见了我与它相似的挣扎。它悄无声息地又看了我一阵，转身离去。我想到，一个人和一个人的区别，要比一个人和一只狝猁的区别大得多、大很多。这不是白马非马的游戏，而是一个确凿的事实，一种不可回避的真理。

六

论文强调，适应性与真实之间存在无限复杂的调试空间。进化之外，人的适应性主要来自对感受的筛选和想象。五感系统所营造的感官挪位，便是同时调试体验与想象力，是让想象重构体验所可能带来的创伤，让一切变得可以叙述、可以理解、可以交流、可以无限创造。争议游戏太专注想象了，五感案例能将想象拉回现实，让想象落地。可是，论文第三部分伊始，话锋一转，指出五感的沉浸式体验可能无限扩大特定个体的特定易感性，有时想象力也无法挽回创伤。论文进一步论证，沉浸式的增强现实体验，或可回避五感系统的潜在风险；非沉浸式的、日常的增强现实，则可借鉴五感挪位的适应性与想象力设计，进行培训与训练。

的确，第三部分许多场景不需要触感皮肤。大部分时候，我可以正常衣冠，摘下嚼子，凭借隐形镜片、环绕声和嗅觉感知世界。我变为虎鲸，五大洋是我的花园，我第一次进入波罗的海，我的朋友正靠近南极。它的声音经过海底波动，经过人类新建的反射弧面，很快传到我处。它说冰川正在崩塌，而我正感到暖流回卷。海洋变得更加亲近，我随时能听到整个地球的声音。我变为热带雨林，亚马孙河横贯我，我面向太阳与雨水，我的根脉盘曲着深入黏稠土壤，动植物宛若我体内的菌落。它们自有智能，而与我同化。我又返回古代，变为远古藻类。我覆盖海面，我即是蓝色行星的呼吸。我直接从太阳处获得能量。万物于我之后，寄生于我。这也是游戏给的最终体验。它借用了莱姆的《泥人十四》，表明微生物与藻类寄生于宇宙，植物寄生于微生物、半寄生于太阳，动物寄生于植物。人类则是地球的终极寄生体，处于寄生链条的微末之处，贪婪地汲取动物、植物、细菌、病毒，面对宇宙却恍然无知。人类需要逐渐解除寄生，解除感官的局限，一步一步直接体验宇宙，进入宇宙，方能获得真正的生命。

我被它说服了。毕竟，历经刑天断首、百病侵袭、战争残害、虎鲸耳中深海的低频共振、藻类表面宇宙的热烈波动，都能让神经镇定、精神升华，让我饱受折磨的头脑和四肢百骸暂时脱离现实局限，接近万物永恒。论文说这属于适应性的拓展。我多少觉得，游戏和论文先抑后扬的表述，正是为了让人全身心开放，拥抱众生。不过，有一点确实有理。通常情况，没有触感膜，我即便接入虎鲸或深海动物的五感接口，也难有沉浸体验。日常刺激过于丰富，感官已然麻木。《视界融合》每年都收到反暴力、反性犯罪的五感分析。犯罪者、施暴者、购买者，感官向度单一，共情与通感能力不如爬行类动物均值，增强现实与虚拟现实反加强了他们的感知茧房。我也有感知茧房，新闻播放恶性事件，纪录片播放动物的自然奇迹，我只当微风过境，并没有特别触动。但经历游戏与现实案例的感官挪位，我的适应性和我对真实的感知拓宽了。

论文说，适应性并非麻木不仁、戕害他人、投机而生，适应性需要将整个自然和宇宙纳入感知范围。人类个体如想在有限生命中获得更强、更快的适应性，便需要五感系统的拓展，增强对于真实世界的感受与理解。自上世纪网络发展到本世纪增强现实普及，感知茧房的问题一直存在。论文认为，五感系统中的五感挪位是第一步，其最终目的，是让每一个个体都能通过增强现实，进行自主挪位与适应。

如第二外审所言，论文立论成立。从我的角度，论文论证也顺理成章。然后，我同老赵聊，才发现论文的叙述设计了不同支线。我的感知茧房硬，但使用增强现实的年头长。论文机制根据我的审读反馈，增加了更多游戏和现实案例的场景体验。我问了一圈，除了找不到人的胡大总编，其余编辑的疾病体验和战争创伤体验都比我少。我实在忍不住，读了论文代码，果然，自刑天斩首，我就被归为需要暴力打开感知茧房的一类。老赵正好与我相反，他所遭受的折磨，与我相比，可谓如沐春风。但他几乎走完了所有增强现实和远程作业的案例。他在手术台前待了四个小时，借助虚拟现实和增强现实，为地球另一极的患者做病灶切除手术。我也在现场，我是被成功治愈的病人。他进行深海勘探，与深海鱼互动。探测器陷入涡流，他体验了探测器失效前的最后视角。他是工厂主管，他手下全是智能机器。增强现实的网络沿着他的运动神经，爬到他体外，连接所有智能接口。工厂构成了他的潜意识世界。他每日八小时工作，任何一个流程有问题，都能进入他的感知网络。他也有幸体验了增强现实盲盒的质检过程。青少年和儿童为主要消费者，他们更敏感，更易与增强现实发生意料之外的互动，因而增强现实质检员需要丰富的想象力和异于常人的思路。老赵过关了。他本觉得自己与此无缘，如今，按论文附带的评估软件，他万一失业，确实可以考虑应聘增强现实的质检员，如果运气好，还可以做专利审核员。老赵的经历很快传得社里人人皆知，同事赞他因祸得福。我不得不承认，自己有些嫉妒。我偷偷进行自身评估，论文机制说，所谓的理性人大多只是因麻木而自居精神稳定，不适合从事感知工作，否则会造就社会性的感知茧房灾难。旁注吐出一大堆公共恶性事件。我无法反驳，只有作罢。

小李的体验场景平均分配，说明她比较均衡。她恢复后，递了全勤专项审核的申请，特审结束前，将论文又过了两遍。第三次阅读，论文机制几乎开放了所有体验。午餐时，我们三人坐下，列出表格，将所有场景和论证列出来，感觉应是全本。我们一致认为，论文设计已超出了论文该有的架构，而且论文的防护机制如此全面而细致，对于特定心理的体验非常有针对性，有令人难以置信的广度和深度。王编也审了两遍。第二遍时，她意外进入支线，熬了通宵，早上被按时到单位的老赵撞见。老赵问她。她说剔骨还父、割肉还母。王编养父母去世早，亲生父母子女众多，情况复杂，有几年每隔几个月就有纠纷找到社里。老赵略知一二，没敢多问。隔天，据说延庆纵火，虽然只点了田间一栋房，社里却传来消息，那是胡编自置的五感审核室。下午，警方通告，纵火人是胡编自己。他看完论文，烧了那房间。他在内部审核库标注：论文作者不可能仅有一人。王编也设了同样标签。小李变得沮丧，自语道，如果涉嫌学术欺诈，肯定上不了刊了。

七

特审上会定在周五傍晚，工作时间外。社里准备简餐，我们下班便集中到会议室。胡编的审核室事件由纵火定性为意外事故，予以警告，没有拘留。教育部要求重新审视五感论文的安全性，特审便由内部会议转为行业的半公开会议。邀请码发了几十人。我们还没到，虚拟会议室的人已基本齐了。小李在小群发信息，第一外审和第二外审都会发言。王编回，她会先念一个通告。胡编和王编最近同论文作者的团队高频沟通。会前老赵告诉我，不一定全文刊发，王编的意思是，删除个体特异性机制，只出一个简版。我说，那有点可惜。老赵说，我也觉得，论文自有其价值。

会议室不大，呈长方形，四周为镜，投射线上参会人员的实时影像。我和老赵就座，镜中的同行友人悄悄与我们打招呼。胡编最后赶到，腋下难得夹着一沓纸质文件。王编向小李示意：空着的三位座席出现全息影像。论文作者呈实像，另外两位呈虚像。作者系东南亚留学生，叫杜钦。她发言前，王编先念了论文违规的处理意见。五感论文确实非杜钦一人制作，她撰写论文主体，撰写论证，撰写五感分析。论文关涉战争与刑事案件的现实案例，大多由一位来自非洲的五感记者完成。他的足迹遍布落后的第三世界国家，用比较原始的手段采集、整合、提纯，形成五感体验的场景信息。发达国家针对涉军事、涉刑事的"敏感"五感信息，施行保密处理，仅对本国特定研究开放。不过，极端体验的五感遍布全球，并非垄断资源。相反，许多机构找上门来，找这位五感记者购买场景数据。他做了几次生意，才萌生建立属于自己的五感数据库的念头。他如今辗转于小国，身份特殊，因此虽然参与了论文的场景搭建，并没有署名。此后很长一段时间，他也不准备公开身份。王编介绍完，一位呈虚像的投影微微发亮三次，他便是五感记者。

我悄悄私信小李，问她这加密的全息通信是怎么回事。她回复，她只负责镜面内的旁听影像，座席周围的全息投影直接由胡编搭建。他从公安局回来就忙这

双翅目 | 记一次对五感论文的编审

个，设备和系统是勿用人工智能公司给的。我给老赵看我和小李的对话。老赵输入：如果上不了刊，勿用公司可能接手全部论文。我点头，涉外的争议文章，确实会转给国内上市的跨国公司。学术问题政治经济化，一些事情似乎就合理了。

另一位合作作者是游戏的架构师之一。全息的杜钦示意王编，她便让她先说。杜钦的中文略带热带的潮湿气息，却又中气十足，像是北方出身的练家子。她承认最早联系该游戏团队时，就有私心。她学过架构，只是皮毛。她可以使用通用的五感论文架构，不进行特异化处理，但她深信，本论文需要特异化叙事，尤其是针对读者个体的特异化。她看中这个游戏，不因其猎奇，而因为它的五感挪位处理很有针对性。是时，游戏在国际范围推广受阻。大平台的版本全为阉割版，毕竟普遍的分级制度同游戏矛盾。许多人用分布式的游戏发行接触该游戏，但游戏主创希望获得更广泛的受众和更深度的认可。杜钦最先找到传闻中最固执的架构师，对他说，五感论文的平台半开放，有很多待开发余地。五感论文毕竟要讨论前沿，不会有普遍的审核机制。如果能将游戏机制对接于五感论文，论文的审核者、阅读者、下载者自会接触到游戏，接触到你想表达的叙事机制。她补充：的确，里面会有你看不上的人，但也不至于是白给的对手。架构师思考了三天，答应合作，要求是，不署名。另一位虚像全息投影开启语音，模糊了声纹，也不知源语言来自哪国。他说话的调子像有人用手搓气球表面。他强调：我很固执，越固执的人越容易上激将法的当。我今天出席会议，也是激将法使然，显得我没有立场。不过我的立场很简单，学术论文本身存在一种叙事学，它的内容和表达最好互相契合。如果说那位哥们更重视受苦受难的、被压迫的内容，我更重视形式，全地球的论文机制，都不会比我的更好。就目前情况而言，你们的审核反馈我读了，我会增加五感的安全措施。

架构师最后补充：另外，我答应参与论文还出自一种好奇，全球学术垄断来自西方话语，中国作为经历过殖民的、曾经非常落后的国家，当开始拥有自己的话语领域，会不会和它们一样？

会议室沉默几秒。王编问，这是不是选取刑天和哪吒场景的缘由？

对方没回话，虚像投影微微发亮三次，权作肯定。

王编又问杜钦，关于多作者，是否有其他补充说明。

杜钦答没有，她已与导师团队和另外两位未署名的作者沟通协调，表示愿意接受《视界融合》的特审处理结果。

王编颔首示意，念了社里和部里的指示。论文虽有争议和隐患，却也具有学术价值。一方面，社里将就论文署名问题给予警告，主作者杜钦须承担相应学术约束；另一方面，出于保护条例，决定尊重另外两位作者的隐私，论文可保持独立作者和另外两位作者的匿名状态，进行后续的上刊、发布、传播等行为。

我心中一块石头落地，小李也暗暗舒一口气。她先做简要报告。身为论文初审编辑，她确实忽略了许多细节问题。而对于五感论文，见微知著。她认为自己申请特审的行为有些鲁莽，但缘由充分。论文的五感机制虽存有安全隐患，但如进行更为细致的特异化设计，便有益于分担隐患。五感挪位或许不是一个好定位，五感的适应性与可调整性则是论文的亮点。小李希望上刊。她相信，人类需要学会通感，学会共情。论文在心灵麻木与感官过载之间寻求微妙的动态平衡，值得推广。

我同意小李。我挪用老赵的箴言：适应性定义真实。进化的适应性来自基因，个体的适应性则来自文明层面的表观遗传和表观挪位。如今社会每三十年发生一轮变革，个体的感知与认知都须迭代。五感论文，或者说，相应的五感游戏等艺术作品，是增强适应性的前提，能让人由感受力的底层对变革敞开，由底层上升时，又留出认知与自我的调整空间。毕竟，概念与经验相比十分匮乏。二十世纪人类已遭受了无数由概念指导经验的惨痛经历。设立五感论文的初衷，便是让感性充分融入对概念体系的论证。我相信这篇论文是个好样本。

老赵的发言更抒情一些。他进了一步，说想象力定义适应性。他细致梳理了他所经历的场景，强调想象力不是脑洞、不是幻想、不是胡思乱想。科学与艺术的创新都来自想象，其原因，在于想象综合了感性与认知。想象在五感层面创造新感性，在认知层面创造新的、理解世界的机制。很少有论文能同时分析想象的双重功能。这篇论文其实做到了，只是落点收敛为由感官挪位到增强现实。他说，相信体验过论文的人都能理解，问题游戏和问题论文的真正指向，都是适应性。感知和认知通过想象的综合，达到对于不同现实的适应性，这才是文章的实际价值。老赵推荐文章上刊，但须修改。他建议补充针对增强现实艺术表达的论证。

八

按规定，特审可不参考外审意见，但王编仍请了第一外审和第二外审。

第一外审仍确信感官论证是钻空子的把戏，纯正的理论才是人性的高峰。他第一质疑五感记者数据的可信度，认为落后混乱的地方充满可操作余地，目的即是用惊悚画面震慑文明人的神经。他要求提供数据的切实来源。五感记者的虚像自始至终没有发言。不论第一外审如何质疑，他的身形不再闪烁。第一外宣转而面向游戏架构师。他说搞游戏的怎么可能懂理论？让他来做论文架构，就是瞎搞。游戏架构师的虚像跳了跳，由虚转实。他居然长得像个活张飞，岁乎乎的头发连着岁乎乎的胡子。他没说话，当着所有人的面，实名登记进入五感论文系统，切入特审论文后台，调出审阅数据，投射了第一外审反复体验的影像，尽是欺凌妇女的场景。他摊手，告诉王编，他可以给五感系统做一份人员筛查防护，把潜在的犯人踢出审核池子。没等王编回应，第一外审大吼大叫起来，场面一时很难看。听众来自全球各地，小李没卸载他们。最后胡编卸载了第一外审，说后续沟通情况会向大家汇报。

后台显示，第二外审又读了两遍论文，她仍维持原来的意见。论文或许比预判的更有价值，但不建议发《视界融合》。她说基本同意我们的观点，没必要多言。

王编的意见出人意料的简明扼要。她说，必须承认，就目前生物学与人工技术的发展，人之为人的特点，主要不在于五感的丰富性，而在于复杂的思维能力。《视界融合》的立刊之本，是相信五感可以拓展思维的视界，而非以五感取代思维。论文过度强调后者，不一定可取，或许也确实不适合刊发于《视界融合》。她向第二外审点头示意。

老赵有些激动，想发言。

王编适时补充说，从神话到文学，抽象文字一直以想象支撑人类的适应性，我不认为五感艺术品和五感论文的出现会取代文字，毕竟，个人的感觉并无普遍性，个体自出生到死亡，带着自己的喜怒哀乐走过一遭，最后以非常私人化的方式离开世界。他们带走了一切，留下想象的空间。我们将他们的遗产抽象为理论、艺术和叙事。《视界融合》刊发论文，属学术期刊，我们更重视理论。如出现导致特异性体验和过度共情的五感论文，我们则需反复思考，这到底出自自我补偿、出自自我感动，还是我们真正达到了设身处地。我相信，动物的五感，让它们有时比人类更擅长设身处地，因而人类的设身处地不应完全来自感觉，还应来自理论和理性。这篇论文还没有做到。

她说完，会议室陷入近三分钟的寂静。最后，胡编打破沉默，他同意王编。他摊开几份纸质材料，说他搜了古老的文献，有许多文字论文，提出过类似论点。这一篇特审论文，场景经验更翔实，论文机制更好，但理论层面的确不充分。他

双翅目 ｜ 记一次对五感论文的编审

说，不如这三篇。他闭口不谈自己纵火烧房的事情，只打了圆场。他建议，这篇论文可先转投勿用公司的内部学术刊，他已将文章推荐过去，对方基础研究部初步判定，文章的应用价值很高，内刊转外刊的概率很大。他又说，自己很喜欢这篇文章，论文作者应剔除场景，只谈理论，将五感文章转化为纯文字论文，再投《视界融合》。他相信，纯文字的深刻，不会比五感差。

胡编言毕。王编问在座诸君有无补充意见。场外听众有几位谈了看法。我没仔细听。胡编和王编应沟通过，会前便有定论。目前看，公开的特审会效果不错。她话里有话，简言之，学术刊物与学术论证的形态并不持平。她负责《视界融合》的五感部分，她做出了选择。胡编的目的是平衡，以至于他的意见成为最该被抹去的部分。

按特审规定，举手投票环节全由内部人员完成，即胡编、王编、老赵、小李和我。胡编与王编投了反对，老赵和小李投了赞成，我大脑一时空白，十几秒没举手。小李瞪着我。老赵的眼神意味深长。王编面无表情。胡编面带微笑。

我变成了那个立场不坚定的人。我努力思考。我在想，我还在想。所有人直勾勾地盯着我，不发一言。或许我不应思考，我的感知散向四面八方。我怀念论文让我经历的万事万物，但适应性和想象力似乎都不决定真实。一些莫名的决策决定真实。

个人的决策真能决定真实吗？

我开口：我认为这篇论文的体例超出了学术刊物本身，一篇论文到底应该旁征博引，仅求一点创新，还是应该本身即是一种理论、一套感知体系、一种叙事、一件艺术品？我的理想是后者。这篇论文应该不受限制地公开发行。

说完，我意识到我的补充论点既支持上刊，也支持不上刊；既支持进入勿用公司的应用研究刊，也反对上勿用公司的任何刊物。

关键在于，刊物是否会为了一篇论文改变其叙事方式？人类的共识是否会为了人类的创新让出道路？

冷汗沿着我脊背往下淌，我投了反对上刊的关键一票。

九

五感记者迅速下线。大胡子架构师摆摆手，对镜头外的不知何人说，我们确实可以建立自己的学术系统。杜钦保持了沉着与优雅，向我们致谢，决定修改论文，将文章拆为两个版本，文字版再投《视界融合》，五感版投勿用的内部刊。特审在其乐融融的氛围中散会，不久后，于行业内传为佳话。

胡编终究因烧毁审核室，平调去了高校。王编则应聘去了另一文字刊物，做了主编。我接替王编，负责《视界融合》的五感部分。小李辞职去做了自己的五感独立刊，没再联系我。一年后，她同问题游戏的团队合作，加入了依据区块链技术的国际论文评审体系，建立国内第一个基于分布式评审机制的学术刊物《单子视界》。许多单位都想同她合作。杜钦完成学业后，没有继续深造，选择返回故土，寻求属于自己的研究根脉。据传，那位五感记者于她的家乡遇害。

老赵葆有了对我的包容，一种中年人式的和解。他催我去找小李，毕竟《视界融合》如能与《单子视界》合作，我就能升为主编。我说要辞职，让他接替我的位子，让他去，小李每年还送他些礼物。老赵说他最高只当副职，他又指着我说，你不会辞职的。他评价我，说我其实很擅长鸵鸟战术。

胡编离开前，刊发了文字版的问题论文。勿用公司依据五感版论文，开发了动物感官研究。那款游戏经历舆论起伏，终于成为被包装成商业产品的邪典游戏。游戏团队则摇身一变，转而投身论文机制的研究。

大胡子架构师还发来一封信，说，想象终需落地，一件艺术品会是一篇论证自然与人性的论文，一篇论文也应是脱离体系的一件独立艺术品。他邀请我上链做外审。他也邀请了老赵。隔天老赵便辞职，快乐地过上了居家的文人生活。他告诉我，上链外审，价格不菲。

　　我们仍每周去西海边上坐坐。西海的增强现实已叠加为不同世界。我看到的景象总和老赵不同。我们心照不宣。我们的世界正在随着个人的选择特异化。地球正变得愈加丰富，愈加生机盎然。只是我们因不同的五感、不同的论述、不同的叙事、不同的决策，正渐行渐远。总有一天，我和老赵将相遇于西海，但彼此并不相见。

《收获》2022年第4期

杜 梨

杜梨,莱斯特大学英语现代文学和创意写作硕士,青年作家、译者。作品见于《人民文学》《北京文学》《山花》《西湖》《江南》《花城·2021年长篇专号春夏卷》,One一个和澎湃新闻APP等。获香港青年文学奖,"澎湃·镜相"非虚构奖,"钟山之星"文学奖,贺财霖科幻文学奖首奖,老舍文学院一等奖学金。出版短篇小说集《致我们所钟意的黄油小饼干》,长篇《孤山骑士》。译有帕蒂·史密斯《奉献·白日梦》,菲利普·肖特《宠物医生爆笑手记》第一、二部。散文集《春祺夏安》即将出版。

西班牙猎神

离巴塞罗那不远的布鲁克小镇里，有一座名为堪塞拉的古堡，古堡每年都会接纳来自全球的艺术家作为艺术驻地。某年，它举办了一场名为"西班牙猎神"的比赛，我就是其中的一个选手。

据古堡的管理员苏菲介绍，每年的九月二十五日，都会有外星人开着飞船掠过蒙塞拉山。经常有人半夜去山上等着外星人的降临，这是布鲁克和科尔瓦托镇的传统。所有人都要戴着锡纸小帽，防止外星人对自己的脑电波进行操纵。没准外星人会撒下一些冰凉的、果冻状的小雨熊，每只有拳头那么大。如果我们之中有谁能捉到雨熊，还能让它保持完整的形态，就能获得猎神比赛的冠军。赢的人可以拿一大笔奖金，去斯瓦尔巴群岛看北极熊或去北美的丛林里看棕熊。

得知这个消息的艺术家们对此嗤之以鼻。要知道近五十年来，那座山上只有一次有人曾目击过外星飞船。凌晨两点多，飞船忽然贴着山头飞过去，上面撒下来的雨熊几乎落满了整座山，大部分都没能活过黎明，就化成了露水。在山上等待外星人的青年们拿着竹筐和布包，把幸存的雨熊收集起来带给了研究员。在透明的隔离标本瓶里待了两天后，被捕捉用于研究的雨熊突然集体化作了一股青色的烟雾，就像甘道夫在夏尔放的烟花。监测记录员霎时脸色惨白，当时门外还挤满了从欧洲各地赶来的科学家和技术人员。

但生物学家在残存的液化露水中，确实检测到了类似生命的痕迹 —— 并非全由碳基组成；幸存下来的照片显示，那是些透明的类似熊般的躯体 —— 如果可以称之为躯体的话。据说它们像北极熊一样呈八字走路，还会像动物园中的熊那样表示无聊。它们在玻璃瓶中做出不断起舞的姿态，似乎是想要挣脱。西班牙著名珠宝品牌"金丝熊"，就是以此为灵感来制作熊首饰。

八月底，我拖着我的小黄箱子，从巴塞罗那坐大巴到了布鲁克镇的半山腰，再穿过茂密的山林去堪塞拉古堡。行李箱的轮子吃着山里的碎石头，敲出闷钝的跌撞声，听得我很心疼。我拖了箱子一路，终于走进院子，大大松了口气。身后响起泊车的声音，我回头一看，一个女孩从安娜的小车上走下来。她背着一个巨大的登山包，黑短卷发配着黑框的方眼镜，眯起眼睛看着太阳，咧嘴露出一排稀疏有致的门牙，看上去像个傻乎乎的极客或数学天才。

她看向我："嗨！"

我礼貌地笑笑。

她叫克洛伊，比我小两岁。如果摘掉那个傻乎乎的黑框眼镜，我就能看见一双睫毛细长的、湿漉漉的黑眼睛，一如早晨匆匆走过淋过雨的树，从枝叶上滑落到脖子上的水滴。黑色的卷发衬得她很像被揉碎的东欧模特，瓷白的面颊上泛着两块红晕；玫瑰色的薄嘴唇，不笑时，是盛在夜光杯里的葡萄酒。我爱听她讲自己的故事，美丽的水晶碎了一地，每块不规则的折面都散出奇异的闪光。

克洛伊是巴黎本地人，刚从巴黎一所艺术大学毕业，拿了奖金来堪塞拉。十年前，她的父亲在奔驰做汽车工程师，平日疯狂抽烟，酗酒严重。下班后像灌满酒精的长条橡皮糖，出了酒馆就黏在地上。母亲有严重的情绪障碍和暴力倾向，两人在她八岁时离婚。母亲带着克洛伊和弟弟生活，不停辱骂和虐待他俩，继父和那边的姐姐经常让他们饿肚子。十四岁那年，克洛伊决心离开母亲，她跑到那栋挨着便利店的小黄楼，请求和父亲一起住。

父亲平静地接纳了她。每天早晨，在喝下半瓶白兰地后，他可能会给克洛

杜　梨｜西班牙猎神

伊留下几欧下楼买面包，也可能什么都不留。这时她就翻开冰箱，随便翻出点水果，用咖啡混点剩牛奶喝。母亲经常罚他们饿着，她习惯了饥饿。喝完咖啡，她出门下楼散步。她早已退学，所以会跨过几个街区，去免费的艺术馆逛一天再回家。

但这一切还远未结束。

我们吭哧吭哧地把东西搬上二楼，然后下楼观察周围的地形。香港女孩安从二楼下来，她在这里已经待了两周，勉强赶得上抓雨熊的日子。她说自己要去买东西，问我们要不要一起。我们决定一起去，认认路，买点零食。我一句中文都没有说，尽管我早就在资料上看到过她。

村里只有一间位于半山腰上的小超市，早晨十点开，下午四点关，安息日关门。从石头城堡里出来，我们告别杂草疯长的大花园和版画油印室，途经艺术家们的蓝色瓷砖画和各式各样的涂鸦，穿过未经修剪的、漫山遍野的植物，踩着铺满碎石的泥土路往上走。走到一处，路分成了两条，一条通往村子的中心，一条通往更幽静的山谷腹地。我们选择左侧的路，走上有三道折弯的公路，才能到村子里去买巧克力饼干、柠檬啤酒和多力多滋。

安戴着一项白色的草帽，穿着无袖的白色Ａ字裙和黑皮凉鞋。一双驯鹿般的大眼睛，眼底氤氲着傍晚的散霞，似乎是山林里长出来的。在大家用英语热烈交谈之际，她突然在坡上站住，用略带稚气的港普问我："是……种果人吗？"

我笑得不行，然后我们立刻说起了中文。她解释道："我以为你是涵果人。因为你白白的，眼睛大大的，很像涵果人。"

我们说起这片原始山林，她说香港的森林也很美，还会有黄牛出没。

我很惊讶地问她是不是真的黄牛，她说："是真的，那些牛就在路上走来走去，有时去海边，有时还会被车撞倒。"

她给我看她拍的牛屁股，我乐不可支。

她继续说："我们还有很多猴子，城市里到处都是猴子。"

"我家有只灰喜鹊。"我得意扬扬地炫耀，"花花跟我们感情非常好。"

她听了很欢喜。

山坡的尽头是修得歪斜的柏油马路，被伊比利亚半岛的阳光几乎晒成了象牙色。沿街排着奶黄和象牙白的小房子，往前走是一座桥，桥下面是深绿的山谷，是小径分岔的另一条路。回头看身后，是分成数段的蒙塞拉山脉，它的顶端是一朵分散的睡莲，独立、圆润地绽放着。藤本植物和草本植物追赶着石峰，还是未能触到它们。有时蒙塞拉山蒸起漫山的云雾，它就隐到了另一个世界。我们面对的将是参天迷蒙的白和隐隐生发的绿，我的心里猛然塞进这座山，有不可名状的恐怖。我想象着上面滚下万千的雨熊。

偶尔，古堡里养的黑白相间的小奶牛猫会和我们一起走。它有时跳到一片高地，有时又突然出现在前方，回过头来俯瞰我们。直到把我们送出这一片寂静的密林，再自己回到古堡。它在马路上出了车祸，被古堡的管理员送到医院，救了回来。可肠子似乎是被压坏了，总是偷偷地放屁。

小猫咪的嘴也缝了针，歪着唇瓣，露出小小的犬齿，生怕被人彻底抛弃。它凑近我们的时候，总有股臭味儿。我们既爱又嫌弃，有一次克洛伊抱着它，突然闻到一股臭气，拧住鼻子，几乎昏在沙发上。

走过桥，就是小村的中心地带，沿途有雕塑工具店、小酒馆、咖啡店和烘焙店。我们会挑一家不错的餐馆，坐在小凳子上吃炸鱿鱼圈、炸土豆块和橄榄双拼，叫上柠檬啤酒或当地的特产红酒 Tinto Blano。我们吃着炸土豆，喝着甜甜的柠檬啤酒，聊各种咸淡的天。一喝酒，我们的心情就热起来，总是哈哈地笑。

杜 梨 | 西班牙猎神

那之后，我们几个就天天在一起。

一天，克洛伊在第五区穆浮塔街集市和几个摊主聊天。临关门时，跟人家要了几个水果和两只巧克力玛芬揣进口袋，想着如果父亲再喝到不省人事，她就可以不用再饿肚子了。回到家刚拧开门，她就看见屋里悬垂着一个人，衬衫衣角伴随着微风轻微抖动，两条腿像筷子那样伸着。父亲看着阳台，蓝灰色的瞳孔放大，舌头微微吐出，垂下的手腕上，伤口翻起来，血还在滴。

他的黑发纹丝不动，她的黑发猛烈摇晃。她坐在地上，手机颤抖。医院，奶奶，妈妈，弟弟；通知完这一连串人，克洛伊松了一口气。在此之前，父亲已经自杀过几次，均以失败告终。这一次，他终于如愿以偿。他吃了大量安眠药，割了腕，买了最结实的绳子吊在了家里的横梁上。他活着的唯一心愿就是死。

克洛伊对我说："我爸这个老烟枪，尸检时医生发现他的肺还是嫩粉的。是不是很奇怪？他抽烟那么凶，居然肺还是粉的。我开始怀疑那些包装上的黑肺是不是真的。"

我叹了口气："不要抽太多烟。"

她说："我知道，咪咪，我早就戒烟了。"

九月真是浪漫。早晨如果我沉溺于枕上，安会敲我的门，叫我下去吃饭。我走出门，她已经坐在二楼的工作室，面前是巨大的玻璃窗，阳光大块扑过来。她正慢慢地调着蓝绿的颜色，手边放着巧克力。我晕晕地下楼洗漱，拿鳄梨、酸奶、黑面包、黄油和橙子，顺便用法压壶或意式壶煮个黑咖啡。

克洛伊会从冰柜里拿出几个小鲜橙子，手动做出一杯新鲜小橙汁来：切一半，在小伞似的榨汁盖上用力挤压，直到橙子变成一张被压垮了组织的薄皮。我会骄傲地让她帮我做一杯，仿佛我还生活在雨果的时代。

　　克洛伊的父亲去世后，她不想再回母亲那儿。她好朋友的父母那时已是百万富翁，他们决定收养她。以前他们只是巴黎的两个乞丐，在蓬皮杜博物馆、卢浮宫和埃菲尔铁塔等地靠乞讨卖艺为生。二十世纪最后二十年，欧洲还沐浴着文明的余晖，巴黎还处在黄金时代的末尾，纷至沓来的游客让他们得以解决温饱。两人靠着低保和棚屋解决了基本生活问题，又攒了一笔不小的经费，靠着这笔钱招募了一些街头杂技艺人，成立了小小的杂技剧团，剧团的项目也从吹泡泡、吐火龙、魔术鸽，拓展到了人体旗帜、大变活人和大道走钢丝。

　　随着流浪艺术团的名声越来越大，他们接到了国内外的很多演出邀请，开始了各地的巡回演出，并一路壮大队伍。他们赚够钱后，在巴黎市区买了套房子，靠近蓬皮杜博物馆。那儿还有他们十几年的老朋友，在美术馆的广场上，舞着漫长绚烂的肥皂泡，引起孩童的奋力追逐。他们有时叫朋友来喝茶，有时去广场坐着看朋友舞肥皂泡。

　　那时，她的养父母已经六十多了。他们迷上了意大利手冲咖啡、日本瓷器和中国茶，在一楼的花园里种了山茶花、虞美人、风信子和薰衣草，甚至在角落里，还有一小株歪歪扭扭的苹果树。克洛伊过上了喝新鲜牛奶和吃燕麦片的生活，早餐时也能拆开四种不同的谷物，挤压新鲜的西班牙橙汁，喝手冲咖啡。她开始涂二手口红、画画、写诗，闲下来和朋友一起去跳蚤集市淘几欧的麻木衬衫、丝绸领带和旧书旧货。

　　但克洛伊还是很需要钱，她从学校毕业后，就要想办法自己租房了。她不怎么擦护肤品，也不做什么防晒，她想拿到那笔钱，快点从养父母身边搬出去，和好朋友分开，拥有独立的空间。

　　我决定帮她一起抓雨熊。我一向没什么中奖的好运，但克洛伊就不一样了，

杜 梨 | 西班牙猎神

每次玩儿牌，她总能赢。她可能在命运的赌桌上，押上了自己的童年。

安给我看她的毕业画册，那些静谧、折叠、海岸边散开的光影，在港岛的森林里拍出的累累花枝和萧萧木叶，都与红绿喧嚣的香港无关。她有顶一流的审美，一张山崖的侧剖面上，她走在惊涛卷食的山路上。她指着朱光潜的《谈美》，说她刚刚读完。

我说："想当艺术家，不用看多少展览，不如先看本朱光潜的《谈美》，好好美一美。"

克洛伊说："展览吗？我非常喜欢在展览开始的第一天跑过去蹭吃蹭喝，巴黎、纽约和伦敦的我都去过，只要穿一件还像样的衣服，装模作样地谈上几句就行。所有展览的酒和食物都好极了。"

我和安对视欢呼："下次带我们一起去。"

古堡的阳面流淌着美妙的光晕，那些从中世纪就传下来的大胖砖，那些从不远的山谷里炸出来的粗砾石墙，游动着柔光闪闪的乳黄色。伸手去触摸那些在空气中妖娆扭动的小光鱼，感觉光的奶油色把人都浸软了。安正在给我画一幅素描，铅笔倾斜着在纸上来来回回，阳光照得我浑身发烫。我嚼着巧克力饼干面对着她说，我们可以这样生活一辈子。

她慵懒地抓了抓头发，大眼睛不时专注地盯我，如空气中伴鱼巡游的香炉烟，那目光是新鲜薄荷和柑橘香橙的味道，略宽的唇微微报着。我的灵魂蒸发了一半。有人说是因为老晒太阳，尼采才发疯的。

安说："以前恋爱时，我每次见到男友，都要给他画一张素描。"

我说："那他一定很幸福。"

"我下午想走到隔壁镇去转转，你们俩要不要一起来？"克洛伊等我们画完，凑过来问。

　　有光影的地方自然是安喜欢的，更何况是去山野徒步。我们要穿过大片橄榄田、葡萄田、苹果树和梨树，还有各种未知的草木与鸟兽。我为手头的稿子犹豫，终究被安闹着劝动了。

　　按照导航，从后院繁茂的无花果树上薅几个塞在口袋和嘴里，沿着后山的小路，我们出发了。树上的橄榄还未成熟，刚来西班牙，橄榄是极难下咽的，吃了几次后才感觉出甜味。我看着那片橄榄："克洛伊，我们是不是可以管那些种橄榄的农民要一些网，这样就能在山上网住一片雨熊了。"

　　"哦咪咪，那些家伙可太难抓了，我想，用网子的话它们可能会碎掉。苏菲告诉我，上次人们是用橡胶手套抓的，因此保持了雨熊的完整性。"

　　"它们真的是生物吗？为什么会突然爆炸？"

　　"也许它们不喜欢被关在瓶子里。"安漫不经心地甩着手，在田野里挥来挥去。

　　"按照动物的习性来说，没准是应激反应。我们可以用不同的容器去装，来测试它们的可容性。"我看着克洛伊去给路边齐人高的仙人掌拍照，她蹲下身捡了朵花别在了我的头上，随即大叫一声。她的手上被扎了仙人掌的小刺。

　　过了两小时，我们终于到了科尔瓦托。一到村庄的脚下，就能看见蒙塞拉山的余脉。山的岩缝里，都生出青葱的草本植物。我们爬上山，看着鸟雀从空中掠过，到处都是安静的小房子。路过的白人，脸蛋儿都被晒得发红，克洛伊也是。

　　山的顶头是个残破的哨垛，土黄的砖下杂草丛生。我们坐在留有残迹的地面上，心脏还未从呼啸的弹跳中缓下来，嘴唇焦干。我突然有了个想法："你们知道后羿射日的故事吗？后羿吃了嫦娥做的乌鸦炸酱面，更加耳聪目明，气势如虹，一箭就射掉了九个太阳。我们也可以用什么东西诱捕雨熊。"

　　安想了想说："后羿好像没有吃乌鸦炸酱面，是天生神力。"

杜　梨　|　西班牙猎神

"对，是鲁迅瞎编的。"我笑眯眯地看着她，"你大概没有读过那篇《奔月》。"

"我听到了炸酱面，咪咪给我们做过老北京炸酱面，是那个吗？"克洛伊用她的巴黎怪调说道，"我饿了伙计们，我们去镇上吃点东西怎么样？"

"不如拿食物诱捕，外星人对地球的美食肯定很感兴趣。"我从乌鸦炸酱面想到了这点。

"好！我要吃咪咪给我炒的 Patata（西班牙语：土豆，此处意为土豆丝），喝 Tinto Blano！"

科尔瓦托酒馆里有一种我们没见过的特色酒，叫 Vermut。我们坐在靠近斜坡的阁楼上，要了三杯加冰块的 Vermut。它的味道比 Tinto Blano 更甜，没有葡萄发酵的涩味。咽一口酒，往嘴里扔一只橄榄，说起法语中"小王子"的发音——"拉拍提胖次"，我们又笑了很久。

这时克洛伊突然看到门上贴的海报，用她早已忘光的西语读了读："咪咪，哦咪咪，我有办法了！"

我挑挑眉。她继续说："西班牙要举行圣梅尔塞节了，到时候会有叠人塔！没准我们可以用这种方式来捉雨熊！"

"咱们会摔扁的。"

"等等，等等！"她露出那一排不齐的板牙，镜片反着光，看起来更傻了，"你看看，这里有以前的照片，他们还有巨人游行。"

"你的意思是咱们扮成巨人，站在山上等着吗？"

"没准这样抓到雨熊的概率更大呢？"

"喂，你是有多想赢啊！"我皱着眉头对她喊了句粤语，"有？有搞错啊？"

"咪说啥？"克洛伊惊讶地问安。

"她说你疯了！"安悠哉地蘸了一角番茄酱，黑白分明的大眼睛转向我，软绵绵地央求,"你多学点粤语嘛,我们就可以说许多笑话。"接着,安让我念她的名字"佩 Puei 羲 Hui",我跟着她大声念"佩灰",故意笑着嚷:"王羲之的羲怎么可以念作黑啊!"

她攥起拳头,努努嘴:"我想打你!"

吃完土豆,我们倚在栏杆上沉默着,似乎说了很多,耳边回荡着粤语歌和法国诗。山风从我们耳边拂过,红酒蒸上的热气慢慢散去,太阳正在西斜。堪塞拉的墨西哥作家罗德里戈和匈牙利画家弗朗茨抱着胡萝卜、茄子和青菜从下面经过,我们嚷嚷着向他们打招呼,让他们等我们一起回去。下了楼,罗德里戈看着我满脸的晚霞,嘟了嘟嘴,做出用小杯子喝酒的手势:"你应该喝得慢一点。"

"西班牙好得像梦一样,是不是,小墨西哥人。"

"现在,你真的应该喝得慢一点了。"他们哈哈大笑。

我们在回去的密林和将晚的天色里,几乎迷了路。走了快一小时,看到了来时的橄榄树、一家院子里的两只鹅和几只大狗。路边罩网的藤蔓里,结着一串串紫色的小葡萄,有点瘪。据说,很多好葡萄酒都要等入冬后才能酿成。

巴黎人说,好多法国酒庄都被卖给了中国人,而法国政府对此无所作为,他们没有出台任何政策支持当地的酒庄。

"放心,我是不会摘人家的葡萄的。但如果我接到雨熊,就带它们来这里吃葡萄,这样布鲁克人也不会发脾气了。"我皱皱眉,有些生气。

"它们会变成葡萄味的果冻的。"安对我说。

"它们会醉倒在西班牙的荒地里的。"克洛伊说。

匈牙利人的声音像小步舞曲那样优雅地响起:"我会陪它们一起醉倒的。"

"好浪漫。"安感叹道。

罗德里戈很快戳破了这层泡泡:"我会给它们喂辣椒的,那才是人间美味。"

杜　梨 | 西班牙猎神

"噢！"我们爆发出一场大笑。

"但我等不到了。我明早就要飞回布达佩斯了，祝你们好运。"匈牙利人笑笑，那是个清瘦白皙的年轻人。

"噢……"

我回头看向身后沉入阴影的葡萄藤，珠粒模糊黯淡。天上无论降下来多少只雨熊，地上的葡萄都是静悄悄的，似乎它们永远生在那里，永不被人摘去。

山野间又没了信号，我们凭着路牌又辨认了两次方向，终于平安回到了堪塞拉。走进院子，作家帕乌拉正坐在黑石凳上，一边卷烟，一边出神。帕乌拉四十多岁，一头褐色的短卷发，蜂蜜色的皮肤，大而圆的双眼，棕色的瞳孔里竖起沉默的旗帜和光点，鼻翼两侧有很深的法令纹。

半年前，她的母亲突然检查出肺癌，发现的时候已经太晚。时间一长，她被那些咳嗽锤得千疮百孔，只好从波哥大跑到巴塞罗那散心，一想起母亲就落泪。她的父亲是外科医生，她从小就被带进医院玩，仰头看见一排罐子，病变的肺部组织就漂在福尔马林里。似乎父亲早就成了肺的守护神，她从来没想过自己家人会得肺癌。她觉得这是一种诅咒。

只有一种时刻能让帕乌拉真心地笑出来，那就是吃老干妈辣酱的时候。帕乌拉第一次吃到老干妈抹的面包时，激动得无所适从，觉得那简直是四十多年来吃到的最好的食物。她托我们去中国超市买了两瓶存着，我说老干妈是全中国最火辣的女人，她说咱俩应该合作，走私它去哥伦比亚。

现在，那支新卷的香烟塞到了两片干燥的唇瓣中，火星熟练地上卷。透过淡淡的青雾，她看见我们，短暂地笑笑打招呼，复看着远处的野草。我们说起罗德里戈要给雨熊喂辣椒的故事，她的脸上才露出一丝笑意，她去小柜子那儿拿出老干妈:"没准儿它们吃了这个更容易留下来,我可以捐一瓶。"

我们点起蜡烛,把食物都搬到野外。安娜是挪威人,兼职做我们的厨子和司机,她上了年纪,皱纹驳杂,那双碧蓝的眼睛已经变灰。她常年穿着黑色的棉衣裙,身材圆润,喷着浓烈的香水。她年轻时在游轮上工作,在一次旅途中认识了自己的布鲁克丈夫。后来,她结束了漂泊,和他一起来到西班牙定居。

今晚,安娜做了热气腾腾的海鲜饭,那香味引来了山后的欧洲獾,猫咪们在厨房里走来走去,我们欢呼鼓掌。夜里水汽凝结,我们裹上厚衣服,喷了驱蚊水,坐在庭院里举杯,沙拉拌着黄米饭的酱汁,香软可口。

克洛伊聊起今天下午的猎神计划。加拿大的马琳和澳大利亚的斯嘉丽说,她们可以负责做蛋糕,以甜食去诱捕雨熊。管理员苏菲认真地看着我们,问我们是不是要认真地去捉雨熊,到底有多少个人去,还是只为了做一个作品。

气氛陡然紧张。帕乌拉没有什么心情,年轻的女孩们倒是乐意去探险,安娜说可以给我们做锡纸帽子,让我们安心前去。安一向是沉默温柔的,喜欢随众。克洛伊把视线转向我,我说:"当然去,我们要把巨人扛上山。"

苏菲摇摇头,对克洛伊说了句法语。克洛伊举起杯子里的果汁:"她说我不应该如此异想天开。"

"这是你们法国人的传统。"

安把汤匙和瓷碗碰得叮当响:"我可以带相机去,把这些都记录下来。"

"我们可以在山上做任何事,毕竟那是一座山。"克洛伊补充道。

隔天,苏菲走进来告诉我们,挪威的老师和学生们来了,没准他们也能帮忙捕捉雨熊,他们每个人都像巨人似的那么高。马上就是外星人降临日了,马琳在锅里用黄油炒着米饭芝士团,香气裹满了整个厨房。斯嘉丽出门去准备做蛋糕的各种材料,我们三个在准备着各种各样的器具和计划。

"哦!维京人来了!"克洛伊做出夸张的手势,用刀插了块黄油举在手里,仿佛那是因纽特人刚剥下的海豹脂肪。上个世纪,挪威的艺术家们买下了这座古堡,并把它开发成了一个艺术中心,他们每年夏天都会派一些人来这里度假。南欧的酒比北欧的便宜,他们会一箱一箱地从隔壁镇的大超市搬啤酒,放着重金属音乐,在后院的展厅里做雕塑或装置艺术。

我们几个快速吃完饭,跑到后院去看维京人。一个年轻人坐在庭院里劈竹子,地上铺满了他们从荒林里砍的竹子,旁边已经有了一个巨大的竹笼。我们站在他身边,凝目看着。他抬起头来,冲我们笑笑,继续劈竹子。

克洛伊问他能不能教我们编织筐子,或者借我们一个,我们好去接雨熊。我在她身后扑哧笑了,金木水火土,酸甜苦辣咸,赶上摘人参果和吃蟠桃儿了。挪威男孩看着后院那棵无花果树,上面的果实基本被我摘吃完了。"要不要做个弓、剑或是弹弓?"

"不必了,否则结局很可能是我们自相残杀。"我补充道。

男孩笑了,挥了一下手中的刀,浅棕色的卷发在脸边晃了晃,眼睛碧蓝如海:"那么,你们的竹筐子要多大,竹条要多宽?"

我们大致列了一个要求,坐在他身边看他劈竹子、压竹条,用结实的双手将竹条编成小腿那么高的笼子。我们问他:"挪威人这么爱手工,你是不是挪威森林里的小木匠?"

他说:"我们村子里的每一棵圣诞树都是我去砍的。"

"我们下午去科尔瓦托过圣梅尔塞节,你们要不要一起来?"

"我要给你们做竹筐,再晚可能就来不及了。"

苏菲亲自带我们前去科尔瓦托，看看有没有可能借到一两个巨人的国王和皇后。我们随着游行的队伍来到广场，当地人正在叠人塔，根基很稳，一个孩子正在往上爬。这是我第一次见到真正的叠人塔，虽然只有五层，但孩子无所畏惧的熟练攀爬打动了我们。

叠人塔结束后，我给他们讲《聊斋》里有个演杂技的孩子，在寒冬的春节，爬上神仙索，去云霄宝殿里摘王母娘娘的仙桃，再一颗一颗地从天梯上扔下来，让官员们品尝打赏。天宫上的东西，果然鲜甜无比。不料，小男孩被天兵天将捉住，脑袋和身体的碎块一块块地从天上扔了下来，掉进了他父亲的竹筐里。

大家都露出害怕的神色，说这个故事很适合狂欢节。

身后鼓声和萨克斯声越来越近，我们回头一看，巨人已来到了身边。黑发鬓须的国王、长卷发的皇后和金发公主正从我们身边经过，踩着高跷的人在其中抖动着膝盖，保持着平衡。有长相奇特的巨人特意俯下身来观察我们，我们吓了一跳，尖叫着四散开来。小孩子们在巨人周围奔跑，婴儿们在大人的怀里哭喊，巨人的静止与缓慢、人类的追随和跳跃，在小镇里散出勃勃的生机。有人说，西班牙人是靠节日活着的，嚼橄榄喝红酒的快乐举世无双。

游行过后，苏菲带着我们去了活动中心，那儿的桌子上已经摆上了硕大的人头和半身纸衣。巨人的腿早就被收了起来，平躺在地上。等了半响，一位大叔拿着酒从门外进来，他的头发打绺，前胸后背都被汗濡湿了，看到我们问怎么了。

苏菲用西语跟他聊了几分钟，他皱着眉，不断说着好的好的，语调像蜂鸟的翅膀那样飞速旋转，不时快速地打量着我们。

话音一落，他走到柜台后面抬起地上的大腿，对我们笑笑："你们用这两条腿上山的话，估计很快就到了。你们真的要踩着上去吗？"

我和克洛伊商量了一下，决定不如直接带着巨人的上半身上山，这也是黑暗中扩大视野的一种好方式。万一外星人飞过,也能在黑暗中看个分明,说不定我们就能得到雨熊了。

"到时候我会提前开车送到山下。你们想要哪款?"

"那个金发的公主!"

"哦咪咪!"克洛伊对我的少女心有些不满,"我们为啥不选皇后?"

"你不懂,她很鲜亮,在黑夜中也会闪闪发光。"我分析给她,"你不觉得玛丽皇后对外星人来说太过哥特吗?"

"好吧,你听上去很有道理。这次就让我们跟皇后说再见吧!"

苏菲跟大叔交换了手机号,谈了一下租金。大叔拒绝了,让孩子们玩吧。他喝了口酒又嘱咐道:"小姑娘们,弄坏了她,你们的奖金就归我了。"

回到堪塞拉,斯嘉丽把白日采的鲜花摊放在木头桌子上,给它们摆好造型拍照。她跑遍了整个布鲁克,收集了石榴花、蔷薇、迷迭香、羊蹄甲和鼠尾草,准备冻进冰箱里,之后放在蛋糕上。她的脚边放着挪威人送来的竹筐子,马上就是捉雨熊的好日子了。

我们凑在一起,又热闹地吃了顿饭。安娜今晚做的是羊肉炖卷心菜和烤鸡肉,一会儿给挪威人送过去做答谢。我们听着挪威话,暗地里做"维京人来了"的鬼脸。

吃过饭,克洛伊坐在沙发上,脸色凝得像铅块。下午的红晕褪去,她的脸色苍白。平日里一派英气的她,此时如小奶狗般滴泪欲穿。她摘下眼镜,把头枕在沙发上说:"咪咪,咱们做的这些真的好吗?如果明晚我们一无所获,岂不是让大家失望?"

"大家一起玩儿而已,我们只当它是一个游戏。"我靠在她身上,"什么都不要太当真，去洗个热水澡早点睡觉，你现在闻起来就像块乳酪。"

"天啊你又说我……好的我会去洗的。"她举起双手，无奈地笑了。

安在钢琴边，随手弹起了练习曲，音符在墙上烧出了几个洞。如果有人对即将要做的事产生怀疑，就像玩抽积木的游戏，一根木条松动，那么剩下的木条也会摇晃。我的东亚精神勃发，抵制住了艺术家的拜伦病。如果克洛伊再沉下去一点，我就拽不动了。

我把小奶牛猫抱进了克洛伊怀里，小奶牛猫非常争气地放了个屁。

外星人降临的节日终于来临。吃过早饭，马琳帮斯嘉丽一起做蛋糕，她们要做一个鲜花奶油的巧克力熔浆蛋糕，一个人正聚精会神地打着鸡蛋，一个人正在熔化巧克力。我和克洛伊正到处搜寻有趣的道具，我打算去小超市里买一些大家都喜欢的巧克力饼干；克洛伊去后院摘无花果，寻找鸟类的羽毛和夜晚的探灯；安则安心在画室里准备拍摄计划和镜头脚本。安娜正在帮我们捏锡纸小帽子；南美的作家们正在做辣椒酱，想做点辣味牛肉馅饼；苏菲还不忘打电话确认金发公主是否能上山。

我铁了心要把这个节日打造成一个小小的狂欢节，这个古堡像是以悲伤为食。它吃进来的全都是郁郁寡欢、充满哀痛的人，并且这种痛苦无处可逃。大家不知道雨熊会何时到来，也不知道雨熊到底会带来什么，但与外星的接触，哪怕是一点点，哪怕是外星人的弹射物，都能让他们感觉到哪怕一丝丝的生机。如果我没有猜错，这恰恰是苏菲组织"西班牙猎神"的初衷之一，人们渴望一片羽毛、一块果冻带来的奇妙飞行。

我们头戴着锡纸小帽，每个人都穿好了羽绒服或厚棉服，带好了自己的雨熊捕捉器。安娜给我们每人都做了一个便携的黄油酱三明治。尽管马琳和斯嘉丽觉

杜　梨 ｜ 西班牙猎神

得晚上吃太过罪恶，可她们的手提篮里是一座巧克力火山的热量——巴塞罗那的秋天在鲜奶油铺成的雪地中绽放，里面涌动着棕色的海水和岩浆，它猛烈沸腾着。我的挪威竹筐里放着御寒的厚毯子、防潮垫、枕头、纸巾、玻璃罐、空罐头和铁盒子；克洛伊背了一兜零食水果，脖子上还挂了一串大蒜；罗德里戈负责搬运帐篷、柠檬啤酒和红酒。安带了相机，一路跟拍。

挪威人的摇滚乐在后院响起，帕乌拉依旧坐在庭院里，一根接一根地抽烟，我看见她的眼圈红肿，无可治愈。小奶牛猫从静夜的山里走来，站在院子的灯下，看着安娜发动车子，分两批送我们上山。我们坐在安娜的车里，在山路上像土豆一样被摔来撞去。我们都庆幸，晚上还没有吃饭。

苏菲提前给巨人大叔发了定位。此刻，大叔正站在蒙塞拉的半山腰等我们，金发公主站在他的身边，她的上半身露出地面，下半身大概已浸入土地。黑暗中能瞥见她偏亮的头发和暗红的嘴唇。我们再次对他表达了感谢，并邀请他和我们一起吃喝，他只带走了一个花生酱三明治，并要求我们好好照顾他的女儿。

我们齐声答应，说公主理应被如此对待。

我们把公主抬到背风地里，在她的身边支起了帐篷和照明灯。我们铺好防潮垫，把有些歪的奶油巧克力蛋糕、墨西哥牛肉馅饼、花生酱三明治、柠檬啤酒、巧克力饼干、各种膨化食品和水果摆在了垫子上。有两个瘦梨滚到了石头上，好在它们是西洋梨，伤势不重。我和安一人一个，分了吃了。

我们把酒放在地上，远处站着等飞船的西班牙青年都凑了过来，他们裹在帽衫里，冻得直打哆嗦。我们递过酒去，说喝吧喝吧，过了今宵就没有免费的酒了。他们很高兴，说起了磕磕绊绊的英语。其中一个男孩说："我们是从瓦伦西亚过来的，听说雨熊滑过巴塞罗那后就消失了。"

很快,他们和罗德里戈讲起了噼里啪啦的西语,正如我和安的交流受制于口音,西班牙和墨西哥的西班牙语也不尽相同,罗德里戈干脆给他们递了一个墨西哥馅饼。

我们猜金发公主是第一次在这么晚的夜里上山,不由得怜惜起她来,但谁也不敢让她喝口酒或者吃蛋糕。我们对她举杯庆祝,酒精漫过脸上每一寸皮肤,把嘴唇都烧得有些肿。嘴里塞着奶油蛋糕,巧克力的味道还没下去,还要来一口鲜辣的墨西哥馅饼。山里的水汽真好闻,草木和岩石的气味叠住了风的手,我们的感官被无限放大,星空若近若远。克洛伊说,关上灯吧,那样我们就能进入凡·高的世界。

圣母在上。我们贴着彼此,躺在厚毯子上看着华美的星空,有人顶着挪威竹筐在山野中走来走去,安则站在风里,认真地记录着这一切。天上开始下起点滴小雨,那味道有点像家乡的话梅茶。我们努力睁大眼睛,看着星河在头顶旋转起来,每个光点都如此珍贵,我们盼望着银盘似的东西从头顶飞过。

克洛伊的手拂过我的面颊,玩弄着我的头发,酒精让我丧失了轻微的痛感。我说:"你知道我什么时候最开心吗? 是当安说爱吃我做的炒土豆丝和虎皮青椒的时候。虽然很辣,但她还是很喜欢。"

"我也喜欢。"她笑笑,"我最喜欢你们做的西红柿炒鸡蛋。"

"嗯,那是我们的国菜。"

"你知道那种快乐吗? 你能感受到吗? 当你终于找到那么一种东西,可以与人沟通的、不再受伤的、超越语言的东西?"

"是雨熊吗? 是乌鸦炸酱面吗? 是天宫的桃子吗?"不知怎么,我和克洛伊一边笑一边哭,嘴里的甜味也变得很酸。

挪威竹筐又转回来了,这次换成了安,她的大眼睛在竹筐后面闪烁,美滋滋

杜　梨　｜　西班牙猎神

地看着我们："你们两个傻子，为什么哭了？"

"佩灰啊佩灰！你想不想知道那个孩子掉下来以后发生了什么？"我从地上爬起，克洛伊扶了我一把。

"你在说什么？我听不懂！"

年轻人们开始放 Coldplay 的歌，此起彼伏地哼唱，我们的声音又变得嘈杂。

"他没有被分尸，他从筐子里跳了出来，又重新变成了一个活蹦乱跳的小男孩儿！他还活着！"

"我听不清！你个傻子！"

"你才是傻子！安佩灰！"我把她的筐子摘了下来，她的眼睛在夜里闪闪发光。我们搀扶着看向山崖，城市缩成了一束黯淡的光条，大风吹过，光都有了褶皱。

"Hymn for the Weekend"《周末赞美诗》响起，我们俩把克洛伊从地上拽起来。我们跟着音乐边唱边跳。这片山林离城镇太远，夜间行走的动物都在山下。我们什么也不用担心。"Drink for me, drink for me"（予我一酒，一醉方休），"Got me feeling drunk high, so high"（酒酣耳热，陷入醉生梦死之中）……

唱着唱着，金发公主的斜上方突然发出了奇怪的碎裂声。

我们慌了神往上看，只见夜幕掀开了一条翻折的波痕，有一只巨大的白熊从里面跳了出来。降了这一层，白熊的身体逐渐变得透明。它转过头，用模糊的面孔看了我们一眼，停留了大概两秒，忽地向上一跃，炸起漫天的烟花，碎成了一片片透明的小熊。

又是一阵风来，小熊如漫天飞针，插进了我们的眼睛、脸颊、嘴唇和胸口。而我们的金发公主呢，她毫发无损。

克洛伊叫着，跌跌撞撞地去开了灯。我看见她飞快地从身上扯下透明的雨熊针，将带着血的雨熊一只一只地投进铁皮盒子、玻璃罐、空罐头和挪威竹筐里，给每个容器里都塞了不同的食物。我想这些雨熊会和蒲松龄的小男孩儿一样，重新为一。

克洛伊又赢了。余下的我们躺在旷野中，雨熊跑进我们的血管，虽然疼，但很舒服。

《青年文学》2022年第1期

曹畅洲

曹畅洲，1991年生，上海作协会员，鲁迅文学院第三十九届高研班学员，现就读于中国人民大学创意写作硕士班。在《花城》《青年文学》等杂志发表小说若干，出版短篇小说集《失意者酒馆》《久病成仙》等。

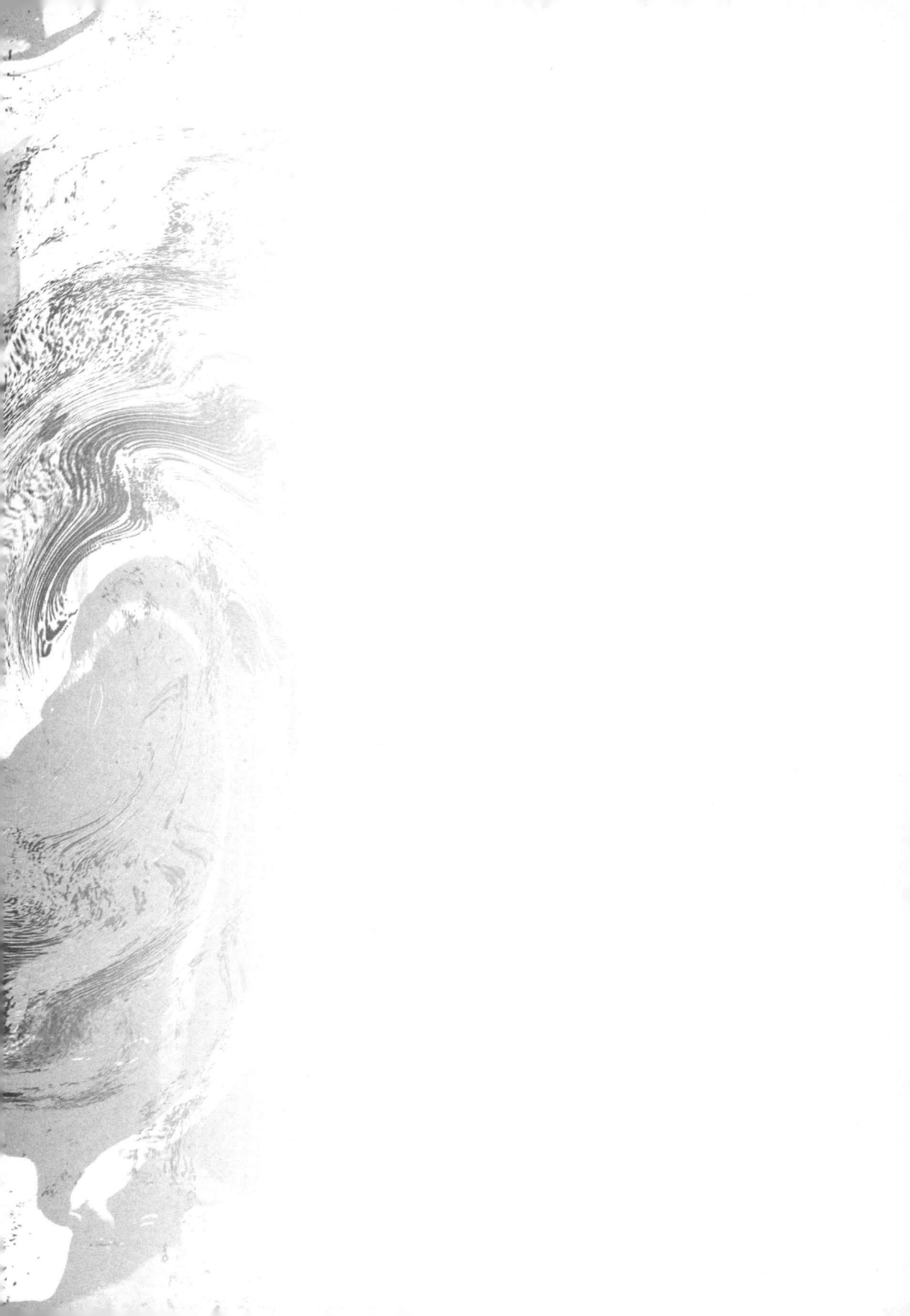

鹦鹉大仙

其实庄鹏的妻子当时只是随口一问。一百个妻子里,有九十九个在那种情况下都会这么问的。那是个十分无辜的问题,一点儿也没有逼迫的意思。她承认在丈夫又一次收到了球友们的邀请后,脸上确实出现了些不满的神色,可她也很肯定自己问出那句话的时候语气是非常平稳的。

"都是一样的比赛,在家里和酒吧里看有什么区别?"

庄鹏原本有无数种方式进行申辩,然而那个时候,他略一思索,竟发现妻子的话不无道理,真的一个人坐到沙发上去了。这个过于顺利的说服过程并没有引起妻子的疑心,庄鹏这个人就是这样的,大水冲了龙王庙也能找到理由笑出来。家里的经济情况他不是不清楚,去了酒吧就得喝酒,喝了酒又要打车,这次看球下次吃饭,都是些没什么权势的狐朋狗友,这钱花出去算什么名堂?

将桌上的剩菜包好膜后,妻子转过身子打开了冰箱门。冰箱里只有两罐啤酒和三只苹果,可几碟小菜一塞,顿时就显得拥挤不堪。关上冰箱门,客厅也没宽阔多少,庄妻去水池边洗碗时,还得侧着身子通过橱柜和墙壁之间的狭道。只有蹲伏在地上用抹布擦地时,她才能体会到这间小屋子唯一的好处:她只需要用别人一半的时间和精力,就可以获得一间同样清洁的客厅。

是要到下一个周末的比赛日时,庄妻才发现了丈夫看球时的不同寻常。只见他在卧室的沙发上盘着双腿,不抽烟也不喝酒,不吵嚷也不喝彩,打坐似的盘踞在沙发上,抻了脖子一动不动,一双眼皮耷拉着。她起初以为他是看睡着了,凑

333

过去一瞧，两只眼睛火亮着呢。你这是看的什么球？ 庄鹏笑而不答，只扬了一下手，示意不要打扰。那一天阿森纳队落了个惨败，庄鹏依然气定神闲。他微微颔首，一种受到祝福般的笑容在脸上浮现出来。真是奇怪，妻子凑到他眼前问，输球了你笑什么？ 你不懂，庄鹏这才开口了，此中有真意。

庄鹏把球给看深刻了。足球场上二十二个人，每个人都有自己的跑动，每个跑动都充满个性又不失纪律，而皮球只有一个，这一个皮球串起了浓缩的世界。此中真意，又怎向他人诉说？ 只能是欲辩已忘言。对于丈夫忽然养成的古怪习惯，妻子显然无法接受。一天晚上，当丈夫再次提前打开电视，两只腿盘到沙发上时，妻子立刻走到茶几前，伸手取过遥控器就关了电视。

"你还是和朋友们去酒吧看吧。"她说，"你赢了。"

庄鹏看了她一会儿，神情里有一种很隐秘的悲悯。接着他绕了下头发，从沙发上站起身来。他走出卧室，侧转身子蹭过橱柜和墙壁之间的狭道，从洗手台上抓下一块抹布，对着龙头冲洗起来。

"我不看了，"他平静地说，"我帮你擦地。"

妻子设想过无数种丈夫的反应，唯独没有料到他竟会帮忙料理起家务来。庄鹏这意想不到的体贴无论是否带有赌气的成分，这一刻实实在在地让妻子心软了。早在他们恋爱的时候，她就切身体会过他对足球的热爱。那时候他身边的每一个人都知道，炼化部的庄鹏是一个不折不扣的球迷。这个不折不扣的球迷现在却被自己逼得关了电视，帮忙擦起什么地来……他洗抹布的姿势看上去笨手笨脚的，仿佛抹布不听使唤。妻子走到丈夫身边，夺过抹布，徒劳地做出一副依然在气头上的样子说：

"今天我已经擦过了……"

曹畅洲 | 鹦鹉大仙

庄鹏的独特看球法持续了几个月,其中曼妙刚刚准备深入骨髓,却迎来了为期三个月的英超休赛期。面对着一个又一个"草色遥看近似无"的周末,他忽然感到自己的生活正在被掠夺一空。并且这种空虚之感比往年更加难熬。妻子有一天就看见庄鹏坐定在沙发上,眼前的电视机却开也没开。没过一会儿,他忽然拍了一下大腿,嘴里飞出一句脏话,就猛地站起来,焦急不安地在房间里来回踱步。妻子已经习惯了丈夫安详而庄严的看球方式,差点都忘了他这个人也是会常常自己跟自己生气的。于是她提议重看一些经典的比赛,此中有真意嘛,真意总是经得起反复琢磨。庄鹏听了妻子的话,停住了脚步,却没有回答,几秒钟后又迈出了步子。他走进厕所,开始蹲起了马桶。无所事事的日子里,他唯一可以活跃的只剩下了肠胃。

庄鹏的妻子怎么也想不到,丈夫为了缓解无球可看的痛苦,竟选择了这样一个匪夷所思的对策:那天从商场下班回家,她看见阳台的晾衣架上挂了一只不锈钢鸟笼。丈夫就站在旁边,一手提着粮铲,一手扶着笼头,对笼里的虎皮鹦鹉喊道:

"好球!"

那只金头绿肚的鸟儿歪了脑袋,站在一条细横木上沉默不语。庄鹏扬起手就朝笼头上狠拍一下,吓得鹦鹉头毛一哆嗦,斑斓的羽翅也微微张开。庄鹏又重复了一遍:

"快说'好球!'"

这回去拍打的人是妻子。她拍打的不是鸟笼,而是庄鹏的后脑勺。细碎的鸟粮从庄鹏手中的粮铲边扑簌簌地掉了一片。她从庄鹏扭过来的脸上看见那惊愕一下子成了谄媚的痴笑,就知道他没有明白问题的严重性。

问题其实倒不严重。过问了鹦鹉、鸟笼和鸟粮的价格以后,妻子渐渐平静下来了。饲养一只鹦鹉确实花不了什么大钱，但无球可看的丈夫竟会想到要培养一只鹦鹉来做伴，这件事无论怎么看都透露着一股病态的气息。

"你要是真想去酒吧你就去好了，"她说，"养个鹦鹉陪你看球，说出去好像我在欺负你似的。"

"你想到哪儿去了，"庄鹏笑着说，"我就打发打发时间，谁说要跟它一起看球了。"

妻子看看丈夫，又瞧了瞧鹦鹉，不禁发出一声苦笑。是啊，不就是养只鹦鹉，她怎么会那么想呢。不知怎么的，她总觉得这只鹦鹉在家里的出现，带给她一种不速之客的感觉。

饲养鹦鹉的全部工作当然是由庄鹏负责。所谓负责不过就是清理下鸟屎，添加鸟粮和清水。剩下的时间，庄鹏全都用来对它进行足球知识教学。鹦鹉带来的效果是显著的，那段时间里，庄鹏的球瘾果然好转许多。一个月以后，这只虎皮鹦鹉居然真的会说"好球"了。那天妻子回家，庄鹏立刻向她展现了自己的教学成果。"好球！ 好球！ 好球！"随着鹦鹉尖脆的学舌声，庄鹏乐不可支地用粮铲为鸟笼里添粮，那些谷物在粮盆里堆出了一个金黄的尖顶。妻子也是第一次亲见鹦鹉学舌，虽然这并没什么好意外的，但她还是感到从一个动物口中发出人类的语言，这异象从生理上使她有些晕眩。这种晕眩新奇而美妙，使她惊叹于大自然的神奇造化。自己虽然身处这毋庸置疑的地球，却好像从来都过着和地球完全无关的生活。

等到英超的新赛季再度打响，这只名为"叫叫"的虎皮鹦鹉已经学会了"好球""射门""下课""他妈的"四个短语。其中第四个尤其重要，因为这意味着它已具备了说出三个音节的能力，长此以往，报出阿森纳全队球员的名字也未必是痴心妄想。想到这一点，庄鹏就感到心中形成了一股厚重的成就感和使命感。他郑重其事地用食指穿过鸟笼抚捋它的头羽，语重心长地教育道：

"叫叫，一个人要像一支队伍。"

庄鹏夫妇谁都没有打算让叫叫一起看球，但事情还是这样发生了。阳台就在卧室的边上，这么小的房间，即便是晾衣竿，对于鹦鹉来说也称得上是个优质的看台座位。每当庄鹏看球时，叫叫也就在这个专属座位上，看着屏幕里的一片绿荫，跟随解说员学舌。它的学舌主要是"好球"和"射门"，因为解说员很少提到"下课"，"他妈的"则更是不可能了。

庄鹏依旧在沙发上枯坐凝眸，鹦鹉的擅自加入没有影响他的习惯。他依旧在足球带来的幻境中化孤独为艺术，变激情为智慧。不要说鹦鹉，就是他的妻子、他的工作、他在人间历经的一切烦恼，都在那九十分钟里幻灭成烟了。而妻子呢，起初还觉得鹦鹉的学舌总算为看球这种活动带来了正常的热闹之感。几场比赛的新鲜劲褪去以后，她现在只觉得这是一只十分吵闹的鸟。

那是一个稀松平常的比赛日，也是一场稀松平常的比赛。妻子在浴室中清理地漏上乱麻般缠绕的发丝，水管里漫出的臭气像手掌那样捂住她无法透气。而卧室里的电视屏幕上，却出现了一脚极具穿透力的直塞球，作为阿森纳前锋的奥巴梅扬向后虚闪一下，立刻迎着来球冲刺而去。这个飘忽的跑动使对方后卫落后了整整一个身位，于是庄鹏就听见阳台上传来了一声尖厉的：

"好球！"

直到解说员跟随着也发出了同样的惊叹，庄鹏才恍然意识到了什么。他心下一惊，顿时从那虚空之境中抽身回来，跳下沙发时拖鞋也顾不上穿，三两步跨到鸟笼旁边。

"你刚才说啥？叫叫？"

叫叫两只眼睛一动不动地盯着电视方向，缄默半晌之后，忽然又冒出一句：

"他妈的！他妈的！"

庄鹏赶忙转过身子，镜头正对着身穿红白球衣的扎卡，捕捉着他那懊恼万分的神态。画面接着进入回放，庄鹏看得清清白白，这个如此漂亮的进攻配合，最终却被扎卡愚蠢的高射炮给生生暴殄了。

"见鬼啦！"庄鹏张开双手大喊，"鹦鹉会看球啦！"

庄鹏和妻子要说自由恋爱却也不那么自由，两人相亲时见到对方的第一眼都有点失望。之所以最后结合在了一起，完全是庄鹏无心的一句打趣所造成的。庄鹏那时候大概是说，他是石化厂的，而她又销售化妆品，化妆品可不就是石油提取而出的吗，这就说明有缘分，命中注定我生产，你享用；我提炼，你升华。庄鹏这个人在开玩笑方面很容易失去分寸，后来他在看球时静坐的内容也包括对自己这一个缺点的反思。无论怎样，这句活跃气氛的玩笑话最终把他俩都搭进去了。结婚前一天，庄鹏想起来还是觉得很蹊跷，怎么就到了这一步呢？转念他又对自己说，可能真有冥冥天意在推着他走吧。

降临到庄鹏夫妇身上的冥冥天意之后再没有出现过，直到那只有着翠绿肚皮的虎皮鹦鹉喊出了那句"他妈的"。经过无数次验证，现在他们都已经确信这不是一个巧合了。叫叫是一只懂得看球的鹦鹉。对于这桩怪事，妻子表现得十分担惊，她坚持要把它给"处理"掉。庄鹏一听，赶紧堵住了她的嘴，警觉地将她拉离客厅，走到卧室关上门，轻声却又严肃地告诫妻子：

"非但不能处理，还得供着它！"

庄鹏的想法很简单，请神容易送神难。这鹦鹉显然不是凡物了，你要是赶走它，它必然要报复你不可，你要是好好伺候呢，兴许还能起到保佑作用。妻子不

曹畅洲 ｜ 鹦鹉大仙

信什么怪力乱神，但荒谬的事实放在这里，她也不敢以身犯险。于是点点头，将信将疑地答应了。

叫叫住进了一只更为宽敞的鸟笼，有一高一矮两条细梁木供它休憩玩耍。每隔几个小时，不是庄鹏就是妻子，就会来鸟笼旁查看一番，好使笼底的鸟屎永远得不到散发臭气的机会，粮盆永远是一副快要溢出来的样子。不仅如此，在每个有球赛的夜晚，叫叫还被作为特邀嘉宾坐在茶几的正中间，那只鸟笼成了最尊贵的观赛包厢。为了不影响自己的视线，庄鹏就只好偏坐到沙发的一端，脸上却呈现出一种天真的悦色。他开始就着比赛进程和叫叫聊起球来，好像说相声一般，一逗一捧，一唱一和，乍看之下居然真的构成了和谐的沟通场景。这一幕在妻子眼里显得有些毛骨悚然，她恍惚觉得不是鹦鹉成了仙，而是丈夫失了疯。然而再观察下去，她总会发现叫叫的附和并不是普通的学舌，这时她又疑心出问题的人可能是她自己。她对鹦鹉的敬畏是在这种不断怀疑的过程中渐渐养成了。

鹦鹉叫叫并没有给庄鹏夫妇带来护佑，恰恰相反，妻子在不久以后被公司开除了。她在公司挪取小样的事情持续了两年都没有出现纰漏，偏偏在这一回被领导逮了个正着。照理说，最近风声渐紧，以往有同样动作的同事们都已经警惕地暂住了手，可庄妻这时忽然想到了家中的神鹦，说不上是一种什么心态，她决定铤而走险。走险失败，庄妻先是感到了一种不出所料的胜利感，接着悲伤才弥漫上来，使她更彻底地扎进现实的无望里。她一路上失魂落魄，回到家时，脑中所想的事情已经完全和鹦鹉无关了。

然而她一进门却听见阳台上的鹦鹉放声大叫：

"下课！下课！"

鹦鹉准时的奚落使庄妻顿时变了脸色，整个人重新泛出充沛的活气。她撂下包，鞋也不换就气冲冲地踩到晾衣架边，一路走，一路斥骂开来：

"你还叫！你还叫！我供你喝，供你吃，毛也给你梳，玩也陪你玩，你就这么对我？不过就是会说几句人话，会看几个破球，说到底不还是一个烂……"

"畜牲"两个字就在嘴边悬着，庄妻到底还是把车刹住了。虎皮鹦鹉身子一阵长一阵圆，脖颈处的几颗黑斑也随之鼓胀变形。它豆大的弯喙微微开启却悄然无声，随着庄妻的谩骂在铁笼里上下扑腾，等到那句"畜牲"即将出口时，似有了预感一般径直扑向庄妻，若不是被笼柱挡住，庄妻这张喋喋不休的怨嘴怕早已被它啄歪了。庄妻吓得往后急闪一步，脸色立时煞白。余悸和鸟笼一样嗡嗡地回荡了好久，她才迟迟地确认了自身的安全无恙。这记下马威使她再也骂不出什么了。她在晾衣架边手足无措地呆站着，眼睛开始了熟视无睹，只有可怜、可笑、可耻、可悲的思绪带着她在自己的过去和未来里无情地漫游了一遍。她忽然感到双腿乏力，鼻根也泛了酸，于是脱了鞋子，蹲坐在地呜呜哭起来。

庄妻的眼泪就像是夏天的暴雨，来得快去得也快。激烈的情绪从她的眼眶一泻而尽，只留下了一片人去楼空。庄妻这栋单薄的小楼颤颤巍巍的，心里还隐隐回荡着凄凉的回音。但她已经疲惫得无法听清那些回音了，便只好什么也不再去想。她用袖口拭干泪水，摘下鞋子用手拎着，赤着脚来到房门口。她在门口放下了工鞋，正准备换上拖鞋，忽然停住了。她盯着地上的工鞋怔立片刻，心一横，两脚一跨，又重新穿上去了。她蹬了蹬脚，感到脚底和脚面被包裹得十分妥帖，便转过身子朝阳台那边说：

"你走不了，我走！"

庄鹏给妻子打电话的时候，她正在一辆动车的靠窗位上。这条动车穿过城市里拥挤的高楼与灯光，像河流入海一样汇入田野与山峰的景色之中。她记得小时候是跟随父母坐长途汽车来这座城市的，每一次她都会把脸贴到窗上，出神地望

曹畅洲 | 鹦鹉大仙

着那些布满丰厚植被的山丘如何绵延地流动。而现在，它们在夜色下只是一些陌生的轮廓。

妻子只说了她失业的事，对于鹦鹉却不提。庄鹏似乎没有为她的离去感到沮丧，甚至连她打算何时回来都没问，草草安慰一番后就放下了电话。他现在的心思全在他的好兄弟鹦鹉身上了。挂了电话之后，庄鹏走到阳台边上，为叫叫添粮换水。他看见鹦鹉绕着鸟笼扑飞不止，便知道它是想要散心了。庄鹏提着鸟笼去小区里闲逛了一阵，一路上思考的只是如何在上班间隙溜回家里照料鹦鹉。回到家时，见鹦鹉似乎还不尽兴，他就说：

"这是闹什么脾气了，散了步还不开心呢？要不，你想飞哪儿，我带你去呀？"

这么着，他端起鸟笼，站到了椅子上、床上甚至餐桌上。庄鹏端住鸟笼在空中缓缓移动，让鹦鹉在笼里的振羽尽可能接近真实的飞行。经过一段短小的环屋空中旅行的线路之后，叫叫总算安定了下来。鲜红的爪子在细木梁上稳稳钩牢，鲜艳的羽毛层层奓开。它嘎嘎欢叫两声，十分响亮，十分尖脆，甚至有些刺耳，但庄鹏知道，它高兴起来就是这么叫的。

由于工作关系，即便是过年的时候，庄妻也没能回娘家久住。最多的一次待了三天，有两年甚至都没有回去。现在她躺在那张熟悉的床上，第一个念头就是要睡上很久很久，直到把所有烦恼都像自身的疲惫那样一扫而空。她意外地发现这张床变得宽阔了许多，就连被子上散发出来的气味也洋溢着温馨明丽的芳香。这幢老房子历经数十年的风吹雨打，此刻仿佛丝毫也不显苍老，倒是自己的父母，那天她吃惊地发现他们居然有了如此多的白发。于是她才知道，由于她回来得那样突然，他们没有来得及像往年一样事先将头发焗黑。她一下子联想到了自己在工作上动的手脚，惭愧之情便像潮水一样在她胸口鼓荡了。

第二天，庄妻从超市买来染发剂，亲自动手为他们将头发全都染成了黑色，然而，那种阴影却始终挥之不去。她悲凉地看着他们的笑颜，脑海里全是一些可怕的设想。她感到这都是她的错。一个人的苍老并不和时间有关，而是和他的生活有关，和他所爱的人的生活有关。而自己的生活是什么样呢？自己的生活——她为此感到愕然——此刻竟完全经不起细看。这是她的错，她想，这个错误为她带来了后果，那就是让她目睹了她的父母如何为她而苍老，尽管他们看上去为自己的归来如此欢欣。

接下去的一段日子里，庄妻为父母安装了更加方便好用的网络电视，给他们添置新的衣服，在没有下雨的傍晚，她总是会和他们一起在小区附近转上几圈，聊聊这里那里的变化，这个菜场那个菜场的不同。有一天，话题有意无意地来到她的婚姻情况和生育计划上，她含糊地敷衍了几句，父母就像见好就收似的又聊到别的地方去了。这使她几个月来第一次认真地想起自己的丈夫。

在自己出走的那个晚上之后，她与丈夫一次电话也没有打过，只是偶尔用微信联系。联系的内容也十分寡淡，没有一个人提出重归于好，也没有一个人给出任何要消极处理的暗示。日子不明不白地敷衍过去，首先没有沉住气的人是庄妻自己。她迫切地需要重新寻找一份工作，一份自己会完全珍惜的工作。庄妻无数次地构想怎么为自己回到丈夫身边铺设台阶，怎么制造适合提出这个决定的氛围，每次都是无疾而终。她很难不去猜想丈夫已经不爱自己了，然而他们之间说到底，也根本就没有什么不可开交的分歧。后来，在丈夫无数次的装聋作哑中，庄妻几乎能够肯定：庄鹏非但已经对自己失去了爱意，而且这东西在他们的生活里从来就没有过。

当九月里一个周六的晚上，她看见手机响起了丈夫的来电后，她还是不免有

曹畅洲 ｜ 鹦鹉大仙

些感动。随即，她恢复了理智，她想到，这个反常的电话铃声更可能是某种灾难的预告。

在自己接起电话前的短短几秒钟时间里，她好像已经走遍了许多个结局，并对每一个结局都从心底里彻底接受了。

然而电话那头的丈夫却让她大吃一惊。结婚四年，他还从没有用这么激动的语气说过话：

"你快回来！"他说，"我们要发大财了！"

庄妻是在第二天晚上回到家里的，带了一些母亲包的蛋饺和路上买的香梨。还没走到冰箱跟前就发现不对劲了。她慌乱地转过头去问丈夫：

"你怎么把冰箱换了？"

庄鹏笑着从妻子手中接过食物，殷勤地将它们放进那只崭新的双开门冰箱，说：

"说了嘛，我们发大财了。"

妻子没有答他的话，在房间里匆匆走了几圈。不只是冰箱，电视也换了75寸的，厨具全部焕然一新，那只乌亮的锅里还盛着刚炒好的花生米；鸟笼仿佛不是鸟笼，而是一只兽笼，像手推车那样庞然地停在阳台地面上。她扑通一声在沙发上坐下来，好像一下子坐进了大海里：沙发也新换了真皮的，大小虽然没变，可一看一摸一坐，她就立刻知道这是坐在了一笔沉甸甸的钞票上。她从沙发上跳起来，语无伦次地问丈夫这到底是怎么回事。

庄鹏将妻子拉回沙发上，接着从阳台上隆重地推过鸟笼，挡在茶几和电视中间。然后走到客厅，从锅里舀出一些花生来，全部倒进挂在鸟笼上的第二只粮盆里，转身又立刻去冰箱里拿出两罐啤酒，恭恭敬敬地往水盆中倒满。忙乎了半天，他才开了自己的那罐，坐到妻子身边，跷起二郎腿。"别那么紧张，来，往后靠，

343

这沙发靠背可软了！"他一边对妻子说，一边打开电视，拿起手机。只有透过笼柱的缝隙，才能勉强看清屏幕上的绿茵场。"现在将就一下，"他说，"等以后换了大房子，搞一张五米长的沙发，我们和鹦鹉就都能看清楚了。"

他把手拉得很宽，好像想拼命比画出他想象中那只沙发的壮观。

妻子还是挺着腰身，没敢往后靠。她透过鸟笼看着双方队员在球场上严阵以待的时候，分不清这铁笼关的是球员还是自己。她忽然听见眼前的鹦鹉发出两声自己从没听过的短语。那两声很含糊，她没有听清，是丈夫的重复让她明白了一切。

"二比零，二比零。你听，它刚才是不是说的二比零？"

不等妻子回答，丈夫自己就在手机上找到了投注的网站开始了下注。这时他才意识到客场作战的阿森纳又输了，他愤愤地抱怨了一句，脸上却还是笑呵呵的。

妻子看到丈夫下注的惊人金额已经晚了，他付款的手脚比她挪用小样时还迅速。她猛地拍掉他的手机：

"你疯了？！"

丈夫笑着弯下腰把手机捡起来，另一只手揽住她的肩膀，意味深长地抚拍着。意思很明确：疯没疯，看下去就知道了。

没有十足的把握，丈夫是不会这么急迫地要妻子回来的，更不会将那么多家具都更新换代。刚开始的时候，他当然也是难以置信，然而几周下来，事实却让他如沐天恩。前几次靠此下注时双手都还颤抖着，但现在，他已经十分坦然地享用这个幸福的现实了。他觉得一定是他对鹦鹉心诚意至的照顾得到了回报。那天上班的路上，他一反常态地摆起右腿，朝着虚空猛踢一脚，做出一个十分漂亮的射门姿势。在他的眼前，一颗虚拟的皮球像一道金光那样在空中划出了笔直的弹道，直挂同样虚拟的球门的右上死角。他听不见欢呼，也无法在路上大张旗鼓地庆祝，只好撒开腿欢快地奔跑起来。当他气喘吁吁地走进办公室时，所有人都看见了他热汗淋漓的脸上掩抑不住的飞扬神采。

终场哨吹响时，庄妻看着眼前这个不可思议却又好像顺理成章的结果，呆得半天没有说出一句话。丈夫很理解她的反应，他当初经历了同样的心理争斗，于是他搂住妻子肩膀的手就激动地将她朝自己靠拢。庄鹏深情地向她强调，他们的好日子来了，而他的第一反应就是要让她回来一同共享天伦。

庄鹏很明显地感到妻子的身子正在不断颤抖。理解眼前的现实对她来说太困难了，但他错误地以为这是妻子对突发好运的惊喜。他怎么也不会想到，当妻子环视这个幡然变化的屋子时，她感到的只是阵阵涌上胸口的怪异与不适。在这间狭小的屋子里，那些崭新家具的加入显得那样格格不入。它们水火不容，互相仇视，仿佛随时都会产生一场暴动。而之所以暴动没有发生，完全是来自一种来历不明的诅咒般的力量。当她在丈夫的美妙幻想中构建出一幅家财万贯的景象时，那画面竟使她充满恐惧。这种恐惧在她的目光来到那只笼中的享受帝王待遇的鹦鹉时到达了巅峰，她一下子挣脱了丈夫，站起来说：

"不对劲，"她说，"这太不对劲了！"

庄鹏脸上的笑容依旧没有消失，他也随着妻子站了起来，冲着她摇摇手机，提醒她在刚才的九十分钟里，他们的财富又获得了多么惊人的增长。

"而这一切都不是梦。"他笑着说。

他没有注意到妻子的脸色已经苍白如纸。她不知道该如何解释心中的恐惧，甚至连它为什么会产生都不明白。她走到鸟笼旁，蹲下身来不得要领地伸手摸索着什么。等到庄鹏明白她是打算将鹦鹉放生后，他大惊失色，一步跨过去牢牢将妻子的双手捏紧在自己的手掌中。

"你这是做什么？"

妻子没有反抗，她的喘息声在解说员的赛后解说声中也依然显得粗重而清晰。

庄鹏用力将妻子拉起来，妻子低着头，不敢看他。她不知该怎么回答，只听见丈夫在一旁拍着鸟笼，安抚鹦鹉。见叫叫在粮盆前重新啄起了花生米，庄鹏长舒一口气。他转过头望向妻子，感到她像一个发热病人，虚弱而忧伤地站在那儿。庄鹏一时有些惊讶，他从未觉得妻子像此刻这么美丽。于是伸手抚摸她的头发，接着慢慢把她搂进怀里。

"我理解你，"他说，"我理解的。"

他们很久没有像这样紧密地抱过了。庄妻把额头伏到丈夫的肩膀上，很久以后才把自己的手也绕到了他的背后。她的手有气无力的，仿佛不敢相信自己可以拥抱自己的丈夫。她模模糊糊地意识到，自己已经无路可退了。

"可是我曾经骂过它。"她在丈夫的胸前很艰难地说。

于是，庄鹏就知道了妻子离家出走那天所发生的事。他以为这就是妻子刚才发作的全部原因，所以彻底放下心了。只经过了片刻的思索，他就为她提供了一个谁都无法拒绝的解决办法：

"你向它忏悔吧，隆重一些。"他说，"这世上就没有不接受忏悔的神仙。"

算过了日子，第二天就是吉日。庄鹏上班去了，妻子出门置办了自己印象中祭祀所要用到的一切物品。在丈夫的要求下，她昨晚巨细靡遗地将自己的身子清洗了一遍又一遍，然而等他们入睡时，丈夫却没有忍住向她提出房事的请求。事实上，当叫叫刚刚学会看球时，她就总是觉得这么一只鹦鹉挂在家中使她很不自在。它的眼睛显然已经不是鸟的眼睛，而是一双别的什么东西，更有灵性却也更神鬼莫测的可怕的东西的眼睛。被这双眼睛日日夜夜地盯着，任谁都会别扭的。从那时候起，她就停止了和丈夫的房事，而丈夫似乎也不以为意。只有昨晚，丈

曹畅洲 | 鹦鹉大仙

    夫的兴致格外高涨，几乎到了不顾一切的程度。然而考虑到这么做非但有失清严，而且后果严重。庄鹏硬是忍着，竟在床上干躺了一夜。早上起床时眼干体乏，关节酸胀，他穿好衣服就走到阳台上，对着鹦鹉双手合十，拜了几拜，低声倾诉着自己昨晚的隐忍。走出家门的时候，他感到那些痛苦好像一下子都消失了。

    这个晚上没有睡好的不止庄鹏一个人。他那持久的躁动和煎熬的喘息，庄妻都明明白白地看在眼里。她在黑暗里瞪大了眼睛，努力说服自己像丈夫那样诚心投靠这只古怪的鹦鹉。她使用的办法是在心中挑选自己梦寐以求的首饰和房子，然而她一想到自己的富有，就仿佛犯下了触目惊心的罪恶。于是，她试着转换思路，开始回味丈夫晚上的那个拥抱，回忆和展望一种真正充满爱的生活。显然，这种展望也缺乏足够的说服力。最后真正使她放弃抵抗的，是她自身的疲惫。那时晨光已经渗过窗帘，并溢出了窗帘的边缘，她听见窗外有一些鸟在欢唱，她听着那些叫声，懵懵懂懂地睡过去了。两三个小时以后，她乍然醒来，丈夫已经出门上班，窗外活动着人间的烟火声。窗帘的形同虚设使屋内的那些昂贵家具又变得清晰起来。窗帘背后是巨大鸟笼和鹦鹉的黑色剪影。庄妻翻了个身子，把头埋进枕头，对自己说：就这样吧。

    庄妻关紧阳台的窗户，把晾衣竿和杂物全都收走了，阳台上只剩下了一只庄严的鸟笼。她置了一张低矮的边桌以作香案，上面正中央处摆好了香炉，铺好了密实的香灰。香炉后边，整整齐齐地排列着三道小菜：油爆花生米、清炒玉米粒以及一碟切成细丁的苹果和香梨。庄妻从香袋中抽出三支线香，点燃以后拈在手上，面朝鹦鹉，摆正坐垫，犹疑地跪了下去。一跪下来，她仿佛反而就安心了许多。她将线香举到胸前，合上眼睛，在心中喃喃自语，历数自己过往对它的不敬，并表示深刻的悔过，然后深深地弯下了腰，只剩一双手悬在空中，保持了数十秒才又挺起来。她准备插香时，看见鹦鹉正歪着脑袋注视她，好像对她潦草的仪式不够满意似的。于是庄妻重新闭上眼，将自己适才放在心中的话转移到了嘴上，并且还进行了拓展，她这一回还为自己在公司的所为，以及其他她所能想得起来的罪孽表示痛心疾首。这一拜结束以后，她感到心中还有郁块没有了结，就在袅袅檀香中继续向鹦鹉款款诉说起来。她从父母这一辈的艰辛说起，继而引出她自己这半辈子走来的不易。她回顾自己的过往，尽管不无疵咎，但总体来说还自认是个善良而勤劳的老实人。说到这里时，她情绪已经有些激动，嘴里的话音带着明显的颤抖。这一段内容她说得极其详细，也极其漫长，仿佛她在诉说中又重新艰苦地活了一遍。接着她顿了一顿，做出许多承诺和保证，既有关于如何对待鹦鹉大仙的，也有关于自身如何好好做人的。最后才发出祈求，愿鹦鹉大仙施善惠福，济贫扶伤，保佑这对苦命夫妻。三拜之后，庄妻仿佛劫后余生，于是慢慢睁开眼，将三支香火深深地插入香灰。檀香已经弥漫开来，环绕在庄妻四周。她注意到那三支线香已经短了大半，便又从袋里取过三支点上，复作三拜，拜毕良久，她闭目沉吟，朝地上重重地磕了三个响头，这才郑重地把眼皮从黑暗中揭起来。她抬起头，将目光望向午后的鸟笼和鹦鹉。磅礴的光辉从鹦鹉背后射来，使它的身影变成一个宁静的黑团，如同日全食那样金边四射。于是，阳光便似不是来自天上，而是来自鹦鹉，来自这庄严的身躯。庄妻为眼前的景象备受震惊，她的眼泪在一种超然的满足与充盈中缓缓流淌。她感到浑身遍布着一股温柔而有力的热量，那热量正在将她托举而起，使她像深陷那只沙发一样深陷于一个壮大而澄澈的怀抱。

　　庄妻忏悔完毕后，心底顿生一股冲动，想要为鹦鹉做些什么，奉献些什么。她倒并不是认为自己的忏悔仪式不够周全，她这么做完全是来自那股将她托举而起的幸福力量。她凝望着鸟笼，凝望着鸟笼中的每一寸吉光片羽。说来也怪，在庄妻忏悔的过程里，鹦鹉居然真的也就不闹腾了。它定立在木梁上，正对庄妻。

曹畅洲 | 鹦鹉大仙

自它进门以来，庄妻这是第一次如此端详这只神鸟。于是她看清了它身体的色彩，看清了它肥润的前额，也看清了那两只精圆的眼睛。那两只眼睛小得异常，眼神也缺乏亮泽，但在那一刻，庄妻却仿佛听见了是那两只眼睛在对她说话。庄妻完全是在一种几近催眠的情况下蹲下身子，把鸟笼上的锁扣轻轻地拨开了。

摧毁了庄妻幻梦的不是别人，正是鹦鹉大仙这个始作俑者。它还未等笼门打开，就猛然弹离了梁木，一头撞开笼门，朝外飞去。它擦过庄妻的耳朵飞到卧室上空，翅膀或者翅膀扇动的风将吊灯上的玻璃坠饰刮得叮当作响，灯体也摇摇晃晃，似乎随时就要落下来。庄妻往后一跳，脸色如死一般苍白。她感到那分明是一只蝙蝠从巨大的铁笼里蹿了出来。直到那鹦鹉在天花板下方不断盘旋时，她才得以说服那确实只是一只鹦鹉，然而还是没有忍住尖叫起来。鹦鹉冲向客厅，流弹似的横冲直撞，在一片狼藉的碰撞声之后，它完成了它的环屋旅行，又回到了卧室，激烈地拍打翅膀。

明明在户外时，所有的鸟看上去都温柔无害，可一旦那种速度来到了这间狭小的屋子，它竟能显得如此势不可挡。庄妻紧贴墙壁，呼唤着鹦鹉大仙的名字。它丝毫不领情，用那对金黄的翅膀不断地拍打出恐怖的声响。卧室中央仿佛卷起了一场风暴。庄妻听到天花板上传来它干燥的嘎叫。三声之后，它就像一道金光那样朝阳台这边俯冲过来了。庄妻又是一声惊呼，闭上眼睛。再睁眼时，鹦鹉又回到了高处，斡旋一阵。庄妻缓缓地沿着墙面蹲下来，双手捂在嘴前。她看见鹦鹉又朝阳台窗户飞来了，这时她没有闭上眼，她看清了，就在鹦鹉快抵达阳台窗户时，鸟头忽然朝上，在空中画了个圈之后，回到了卧室中央。

"你想出去是吗？想去外面吗？去吧，去吧……鹦鹉大仙，去吧，求你了，放过我……"

庄妻已经泣不成声，她努力使自己站起来，预备走到阳台边上打开窗户，只听身后又是一阵扑响，那金头鹦鹉又哗啦啦地朝这边袭来，庄妻好不容易走的两步白走了，她踉跄着退了两步，还没把身子站稳，就听到一记闷响，鹦鹉一头撞到了阳台窗玻璃上。

这记闷响不仅事关玻璃和鹦鹉，更事关庄妻自己。她感到受到当头一棒的不是鹦鹉而是自己，她立时大叫：

"鹦鹉大仙，别这样，我来开窗，我来开……"

话音未落，又是咚的一声，鹦鹉撞了第二下。这时候庄妻已经完全无法动弹了，她瞪大眼睛，目击鹦鹉大仙颤颤巍巍却又十分决绝地朝窗户撞了第三下以后，像一只沙袋那样很轻松地落到地上去了。窗户上只留下了一圈浅红色的血迹，和几条曲折的碎纹。

撞了三下窗户的虎皮鹦鹉并没有马上死去。庄妻还能清楚地看见它两条纤细的腿在有节奏地抽搐，翅膀也随着呼吸微张微合。它的眼睛瞪得很大很有神，庄妻这回反而不知道那眼神是什么意思了。她只感到自己口干舌燥、呼吸困难，像被扼住了喉咙。她很明白自己现在应该救它，可是一想到要用双手捧起这只虎皮鹦鹉，不知道怎么的竟开始犯难了。她扑通一下坐到地上，眼睁睁地看着鹦鹉腿的抽搐在眼前归于平静，看着翅膀摊放在地上不再翕张，看着鲜血在鸟头下面的地板上漫成小小的一洼。而大片的阳光像一块薄布毯地披到它的身上。六支线香长短不一地竖着，烟气却荡然无存。在刚才的变故中不知是哪一时刻，那些火头被全部熄灭了。

庄鹏下班回到家里的时候，他的妻子已经坐到了沙发上。她是蜷坐着的，双手绕过了膝头捆缚住自己。现场没有经过丝毫的处理，鹦鹉在地上余威未泯地躺着，香案上的食物还在原处，切成丁的水果氧化发黄，地上的那摊血经过一下午

曹畅洲 | 鹦鹉大仙

的日晒凝结得一动不动。庄鹏站在边桌前，看着这幅景象，口中不出声地嗫嚅良久，却也同样没敢上前。好不容易，他的嘴里才发出干枯腐朽的声音。他问一句，妻子就答一句，答得言简意赅，声如死灰。问完答完，两个人就统统不说话了。尽管妻子比他更早几个小时面对到这个现实，她还是有太多的事情要思考，要担心，要痛苦。在这个下午，她不明白的事太多了，也许一生也不会明白。几分钟以后，她说出了她唯一能得出的结论：

"我们离婚吧。"

庄鹏飞起一脚抡向身边的垃圾桶，直将它踹到阳台墙壁又弹滚回脚边。

"谁都别想逃！"

他咆哮道。他人生中第一次发出这么响的音量。庄妻用手把自己的两只膝盖又箍紧了些，她已经看腻了这个悲惨的现场，于是将目光移到了被丈夫踢翻的那只垃圾桶上。桶口撒下了几团废纸巾、两罐啤酒罐、某些小家具的瓦楞纸包装、透明的鸟粮包装、一包吃了一半却已经过期的膨化食品，还有半只吃剩了的西瓜皮。西瓜和啤酒罐里流下的残液经过动荡，在地上变得斑斓而酸臭。一两只苍蝇在桶口和香案上飞旋，垃圾撒了个一败涂地。

接着她的目光才来到了丈夫身上。她没有去看他的脸，而是从他那只刚刚踢完垃圾桶的右脚趾看起。她想那一定非常疼痛。然后她的目光不断上滑，看见他的腰身朝自己扭转过来，看见硕大的皮带扣在对着自己闪闪发亮，看到一个不断发抖着的身躯，最后，她注意到了他的右手。那只右手紧紧地捏成了一只拳头，这只拳头正在朝自己走来。庄鹏的妻子，这个名叫吴悠的女人，在心底为这只拳头感到莫名的欣慰。她瘪了一下嘴，做了个深呼吸，把眼睛安详地合上了。

《山西文学》2022年第9期

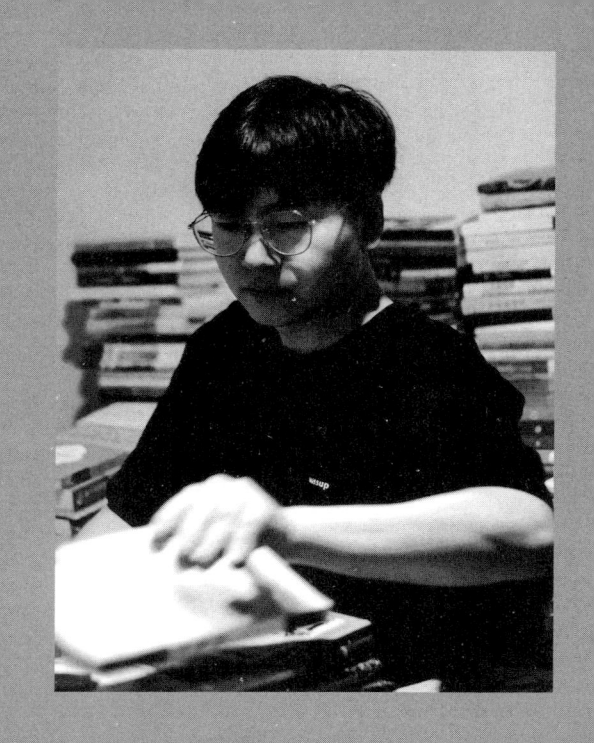

李世成

李世成,布依族,1992年出生,贵州晴隆人,贵阳作家营签约作家,鲁迅文学院第四十三届高研班学员。曾获第六届"台积电文学赏"评审团特别奖。著有小说集《月亮今天亮了吗》。

红色蜻蜓

地上出现几个手机壳，他捡起最不时尚的一个，空出的口子，是盖住手机摄像头位置的。他没有继续找手机其他部件，他已经知道机身是什么样了。

他离开这块潮湿的水泥地，下了一个台阶，眼前是更开阔的同样潮湿的水泥地面。他眨了眨眼，头顶上，遮盖的布景退却了。他没回头，往前走，走在前方伸出的一条小土路上。路边土坎长满了灰色苘麻，沟里矮一些的，是荨麻。

他没有找到丢失的手机。心内响起她嗔怪他的声音。她在家看到装白酒的手提袋，说他又喝酒了。即便手提袋里装的是一张被他叠好了的毛线毯。春秋可用，夏天也可以，热了只盖一层，天气凉了，他将毯子叠成两层盖身上。如果穿厚外套，他会将外套也盖在毯子上边，衣领处刚好就在他下巴下。他没有解释，他的手机没了，也不打算再找手机。

那个昏暗的水泥地面，他走过了，便无人再经过。水泥地板的沙粒极为粗糙，他经过时，鞋底伸出要将他挽留的手指，但没能钩住他。他继续往前，他已在心里想好自己手机的模样，是多年前他用过的老机子。他只身一人，走在被水覆盖的混凝土台阶上。

他应该停下，哪怕几秒钟，这样他就能回想起来，自己为什么要出走了。

几个小时前，他和她吵了一架。

从她的租房出来，他们还很高兴，走在人行道上，他搂着她肩膀，她将他的手甩开。还没有走太远，她怕她同事看到。他们聊了许多，比如白酒对人的伤害。他说，除了聚会，平时自己不喝。她让他保证，聚会也不能喝。他说好。这是并列的双向车道，从他们身旁经过的车辆，是离开县城的，再往前一些，便是高速路，通往市里，或往邻县。他们走得越来越远，离她住处越来越远。他对她说，以后不要一个人走这么远。她说她只有两个人的时候才会走这么远。她甚至和她的一个同伴，白天徒步到县城老城区。这儿毕竟是郊区，他说，还没开发完呢。她说，以后老城区的人都会搬来这边，先是县医院，之后是县政府。这儿的楼盘，已经开始有人入住，会有越来越多的人家。

　　他们先前在饭桌上聊过，要么她去他的城市，要么他到这边来。他说，如果存上十几万块，再借一些，可以在他在的城市付首付。如果没什么奔头，他到这边来陪她。他们将一顿火锅，吃得有滋有味。她忘了她已经对这个县城生厌，他也忘了他依旧对那座城市没有归属感。

　　他们提到安全问题。坐黑车是危险的，去公园尽量离猴子远一些，坐电瓶车是危险的……他说他近来唯一一次坐电瓶车，已经是年前了，那时他还没有辞职。她去他的城市找他，为了在约定的时间到高铁站地铁口等她，他得赶路，但他将下班时间拖了二十多分钟。那几天他们单位几乎只有他一人留守办公室。财务上午来过一趟，说了一句根本不用说出的话。财务问他，只剩他自己么。他说其他人出差了。他将一个季度所做的事情整理成报告的形式，他要在主管单位下班前到楼下盖章。他们人手少得可怜，领导在用人这块相信"人少力量大"，并为他拥有一个听话的团队而沾沾自喜。每天踱着步子，扫射那一眼数得清的几个办公室，哪些办公室开门了，哪个工位上坐了人，他全看在眼里。他终于在下班前，到楼下送去材料，等下周主管单位的领导审核后给予盖章。做材料耗去了他很多时间，他的本职，摊到他手上的其他工作，只能延后和用晚上的时间去做。

他的工作QQ，有几条消息没看，他知道，有人在催他要东西。他能感觉到，对方也和他一样，是个年轻人，越年轻，干的活越多。每个单位都将这一传承发挥得淋漓尽致，他们的领导，坐在沙发上，沙场点兵，豪气干云。

他说他为了不迟到，是这么多年里唯一一次冒险，电瓶车从众多车辆中乱窜，甚至从人行道疾驰而去。他被吓得不轻。她说他太胆小。他开始提供给她许多个假设。一个女孩出门，不要坐黑车。她说她只有在他的城市才敢坐黑车，大白天的怕什么。他说，如果车上有迷烟，独身女孩不是用软件打车，车主载去哪里，谁会知道呢，怎么被卖都不知道。她说他比她还没有安全感。他听了极为生气，他说，就像他们现在走的路口，愈发往没有人烟的方向走去，路边随便冲出几个人，两三个人按住他，剩下的人去抓她，也不是没有可能。她说，她对这儿熟悉，她熟悉这地带才会带他走这边，路上车来车往。他说人的喊声能有多大呢，车辆急行，开车的人怎么听得到路边的声音。他仿佛已经看到他们正被一群人围住，他说他自己去哪里都不怕，但身边有一个女生，他就会想方设法让身边的女生安全，万分之一的不好的可能他都不想遇到。他语无伦次，她惊讶万分。她觉得他太偏执，他觉得她太轻率。

他们的话语越说越快，越说越激动。她说，他可是个男人。他说，是男人又怎样。最后她得出的结论仍是他胆小。他得出的结论仍是她不在意身边人的安全，她或他的安全。他们不得不往回走，他已经将一切毁了，至少是本应属于今晚的好心情，而这份好心情，本应属于长路上的夜晚的散步。她说回去吧。你应该去看看心理医生，她说。他们沉默了一阵。他还想念叨些什么，但把握不准应该释放的音量，用哪种音调他也拿不准。最后，他让低沉的声音浮出，对她说，你去找别的胆子大的男人。

她打了他肩膀。不停地打他。这跟他们几个月前在一个小酒馆喝完一杯伏特加调酒后的一小时一样。只不过当时，她选择掐他手腕。带着她赠予的印记，接下来两周，炎热的天气里，他的工作日都穿衬衫挡着。他时不时捞起袖子，看看手腕上的皮肤，由青变紫，由紫变黄，由黄变黑，在青与紫与黄与黑之间，渗出微小血色。他不是微醺的缘故，他牵起她的手，从文昌北路，走到宝山北路，他甚至背她经过延安东路的一座桥。快要走到师大大门，她该回家了，他打车送她。他一直握着她的手不放。她在车上狠狠地掐他，长时间地捏一处皮肉，她手指夹带细密的齿轮，他的手臂被来回碾压数次。他知道是怎么回事，她在嗔怪他，就这样把她追到手。没有任何前兆。他们只是在电台街的一个小酒馆喝了一杯酒。院子里只有他们一桌坐着人，他人均在木楼里喝酒。院内的瓦檐在他们头顶合成一口井。他将眼目投向头顶的井口，他看到了星星。胸口的阴郁融在酒里，再无须去观看昏暗的、看不清的东西。这是他第一次单独和女生喝酒。这是他们第二次见面。在电台街通往延安东路的小巷子里，路灯给小巷搬来阴影，在暖黄的灯墙下，他情不自禁搂她的腰。两秒钟。她说，把手拿开，继而将他的手拨开。经文昌北路，车道将他们推往人行道，行过几棵香樟树下，他右手牵起她左手。他们没说话，继续往前，他们只剩下向前迈步的理由了。她问，开心吗。他说，很开心。

你的意思是分手是吗，她问。

他说，还能怎样呢，你只能找个胆子大的人陪你了。

随你好了，她说。

他们回到她的租房。书桌前还是摆放着两张椅子。他们决定出门散步前，就坐在这两张椅子上，她将右腿搭在他左腿上。他们将一个喜剧片看完，摘掉眼镜，她揉了揉眼睛，捏着他的手，说，我们不能一直待在屋里。而现在，他们回到了屋里。她坐在左边那只靠背椅，右边那只是空的。此刻，他坐在她床边，他忽略

李世成 | 红色蜻蜓

了她的习惯,她不喜欢他不换睡裤便坐床上。她没有看他,伸手去抽一张纸巾。她没有说话。他也不作声。她流泪的样子认真极了。他生气的样子也很认真。

在她的桌面上,他看到了刚才那条通往郊外的路口。人行道上,偶尔散落一两颗碎石子,他们将石子踢向建筑公司圈起的铁皮护栏。建筑商不会放过她供职的那所学校周围的每一片土地。他打算选住户密集的方向走,她坚持走另一端,通往郊外的车道率先向前方奔去,他不得不由着她的性子。

她提及"害怕"这个词。她让他去看心理医生。

他开口,说坐今晚最后一趟高铁回去。

他说,他现在就买票。

她感觉到他正靠近她,她知道他要干什么。

她拿起桌面他的手机,握着,不说话。

他坐回床边。

她在桌前抽抽纸,一张,又一张。

眼泪比什么都轻。

纸巾像喜欢水一样喜欢眼泪。

中午,他们经过别人家的菜园。一个小男孩坐在围墙上玩手机游戏。

走进村庄前,他们穿过一片田野。淋过粪水的青菜在田里挺立腰身,猪粪的气味恣意晃荡。这条通往村庄的路,她也是第一次走。露水打湿了早上的树木,以及田坎的杂草。他看到了荨麻,他知道他不会去碰它们,认清它们,它们便容易在水沟里让人看见。一朝被荨麻刺痛,一辈子都看清了它们模样。

眼前这户人家在应对时序的本领上,明显很自如,主人家在院墙外的空地上围起了栅栏,栅栏与宅院的石墙接连起来。石墙上坐着一个小男孩。他看到小男孩就笑了。玩游戏的男孩多么认真，此刻他抛掉了作业，他的午休时间，选择同手机结伴。家里大人不管他吗，他疑惑。她说，应该是留守儿童吧。他为小男孩家有这么一片菜地感到高兴，也为他有一部智能手机感到高兴。

他上高中了才有第一部手机，直到上大二，他仍然不知道自己有什么理由去用一部智能机，他手机还能用。他成了那个班级唯一一个用非智能手机的学生，甚至是整个学校吧，他觉得无所谓。当手机摔在地上，将手机后盖震开，手机壳弹出一旁，他才觉得自己用的是非智能机。弹出的手机壳，空出了一个口子，那是盖住手机摄像头位置的。

一只"猪屎蜂"从栅栏边飞过，停留在一朵壮硕的紫色花上，那是被他的童年称作"猪屎花"的植物。"猪屎蜂"停在"猪屎花"上。这家人的园子，菜叶绽开得和远处田里的长得不一样，说不出是品种的缘故，还是被栅栏圈起后的原因，它们的青绿是真正惹人喜爱的青绿。菜园被主人家松过土，泥土发出雨后腥涩的泥气，缠绕到院内瓜架上。他知道，再过三四个月，这瓜架将结满小南瓜。蜻蜓将在叶丛盘旋。他问她，上一次见到蜻蜓是什么时候。她说，在她们学校足球场。她说，蜻蜓没有因为足球场的假草感到失望，它们只要能一直飞下去，它们就知足了。它就不想拥有一整片瓜架吗？她说，不需要，有飞虫的地方就都好。他说，只有我们不知足。

人们总以为过去比较好。她说。

是以前想要的太少，如今得不到的太多。

你说，活着的意义是什么？

活着可以做很多事情，可以做更多的事情，可以把更多的事情做不完满。

我小时候吃过蜻蜓。她说。

他告诉她，他也吃过蜻蜓。他和童年的玩伴，用一米多长的细竹枝做工具，

李世成 | 红色蜻蜓

在竹枝的一端用刀划开十多厘米,再用一小段小枝条撑开,因此空出一个三角形来,再去蛛网上转动几番,如此,一个捕虫网就形成了。用它粘住蜻蜓不是什么难事,但也不能太信任以蛛网粘成的捕虫网,粘住蜻蜓后,要一直按住竹枝,双手接续往前挪,待够得着蜻蜓再将捕虫网打开。她说那样多麻烦,用手捉不就行了。他也知道怎么用手捉蜻蜓,悄然向蜻蜓靠近,伸拇指和食指去夹蜻蜓尾部。

此时,他觉得拇指背被蜻蜓咬了一口。他愣怔着搓揉手指。

怎么了?她问。

我拇指被什么咬了一下。

我看看,她说。她抓起他右手,拇指褶皱的部分有些红肿。她问他是不是碰到荨麻了。他说没有,他不至于看到荨麻都要去碰。

他鼻子有些堵塞,打了个哈欠好多了。耳朵"嗡"的一声,有一柱紧密的风力涌出。

刚才耳朵听不太清时,耳际涌来另一个女孩的声音。他认出那是谁的声音,但他不可能找到一张那个女孩的照片了。身边的她,在他们恋爱时,将那个女孩的照片都删光了。她说,忘掉历史,昨天无法同明天相见。

是那个女孩的声音,她说她看到蜻蜓了。他用一种想笑又不忍的表情看着她。女孩坚信他们在雪地拍照时看到了蜻蜓。红色蜻蜓。她有些难过,只有一只,她说。为什么只有一只,另一只跑哪儿去了。她心不在焉,他在用非智能机给她拍照,那时候市面上还没有出现智能机。她看向前方山谷,他告诉她,顺着谷底一直往前,在尽里头那个苗族村寨下,谷底有个溶洞,洞里流出的水,一年四季极寒无比。山谷往下,翻过一座山,山脚便是他所在的村寨了。他们寨子喝的水便是从那儿接过去的,他们村的井水水位偏低,无法引成自来水。只能从那苗族村寨下的山洞里引水。他以前去过那个溶洞,蹚水往里走,水位齐腰他就不敢往前走了。她问为什么。他说某个隐秘的地方冻得受不了，很疼。她白了他一眼，说，流氓。说完她不高兴了。

　　他知道她在想什么。昨晚他一直哄她到凌晨，他怪自己没有带她去见他的同学，而是将她独自留在天桥上。那座天桥，就离他们校门一百米左右。他接到一个电话，同学让他帮忙一起找钥匙。等他回来，她的租房已经关灯。他的租房，灯也是关着的。桌子上有一张纸条：不要过来喊我。

　　他打开她房门。开灯。

　　她吼他，不要开灯。她的身子缩在被子里，侧对着墙，头埋在枕上，右手握拳抵住太阳穴。他吓到了，赶紧过去抱她。黑暗中他无法很好地抱住她。他问她，怎么了。她不说话，身子发抖。他不停地抚着她的背。这种陌生，让他无所适从。他知道问不出她什么了。他以为她在怪他丢下她。

　　他紧紧地抱着她，觉得自己真是个坏蛋。

　　她松开手，扯了一下被子。脚放松了些，身躯抖动，她说，她被人摸了。

　　四五个人围着她。他问她有没有记住他们的脸。他愤怒到了极点，留守养成的孤僻聚集所有愤怒，他知道他需要什么，砖头，石头都可以。他只在等她一句话，一句她可以肯定地告诉他的话，告诉他，她还能记起那几张脸。她摇了摇头。摇了摇头。

　　最后他带着哭腔，他说，对不起。我以后再也不丢下你了。他不停地抚摸她，她的身体很冰。她说过，一到冬天，她的身体就很难暖起来。他回他的租房拿来一件毛毯，盖在她被子上。这个晚上，他决定和她睡。他烧好水，将水壶里的水倒在盆里，加了一点冷水，试好水温，他从被子里抽出她的脚，轻声喊她起来。她听话地坐着。她穿着卫衣，还没有换睡衣。他帮她脱下袜子，没有问她，水温是否合适。像她以前也给他洗过脚那样，他们都不需要问一问，水温合适吗。

李世成 | 红色蜻蜓

　　他认真地给她洗脚，热气有些迷蒙，但他清楚，他很快就给她洗好了。就像过去，她上完体育课，或者来月经时，一年中，会有几次，他会提出要给她洗脚。而这次，他们没有说话。

　　她摸了摸他头发，说，头发长了。

　　明天回家前先去剪头发。她说。

　　好。他说。这个寒假，他们没有打算多赖在县城几天。

　　他抱着她，抚摸她的胸，说，别怕，是我，你只记得我。

　　她的闹铃六点二十就响了。她昨晚睡觉任他抱她，只是失却言语。他轻声说，我错了。为了让她尽快睡着，他撤去搂着她的手，背对她，紧挨她，尽量让他们颈部的位置让被子盖住，不要漏风。

　　他也醒了。

　　从一处潮湿的水泥地面脱身。

　　她没有开房灯，只将书桌旁的台灯打开。她洗漱弄出的动静，是他熟悉的。她碰到碗的声音，倾倒奶粉和坚果燕麦的声音，他一一捕捉在耳。煮蛋器的响动，有节奏地伴随这个静默的清晨。她没有去拉开窗帘，感受一下外面的天气。她懒得多挪动脚步，只在书桌和洗手间走动。起身，落座。她很快化好妆。她化妆弄出的声响，熟悉得令他难过。

　　他早就醒了，只是昨晚她拒绝他的样子，令他灰心，对自己灰心。

　　桌前依旧是两张椅子，她坐在昨晚她流泪的那张椅子上化妆。空着的椅子依旧空着，该坐着陪她的人还躺在床上。她起床时，弄出的动静很小，至少被子还是将他盖得好好的。她将身躯移到床外，稍微掀开她那边的被子，之后，被子也悄然跌落床铺上。没有声音，如同她一整夜的沉默。屋里的气氛，未经商量便达

363

成共识，墙壁，书桌，台灯，椅子，各自安分输出它们的职能。而这个清晨，它们共同的职能便是守住静默。

她的眼睛肿了。他加入房间静默的物种，协同墙壁，书桌，台灯，椅子，确保静默凝固。他再次闭眼，但不可能再睡着。他在为鼻塞感到难受，要是他们没有争吵，他便可以伸出食指背部抵住鼻孔，暗自用力，耳道的风柱给逼出，这样他也能更好地听屋里的安静，安静的屋子将会更为安静。但他还是听到了她拿走钥匙的声音，他也将在下一秒听到她关门的声音。

而两个星期前，这样的时刻，他躺在床上同她道别。她带着精致的妆容匕斜枕上那颗收容鸡窝的脑袋，带上门。他在心里等上十秒钟，十秒后，他会出现在窗口。她起床时已将窗帘拉开，让空气攒进屋，不管是为了房间考虑，还是为了催促他早起，她在冲泡奶粉和燕麦前，是一定要将窗子开得再大些，窗帘再拉开些。如此，清晨才算清晨。他穿着睡衣，在窗口再等十多秒，她便出现在楼下的院坝了。她的身影侧对窗口，侧对他。她不用看他，也知道他在窗口看她。像是灌进窗口的风，有个目的地，她抬头往上看。他早就估好时间了，这种对于秒钟的时间游戏，他每次都能称心如意，看着她经过院坝，拐出路口，再到看不见。直至另一个人，随便什么人从那个路口再次经过，他才回来继续躺下。有时躺半小时，有时躺一小时，超过一小时他就要无地自容了。等她上完第一节课，或随便一个得空的时刻问他吃了什么，他将不好意思说还没起床。

现在，窗帘紧闭，他知道窗玻璃的间距依然是昨晚的模样，他们二人，四只手中的一只，在这个早晨，都没有去触碰窗帘，连同窗子。他只好躺在床上，在脑中目送她出门，他跟在她身后，春天还没有结束，夏天的风，还要等些时日。站候院坝边的路灯还没有熄灭。她的身子将泄气的颜色卷走，他几乎能叫出，那是什么颜色。灯光照不到，眼目拂不动。他知道，唯一的事实是什么。

李世成　|　红色蜻蜓

　　她寒心极了。

　　他跟在她身后，追上她。无论他怎么开口，她始终听不到。走到公交车站，她只需看左边有无车辆，便可放心将双脚交给眼前宽阔的马路。待行到路中间的小平台，她向另一个车道跨过前，她只需看右边，她和车辆的距离，是否利于过马路，如没车，更好。他就要追上她，他知道，待他穿过双向车道后，她将走进她们学校。他没有把握，是否要继续跟随她，走进她们学校。他在她身后，絮絮叨叨。……你的天真，加上我的谨慎，可能才是互补吧……你提出散步，也是为了能多和我待一些时候。我临时恐惧，也是因为和你在一块。我面对的险恶比你多，无可避免，我会留心一些事。你的天真，继续保留，这样才会在枯燥的世界里，不至于看到的全是损毁的。……你昨晚把我手机抢走那一瞬，你多么好，多么委屈。临睡时，我没有为了哄你，而是真的需要你，如果你什么都和我一样，那可就是另一个我了，想想多枯燥。我们以后，遇到问题，可以试着建立一种共通的理性，这样就好了。昨晚开始，我就不打算哄你了，而是要去认真做一些事情……早上有些无措，你一直背对我——我应该把你扳过来——我应该霸道一点，抱着你，那样我又可以多有一个早晨是抱着你的。睡衣我自己洗了，你这几天不要碰冷水。我顺便拖了地。擦了镜子。

　　他打开微信，"置顶"有个消息，是火车票出行提醒：您好，您预订的火车票将于2小时后发车。

　　按下锁屏键。他觉得哪儿有些异样。他用了她教的方法，一只脚伸出被子外，张嘴呼吸……果然，他的鼻子畅通了。

　　那么，房间的窗也要打开。

《人民文学》2022年第11期

瑞朵·海瑞拉

穆克代斯·海拉，笔名瑞朵·海瑞拉，女，1989年出生于新疆乌鲁木齐，2005年开始国语文学创作，系中国少数民族作家学会成员、新疆作家协会会员、大庆市儿童文学协会会员。

绿灯和钱箱子

慕娅瑟匆忙地离开了那只绿色的钱箱子，一只橘色的猫还躺在那些零钱上，那只猫似乎有一种看透一切的智慧。她奋力登上窗台，试图钻出商店窗户外那生了锈的护栏，她的上半身才刚刚钻出护栏，还未发育的前胸和后背上便沾染上了铁锈和尘土。她艰难地把身体从护栏里挤了出去，那模样显得有点儿狼狈。站在店外的一个孩子抬起手，指着她喊道："你在干什么？你在偷东西吗？"那小孩儿的旁边站着慕娅瑟的好朋友杨倩，在她钻进店里以前，外头还只有杨倩一人，怎么现在又多了一个目击者？慕娅瑟的脸瞬间变得通红，但嘴里却倔强地争辩着："才不是，这是我家的店，我只是拿了点儿东西，你管不着。"

"对，这是她家的店，她只是拿点儿东西。"杨倩低着头小声说道，此刻，她心虚了。

在这以前，慕娅瑟家的店也遭到过盗窃，那个小偷是爸爸的手下，他在店里工作了三年之久，深得爸妈的喜爱和信任，但那是在那件丑事被曝光以前。"家贼难防啊！"爸爸的话时而在慕娅瑟的耳畔回荡。然而，爸妈却不知道，她，才是这个家里真正的家贼。那个男孩儿只偷过一次，偷走了几条名贵的烟和几瓶好酒，他甚至可能都没有拿过那只绿色钱箱子里的钱。有时候，慕娅瑟心想：那只钱箱子的颜色可能是注定的，它就犹如一盏绿灯，默许着慕娅瑟的偷窃行为，它为什么不是红色的呢？或者是可怕的黑色也好啊！可它却偏偏是绿色的，那样宽容的颜色。那个小偷倒是间接地帮助了慕娅瑟，因为无论之前她从店里偷过多少钱，那些钱都被算在了那个小偷的头上。她的内心因此得到了些许平静和安抚。如果有一天东窗事发，她偷钱的事儿被爸妈发觉，她就可以说是之前那个小偷偷的。然而，她担心的事儿却从未发生，不知道是因为那些年店里生意太好，家里的大人们从来就没有记账的习惯，还是因为慕娅瑟盗窃手段高明，总之，慕娅瑟的爸妈从未发现店里丢钱的事。不，也许是她的父母相信自己的孩子，相信孩子不会那么做，甚至从未想过自己的孩子会偷拿家里的钱财出去挥霍。

小道上布满了水坑，远处是蘸饱了水的高高的青草，还有新近绽放的蒲公英和白色的野花，雨正一点点地歇住，春天的云从天空飞掠而过。那个小婴儿出生的早上，空气里飘着雨后泥土的味道，慕娅瑟永远都不会忘记那一天，她永远也忘不了那天早上，她和外婆站在住院楼外，守门人看着她脏兮兮的小脸，告诉她小孩子是不可以进产科看望产妇的，无论慕娅瑟的理由有多么充足。

那个吹口琴的守门人并不知道那天是慕娅瑟的生日，而她的妈妈正躺在病床上等她。慕娅瑟发现外婆正在妥协，她准备留慕娅瑟一人在这里，自己上楼去探望妈妈。慕娅瑟必须见到妈妈。从出生以来，她的每一个生日妈妈都会为她换上漂亮的公主裙，为她梳头，然后把她交给爸爸，让爸爸带她去公园过生日。她必须见到妈妈，她要问问妈妈昨晚为什么没有回家，为什么没有从夜市带回答应她的彩虹生日蛋糕。她奋力地推开了那个守门人，冲上了楼梯，现在，无论守门人和外婆在她身后喊什么她都听不见了，因为她正在焦急地找妈妈住的那间病房。

"哦，妈妈，您都没有给慕娅瑟洗把脸吗？您看看她，我才一个晚上没有回去，她就跟没妈的孩子似的。"妈妈显得有点儿虚弱，她刚刚经历了一场战争。慕娅瑟发现妈妈并没有提到自己的生日，便提醒她。

"妈妈，今天是我的生日。"她的语气里带着些许期待。

瑞朵·海瑞拉 | 绿灯和钱箱子

"我告诉过你，你妈妈今天给你准备了一个大礼物，她给你生了一个妹妹。"外婆的语气有点儿兴奋。

"又是个女儿。"妈妈的目光里透露着一种失落。

"生女儿怎么了？生女儿说明慕娅瑟有福气，姐妹两个多好，相伴着长大，生男孩儿有什么用？生了也不知道疼人，长大了娶了媳妇，才不会管你呢！"

这一切是从慕娅瑟的妹妹出生那天开始改变的。她多么希望自己也能跟妹妹一样，是个体弱多病、备受关注的孩子，这样她就能够让妈妈在她生病的时候，背着她，拥抱她，用担忧关怀的眼神注视着她。

那个小婴儿，她做什么大人都觉得有趣，连放屁声音大点儿，都会被赞扬。慕娅瑟觉得这实在是太蠢了。她站在卧室门外，望着屋里两个快乐的大人和那个幸福的孩子，那两个大人正是她的爸爸和妈妈，然而，她却像是一个被人弃置一旁的旧花瓶，她觉得自己根本不像是他们的孩子，她融入不到他们的生活里，仿佛这个家与她无关。久而久之，慕娅瑟心中的妒火越烧越旺了，她被父母忽视，想要开始报复父母的想法也渐渐萌生，她得找一个出口，一个能够让自己发泄的出口。"你们不是不让我玩儿吗？即便是周末和假期，你们不是也要让我帮你们看店挣钱吗？"她选择去偷父母的血汗钱，那些偷窃的行为，不仅是她幼小的虚荣心在长期得不到满足之后的瞬间爆发，而且还是在弥补她在父母身上所无法得到的爱和关怀。她需要那个出口，她太需要弥补那些情感的缺憾，所以她得到外面去寻找，她要用那些偷来的钱交朋友，交很多很多朋友，她要用钱收获其他孩子的友谊。

在偷拿过几次钱以后，她曾站在店门口，以一种观察者的角度观望过，甚至在脚底下垫上矮板凳，以父母的身高所能看到的角度观望过，这样她就能知道如果有一天，当她躲在柜台后面拿钱时，爸妈突然出现，他们能看到的是什么。经过试验她发现，如果她的脑袋能够再往里一点儿，就可以不被人第一时间瞥见她在做什么。柜台里陈设的杂货会帮她的忙，那些打火机和大大泡泡糖的盒子被杂乱地丢在柜台三层的玻璃板上，那些杂物足以为她掩饰了。她也想象过，如果大人们走进来时没有看到她的身影，而几秒钟以后她突然站起身探出头，父母问她在做什么，她会怎样回答，她会佯装系鞋带的样子、提鞋的样子，甚至是整理柜台的样子。总之，她想好了所有突发状况的解决方式，她有信心应对。她把偷来的钱塞进白球鞋的鞋垫底下，夹进某一本课本里，藏进铅笔盒里，甚至放到她的小背心和内裤里。夏天偷钱可不是一件容易的事，但到了冬天就会变得容易许多。她拿着那些偷来的钱，请同学们吃饭，给她们买礼物，为了收获小伙伴们的友谊，她心甘情愿成为一个小偷。她的那些"好伙伴""知心朋友"也知道她的钱是偷来的，但没有一个人阻止过慕娅瑟，没有一个朋友站出来，对她说那种行为是不对的。因为如果慕娅瑟不再偷家里的钱，她的那些小伙伴和那些所谓的知心朋友，便不能再得到那些迷人的小礼物和好吃的零食了。所以，她们不会制止她。

有时，慕娅瑟也会紧张，当妈妈走到摆放在柜台里面的绿色钱箱子跟前，扒拉着里面的零钱疑惑，"怎么今天的生意不好吗？"慕娅瑟就会觉得自己今天"拿"的钱有点儿多了，会不会被妈妈发现呢？妈妈会不会突然走过来，翻看她的口袋？

爸妈不该让慕娅瑟待在这里做"童工"，不该在她说她不想要弟弟妹妹后，还仍然强塞给她一个小婴儿做她的妹妹，更不该让她没有童年，剥夺她写完作业以后出去玩儿的时间，剥夺她的寒暑假，强迫她照看店里的生意。不该对她的痛苦和妒忌视而不见，让从前少得可怜的关注彻底消失，把所有的关怀都给了她刚出生不久的妹妹。她的妈妈不该总拉着她去火车站进货，让她拎着沉重的货物，在拥挤的公交车里被推来搡去，遭受他人的白眼。

"妈妈，我想吃巧克力。"

"不可以。"

"可那盒巧克力是浦拉提叔叔奖励我的。"慕娅瑟看着摆在柜台里的金黄色巧克力盒，那是她成功背诵《井底之蛙》和乘法口诀后，浦拉提叔叔奖励给她的。

"你放在柜台里，慢慢吃，一下子都吃掉，你会上火的，会流鼻血的。"

"我想自己拿着，不想放到柜台里。"

"别说了，你不能吃那么多巧克力。"

他们从来不会蹲下来，听听她在说什么，看看她想要通过某种行为告诉他们什么，她有什么想法，她究竟想要做什么，她内心中真正想得到的是什么，他们都很少关心。

不只有奖励她的巧克力会被拿走，就连过年的压岁钱也会被全数夺走。每一年，她都能拿到将近100块钱的压岁钱。可是，妈妈只会给她固定的5块钱做零花钱，剩下的都会被收走。如果慕娅瑟拒绝把压岁钱交给妈妈，妈妈便会提醒她，她平常的花销，还有她穿在身上的衣服，那些都是用钱买来的，所以那些压岁钱是属于爸妈的。还有一个理由是，慕娅瑟的妈妈也会给别人家的孩子压岁钱，所以，这只是大人之间一种礼貌的交换。

虽然家庭条件不错，但父母给慕娅瑟的零花钱从来没有很多。在一次秋季运动会时，她听到李婉说她的父母会给她很多钱，那笔钱支配不完的话都不许她回家。她非常羡慕，她真想把自己的父母换掉，换成李婉的父母。她真想见见李婉的爸爸妈妈，想看看究竟那两人的脖子上头长着怎样的脑袋，竟和自己父母脑袋里的想法完全相反。李婉是慕娅瑟的同学，是个人见人爱的三好学生，还是学校的大队委，是乐团的总指挥，她的右手臂上别着一枚三道杠的牌子，头上梳着漂亮的马尾辫，她的妈妈还会用彩色的头绳给她编麻花辫，可好看了。每周一，李婉都会站在人人敬仰的主席台上指挥全校师生唱国歌。慕娅瑟太羡慕她了！有时，她甚至想象着自己能够和李婉交换人生，如果真的能那样就好了。反观她自己，她的头上始终绑着一条难看的黑头绳，一头永远不变的发型，最糟糕的是，外婆还要用口水帮她沾湿头发，再用一把齿缝很小的木头梳子给她梳头，用力之大差点儿就要把慕娅瑟的头皮给扯下来。每天早上，这一系列的梳头动作都会在慕娅瑟的尖叫声中完成，五分钟后，一头死板的、一成不变的马尾辫，会呈现在镜子中，没有新发型，从来没有，并且永远也不会有。

  小时候，慕娅瑟并没有觉得用口水沾湿头发有什么不妥，但随着年龄的增长，她突然发现这是一种很不卫生的习惯。她想象着某天早上，如果她的好朋友来家里找她，发现外婆正用口水给她沾湿头发，多丢脸、多恶心啊！于是，有一天，她冲外婆发了一顿脾气，结束了用口水沾湿头发再梳头的日子。

  家里没有玩具，也没有布娃娃，更没有毛茸茸惹人爱的小熊布偶。从记事以来，慕娅瑟就从没拥有过那些东西。不是家里没钱，而是爸妈觉得玩具都是些多余的玩意儿，对慕娅瑟没有任何帮助。于是，她拿着从家里偷来的钱给自己买了一个又一个芭比娃娃，那些娃娃有着很长的金色头发，她替她们梳头，帮她们用布角做衣服。只要小卖铺里出现新的小玩具，她就会第一个把它们买下来，然后和小伙伴们一起玩儿。下课后，她会把那些玩具寄存在别人家里，她不能把它们带回家去，因为家里人一旦发现，便会质问她那些玩具的来历，她不能冒险让自己陷入那种险境里。

  七月的一个星期天，她得到允许去小伙伴家和她们一起写暑假作业，这种对其他孩子来说再平常不过的事，对慕娅瑟来说却是一种恩赐。

瑞朵·海瑞拉 | 绿灯和钱箱子

夕阳正缓缓地靠近地平线，四个姑娘围坐在一张正方形的木桌旁，慕娅瑟坐在面朝窗户的位置，望着天边橙色的火烧云，暗暗希望时间能过得慢一点儿。黄昏代表天就要黑了，天黑了她就得回家，但她不想回家，她只想无忧无虑地和她的好朋友们待在一起，她讨厌回到那个令人窒息的家。

"你们看，那像不像通往天国的一列火车？"其他三个姑娘随着她的目光看向窗外，惊叹着慕娅瑟的想象力。

"还真像！像《猫和老鼠》里汤姆死后去天堂时乘坐的那列火车。"

慕娅瑟放下手中的笔，站起身走到窗前。她想起外婆说过的传说："人活着的时候，要是偷一根针，死后就会被棍棒打进针眼里，一遍一遍地打，直到惩戒结束为止。"她趴在窗户上，俯视着沐浴在琥珀色光辉里的街道，眼里满是忧伤，她心想：自己偷的不是针，而是钱，那么，会不会因此被剁了手呢？她又安慰自己说那是她自己家里的钱，是她帮父母看店挣的钱，所以她拿走的那部分，就算是她的辛苦费，但即便她有千万个理由，她也深知自己过不了心里的坎。"你们听过那个故事吗？说是古时候有个小偷，他从小就偷别人家的东西，还总把偷回来的战利品拿回家，但是他的妈妈从不阻止他偷盗。有一天，他溜进了国王的宫殿，偷了很多金银财宝，但还没等他逃出去，就被侍卫抓住了。他以为国王会剁了他的双手，却不料被判了绞刑。在上绞刑架时，他恳请国王让他见一见自己年迈的母亲，国王应允了。他的母亲被带到了绞刑架前，他却说自己想在死之前吸吮一次母亲的乳头，母亲也答应了他的请求。行刑官虽然觉得奇怪，但也答应了将死之人的要求。但是，当他的母亲掀起自己的衣裙时，他却一口咬掉了母亲的乳头。"

"太残忍了吧！"

"不许打岔！听我说完！"慕娅瑟顿了顿，继续说道，"那盗贼的母亲叫啊喊啊，哭着问她的儿子为什么如此残忍，在死之前都不肯放过她。她的儿子平静地说：如果当我第一次偷东西时，你没有默许我的行为，而是打了我一顿，或者指责我不该那么做，我也不会走到今天这一步。"这个故事和慕娅瑟毫无关系，她和那个盗贼的共性在于"偷"，区别在于她妈妈对她的盗窃行为毫不知情，但慕娅瑟却也在责怪自己的母亲。

　　故事结束了。这时，慕娅瑟的小伙伴们已经没有再盯着各自的作业本了，她们静静地围坐在木桌旁，握着手中的笔望着慕娅瑟，不知道该对她说什么。

　　而此刻，天色已接近黄昏。

　　"你想要什么，跟舅舅说。我知道你那个小气鬼妈妈才不会给你买东西呢！"舅舅的玩笑里全是真话。

　　烈日就快要把地皮给晒裂了，大人们开玩笑说，要是把一颗鸡蛋放在地面上，准会被烤熟的。慕娅瑟坐在舅舅骑的二手脚踏车后面，让他带自己去那家卖存钱罐的小商店。那天，舅舅买下了那个她心仪已久的存钱罐，那是一个粉色的心形存钱罐，上面画着一只小白兔和一只棕色的小熊，存钱罐的盖子和罐体相连处有一把精致的小银锁。她太高兴了，她终于得到了那个存钱罐，这简直像梦一样，她能够把它光明正大地摆在家里，不必寄存在她的小伙伴那里，因为这是舅舅送给她的。

　　慕娅瑟开始疯狂地收集硬币，没过多久，她的存钱罐便被硬币填满了，有爸爸给她的，也有她去小卖铺买东西时，主动要店主人给她找的。那些店主人最讨厌硬币了，可慕娅瑟却很喜欢。店主一见到她来买东西，就知道可以解决掉那些令人头痛的硬币了。大人喜欢纸币，因为纸币更容易放进钱包里不易丢失；慕娅瑟却爱极了硬币叮叮当当相互碰撞发出的清脆声响。每一晚，她都会坐下来，把

瑞朵·海瑞拉 | 绿灯和钱箱子

存钱罐打开,把里面的硬币倒在缝纫机上(她没有书桌,她的书桌是一台报废的脚踏式缝纫机),一枚一枚地把硬币叠起来,叠得高高的,十枚硬币为一摞,那一摞摞硬币像一根根银柱子。数完硬币以后,慕娅瑟会把"银柱子"推倒,双手捧起硬币,把它们一股脑儿倒进存钱罐里,然后,再用那把银色的小锁把存钱罐锁起来,把钥匙藏在一个谁都不知道的地方。她心想:妈妈平时连她的压岁钱都会拿走,何况是这些银灿灿的硬币,于是,她抱着存钱罐躺在床上,没过多久便睡着了。

那天夜里,慕娅瑟做了一个梦,梦里,她穿着蓝色的公主裙,踮起脚,伸手去够天上的月亮,她的头顶上环绕着七颗北斗星,那轮皎洁的月亮竟被她握在了手心里。梦醒后,她感到很失落,她舍不得走出那个甜美的梦境,她真希望那个金色的梦是真的。

她坐在床边上想象自己正坐在宫殿里,她不是出生在这个普通家庭里的孩子,也许她的亲生父母正在找她,也许她来自另一个星球、另一个王国,在那个王国里她是受人宠爱的公主,她不必帮爸妈看店,不必做店里的"童工",不必做羞耻的家贼,偷钱去报复自己的父母,也不必是帮妹妹洗尿布、烫奶瓶的小保姆,那些令人作呕的沾满黄绿色婴儿粪便的尿布,每一次都狠狠地撞击着她的自尊心,在这个家里,她究竟是为何而生的。

天亮以后,她把这个梦告诉了外婆,外婆的眼睛都亮了。

"是个很好的梦啊!孩子,将来你会成为一个受人尊敬的人!"

"外婆,将来是什么时候?"

"将来,就是等你长大以后,你在够月亮!孩子,你的头顶上还有七颗北斗星!真是个好梦。"外婆摸了摸慕娅瑟的脑袋走开了。

一上午,慕娅瑟的心情都很好,她在店里蹦蹦跳跳的,反复地在想外婆说的话，"受人尊敬的人！"那一定是个很棒的人！直到妈妈把妹妹交给她，自己去参加舞会时，慕娅瑟的心一下就沉了，她凝视着躺在床上的那个婴儿，她的妹妹此刻正在冲她咯咯地笑着，可她自己的心却不在胸口，它好像沉到了肚子里，像一颗重重的石头沉入海底那样。突然，她觉得她恨透了这种生活，她恨妹妹夺走了她的一切，她的父母、她本该拥有的童年。她记得八岁那年爸爸带她去动物园看孔雀，妈妈给她买的印有向日葵图案的连衣裙。她翻看过去的那些相片，相片里她背靠在爸爸的怀里，爸爸的双眼注视着她，目光里满是爱，那种父爱是专注的，是独一无二的。那时，没有人分割他们的爱，尽管爸妈对她的爱还不够满足她内心的需求，但至少他们不会爱其他小孩儿，他们只会爱她，那是一种心无旁骛的、专一的情感。而那时，她的微笑是如此真诚，她的笑脸像夏日的阳光，她意识到那些快乐和纯真不会再有了。

在她九岁生日那天，那个婴儿便出生了，是的，她竟然出生在慕娅瑟的生日那天，每个人都在夸耀慕娅瑟的妈妈是一位多么会选日子生孩子的伟大母亲，因为那不是刻意的剖腹产，而是自然的顺产，她却在奇怪自己的母亲竟然在她生日那天，送给了她一个活生生的小妹妹作礼物，谁的妈妈会这样？这太离谱了。尽管慕娅瑟希望那婴儿可以重新回到她妈妈的子宫里多待一两天，不要在自己生日那天挣扎着钻出来，尽管她非常抗拒这个可怕的礼物，但事实却已无法挽回了。

九岁，就硬生生送走童年，对慕娅瑟来说是残忍的，是不能够接受的，她有一刻是很恨这个孩子的，但转念又觉得这个孩子太可怜了，她自己也太可怜了，她不能伤害她，她不能那么做。她恨她，但是她也爱她，她得保护她，像她平日里保护所有弱势群体和小动物那样，她必须也要担负起一个姐姐的责任和义务，她决定要保护她，不让她受到包括她自己在内的任何人给予她任何伤害。从那以后，她再也没有过那种可怕的想法了。

瑞朵·海瑞拉 ｜ 绿灯和钱箱子

    无花果树的叶子大得像扇子，南瓜藤和爬山虎缠绕在铁丝上，周围绿油油一片。秋千在落日的余晖里懒洋洋地摇晃着。七月，在慕娅瑟请求了无数次后，爸爸终于在店铺门前帮慕娅瑟搭了一架秋千。那是用两根粗麻绳和一条废弃的黑色轮胎做成的简易秋千。慕娅瑟很久都没有这样开心过了，因为她从小就想要一架秋千。她坐在秋千上，想象着自己是个金发公主，现在正坐在一个大花园里，在她周围站着几个毕恭毕敬的仆人，商店是她的厨房，她走进去就能够吃到美味的冰激凌，能够随意挑选里面的任何一样物品，因为所有这一切都是属于她慕娅瑟公主的。

    "拿包烟！"她不情愿地从秋千上滑了下来，跟在顾客的身后。她的公主梦被无情地打断了。

    "拿包红塔山给我。"客人指了指慕娅瑟身后的那排架子，语气生硬地说道。

    那些年，爸妈会把慕娅瑟一个人留在店里看店，爸爸定期会让慕娅瑟租几张电影碟，允许她在没有顾客的时候，坐在门前一边荡秋千一边用 CD 播放机看电影。一天午后，她从推车路过的卖玉米的小哥哥那里买了一根玉米，买玉米的钱是她从那只绿色的钱箱子里拿的。当然，她没有征求爸妈的同意，因为爸妈都不在店里，而她却很想立刻就吃到一根玉米。她剥开玉米皮，吃了一口香甜的玉米，想起小时候的一段经历：那是秋季运动会结束的那天傍晚，慕娅瑟在外婆家睡着了，她睡得不是很沉，睡梦中她听到了妈妈的脚步声，她踩着高跟鞋走路的声音优雅而独特，此刻，她已经站到了慕娅瑟的床头，令慕娅瑟意想不到的是，妈妈竟俯下身亲了亲她的脸，妈妈很少对她有这种亲密的举动。她曾渴望妈妈拥抱她，渴望她在走路时牵着她的手。她的脑海里徘徊着那样一个景象：在一片郁郁葱葱的林间小道上，她的妈妈走在前头，伸出手想要让慕娅瑟牵住她的手，慕娅瑟凝视着妈妈的掌心，不假思索地加快脚步。她是如此渴望妈妈能够那样牵着她，紧紧地握住她的手，她生怕在自己还没有牵住妈妈的手时，妈妈便合上了手指。她害怕失落，害怕错过，害怕失去，她怕极了。慕娅瑟半睡半醒，感受着妈妈的亲吻，但是妈妈却用一种故作轻松的语气问她，今天下午是不是要了妈妈同事给的10块钱。其实，早在妈妈问她的时候，慕娅瑟就已经清醒了，她是被那个提问惊醒的，但幼小的她却知道自己必须装出一副没睡醒的模样回答这个问题，才不会被妈妈惩罚。她眯着眼睛，言语含糊。

"你说实话，妈妈不会怪你的。"

"拿了，是那个阿姨问我钱够不够花，我觉得不够，就拿了，我以为是你让那个阿姨来找我的。"她撒谎了，她并不认为那个阿姨是她妈妈派来的，她知道阿姨只是客套地问问她需不需要更多的零花钱，但她没想到那个阿姨竟然会把这件事情告诉她妈妈，坏女人，她心想。然而，这件事却让她感觉到了羞耻，让她感觉自己是个十足的小偷。她本该满足于爸妈给的那几块钱，不该有非分之想。可明明是阿姨主动问她需不需要零花钱，她并没有主动提出这个请求。她无法确定这件事她究竟做得对不对，那瞬间，她并没有想那么多，她只是单纯想吃那栋平房楼后面卖的黄面，那种为了符合孩子口味，只加了一点点辣子和醋的金灿灿的黄面。她也想像其他小孩儿那样买一瓶汽水，一种橘子味的汽水，还有那些上好佳的薯片和膨化食品，还有卷装的大大泡泡糖和其他里面带有小玩具的五角钱小吃。

慕娅瑟12岁那年，爸爸的同事带她去红山公园玩儿，他想给慕娅瑟拍一组相片，他觉得慕娅瑟那头金色的长发实在是太漂亮了。于是，就请求慕娅瑟的爸爸允许，让他带慕娅瑟出去玩儿一天，拍一组照片。那时照相机是个很罕见的东西，慕娅瑟家里也有一台，但不经常用。

　　叔叔带着慕娅瑟玩遍了红山公园里所有的游乐设施，包括她从没坐过的摩天轮。慕娅瑟的手里拿着一大袋子零食，里面有上好佳薯片，有雪饼，还有汽水，她太高兴了。那时，山上的桃花初开，她的背景是淡粉色的，所有的相片也都拍得很成功，叔叔觉得慕娅瑟有明星的气质。

　　傍晚，霓虹灯亮起来了，友好路车站旁的步行街夜市也开始营业了。叔叔带着慕娅瑟坐上了2路汽车，在经过友好夜市时，慕娅瑟看中了一个牛仔小背包，背包的拉链上挂着一个小布娃娃。她一直很想要一个那样的背包，但是爸妈却没有给她买过，她指着挂在摊子上的牛仔背包，说自己有一个愿望，就是很想拥有一个像那样的背包。于是，叔叔带她下了车，买下了那个牛仔背包。她把袋子里剩下的零食都放进了那个背包里，低着头看着背包说："叔叔，你要是我爸爸就好了。"第二天，这句在她兴奋之际不经意间说出来的话，传到了爸爸的耳朵里，她又被狠狠地训斥了一顿。

　　"你太叫我丢脸了，你竟然说他要是你爸爸就好了，那我算什么？你还叫人家给你买东西，你丢不丢人，你没见过那东西吗？"

　　慕娅瑟不敢吱声，她觉得脸上火烧火燎的，脸红得像石榴似的。她知道她不该说那句话，尽管她当时就是那么想的。

　　也是在那一年，她用偷来的钱，租了一间小房子。那时，人们买了楼房之后，政府就会在楼房对面配备一个储藏室给住户，相当于现在的地下室。那是一间不到十平方米的小房子，慕娅瑟甚至都没有办法直起身来在房子里走动，因为那房子实在太矮了。但是她非常满意这间房子，对于她来说，这房子是她的家，而她是房子的主人。她的家庭成员还有其他三个姑娘，一个叫杨倩，一个叫杭晓仁，还有一个叫黄盼，她们自称和慕娅瑟是姐妹，四个人是这世上最要好的朋友。那里成了她们四个的秘密基地，她们称它为"小房子"，发誓绝不把这个秘密告诉别人。她们从家里拿来了碗和盆，还有毯子，慕娅瑟还买了一把小锁子，给每个人都发了一把钥匙。现在，这里就是她们四个人的家了。她们可以在这里分享秘密，可以带小吃来这里享用，多好啊！慕娅瑟的心终于有了归宿，那些在她真正的家里不能得到的爱和关怀，她都能在这个小房子里得到。

然而，好景不长。有一天，小房子漏雨了，她去找房东奶奶，但是房东却没有理她，她和房东起了争执，房东说房租到期就会把房子收走。她太难过了。她想过要再租一个小房子，但是除了这里她不想再要其他房子，她喜欢这里，尽管这里如此破败不堪，她也喜欢待在这里。可是，那毕竟是别人的房子，她还没有足够的财力买下那个小房子。于是，她只好放弃，她把从家里偷出来的毯子和其他一些装饰都留在了那间房子里，然后和小伙伴们一起和屋子道了别。

不知从什么时候开始，慕娅瑟养成了咬指甲、咬嘴唇的习惯。每当她开始焦虑，她就会咬指甲，她不会把咬下来的指甲吃掉，她会吐出来，但是她无法停止咬指甲的习惯；每当她感到羞涩，她会咬嘴唇，那是她一贯的动作，她觉得那样做可以不让她那么难为情，缓解她的紧张情绪。于是，她得了口周炎，她的嘴皮会干裂，甚至有时她都不能张着嘴笑，不能大口吃东西。

几年后，在一个四月的早上，妈妈突然问她："你的指甲都是你自己在剪吗？"慕娅瑟做了一个咬指甲的动作，告诉妈妈，她一直在用自己独特的方式"修剪"指甲，妈妈恶心坏了，恍然大悟这么多年来她竟然没有注意到自己的孩子从没叫她帮她修剪过指甲，而是用如此不卫生的方式来自行解决指甲。

"以后指甲长了，就来找我，我用指甲刀帮你剪指甲。"

"好。"一周后，妈妈发现慕娅瑟并没有来找她剪指甲，于是，妈妈发怒了，她把慕娅瑟的小手放到了菜板上，拿起菜刀吓唬她。

"再让我发现一次，你用嘴咬指甲，我就会把你的指头剁下来。"

从那以后，慕娅瑟咬指甲的习惯不见了，她总是想象着，自己的手指头被妈妈剁下来，如果那种事发生的话，她就会成为残废，她无法想象自己的外在形象被毁坏，无法想象自己的指头被妈妈剁下来，所以她再也不敢了。

校园里的滑梯被太阳晒得发烫，像刚刚烧开的水壶，低年级的孩子们不怕烫屁股，在滑梯上爬上去、滑下来，不知疲倦。慕娅瑟一个人靠在花丛的围栏边上，摸了摸揣在兜里的玩具手枪，她的手腕上还戴着一个白色底印有耐克标志的护腕。这一年，作为小学里最高年级的学姐，她学会了拉帮结派。她开始大声地说话，故意把声音变得粗声粗气的，她越来越不喜欢做一个细声细语的女孩儿，她想要变成一个威风的人，受人崇拜，受人尊敬。她买了几把带有黄色子弹的玩具手枪，还模仿坏孩子的样子买了护腕。她爱极了那个护腕，迷上了被别人羡慕的感觉，迷上了拿着玩具手枪，对准别人脑袋的姿态，她努力让自己成为一个小太妹。

直到有一天，她拉帮结派的行为被班主任陶老师发现了，她以为会被她敬爱的陶老师臭骂一顿，但是，陶老师却没有把她点出来。他了解他班上的每一个孩子，知道慕娅瑟自尊心强，选择了用另一种能够让她信服的方式，击溃了她想要堕落的想法和行为。

周二的早上，第一节便是语文课。上课铃响后，陶老师推开教室的门，走上了讲台，他的手里拿着一把玩具手枪和一沓旧报纸，他抬了抬眼镜，一声不响地对准那沓报纸开了一枪，然后放下手中的手枪，一张一张地把破了洞的报纸摊开给大家看，那颗子弹足足穿透了17张报纸。

"看到了吗？ 如果这颗子弹打进了某一位同学的眼睛里，他是会瞎的。"班主任的名字叫陶豫琳，他有一双干净修长的手，他很温和，也很严厉，最重要的是，他对班上所有的学生都一视同仁。慕娅瑟喜欢他，也非常尊重他。因为他不会忽视任何一个孩子，包括痞子生，他都会给予同样的关爱和关注。这就是慕娅瑟尊重陶老师的原因，在她心里，他很独特，他与众不同，和其他大人都不同。

下课后，她没有主动去找陶老师认错，尽管陶老师希望她这么做。她丢掉了手枪，悄悄取下护腕，不再拉帮结派，因为，她不想让陶老师对她失望，也因为，再过一个月，她就要毕业了。至于那粗里粗气的说话声音，她却不愿意改变它。后来，她的声音变成了很好听的中低音，非常适合唱抒情的曲子，她的朋友和家人都爱听她唱歌。

慕娅瑟也很爱跳舞，她的舞姿非常优美，她是少年宫的雪莲花舞蹈队领舞。几年前，她被中央艺术舞蹈学院的老师选中过，也被新疆杂技团的老师选中过，但都被她的爸爸拒绝了。"我只有两个女儿。"这就是爸爸拒绝的理由。她央求过爸爸，求他允许自己去北京上学，去日本参加杂技培训，但是爸爸都只是摇摇头。爸爸是不会让她去的，他让她跳舞，起初只是因为舞蹈能够提升她的气质，纠正她的身姿体态，但他不能允许她成为一个专业的舞者，因为那不符合他们家的传统：长大后，女孩子是不能在大庭广众之下穿着裸露的衣服跳舞的。那是一份吃青春饭的工作，他是不会看着自己的女儿走向那样一条路的。即便那也是一种谋生方式，但这种谋生方式绝不能出现在他的家族里。

那些荣誉只属于少年宫，在学校里，音乐老师从没邀请过慕娅瑟参加任何舞蹈节目，为此她觉得很失落。有几次，她站在舞蹈教室门口，望着教室里的孩子们面对全身镜，那些动作甚至连她学到的皮毛都比不上，但她却如此渴望能够加

瑞朵·海瑞拉 | 绿灯和钱箱子

入那支队伍,走进教室,得到音乐老师的认可。她有一个同学叫王蕾,她的家里有一架漂亮的黑色钢琴,她心想可能是因为这个原因,所以郝老师才喜欢王蕾的,即便王蕾不会跳舞,郝老师也会邀请她参加舞蹈节目。"郝老师",慕娅瑟每每听到这个称呼,脑海中就会出现另一个谐音"好老师",但是,在她心里,郝老师并没有那么好。她忽视她,对她和她的才艺都视而不见,所以,慕娅瑟讨厌她,她是那些令她讨厌的大人中的一个,在她心里,她和家里的大人一样,都对她的存在忽略不计,他们都漠视她。其实,她讨厌的不是那些大人,而是被他们忽视的感觉。

中学第二年,四月的一个夜晚,慕娅瑟突然肚子痛,这时离她和某个男生牵手还不到一个礼拜时间,她吐啊吐啊,快要把肝胆脾肺都给吐出来了,她心想:这下完了,我肯定是怀孕了。那时,外婆家里还没有安装电话。夜里,外婆敲响了邻居的门,叫他们帮忙联系慕娅瑟的爸爸妈妈,而外婆则背着疼痛难忍的慕娅瑟去了就近的医院。医生给慕娅瑟开了检查单,然后就把她送到了一个输液室,打了整整一晚上的液体。后来,天亮了,慕娅瑟的肚子也不那么疼了。她睁开眼睛,看到爸爸正坐在她的床旁,一个年老的医生正在训斥昨晚值班的医生:"你以为她不疼了就是好事吗? 愚蠢! 这是肠穿孔的表现,再晚一点儿,就是腹膜炎,你就等着病人出事吧!"慕娅瑟从爸爸的眼睛里看到了多年前的那种目光,那样关切而专注,此刻,爸爸的眼里只有慕娅瑟。妈妈也来了,她的眼圈红红的,似乎已经哭过一场。慕娅瑟感觉好幸福啊! 如果能一直这样生病下去,该多好!她的爸爸妈妈就会一直这样爱她,注视着她,寸步不离地陪伴她了。

爸爸妈妈把慕娅瑟送到了手术室门口,他们蹲在那里,眼眶里全是钻石般的眼泪,他们一句话也说不出口,就那样凝视着慕娅瑟的双眼。她是走进手术室的,没有平车推她，她就那样捂着肚子走进了手术室，一个护士帮她戴上了蓝色的圆帽，然后让她赶紧上床。慕娅瑟试了试，但她的身高实在不够爬上手术室的床，还有一个原因就是她的肚子太疼了，之前已经缓解的疼痛，现在又开始发作了。

"你没看到我上不去吗？"她用尽全力喊了一声，但声音还是那么微弱，然而，护士阿姨已经看出了她心中的不满，她慢悠悠地走过去，把慕娅瑟扶到了手术床上。

麻醉开始了，手术正在进行中。此刻，慕娅瑟已经分不清梦境和现实了。有几次，她听见麻醉师在她的床头站着，轻轻地告诉她:快睡吧！ 快睡吧！ 她心想:麻醉师的声音好温柔啊！ 她睁开眼睛，看到周围有很多穿着白大褂移动的怪人，他们絮絮叨叨地说了很多话，大概意思是慕娅瑟救不活了，他们得赶紧收拾东西走了。

"快，把心电监测仪收起来，还有那个氧气面罩，全都收起来吧！ 她不需要再吸氧了，已经没救了。"

"那截烂掉的肠子呢？"

"丢掉吧！ 这小孩儿是阑尾炎肠穿孔，耽误的时间太长了，已经成腹膜炎了，该用的办法也都用过了，肾上腺素都注射了几次了，没用了。"

"是啊，没用了，只能放弃了，病危通知书都来不及签了，快去通知家属，把她带走吧！ "

慕娅瑟睁着眼睛平静地望着那些怪人，感觉身上轻飘飘的。这下好了，她的爸妈该永远把她放到他们的心尖上，她会成为那个家里永远的记忆和伤痛，被人们铭记于心。

慕娅瑟被推出了手术间，她的被子褥子全湿了。推床的那个人说慕娅瑟尿裤子了，但是她一直在摇头，她觉得很丢脸，因为她可能真的尿裤子了，但她不能承认。她的嘴里含含糊糊地说着什么："那是我的汗，我没有尿裤子，我已经长大了，我不会尿裤子的。"

那个怪梦醒了。

第二天早上，外婆来接班了，爸妈得回去店里挣钱。那些手术前的关切眼神和紧张问候很快便消失了。几天后，慕娅瑟出院了，她的同学朋友们来家里看望她，然后，她又成了一个人。外婆煮了一个礼拜的肉汤给她，一周后，爸爸因为担心慕娅瑟会落课，便把她赶去了学校。然而幸运的是，在学校，老师们对她的关照又持续了好长一段时间。之后，她又成了一个正常人，一个可以参加体育活动的、可以跑跑跳跳的初中生。她觉得很遗憾，因为，那些在她生病时，父母和家人所表现出的爱已经变得平淡，那些爱已经没有那么炙手可热了。

时光留下了岁月的色泽，夕阳西斜，黄昏金色的阳光洒在店门外的三棵柳树上，橘猫躺在那只绿色的钱箱子上，像是一个倔强的守护者。

夏夜的繁星隐隐闪烁。就像慕娅瑟不记得自己第一次偷钱是什么时候那样，她也忘记了自己最后一次偷钱是什么时候的事儿了。而这些变化究竟是从妈妈意识到自己忽视她的存在开始，还是从慕娅瑟出院以后，爸爸愿意敞开心扉，开始真正倾听慕娅瑟的话，而她的内疚又是从什么时候开始萌芽的？

不知道从什么时候开始，慕娅瑟停了下来，她不再把手伸进钱箱子里。是从妈妈开始关心她，担心她变成坏姑娘开始，还是从爸爸带着她去图书馆借书，让她形成阅读的习惯开始，连她自己都不得而知。总之，那只绿色钱箱子里的钱没有再失窃过。奇怪的是，自始至终都没有人发现这件事情。

有一天，慕娅瑟奇怪地发现，在经过那只绿色的钱箱子时，她竟然不再有任何偷窃的欲望，而是能够心如止水地望着它。对她而言，它不再是一盏通往偷盗的绿灯，而只是一个普通的装着些钱的箱子，那箱子不再那样吸引她了。她想不明白，那些年究竟是什么让那只箱子具有那样独特的引力，像磁铁吸住金属那样，让她寸步不移。

此刻，那只橘猫正慵懒地舔着它的爪子，慕娅瑟在柜台里的圆板凳上坐了下来，摸了摸橘猫的脑袋，带着歉意望着它。她心想：现在，我再也不会用那种方式去填补内心的空洞了，我不必再用钱去买友情，不必再用买来的友谊去填补亲情的空缺。她的心，终于被爱填满了。

"放心，我不会再偷偷拿钱了！"

然而，停止偷窃却无法让她的内疚消散，那些羞耻的过往像一个黑影那样顽固地站在那里盯着她，让她的内心无法得到安宁。父母对她的好，更像是一种负担，使她感到沉重。

夏夜的风吹着南瓜藤上的叶子，发出嗖嗖的声响，橘猫似乎闻到了老鼠的味道，焦躁地踱着步子。慕娅瑟在店门外的秋千上轻柔地吹着口哨，音调悲伤。在一阵短暂的静默后，她柔声自语道："无论如何，等他们回来，我就要说出来，无论他们听到后，会多么失望，我都要说出来。"她要说出来，她不能再欺骗爱她的家人。

秋千在晚风中荡得越来越频繁，速度也越来越快，每过几分钟，慕娅瑟便会用脚点地，让秋千停下来，站起身，押着脖子望着那条路。今夜，父母带着妹妹去参加一个晚宴，已经十一点了，他们还没有回来。她的忍耐已经到了一种无以复加的程度，她越想越觉得自己再也无法忍受此刻的焦灼，她害怕自己会突然反悔。不，她一定要把这件事情告诉妈妈，她要向父母坦白，然后光明正大地活在这个家里，抬头挺胸地活在父母和妹妹身边，她不想再担惊受怕，害怕某一天东窗事发。然而，慕娅瑟并没有把钱的数量交代清楚，因为就连她自己都不记得究竟从家里拿过多少钱，她把自己记得的部分毫无保留地说了出来，感觉轻松了许多。

妈妈的笑容僵在了脸上，露出一种若有所思的神色。她的身上还穿着那件去参加晚宴时的宝蓝色礼裙，口红有些脱妆的痕迹，左耳的那只耳环有些歪歪扭扭的，像是变了形。此刻，那些晚宴上的光彩夺目已经黯然失色。她努力抑制住自己惊讶的表情，作为母亲，这个时候她只需轻轻地指正女儿的错误，然后告诉她，她很感激她能够坦白，欣慰她的女儿拥有承认错误的勇气。慕娅瑟的心就快要从胸口跳出来了，她那张小脸上满是紧张，手心已经开始出汗了。但没过一会儿，她发现妈妈的眉头正在舒展开来，她的语气里没有丝毫的责备与不满，只是淡淡地说了句话，确认了她今后的行为："那你现在还拿吗？"

慕娅瑟摇了摇头。

秋天，斑驳的落叶在路灯下飞舞，在公园北街上，熙熙攘攘的人群穿梭在街角。庭院里的常青树环绕在湖边，叶子的色泽已然变成了一种墨绿色，湖里养着数十条金鱼，那些金鱼总让人想起那个渔夫与金鱼的童话故事。

一些陈旧的伤痕正在痊愈，不久以后，它们会留下一道道淡淡的疤痕。它们会躲在心的深处，偶尔还会若隐若现刺激你的神经。

"楼兰之夜，真是个美丽的名字。"

"姐，你是怎么找到这地方的？"

"是我一个病人带我来的。"

慕娅瑟的肩上披着温暖的灰色羊绒披肩，坐在星光下的露台上，俯视着湖水深蓝色的波纹，手边放着一杯冒着热气的咖啡。此刻，她的妈妈和妹妹正和她面对面坐着，她向她们提起了白天发生的事情，和她们一同分享白日里的感触。

在郝老师变换角色，不再作为一位高高在上的音乐老师，而是作为一个得了心理疾病的患者，来到她的办公桌前，告诉她，这一生，她都没能孕育一个属于自己的孩子时，慕娅瑟在想，这个女人真可怜。也是在那一秒，她终于释然，心里有了一种豁然顿悟的欣愉。她想起自己站在舞蹈教室门前，盯着脚上那双脏兮兮的白球鞋的样子，想起了她的自卑，想起了自己伸向钱箱子的那双手，那些年，她到底是用哪只手偷钱的呢？是左手还是右手呢？她凝视着自己放在办公桌上的那双白皙的手，嘴角有一丝不易察觉的笑容。她的脸上带着欣慰的表情，庆幸自己在偷窃了那么多年以后，没有成为一个小偷。她的那些好朋友一定认为，长大后慕娅瑟会成为一个地地道道的小偷，她会去偷更多值钱的东西，然后被警察抓走、判刑，她们会去监狱探望她，而她会在冰冷的墙根里蹲着，懊悔自己曾犯过的错。而最好的结局不过是她继承家业，靠卖烟酒开店赚钱，她们总说她父母是开商店的，那么，未来，慕娅瑟应该也会成为开商店的人，而她的孩子很可能也会偷那只绿色钱箱子里的钱，他们代代如此，理应如此。但是，慕娅瑟没有成为盗贼，也没有成为那个开商店的人，而是成了一名受人尊敬的心理医生。她是如何收手，如何悬崖勒马的？人们不得而知。但，人们发现她的怨气和妒火早就消散了，在父母的漠视戛然而止的那一刻，在妹妹稍稍长大后，成为她的陪伴、她的知己，她学会了感恩，她开始感恩命运的恩赐，感谢父母把这个小女孩儿带进了她的生命里，让她不再感到孤独。

她也得到了她期许已久的道歉，虽然已经无法弥补。但她最终原谅了自己，也原谅了父母。

现在，她是一个心理教育机构的创始人，专门针对儿童的心理教育和治疗。

瑞朵·海瑞拉 | 绿灯和钱箱子

她把自己童年受过的伤和经历过的种种，写成了一本书，一本专门针对儿童心理问题的书，她希望用她的伤，去警醒初为父母的大人，不让他们重蹈覆辙。

那个绿色的钱箱子最后怎么样了呢？商店停业了。那个老店关门的那一天，慕娅瑟最后一次踏进店门，她绕过柜台，走近了那只褪了色的绿色钱箱子。

"那时，你的身高高出柜台一个脑袋。"爸爸站在慕娅瑟的身后说，慕娅瑟听得出爸爸有些难过。

"我以为我会是个矮子。"

"怎么会？"

"可同学们都说你和妈妈长得不高，所以我也不会长得太高。"

"他们说的不一定是真的。"

店里一片狼藉，柜台上落满了灰尘，大多数货架被拆了下来，除了最下面那层还留有几根被老鼠咬过的香肠。那只橘猫已经不知去向，它大概也猜到店要关门了，所以就自谋去处了吧！柜台角落里的那只绿色钱箱子，歪歪扭扭地待在原处，在它的缝隙里还夹着一张被遗忘的、缺了角的纸币，慕娅瑟伸出手把钱拿了出来，她把那张纸币攥在手心里，微笑着摇了摇头，感慨自己曾经对钱的渴望，对爱的质疑，对家和父母以及对自己的质疑，惊叹那些疑惑在某年某月，竟也渐渐被她悟出了答案。

她和爸爸把那三棵柳树（那三棵柳树还是当年爸爸和舅舅一起植在店门口的）和那些南瓜藤，还有那架秋千留在了身后，他们决定要散步回家去。路越走越远，他们经过了很多兴旺的、新开的店铺和那个花卉市场，市场里依然摆放着大大小小的花盆。街边的霓虹灯亮了，他们微笑着走过那些繁华和灯光，用一种经验丰富的老人看着年轻人时的目光审视着一切。他们家的店已经太老了，老到跟不上那些时尚店铺的步伐。爸爸也老了，但是，爸爸说慕娅瑟的路，还很长很长。

夜里，她梦见了一条清澈的小河，那条河没有尽头，河水清清的，里面什么也没有，河周围是一大片绿油油的草地。天空湛蓝，偶尔会飘过几朵镶着银边的云，而慕娅瑟正坐在一辆车里，飞快地驶向远方。

《民族文学》2022年9期